艾鱼 著

江苏凤凰文艺出版社
JIANGSU PHOENIX LITERATURE AND
ART PUBLISHING

图书在版编目（CIP）数据

再吻我一次 / 艾鱼著. -- 南京：江苏凤凰文艺出版社, 2024. 12. -- ISBN 978-7-5594-6231-2

Ⅰ. I247.5

中国国家版本馆CIP数据核字第20249G3D47号

再吻我一次

艾鱼 著

责任编辑	周颖若
出版统筹	曾英姿
选题策划	石　颖
特约编辑	祖一晨
封面设计	苏　茶
插画绘制	廿一 ovo
出版发行	江苏凤凰文艺出版社
	南京市中央路165号，邮编：210009
网　　址	http://www.jswenyi.com
印　　刷	长沙金鹰印务有限公司
开　　本	880mm×1230mm　1/32
印　　张	10
字　　数	318千字
版　　次	2024年12月第1版
印　　次	2024年12月第1次印刷
书　　号	ISBN 978-7-5594-6231-2
定　　价	46.80元

江苏凤凰文艺版图书凡印刷、装订错误，可向出版社调换，联系电话025-83280257

目录

CONTENTS

第一章	001
第二章	029
第三章	058
第四章	086
第五章	109
第六章	134
第七章	165
第八章	192

第九章		219
第十章		246
第十一章		271
第十二章		288
番外一	百喜无忧	301
番外二	我们的未来	306
番外三	带我去你的梦里	309
番外四	如果我们是青梅竹马	312

第一章

　　忙完工作的明晴向后靠在椅背上，疲倦地伸了个懒腰。随后，她抬起左手，看了看腕表上的时间——还有五分钟下班。

　　就在这时，被她搁在办公桌上的手机突然响起了来电铃声。

　　明晴摸过手机，来电显示是"家"。她刚接通，保姆张慧的声音瞬间就透过听筒传了过来："晴晴啊，你今晚要不要回家吃饭？"

　　明晴轻微地皱了皱眉，刚要拒绝说"不了"，张慧又压低声音告诉她："最近你姐姐出差，旸旸也去外地旅游了，你爸爸每天一个人用餐，昨天胃病又犯了，吃得就更少了。我是想着你回来吃顿饭，有人陪着吃饭或许他的胃口会好些……"

　　明家有三个孩子，明晴排行老二，上有姐姐明晗，下有弟弟明旸。三个孩子中，明晴最不受宠，和父亲关系也最差。

　　"慧姨，"明晴很客观中肯地说道，"我回去了只会把他气得胃口更差。"

　　张慧劝道："晴晴，你已经很久都没回家了，自从过年后你就没再回来过，都半年多了，回来看看吧！"

　　明晴沉默了须臾，最终松口："好。"

　　正巧可以回去拿她过年时落在明宅的那把钥匙。其实钥匙并不重要，没了那把钥匙还有备用的，明晴在意的是那把钥匙上挂的钥匙扣。

　　从公司出来，明晴直接开车回明宅。

她到的时候，张慧刚好把饭菜端上桌。一见到她，张慧就特别开心地说道："晴晴，今晚我做了好几道你喜欢的菜，还有你最爱吃的椒盐鱼块和菌菇豆腐汤。你快洗洗手过来坐下吃，我去书房喊先生下楼吃饭。"

明晴应了一声"好"，但并没有直接去餐厅落座，而是先回了卧室一趟。

等她拿着那把挂着手工针织晴天娃娃挂坠的钥匙下楼来时，明克利已经坐在餐桌前了。

明晴将钥匙放进包里，来到餐桌旁，淡淡地喊了一声"爸"，随即落座。

"嗯。"明克利也淡淡地应了一声。

接下来，父女俩各吃各的，都沉默着没有说话。

过了一会儿，明晴的手机屏幕亮起来，她瞥了一眼，通知栏显示有新的微信消息。

明晴单手拿起手机，解锁屏保后点开微信，是高中班长在群聊里问全体成员，问大家国庆节有没有空，想组织大家聚会。

群里其他同学的消息纷纷弹出来，不少人表示自己有空，可以安排这次的高中同学聚会。

明晴对同学聚会没什么兴趣，她正要退出群聊界面，无意间看到最新跳出来的那条消息，她微微愣了一瞬。

何文劭："我可以。"

这条消息一出，群里霎时炸锅。

"劭哥？你什么时候加群的？"

"我看到了什么？劭哥进群里了？！是哪个人物这么牛，居然能联系到劭哥？"

班长的消息随后就蹦了出来："那自然是我，刚刚才把人拉进来的。"

"劭哥什么时候回来的？还走吗？"

"何神现在在做什么？"

……

消息一时间太多,而且几乎都是围绕何文劭展开,明晴索性摁灭了屏幕,把手机重新放到一旁。

须臾,明克利突然出声,对明晴说:"贺家的大儿子晏承舟应该快回国了,等他回国后你跟我去见见他和他父亲。"

明晴吃饭的动作一顿,她抬起眼皮,看向明克利,问:"见他们干什么?我又不认识。"

其实也不能说不认识,明晴小时候就听说过晏承舟。

晏承舟本来叫贺承舟,后来因为父母离婚,他跟母亲去了其他城市生活,姓氏也随母亲改成了晏。再后来他母亲去世,已经组建新家庭并拥有一对双胞胎儿子的父亲把他带回了贺家,但他拒绝改回贺姓,于是就一直用晏承舟这个名字了。明晴对他的了解也就这些。

明克利说:"等见了就认识了,到时候两家会商量一下你们订婚的事。"

明晴放下筷子,冷笑了一声,质问道:"订婚?你有问过我的意思吗?"

明克利也撂下碗筷,和明晴对视着,表情严肃地问道:"你这是什么语气?"

明晴没理他,直接起身拎起包准备离开。走之前,她侧头对明克利说:"我还是那句话,你无权干涉我的感情,过去没有,现在没有,将来也没有。我绝不可能为了明氏去联姻。"

明克利有点儿动气,他压着怒火对明晴说:"生在明家就注定了你要接受这样的命运。"

"我不接受,"明晴直视着明克利,"你还有另外两个孩子,凭什么偏偏要我去联姻?凭什么只把我当作稳固明氏的筹码和棋子?"

"你有本事也像你姐一样找个门当户对的男朋友订婚!"明克利提高了嗓门,忍不住又提起几年前的旧事,"你是不是还在想着那个何文劭?你忘了他为了几个钱就抛弃你的事了吗?这种人有什么可留恋的?值得你因为他记恨我好几年吗?"

明晴却突然笑了起来,一双桃花眼轻弯,格外漂亮动人。她就这样望着父亲,什么都没说。

明克利冷着脸别开了眼。

明晴懒得解释,她收敛住那抹不达眼底的笑意,直接走了。

开车驶出明宅,明晴一路将车开到了她常去的名叫"岸"的酒吧,给闺蜜姜眠打了通电话。

姜眠接通后笑着问:"怎么了,晴晴?"

明晴刚要开口问姜眠要不要来岸喝点儿,忽然听到那边传来姜眠老公秦封的声音:"老婆,睡觉吗?"

姜眠对秦封说:"等会儿,我在跟晴晴打电话呢!"然后又问明晴,"晴晴,你给我打电话是有事吗?"

明晴暗自呼出一口气,开口时含着笑意,听不出任何端倪,说:"明天不是周六吗?想问你明天要不要一起去逛街啊?"

姜眠欣然应允:"可以啊,逛完街你就跟我回家,我和封哥叫了小朗明晚过来吃饭,祝贺他在世界级的街舞比赛中拿了冠军,到时候我们一起给小朗庆祝。"

姜眠口中的小朗是她的表弟季星朗。季星朗今年刚刚高中毕业,再过半个多月就要去津海大学报到了。

明晴知道季星朗从五岁开始学街舞,到现在为止已经学了十三年了。明晴亲眼见过几次季星朗跳舞,她知道季星朗跳街舞非常厉害,这十多年来,国内、国外的街舞比赛,他拿了好几十块奖牌。

这会儿听说这个弟弟拿了街舞冠军,明晴也跟着高兴,爽快地答应姜眠:"好。"

挂了电话后,明晴长舒一口气,然后她脱掉开车时穿的平底鞋,换上高跟鞋,推开车门下车,拎着包进了岸。

明晴到了包厢,打开音乐,安安静静地听着歌曲一首一首地播放,只不断地喝酒。

明晴虽然酒量很好,可也架不住她一直喝。洋酒刚喝下去时没什么感觉,过一会儿就会很上头。

后来,明晴醉醺醺地靠在柔软舒适的沙发上,仰头望着头顶不断变换色彩的灯球,脑海中闪过一幕幕混乱的画面。

良久,她皱着眉闭上眼,轻轻地叹了口气,声音淹没在立体环绕的歌声中。

与此同时,隔壁包厢非常热闹。

这是特意为季星朗举办的庆功宴,一群玩街舞的男孩子嘻嘻哈哈地笑闹着，因为太高兴了，每个人都喝了不少酒。

"下一首是我的歌！"有个胖胖的男生喊道，"麦克风在哪儿？快把麦克风给我！"

刚喝了一口酒的季星朗听到胖子要唱歌，立刻站起来往包厢外走。

有人大声喊他："朗哥，你要去哪儿？！"

季星朗笑着扭头，左边脸上露出一个小酒窝，还露着两颗人畜无害的小虎牙，回答说："我去趟洗手间。"

旁边一个跳Breaking（地板舞，街舞的舞种之一）的男孩子笑道："肯定是胖子要唱歌了才想躲出去，胖哥的歌声有多惊人我们又不是没见识过。"

胖子立刻在后边高声喊："季星朗，你给我站住！"

晚了，季星朗已经非常快速地溜了出去。

季星朗从包厢出来，不紧不慢地沿着走廊往前走，然后就看到了一个熟悉的人。

他站在原地，歪头看着从洗手间的方向朝这边走来的明晴，神色有点儿意外。

季星朗盯着明晴看了片刻，从她虚浮晃悠的脚步中看出她醉得不轻。他往前走去，停在她面前，低声唤她："晴晴姐？"

明晴缓慢地抬头，双眼蒙眬地望着眼前这个比她高的男孩子。

季星朗有点儿担心地问："晴晴姐，你还好吗？你跟谁来的啊？要不要我帮你叫辆车送你回家？"

明晴的大脑被酒精麻痹，已经迟钝得不再转动，她只知道眼前这个男生一直在说话。他长得蛮好看，声音也好听。

明晴完全被酒精支配了行为，她抬手搭在季星朗的肩上，微微踮脚扬起下巴，吻住了他的唇。

季星朗瞬间睁大眼睛，本来白净的脸霎时染满绯色，红晕以肉眼可见的速度蔓延到脖颈和耳后根。他的大脑变得一片空白，甚至忘记了呼吸，耳边只剩下左胸腔里震耳欲聋的心跳声。

下一秒，季星朗抬手推开明晴，转身落荒而逃。

包厢门突然被人大力推开，包厢里的男生们被这番动静吓了一跳，全都看向门口。

季星朗顶着一张通红的脸进来，表情不明。他佯装淡定地随手带上门，坐回座位。

"朗哥，你这是怎么了？出去一趟脸怎么红成这样了？"

"不会是被美女搭讪了吧？毕竟我们小朗的颜值相当不错。"

胖子也不唱歌了，凑过来在季星朗发烫的脸上摸了一把，然后笑嘻嘻地说："哟，脸好烫啊，你被谁调戏了？男的还是女的？"

季星朗稍微缓过劲儿来，听到胖子的话，他抬手打开胖子的手，低声骂了句："欠不欠啊你，滚一边儿去。"

胖子笑得更欢实了："看看，恼羞成怒了。"

大家随口调侃两句，并不会真的追着季星朗问来问去，很快就不在意这个插曲了。

季星朗心里却很不耐烦，一直皱着眉，也不说话。他的心里乱腾腾的，心跳频率到现在都没能降下去，嘴巴上仿佛还残留着带着酒香的柔软触感，浑身酥麻得像有电流一直在流窜。

季星朗抿了抿嘴巴，又用牙齿轻轻咬了咬唇瓣，试图用轻微的痛感盖过繁乱的思绪。

他回想起刚才发生的那一幕，又有点儿担心明晴，她喝得醉醺醺的，万一出个什么意外，或者又随便拉住其他男的接吻……

季星朗突然站起身，对包厢里的一群人说："我先回去了。"

他也没有给出理由，就这样匆匆地离开了包厢，留下大家你看我、我看你，目光中带着疑惑。

季星朗折回来时，明晴刚从包厢里拿了包包出来，正要离开这家酒吧。

一楼的舞台上还有乐队在唱歌，大厅里坐了不少客人，有点儿吵。

季星朗默默地跟在明晴后面，与她保持着一两米远的距离。

明晴走出酒吧，叫了个代驾。

季星朗看到对方是个女代驾，终于放下心来。他站在原地，没有再往前一步，亲眼看着明晴坐进车里，目送着她的车子逐渐驶远。

明晴到家后连澡都没洗就躺在床上睡着了，而被她意外亲了一口的季星朗今晚却失眠了。

他躺在床上，一闭上眼就会浮现出明晴亲他的那一幕。

紧接着，心跳就开始失控地加速，嘴巴上的那种酥麻感也随之苏醒，他仿佛还能闻到她亲他时萦绕在鼻息间的酒香。

季星朗翻来覆去，脑子总是不受控制地回想起他丢失初吻的那个画面。

他被这件事折磨了一整夜，黎明才勉强入睡，入睡后就开始做梦。

梦里的明晴穿着白色桑蚕丝衬衫和垂坠感十足的西装阔腿裤，搭配了一双黑色的高跟鞋。她的栗色大波浪长发披散着，肤色如雪，红唇明艳。

季星朗眼睁睁地看着醉眼蒙眬的明晴笑盈盈地凑近，最终将红唇印在了他的嘴上。

他不由自主地咽了口口水，没有推开她，而是紧张地闭上眼，任由她熟练地吻着他。

她的亲吻像燎原一样，让他浑身灼热，止不住地出汗。

这个吻结束时，明晴的唇离开了他的唇，她不再保持踮脚的姿势，随着高跟鞋的鞋跟落地，季星朗的心脏也跟着收缩跳动了一下。

下一刻，季星朗突然醒来。

他睁开眼睛，感觉到自己浑身潮湿黏腻，是出汗后的那种不舒服，而且……他垂眼盯着盖着双腿的被子，皱起了眉头。

随后，季星朗抿紧唇起身去了浴室冲澡。洗完澡、换上干净的衣服后，他把床单和被罩都扯下来，扔进了藤编的脏衣篓。

明晴这一觉睡到九点才醒，醒来的第一件事就是去浴室泡澡。

她边泡澡边看手机，一夜没看微信，已经积攒了不少消息。她打开微信，一条条地查看回复。

回完微信消息后，明晴才点开通讯录那栏，有一条通过高中群聊方式添加好友的请求。

对方的头像是动漫《千与千寻》中的无脸男，昵称叫"HWS"——是昨晚在高中群聊里突然说话的何文劭。

明晴想都没想就拒绝了他的好友请求。随后，明晴在最近联系人里找到姜眠的微信，跟姜眠说十一点出发，先去吃个午饭再逛街，姜眠回她说"好"。

十一点半，明晴和姜眠坐在一家私房菜馆里。

007

姜眠问明晴："晴晴，你看到高中群聊里说的同学聚会的事情了吗？"

明晴"嗯"了一声，又说："没兴趣。"

姜眠昨晚挂掉和明晴的电话后才注意到高中群聊在讨论聚会的事，而让她惊讶的是，何文劭居然在群聊里出现了。

何文劭与明晴、姜眠都是高中同学。高中毕业后，明晴和何文劭谈过两年的恋爱。

明晴大二毕业升大三那年，明克利知道女儿在和一个穷小子谈恋爱，找到何文劭要求他离开明晴，交换条件是明克利会托人帮何文劭办好出国留学的一切事宜，还会给他一笔钱，足够他留学的各种花销。

何文劭答应了。

自此，明晴和何文劭断了往来。何文劭也与所有同学失去了联系。

姜眠没想到何文劭昨晚会突然出现在高中群聊里。

她抬眸看了看明晴，轻声问："晴晴，你昨晚突然打电话给我，是因为在群聊里看到了何文劭心情不好吧？"

明晴抿了一口椰汁，嘴角微扬起来，笑道："他在我这里早就没分量了，我为什么要因为他心情不好？"她说完，稍微顿了一下，对姜眠如实说，"我昨晚回明宅吃饭，又跟明克利吵起来了。"

姜眠微微蹙眉问："因为什么？他又插手你的事了？"

"他打算让我跟晏承舟订婚，用商业联姻的手段稳固明氏。"明晴哼笑道，"他想得美。"

"晏承舟？"姜眠不认识这个人，也从没听说过。

明晴看到姜眠一脸迷茫的模样，嘴角轻翘起来，眉眼弯弯道："就是贺家的大儿子，贺文山和他前妻生的。"

提到贺家，姜眠就知道是谁了。

"哦……"姜眠说，"我只知道贺文山有一对双胞胎儿子，不知道他还有个大儿子。"

菜已经陆续端上来了，明晴拿起筷子开始吃，边吃边告诉姜眠："晏承舟当年被接回贺家后就去了国外，这么多年一直都在国外读书生活，贺家的人也不怎么提起他，不知道有这么个人很正常。"

姜眠也开始吃菜，过了一会儿，她突然想起正事来，对明晴说："那我们到时候就不去高中同学聚会了吧？"

明晴笑了笑，点头道："不去。"

"去干什么？看他们吹牛还是看他们阿谀奉承？又虚伪又无聊，没劲儿。"她慢条斯理地说，"有这时间不如逛逛街、看看电影，花钱还能让我们自己开心。"

姜眠笑着连连点头，她也是这样想的。

两人吃完午饭就去了旁边的商场，在路过潮牌店的时候，明晴拉着姜眠进去，选了一条腰果花方巾。

姜眠不解地问："晴晴，你什么时候喜欢这类风格的配饰了？"

明晴笑着说："不是我，我是给小朗买的。"

"今晚不是要给他庆祝吗？我也算他半个姐姐呢，当姐姐的总不能空着手祝贺他吧？"她把方巾递给店员，让对方包起来，随后挽住姜眠的胳膊，莞尔道，"这条方巾应该蛮符合他们街舞男孩的气质。"

姜眠点头笑应："确实，小朗很喜欢腰果花图案，他好多衣服上都有腰果花。"

"那我买对了！"明晴因为无意间猜中了季星朗的喜好而高兴。

送礼物，就是要投其所好。

季星朗昨晚没睡好，白天又补了一觉，结果又做了相同的梦，梦里的明晴和昨晚一样微微踮脚扬头吻他，而梦里的他没有推开她，甚至被她带着开始回应她的吻。

再醒来时，季星朗的背脊湿了，他脱掉黏腻的T恤，光着上半身走进浴室，又冲了个澡。

傍晚时分，季星朗去了姜眠家里。姜眠还没回来，家里只有姐夫秦封。季星朗问秦封："姐夫，我姐呢？"

秦封抬手扶了下金丝框眼镜，温和地笑着说："姜姜跟明晴出去逛街了。"

季星朗听到明晴的名字，恍惚了一下。

秦封没有察觉到他脸上一闪而过的不自然，继续说："对了，今晚明晴也过来一起吃饭，庆祝你拿了世界冠军。"

季星朗这下直接愣在了原地。

"明晴……"他意识到称呼不对，急忙改口，"晴晴姐也要来？"

秦封狐疑地看着脸颊发红的季星朗，然后挑挑眉，笑道："嗯，来。"

说完,他不动声色地补充了一句,"半个多小时前姜姜说她们在回来的路上了,现在应该快到家了。"

秦封的话音未落,院子里就传来汽车驶入的声音。

随即,季星朗听到了开车门和关车门的声音,还有明晴笑着说的那句:"阿眠,我帮你拎。"

季星朗的心突然剧烈跳动起来。

姜眠和明晴一前一后进屋换了拖鞋,随即两个人就拎着好几个购物袋走到客厅。

明晴放下购物袋时转脸笑望着季星朗,嘴角轻扬道:"小朗,恭喜你拿了世界冠军。"

季星朗见她这样坦荡自然,一时间无法辨别她到底记不记得昨晚在酒吧发生的那件事,或者说她记得,但她根本不在意那个吻?

他蜷了蜷垂落在腿侧的手指,故作镇定地笑了,状似调侃说:"就只口头祝贺吗?"

明晴也和他开玩笑,问:"那不然呢?姐姐再请你吃一顿?"

季星朗却当真了,回她说:"可以。"

明晴轻笑出声,眉眼弯弯地递给他一个小礼袋:"给你的礼物,祝贺我们小朗弟弟勇夺街舞世界冠军。"

季星朗没想到她会为他准备礼物,他惊讶地伸手接过礼袋,从里面拿出一个小盒子。季星朗打开盒子,里面是一条腰果花方巾。

他脸上瞬间浮现笑意,左脸颊的小酒窝和两颗小虎牙都露了出来。季星朗前些年戴了隐形牙套纠正虎牙,现在他的两颗犬齿也规规矩矩地排在牙齿行列中,整齐又可爱。

季星朗问明晴:"是我姐告诉你我喜欢腰果花图案的吧?"

明晴还没解释,姜眠就开口道:"还真不是,是晴晴先选好的这款方巾,我才告诉她你正好喜欢腰果花图案。"

季星朗很意外地转脸望向明晴,明晴正盈着笑看着他,还逗他:"怎么样?姐姐厉害吧?"

季星朗突然特别开心,他也说不清楚到底为什么,可能是因为意外收到了自己很喜欢的礼物吧!他垂头笑着,一边把盒子放回礼袋,一边乖乖地低声回答明晴:"厉害。"

明晴被他这副乖狗狗模样逗乐,抬手在他脑袋上摸了一把:"哎哟,弟弟好乖。"

季星朗没有躲,只是在她摸完他的头走开后,抬手用掌心碰了碰刚刚被她摸过的地方。

饭菜都被端上桌后,秦封从酒柜拿了一瓶香槟,明晴见状直接说:"我今晚不喝酒,昨晚喝太多了,今天还难受呢,而且我开车来的,就不喝了。"

秦封笑着应了一声"好",从冰箱里给明晴拿了橙汁过来。季星朗则很有眼力见儿地帮明晴拧开瓶盖,将橙汁倒进她的杯子里。在做这件事的时候,他佯装随口问明晴:"晴晴姐昨晚喝酒了吗?"

明晴"嗯"了一声,说:"去了岸。"

她的回答并不像故意隐瞒什么,似乎真的不记得昨晚她在岸见过他。

季星朗露出震惊的表情,语气也含着惊讶:"我昨晚也在岸和朋友喝酒了。"说完,他把给她倒好橙汁的杯子放到她手边。

"谢谢弟弟,好贴心。"明晴笑着说这句话时,转头看向季星朗,语气也有些讶异,"你昨晚也在岸啊?"

季星朗点点头,继续试探:"我在205包厢。"

明晴不可置信地"啊"了声,然后有点惊喜地说:"那我就在你旁边啊,我在206。"

她脸上显露出来的意外神色根本装不出来。季星朗终于确定,明晴不记得昨晚的事了。

他在意到整夜睡不着、折磨了他快一天一夜的那个吻,她根本不记得。

她夺走了他的初吻,却忘记了她亲过他。

季星朗瞬间无比郁闷。

正巧这会儿被他放在手边的手机屏幕亮了,季星朗扫了眼手机,是胖子约他出去玩的微信消息,他没回。

他拿起酒杯,仰头一口喝完,又给自己倒满,想继续一口闷。

明晴见他还没吃东西就狂喝酒,开口提醒他:"弟弟,先吃点东西再喝酒,别喝这么猛,容易醉,胃也会难受。"

季星朗沉默着没说话。

明晴敏锐地感知到他情绪突然低落,想到他刚瞄了眼手机的消息

011

就开始不对劲,怀疑季星朗谈恋爱了,这是在跟女朋友闹别扭呢。小男孩情绪转变这么快也只能是因为恋爱那点儿事了。

明晴没跟季星朗计较他不搭理她的事,转头跟姜眠闲聊去了。

直到吃饭结束,季星朗和明晴都没再说一句话。

要走的时候,明晴看了一眼喝了酒的季星朗,问他:"弟弟,你要不要坐我的车走?我送你回去。"

季星朗望着她。他的眼睛很漂亮,不是桃花眼,但比桃花眼还要勾人,他的内眼角弧度比较圆,眼尾微微下垂。他认真盯着人看时,就像一只狗狗望着对方,特别无辜,又惹人怜爱。

须臾,独自郁闷的他还是低低地应了一声:"好。"

明晴笑了,对他说:"那我们走吧。"

两个人一前一后来到车边,季星朗拉开副驾驶座一侧的车门,坐进去,系好安全带。

明晴发动车子,从姜眠家的院子里出来,平稳地汇入车流。

季星朗偏头望着车窗外快速倒退的风景发呆,明晴有点八卦地问他:"弟弟,你是不是被甩了?"

季星朗一时没反应过来明晴在说什么,转头看向她,疑问:"什么?"

明晴重复了一遍:"我说,你是不是谈恋爱被甩了啊?"

季星朗皱起眉头,回答她:"不是。"

明晴眨了眨眼睛,继续猜测:"那是因为被喜欢的女孩子拒绝了?"

季星朗摇头:"也不是。"

明晴不理解了:"那你为什么不高兴?"

季星朗没有立刻回答,安静地盯着正在开车的明晴看了几秒钟。

片刻后,他咬了咬嘴唇,不动声色地低声说:"因为有个女孩亲了我,但她不负责任。"

明晴忍不住笑了起来,故意逗他:"这很简单啊,你也亲回去。"

季星朗躲避了她的目光,又将脸偏向窗外,一盏盏路灯从他漆黑发亮的双眼中一闪而过。

明晴开玩笑之后变得认真起来,很认真地给季星朗分析:"亲了你却不负责任,这就是渣女啊!"

"弟弟你最好还是及时止损吧,渣女不值得。"

季星朗再次转头面对着明晴。

"渣女,"他目光意味深长地望着她,重复着她的话,"不值得。"

明晴坚定地点头,语气也非常笃定:"对!"

"弟弟你一定要远离渣女。"她嘱咐道。

很莫名地,季星朗的情绪就这么被明晴带得明朗起来。

他笑了,却没回答明晴的话。

明晴把季星朗送到他家门口就开车走了,季星朗站在原地,望着明晴的红色轿车逐渐驶远,直到消失在他的视野中。

"渣女。"他呢喃着,低笑一声。

晴晴姐知不知道她在说自己是渣女。

季星朗转身走进家里。

回到卧室,他掏出手机看时间,这才记起要回胖子的微信,直接给胖子发了个"没空"的表情图,然后就去洗澡了。

等季星朗洗完澡出来,拿起手机躺到床上,忽然想起今晚明晴答应要请他吃饭,于是就在微信联系人里找明晴。

虽然他和明晴很早就加了微信,但两个人几乎没有聊过天,明晴自然也不在季星朗的最近联系人列表中。

季星朗搜"晴晴姐"找到了明晴的微信,他点开聊天界面,给她发了一条消息。

季星朗:"晴晴姐,你到家了吗?"

刚到家不久的明晴回他:"刚刚到。"

季星朗这才进入正题,说:"你今晚说要请我吃饭,什么时候请啊?"

明晴没想到她一句玩笑话他居然当了真,不过也没什么,就是请弟弟吃顿饭而已。

正在收拾行李的她懒得打字,直接给季星朗发了条语音。

季星朗点开,将手机放在耳边,明晴含笑的嗓音瞬间钻入他的耳中。

"近期可能不行啦,弟弟,我明天就要出差去外地,大概要十天才能回来,等姐姐回来请你好吗?"

明晴的话语有点温柔,还带着些诱哄,仿佛他是个小孩子。

在明晴眼中,这个小她五岁的男生,的确就是小孩。

季星朗抿了抿唇,回答道:"好。"

接下来的十几天,季星朗经常在晚上睡觉时做同一个梦。

梦里的明晴踮起脚吻他,画面和那晚在酒吧她吻他的场景一模一样。

八月的最后一天,明晴出差结束,坐上了回沈城的飞机。

与此同时,季星朗和高中最好的兄弟宋祺声在一起吃饭。

虽然两个人都在沈城上大学,但两所大学距离不算近,两个男孩子就约在开学报到的前一天见面。

两个人吃得差不多,喝了些酒的季星朗靠在座位里,眼巴巴地守着手机,等待明晴回复他的消息。她已经两个小时没理他了,季星朗等得焦灼,又不肯挪开视线,专注地盯着黑屏的手机。

手机屏幕每亮一次,他的眼睛也跟着亮一下。

宋祺声坐在对面把季星朗的反常全都看在眼里。他还没见过季星朗这么全程紧盯手机,生怕错过什么消息。

宋祺声在桌下用脚踢了踢季星朗,目光探究地笑着问季星朗:"你在等谁的消息?"

季星朗眨了眨眼,否认道:"我没有啊。"

"我没等消息。"他特意强调。

宋祺声哼笑,继续问:"你是不是喜欢上谁了?"

季星朗愣了愣,没有否认,也没承认。

须臾,他微微往前倾身,压低声音对宋祺声说:"那个,我有一个朋友……"

宋祺声眯了眯眼,没有拆穿季星朗无中生"友",只顺着他的话问:"你朋友怎么了?"

季星朗继续往下讲:"他前段时间在酒吧遇到了他姐姐的闺蜜,对方喝醉了,把他给亲了,但是酒醒后完全不记得这回事。"

宋祺声:"然后呢?"

不等季星朗回答,宋祺声就接着道:"人家一个吻就把你的魂儿给勾没了?"他歪着头,双手环在胸前,语气有点恨铁不成钢,"季星朗你不行啊,你这也太好勾引了。"

季星朗:"宋祺声,你耳朵是不是有毛病?我说是我了吗?都说了是我的一个朋友!一个朋友!!!"

晚上七点半，明晴在沈城机场落地，她刚打开手机就接到了姐姐明晗的电话。

明晗在听筒那端对明晴说："晴晴，我在你住的地方，这会儿正在准备晚饭，晚上我们一起吃个饭吧。"

明晴虽然跟父亲明克利的关系剑拔弩张，但和姐姐还有弟弟之间关系倒还平和，不然明晗也不会有她住所的家门密码。

明晴应道："好，路上不怎么堵的话，再过一个多小时我就到了。"

明晗笑说："等你回来刚刚好。"

"那过会儿见。"明晴说完就挂了电话。

坐上出租车后，明晴才有空打开微信查看这几个小时里积攒的未读消息。

季星朗两个多小时前问她是今天回来还是明天回来，明晴刚要回复他，季星朗的新消息又蹦了出来。

他问："晴晴姐，你回来了吗？"

明晴说："嗯，回啦，正在回家的路上。"

季星朗抓住机会说："一会儿请我吃饭？"

明晴哭笑不得，这小孩怎么总惦记着那顿饭，她又不会放他鸽子。

她嘴角带笑地回道："今晚不行，我跟我姐约好了。明晚怎么样？"

季星朗发来一句："明天我就入学报到了，接下来十二天都要军训。"

明晴这才想起来明天就是九月一日了。不过这也没什么大不了的，她说："那就等你军训结束后请你吃饭，行吗？"

明晴根本不知道，对她来说无关紧要的事情，在季星朗那里很重要。因为这样便意味着，他又要有十二天见不到她了。

季星朗别无他法，只好闷闷地应下来："可以，但你不能再反悔了。"

坐在出租车后座的明晴轻笑一声，像哄小孩一样回答他："说到做到，你军训结束后姐姐就请你吃饭。"

随后，季星朗发来一张截图，是她保证在他军训后请他吃饭的聊天截图。

季星朗："截图了。"

明晴无语地道："姐姐在你心里就这么没信用吗？"

季星朗故意回答："是有那么一点儿。"

明晴当即发了个"丢刀子"的表情图过去。

季星朗回复了她一个"接住心心"的表情图。

到家后,明晴把行李箱放在旁边,走到厨房门口看了看情况。

明晗穿着一条黑色长裙,绑着低马尾,身上穿着围裙,正在熬汤,一点明家大小姐的架子都没有。

见明晴到家了,明晗扭头对明晴笑道:"再等一会儿,汤快好了。"

明晴说:"那我先去冲个澡。"

"去吧。"明晗应了一声。

明晴推着行李箱回到卧室,拿了一条墨绿色的吊带裙进了浴室。等她洗完澡出来,明晗已经把所有的饭菜摆上了桌子,她帮明晗倒了一杯椰汁,然后在明晗对面落座。

"明旸是不是快回来了?"明晴开门见山地问道,"他打算什么时候进公司?"

明晗轻叹:"晴晴,你真的不再考虑一下吗?"

明晴清楚明晗的意思。

当初她不愿意去自家公司上班,最后家里说等明旸大学毕业就让他接手她的工作,她到时候可以去做自己想做的事,她才勉为其难在公司干了两年。

今年夏天明旸本科毕业,明晴天天盼着这个不着调的弟弟到公司上班,她好跑路,结果明旸却跑去环球旅行了。

明晴摇摇头:"不用考虑,我只喜欢摄影。"

明晗也不再强求,只问她:"这半个月怎么样?"

明晴笑着说:"除了处理让我头疼的工作,其他一切都很好。"

明晴之所以这样说,是因为这半个月出差她并不全是在处理公司业务,还趁这次机会,一道完成给模特拍照的摄影工作,不然根本不用出差这么久,三五天就能回来了。

明晗对明晴说:"我的订婚宴在国庆节举办,你别忘了。"

一开始两家长辈把明家大小姐和随家大儿子的订婚宴定在了七夕节那天,但那日明晗正在外地出差没能回来,再加上明旸也还在国外旅行,明晗和随遇安商量了一下,索性把订婚宴推迟到国庆节。

明晴一边吃菜一边回答:"不会忘,我肯定去。"

"可是，姐，"明晴抬眼看向明晗，神色认真地问，"你真的特别特别喜欢他吗？到了非他不可的地步？"

明晗嘴角轻扬了一下，轻叹道："成年人之间哪有那么多喜欢？更多的不过是权衡利弊之后的最优选择罢了。像我们这种阶层的家庭，有几个能纯粹地嫁给爱情的？"

明晴不同意地摇头，抗拒地说："我不要。"

"我绝对不联姻。"她坚决地说道。

明晗笑了笑，说："我这场婚姻足够明氏稳固根基了，不用你再联姻。"

"明克利还没告诉你吗？"明晴问。

明晗不解，疑惑地道："什么？"

"他要我跟晏承舟订婚。"

明晗眉心紧蹙起来："晏承舟？贺家那个常年在国外的大儿子？"

"嗯。"明晴点点头，又说，"他休想，我死都不会同意。"

明晗嗔她："怎么说话呢？别死不死的，到不了那个地步。"

明晴强调："反正我不联姻。"

明晗看了明晴几秒，忽而跳了话题，问道："晴晴，你心里不会还没忘记你那个初恋吧？虽然爸那样做不对，但也确实让你看清了何文劭是个什么样的人，你可别犯傻。"

明晴无奈地叹气："姐，你放心，我早就不喜欢他了，不会头脑发热去犯蠢。"

明晗稍微松了口气："我是看你这三年都没谈对象，总觉得你心里还有他。"

明晴忍不住笑了几声："那是你不知道，我谈过，只不过没公开，没告诉你们。"

"谈过？"明晗好奇地问，"几次啊？"

明晴回想了下，回答："严格来算，也就一次吧，还有一个在暧昧期就断了的。不是图钱就是图色，这些男人真的很让人失望。"

明晗安慰她："不着急，你还年轻，慢慢来，总会遇到只为你而来的那个人。"

明晗吃过饭没多久就离开了，明晴打开冰箱想拿罐饮料，结果看到本来空荡荡的冰箱里被明晗塞满了东西。

017

自六岁那年父母离婚后，明晴所拥有的关怀几乎都是从这个大她五岁的姐姐这里获取的。

明旸只小明晴两岁，他俩几乎从小打到大，根本没什么深厚的姐弟情谊。

明克利又不喜欢这个二女儿，对她关心甚少，母亲时絮更是多年对她不闻不问。

明晴打开一罐可乐，就着翻涌的气泡喝了一口，然后捞起手机，看到了十几分钟前发来的添加好友请求——还是何文劭，这次他添加了备注："明晴，我是何文劭。"

明晴默默地翻了个白眼，随即直接把他拉入了黑名单，顺便把微信设置中的几种"添加我的方式"都关掉了。

季星朗本来根本没往他喜欢明晴那方面想，他只是觉得平白无故被人亲了，丢了初吻，这个坎儿他很难过去。可宋祺声说，人家一个吻就把他的魂儿给勾没了。这不得不让他思索，他是不是真的喜欢上明晴了。但喜欢是什么？他又不是很懂。

从没对哪个女孩子动过心的纯情少男季星朗同学最终决定求助万能的网友。

他在网页上搜索"喜欢是什么"，很快就出来好多答案。

——喜欢就是你总想她，恨不得时时刻刻见到她。

季星朗抿了下嘴唇，这个症状他有。

——喜欢就是你动不动就忍不住给她发消息，还非常期待她的回复，等她消息等得煎熬又郁闷，但是在她回复你的那一刻你又瞬间开心起来。

季星朗屈了屈手指，他又中了。

——喜欢一个人就是你对她有独占欲，看到她和其他异性在一起聊天说笑吃饭等，你都会烦躁吃醋甚至生气。

季星朗想象了一下如果明晴喝醉酒后去亲其他男人……不行！不可以！他不允许！

条条都中的季星朗盯着电脑屏幕沉默了。

他喜欢上明晴了吗？

晚上十点多，明晴刷完牙敷着面膜从浴室出来。

她拿起手机的那一刻，正好收到一条微信消息，是季星朗发来的。

他忽然没头没尾地发来一句话："晴晴姐，我不要远离她，我觉得她值得。"

明晴起初没反应过来季星朗这句话说的是什么意思，她蹙眉想了好一会儿，才明白他是在回答半个月前她劝告他的那句"渣女不值得"。

明晴有些无奈地翘了翘嘴角，她没有坚持劝他远离对方，只回答道："你自己的感情，你心里有数就好。"

其实明晴出差的这段时间，收到过几次季星朗发来的消息，他不是问她"在做什么"，就是问她"在忙吗"。

明晴起初还以为他有什么事，后来发现他只是找她闲聊几句。如果她在工作时收到消息，她就如实回答在忙；如果她在当地闲逛时，她就随手拍张风景照发给他。

这会儿明晴才明白，这小孩怕不是一直都想告诉她那个女孩子值得他喜欢，他不会远离对方，只是之前他都没对她说出来而已。

明晴笑了笑，觉得也挺有趣的，值得或者不值得，季星朗其实都不必特意告诉她，他自己心里有答案就好。

爱情这事儿，本来就是私事，一旦有了决定，外人劝也劝不住的，就像她和何文劭。

当初姜眠对她说过何文劭和她不太配，周围的其他同学、朋友也总说他们不是一个世界里的人，可她不听劝，就是要追求他，就是要跟他在一起，最后自己撞了南墙，认清了，才回头。

有的时候，生活就是爱让人跌跟头。无论是谁，都改写不了既定的命运。

须臾，明晴给季星朗发了一条消息："不早啦，明天不是还要去学校报到吗？快睡吧，晚安。"

季星朗迅速回她："晴晴姐晚安。"

发完这条消息，他就把给明晴的备注从"晴晴姐"改成了"晴晴"——把"姐"字给删掉了。

第二天是周日，不过明晴没有休息，而是去了摄影工作室。今天有拍摄任务，是早就签订的合同，约在今天拍摄。

上午明晴一到，助理金玥就跟她说："晴姐，夏天和她的经纪人还没到。"

夏天是这两年才踏入娱乐圈的小演员，前几个月因为一部网剧崭露了头角，这段时间势头正好，也因此，有机会接触到一些杂志封面和时尚大片拍摄资源。

夏天和明晴是因为明晴的弟弟明旸而认识的。夏天和明旸是初高中的同学。几年前，明晴就见过夏天，只不过那时候她还是个高中生。

明晴点点头，踩着高跟鞋往办公室走，不冷不热地说："再等等，十分钟后还没到就打个电话问问。"

金玥应道："好。"

半个小时后，夏天由金玥带领快步进了摄影棚。

"晴晴姐，对不起对不起，路上有点堵，我迟到了。"夏天愧疚地道歉。

明晴笑了笑，回答道："没事，抓紧时间换衣服化妆吧。"

明晴工作时非常专注，神情很平静，基本不说闲话。

"脊背挺直，脸再侧过去一点，好，就这样。"

"稍微笑笑，放轻松。"

"金玥，补点光。"

金玥立刻拿着反光板过来补光。

拍摄中途休息时，明晴正在看电脑上刚拍的照片，夏天趁经纪人打电话的间隙，跑过来跟明晴八卦："晴晴姐，你知道宋榅这两年干什么去了吗？"

宋榅十八岁就拿了影后奖项，后来更是成为了具有国际影响力的女演员，演艺事业一路平稳顺利。

明晴很喜欢她，甚至希望以后有机会亲自给她拍照。某种程度上来说，明晴也算是宋榅的粉丝。

但两年前宋榅逐渐暂停各种活动，慢慢隐退，偶尔发发微博，也不确定是不是她本人发的。

大众都猜测宋榅是隐婚生子了，所以才这么久不出现。

明晴眨了眨眼，不确定地道："隐婚生子去了？"

夏天摇摇头，凑近明晴，在她耳边很小声地惋惜道："我听圈里八卦，说她好像得了绝症。"

明晴眉心轻皱："那我还是宁愿她是去结婚生子了。"

夏天轻叹说："谁不是呢，我还想将来有一天能给她搭戏呢。"

"哎，明旸呢？好久没见他了，他现在在干什么？"夏天转了话题，问明晴。

明晴哼笑道："环球旅行去了。"

夏天眼睛一亮："环球旅行？！哇！也太酷了吧！"

他是酷了，害得他二姐还要在公司多上几个月的班。明晴在心里默默吐槽。

经纪人走过来，对明晴笑道："明老师，我们家夏天下午还有别的活动，你看能不能抓紧时间尽快拍完？"

明晴点点头，应允："好的，那我们继续拍吧。"

拍摄工作持续到下午两点才结束。

拍摄完，夏天立刻就被经纪人拉着上了房车，赶往下一个活动场地。

金玥拎着买的午饭过来，一边从袋子里拿出饭菜，一边对明晴吐槽夏天的经纪人："他要早点说下午有别的活动，完全可以跟你商量早点拍，这样我们也能按时吃午饭，结果他把开始拍摄的时间定得那么晚，自己迟到不说，最后又要求你早点拍完，真是什么话都让他们说了。"

明晴倒是没那么大的脾气，她已经习惯了工作中不可避免的问题，适应就好。

她打开饭盒，嘴角含笑地说："你这么大脾气呢。"

金玥气呼呼地说："我是担心你，你的胃不太好，怕你的胃病又犯了，伤害的是你的身体。"

明晴安抚着小姑娘："这不是没事吗？坐下来吃饭吧。"

过了一会儿，明晴正在低头吃饭时，夏天发来了微信。

夏天说："晴晴姐，什么时候你再给我拍一套写真吧？我真的很喜欢你的拍摄风格。"

明晴嘴角噙着笑回答她："我工作日应该没空，最早要等到周六，你什么时候有空呢？"

夏天立刻回复："就周六！我有空！到时候可以拍外景吗？我很

021

想回学校拍！"

明晴问："是初高中学校还是大学学校？"

夏天说："都拍，反正都在本地，过去也方便。"

明晴不太记得夏天是在哪所学校读的大学了，她问："你大学是在哪个学校读的？"

夏天回答："津海大学啊！我是眠眠姐的同校学妹。"

夏天所说的"眠眠姐"就是明晴的闺蜜姜眠。

明晴转而又想起来，季星朗今天报到的大学也是津海大学。

明晴回答："好的，那我们这几天抽空再商量一下具体的拍摄方案。"

夏天开心地回了个"OK"的表情图。

下午，明晴在网上搜索了一下关于宋楹的消息，大多数消息说她是隐婚生子去了，但明晴确实看到了几条说她生病了的消息。只不过这个猜测寥寥无几，而且根本没人相信，毕竟宋楹隔段时间就会发一条微博，仿佛是在告诉大众她很好，只是暂时放下事业回归生活了。

当晚，明晴吃过饭后上微博时，刚好赶上宋楹刚发的微博。

宋楹发了一只橘猫的照片，配上的文字是："宴宝去喵星了。"

宴宝是这只橘猫的名字，大家都知道这只猫已经陪伴宋楹十多年了，年纪也很大了。

明晴刷了一会儿微博，退出来后，点开朋友圈，有感而发地发了一条动态："我希望你平安健康，一切都好。"

这句话是对她喜欢的演员宋楹说的。

季星朗吃过晚饭后和室友一起去操场准备迎接晚上的军训训练，在刷朋友圈时无意间看到了明晴刚发的这条动态。

他点开评论，输入文字"'你'指的是谁？"，又将字和标点符号删除，换成了一句"你也要平安健康，一切都好"，最终他退出评论，只点了一个赞。

因为明晴这条动态，季星朗在训练时都心不在焉，频频出错，最后教官罚他给大家表演才艺。

季星朗没办法，只好拿出自己最擅长的街舞——Breaking（地板舞）。

音乐开始播放，他做了最基础的动作地板步，然后双手撑地转圈，再变成单手撑地转圈，紧接着再双手撑地，让整个身体在地上旋转画圈，可谓极限回环。随即是背旋，将脊背贴着地面让身体不断旋转，然后单手撑地，头朝下，身体倾斜，双腿并拢，伸得笔直，定格一瞬后，干净利索地弹跳起来，站直，鞠躬。

季星朗做的地板动作不仅连贯，甚至完美精准地卡在了每一个节奏上。并非所有的 B-boy 都能做到这一点的。

现场早在季星朗施展招式时就已经沸腾了，大家欢呼雀跃，气氛十分热烈。

"救命，这简直就是陀螺吧！"

"绝世好腰啊！"

"这哥们儿有点东西。"

"这你就不知道了吧，他是今年 Street Dance War 的世界冠军，不是中国区，是世界冠军。"

"什么？"

"Street Dance War，一个世界级的街舞比赛，上个月他才从法国参加完决赛，带着世界冠军的荣誉回来。"

"牛啊！第一次了解街舞，有点厉害。"

一个比较了解街舞的同学说："他更厉害的地方在于，他擅长的不止一种街舞类型——Locking（锁舞）、Breaking（地板舞）、Popping（机械舞），他都很擅长，已经偏向全能型了。"

季星朗在新生军训的第一天，因为街舞才艺展示，一战成名。

季星朗本来因为长相出众就受女孩子们关注，顿时更受欢迎，在训练结束回宿舍的路上他被好几个女孩追着要微信，不过季星朗都礼貌地拒绝了。

室友商琅勾着季星朗的肩膀笑道："行啊兄弟，你居然这么厉害，我刚被方队里的一个男生科普，你竟然还是世界级的街舞冠军。"

"世界冠军竟然就在我身边！天哪！真是让我与有荣焉！"

季星朗拨开商琅不断拍他肩膀的手，点开微信朋友圈，发了一条动态。

季星朗："我多希望你口中的'你'，是在指我。"

此动态权限：仅"晴晴"可见。

直到睡觉，季星朗都没等到明晴给他发的这条动态点赞或者评论，因为明晴在发完动态后就没再看朋友圈，她正在忙着拟定夏天周六拍摄的方案。

等明晴忙完打算休息，已经快零点了。她合上电脑，抹了点护肤品，然后就上床关灯睡觉了。

明天还要去公司上班，烦。明晴闭着眼叹了口气，又睁开眼，摸过手机打开微信，找到明旸的微信，给他发了句："你快点给我滚回来！"

明旸不知道这会儿在哪个国家，居然快速回了消息："二姐，你再坚持几天，十月一日之前我肯定回去，大姐的订婚宴我得去参加。"

明晴哼了声："算你有点良心。"

放下手机，明晴闭上眼，一边酝酿睡意，一边安慰自己这痛苦的日子就快结束了。

顶多再工作一个月而已，很快的。

因为并不喜欢明氏的工作，明晴有事没事就会偷懒开小差。

这天忙完工作，还没到下班的时间，明晴就坐在座位上耗时间。

她闲来无事，打开了手机上的一个短视频软件，随便刷起来。因为正是各个学校开学军训的时节，首页有不少关于军训的视频。

过了一会儿，明晴刷到一个点赞、收藏和评论都非常多的军训短视频。

视频中一群学生穿着军绿色迷彩服，席地而坐，围成一个圈，中央有一个瘦高的男生正在跟随现场播放的音乐声跳街舞。

明晴虽然对街舞不怎么了解，但街舞大体分为几类她还是清楚的。她一看就知道这个男生跳的是 breaking——地板舞。

明晴起初被男生的舞蹈吸引了，过了几秒才注意到，这不是季星朗吗？明晴瞬间睁大眼睛，表情有点儿惊喜。

"不愧是拿了世界冠军的人，这动作非常连贯，太丝滑了。"明晴嘴角含着淡笑，轻声道，"还能精准卡点，厉害了啊，弟弟。"

她把这条视频发到了姜眠的微信上，又对姜眠说："阿眠，你弟弟不得了。"

看完视频后，姜眠对明晴说："很有前途。"她随即补充道，"小朗比赛时的现场表演更震撼，有机会你可以去看看。"

明晴笑着回答："我看可以。"

明晴并不是没有看过季星朗跳舞，但都是他私下里练习或者跳着玩。

第一次见到他跳街舞是两年前，明晴和姜眠逛完街后去街舞工作室找季星朗，透过玻璃看到他在练习街舞。

还有一次是明晴意外看到的，应该是去年夏天的某个晚上，明晴走在路上，正因为自己遇到了一个想要占便宜的男人而感到不爽，突然看见前面有一群高中生围在一起，不时地欢呼起哄。

明晴好奇地凑近，才注意到有两个穿着高中校服的男生正在跳街舞，而其中一人就是季星朗。明晴不得不承认，本就引人注目的季星朗跳起街舞来更加有魅力，会让人的目光长久地停留在他身上。

他跳舞时表情也跟着变化，时而俏皮地吐舌头，时而帅气地抬头点头，偶尔还会可爱地嘟嘴。

他笑起来左脸颊会有一个小酒窝，还会露出两颗可爱的虎牙，让人觉得他很乖巧，是个可爱的男孩子。

还在上高中的男生，穿着蓝白色的校服，跳着帅气的街舞，非常引人注目。他们年轻气盛，活力四射，纯净无忧。这样的年纪，这样的画面，令人羡慕。

明晴在外围看完季星朗跳的那段街舞后，被他感染，心情轻松开心起来，让她觉得令人心烦的前男友早已被她忘得一干二净。

那天回去后，明晴就在手机上搜索了很多街舞的视频观看。从那之后，大数据总会给她推荐街舞的视频。

明晴忽然想起来，她当时好像用随身携带的相机给正在跳舞的季星朗拍了几张照片，只不过后来这件事被她忘了，不知道硬盘里还有没有备份。

明晴晚上回家后打开电脑，连接上硬盘，按照年份和月份找到了去年六月份她拍的所有照片。明晴开始在海量照片中寻找穿着蓝白色校服的男生的照片。

她倾身凑近电脑，慢慢滑动无线鼠标，页面一点一点向下移动。

最终，明晴的视线定在了六月十四日那天拍的照片上，连续三张照片都是蓝白色校服。

明晴点开大图一一查看，第一张较为清晰，只是没有抓拍到季星朗的脸。

第二张中他的手都是虚影，可能是因为他当时动作太快了，相机抓拍下来的画面也是模糊的。

第三张还不错，是他的侧脸，男生的眼睛很漂亮，他正笑着，一只手叉着腰，另一只手往上指。

当时明晴站得靠后，照片边缘免不了会有其他人的头或者脸甚至肩膀。也正因为这样，这张照片看起来更加有氛围感了。

明晴把这张照片导出来，发送到手机上。随后，她将照片发给了季星朗，并说："整理照片时发现的，去年无意间拍过你。弟弟很帅哦！"

季星朗刚吃过晚饭，正在去操场的路上，突然收到明晴的微信，而且还是她一年前在他不知情的情况下给他拍的照片，季星朗心跳加速，大脑也有点宕机。

他勉强维持着表面的镇定，打字问明晴："去年的照片晴晴姐怎么现在才想起来发给我？"

明晴好笑地说道："我说了啊，整理照片。"然后她补充道，"其实是在短视频平台刷到了你军训跳街舞的视频，突然想起来我去年好像拍过你，所以就去找了找，没想到照片还真在。"

季星朗知道他前两天跳的那段街舞被同校同学录下来并传到了短视频平台上，很火，但他根本没放在心上，也没想过明晴会刷到。

季星朗小心翼翼地问："晴晴姐很喜欢吗？"

明晴回答他："小帅哥跳街舞这么厉害，谁会不喜欢啊？！我刚才还和你姐说呢，以后有机会要看看你的比赛现场，肯定更震撼。"

季星朗笑了笑："那下次我有比赛会邀请你去看。"

明晴爽快地答应："好啊，那就这么说定了，到时候姐姐去现场给你加油。"随即她提醒道，"记得送票。"

季星朗："没问题！"

因为和明晴聊了几句，季星朗整晚都很开心。

教官和同学们起哄让他跳一段街舞，他也欣然同意了。

季星朗今晚跳了一段 popping，不出意外地点燃了场子，不仅吸引了其他方队的新生前来观看，甚至招来了高年级跳街舞的学长学姐与他现场 Battle（斗舞）。

场面一度炸翻，操场里的欢呼声震天响。

Battle（斗舞）结束后，学长告诉季星朗他们是街舞社的成员，这次带着诚意来提前邀请季星朗，希望季星朗可以加入街舞社。

季星朗没有多想，立刻点头同意了。他本来就打算加入街舞社。而且他长这么大，也只热爱街舞这一件事。

晚间训练结束，在回宿舍的路上，商琅对季星朗说："等着瞧吧，到时候想加入街舞社的人数都数不过来。"

季星朗正在低头翻着和明晴的聊天记录回味，根本没注意室友在说什么，听闻后只是狐疑地问了句："为什么？"

商琅转头看向季星朗，不可置信地说道："你说为什么啊？大哥！"

"你是怎么用这么无辜的语气问出这句话来的？"

"当然是因为你要加入街舞社啊！"

"那些爱慕你、崇拜你的同性和异性都会挤破脑袋加入街舞社啊！拜托！"

商琅刚说完，手机就振动了。他拿出来，看了一眼，是今年夏天才成为他女朋友的原琳琳发来的微信。

原琳琳和商琅青梅竹马，从记事起就在一起玩，从来没有分开过。今年他们俩都考上了津海大学，只不过不在同一个专业。

商琅喜滋滋地打开微信，然后看到女朋友发来的一条冷冰冰的消息："季星朗的微信方便给我吗？"

商琅的表情瞬间垮了下去，他失落又有些不解地问："你为什么要他的微信啊？是你男朋友不够好吗？！"

原琳琳："帮我室友问的。"

商琅顿时松了口气："琳琳，你早说呀，我还以为你要甩了我去追我室友。"

原琳琳无语，随后发了一条微信语音："商琅，你站住。"

商琅很听话地停下了脚步，虽然不明所以。

他低头问："怎么了，琳琳？"然后又闷闷地说，"也就是你，敢这么命令我。"

季星朗见商琅停住不走了，回头喊他："商琅，你干吗呢？走啊。"

下一秒，季星朗就看到一个穿着迷彩军训服的女孩从身后拍了拍商琅。

商琅一转身，那个女孩就踮脚吻住了他的唇。

周围有几个男生起哄，还吹了声口哨。

季星朗蓦地睁大眼睛，恍惚间脑子里又想起明晴那晚醉酒亲他的画面。

原琳琳用警告的语气对商琅说："再胡思乱想，一星期不理你。"

被女朋友当众亲了一口的商琅有点羞涩，他嘴角轻扬，小声地嘟囔道："原琳琳，也就是你敢这样威胁我。"

原琳琳对他说了句："我走了，晚安。"随即就拉着室友快步往前走了。

商琅笑嘻嘻地和季星朗回到宿舍。

季星朗眨了眨眼，问商琅："你什么情况啊？"

商琅这才交代："刚才那个女孩是我女朋友，叫原琳琳，在我们学校读英语专业。今年暑假我们才确定关系。她和我从小一起长大，我们两家父母都认识，关系也很好。"

"啊……"季星朗恍然大悟，"没想到你居然不是单身。"

"那是！"商琅得意扬扬地道，"小爷可是对这方面的事很懂。"

"哦？"季星朗有些好奇地问道，"那你说说，喜欢是什么？"

商琅想起刚刚被女朋友赏了一个吻，脸有点儿发烫，他张嘴就说："喜欢当然就是期待她吻你了！"

季星朗听到商琅的话后稍微愣了一下。

喜欢是——期待她吻你。

那他梦到那么多次被明晴亲吻，算不算期待她吻他？

算吧！

季星朗想，如果期待她吻自己就是喜欢的话，那他喜欢她都快喜欢疯了。

第二章

周六早上天气不错,晴空万里,明晴换了一套黑白色的运动装,方便在户外拍摄。

明晴没有带助理,接了夏天就出发前往夏天的初高中,其实也是她曾经就读的初高中。

明晴在给夏天拍摄时,看着眼前熟悉的风景,不禁会想起高中时和何文劭相关的点滴。只不过现在她再回忆起这些往事,心里已经没有任何波澜了。

明晴一直都是一个很放得下的人,用别人的话来说,她是一个很冷漠、很"独"的人,一旦发现全心全意对待的人并没有把她看得那么重要,她就会迅速收回对那个人的所有关注。

当她知道何文劭为了学业和前程放弃她的那一刻,何文劭在她心里就没有任何分量了。

明晴和夏天在学校附近的餐馆吃午饭。这家餐馆已经有好些年头了,学生进进出出,来来去去,餐馆倒是没怎么变样。

明晴点了一碗她之前常吃的粉,但是第一口吃下去,她就发现,味道变了。

看起来再没有变化的事物,终究会在时间的洪流中,悄无声息地变化着。

明晴没吃太多东西,一碗粉只吃了一半,喝了半杯果汁。

下午两个人开车去津海大学。夏天将蓝白色校服脱下,换上了白色连衣裙。

拍摄地点包括阶梯教室、图书馆、湖边的亭子、学校种植的那片银杏林,以及室外的操场。

明晴和夏天最后才来到操场拍摄。当时已经是下午四点,太阳缓缓西沉,阳光也变得金黄。

走进新生军训的操场后,明晴顺手拍了几张正在训练的大一学生的照片,然后就带着夏天去旁边拍摄了。

她们的拍摄引来了不少目光,不仅仅是因为有人在操场拍摄这件事本身,还因为夏天现在已经是个小有名气的演员了。

有几个方队正在休息,不少学生都开始举着手机对着夏天拍照。

季星朗的方队带队教官一声令下,让他们休息。

一瞬间,该喝水的学生跑去拿水杯喝水,想去卫生间的学生急匆匆跑去卫生间,还有一部分学生累得席地而坐,饶有兴致地望着明晴和夏天的方向,看她们拍摄。

季星朗则跑去了卖矿泉水的帐篷下。

正好拍完一组照片,明晴见休息的方队越来越多,怕学生跑来跑去影响拍摄,对夏天说:"一会儿再拍?"

夏天笑着点点头:"好,我们也休息会儿。"

一道中气十足的喊声突然在明晴身后响起:"明晴!"

明晴回头,发现喊她的人正是高中同学陈维疆,他是这次军训的其中一位教官,刚巧负责季星朗那个方队。

津海大学是国内顶尖学府,聘请的军训教官也都是军队里的现役军官。

陈维疆今年提前从军校硕士毕业,目前正在陆军某连任职,被授予中尉军衔。

他阔步走过来,笑着说:"我就说是你。"

明晴也挺意外,没想到会在这儿碰到高中同学。她眉眼轻弯道:"你怎么来当军训教官啦?"

陈维疆嘿嘿一笑:"上级要求,服从命令。"

"好几年没见了,你现在怎么样?"他问明晴。

明晴轻描淡写地笑说:"还好。"

陈维疆当初也听说了明晴和何文劭的事,问明晴:"国庆假期高中同学聚会,你去吗?"

明晴摇摇头,如实道:"不打算去,你呢?有时间吗?"

陈维疆笑说:"我肯定出不来啊,去不了。"

明晴挑了挑眉,笑了笑。

季星朗拿着两瓶矿泉水过来时,正巧听到军训教官和明晴在聊国庆假期高中同学聚会的事,因此知道军训教官和明晴大概是老同学。

陈维疆掏出手机,对明晴说:"要不我们加个微信?"

明晴没有拒绝,她扫了陈维疆的微信名片,添加为微信好友。

季星朗站在旁边亲眼看到她加了陈维疆的微信,他微微抿唇,把其中一瓶矿泉水递给明晴身侧的夏天,又把手中的矿泉水瓶盖拧松,递给明晴,并喊她:"姐姐,给。"

明晴看到季星朗,脸上的笑意加深了些。

"谢谢弟弟。"明晴接过季星朗递给她的水,喝了几口,然后问季星朗,"军训累不累啊?"

季星朗乖乖地回答她:"还好。"

夏天睁大眼睛好奇地问明晴:"晴晴姐,这是你弟弟吗?"

明晴刚"嗯"了一声,季星朗就立刻解释:"不是亲弟弟,我是晴晴姐朋友的表弟。"

夏天愣了一下,随即笑起来,对季星朗说:"我知道晴晴姐有个亲弟弟。我和她亲弟弟还是同学呢!当然知道你不是她亲弟弟啊!"

季星朗顿时有点儿脸红,目光不自然地躲闪着。

明晴浅笑着向陈维疆和夏天介绍:"小朗是阿眠的弟弟。"

陈维疆惊讶地说:"姜眠吗?"

夏天也很意外地说:"眠眠姐?"

明晴和季星朗同步点头,又异口同声地说:"嗯。"

明晴看着季星朗的肌肤被晒得泛红,从包里翻出一瓶她随身携带的防晒喷雾递给季星朗,对他说:"训练前喷一下这个,可以防晒,看你皮肤很红,别晒伤了。"

季星朗抿嘴轻笑,小酒窝随之显露出来。他笑着应道:"好。"

没一会儿,方队要进行整队训练,明晴和夏天也继续拍摄。

她们拍完时,季星朗今天的军训还没结束。

明晴走之前,靠近方队拍了几张照片——除了一张是整体照以外,其他都是季星朗的照片。

不怪明晴区别对待，主要还是因为季星朗这张脸太招摄影师喜欢了——棱角分明，弧度流畅，眉梢、眼角都很完美，特别上镜。他穿上这身迷彩服后，气质更加突出了。

明晴拍完照后和夏天离开了津海大学。

往停车场方向走时，明晴给季星朗发了一条消息。

明晴："走了啊弟弟，记得喷防晒，别晒伤了。"

季星朗训练结束去吃晚饭时才看到明晴的消息。他立刻回复明晴："我刚训练结束，会喷防晒的，谢谢晴晴姐。"

明晴看到他的消息，嘴角挂着笑："今天给你拍了几张照片，晚点我把照片整理出来发给你。"

季星朗很开心："好，我等你！"

明晴吃过晚饭后接到了一个工作电话，因为事情急，当晚的视频会议一直开到十一点钟，会议结束后明晴累得晕头转向，简单洗漱后就睡了，把要给季星朗发照片的事情忘在了脑后。

另一边的季星朗，守着手机等了一夜，整晚都没合眼，一直到早上他们要起床早训，都没有等到明晴的消息。他在微信上问明晴，也没有得到回复。

季星朗早训的时候从不带手机，平常都是在早训结束后吃早饭的时间段回宿舍拿手机。但今天也不知道怎么了，他闹脾气似的没有回去拿手机。

今天气温很高，太阳毒辣。季星朗一晚上没睡，早上也没好好吃饭，导致站在太阳底下的他眼冒金星。临近中午，阳光格外炙热，几乎要把人烤化。

季星朗甚至没来得及向教官报告说身体不舒服，就倒了下去，再然后他就什么都不知道了。

明晴早上醒来才看到季星朗昨晚半夜给她发的消息。

"晴晴姐，今晚还给我发照片吗？"

"你睡了吗？"

明晴立刻很抱歉地发语音说："对不起啊弟弟，昨晚工作忙到很晚，我把这事给忘了。"

　　最后一句语气颇为懊恼。

　　明晴补充道:"今晚一定发给你，真的抱歉。"

　　季星朗因为没带手机，根本没听到这两条语音。

　　明晴收到陈维疆的微信消息时，刚到公司附近，打算找家餐馆吃午饭。

　　陈维疆说:"明晴，你那个弟弟晕倒了，被送去校医院了。"

　　明晴有些惊讶，按照季星朗的体格，不应该这么容易晕倒吧？但她转念想到季星朗昨晚那么晚还在给她发微信，立刻发消息问陈维疆:"他目前怎么样了？"

　　陈维疆很快回复她:"校医院的医生说是低血糖，可能还有点中暑，这会儿正在挂点滴，应该没大碍。"

　　明晴说:"好，我知道了。"她坐在座位上沉吟片刻，又给陈维疆发了一条消息，"一会儿我过去看看他。"

　　陈维疆回道:"好，不认识路的话我可以带你过去。"

　　明晴拒绝了他的好意:"谢谢，不过不用了，我认识。"

　　何文劭大学就是在津海大学读的，尽管只读了两年，但也足够明晴和他逛完津海大学的各个角落了。

　　和陈维疆聊天结束后，明晴本想叫上姜眠一起过去看看季星朗，但她突然想起来姜眠这几天跟着秦封到外地出差去了。

　　算了，也不是什么大事，还是别告诉阿眠了，省得她担心。

　　明晴这样想着，已经起身往外走了。

　　从餐馆出来，明晴拐进了一家便利店，她打算给弟弟买点儿吃的带过去。

　　明晴推开病房门时，季星朗正躺在病床上，望着输液管里的液体发呆。

　　季星朗听到病房门响，平静地挪动视线看过去。下一秒，他的眼眸骤亮，脸上也霎时露出了笑容，人一下子坐起来，惊喜又高兴地问:"晴晴姐，你怎么来了？"

　　看到明晴的那一瞬间，季星朗就不再独自生闷气了。此时此刻的他，完全像只正在疯狂朝明晴摇尾巴的小狗。

明晴看他这么有精神，暗自松了口气。她把装满零食的购物袋放在旁边桌上，无奈地道："听你教官说你军训晕倒了，怕你有什么事，过来看看你。"

季星朗笑着说："我能有什么事，我就是……"

"低血糖？还有点中暑？"明晴说，"我听你教官是这么说的。"

"你体格这么弱啊？"明晴有些难以置信，"你常年练街舞，训练强度那么大，不应该这么容易就晕倒啊……"

季星朗有点儿窘迫，他嘿嘿一笑，努力为自己辩解道："我体格一点都不弱，这次是例外，因为我……我……"

他飞快地转动大脑："因为今天实在太热了，我才中暑的。"

明晴笑了一声，问他："是因为昨晚没睡好吧？"

"等我消息等了很久？"她从购物袋里拿了一个芒果味的吸吸冻递给他。

"也没有很久……"季星朗心虚地说。他拧开盖，含住瓶口，手捏着吸吸冻的袋子吸果冻。

明晴拉了把椅子坐下来，说："你给我发消息的时间可不早。"

季星朗刚要撒谎说他是一觉睡醒后给她发的消息，还没说出口，就听见明晴语气歉意地对他解释："对不起啊弟弟，昨晚公司那边有急事，我开视频会议开到很晚，结束后累得直接睡了，忘了要给你发照片。"

"我今早给你发了消息解释，你一直没回我，应该是在生我的气吧？"

季星朗快速地眨了两下眼睛，随后摇头否认："我没有……"话说到一半他忙改口，"我没有带手机过来，不知道你给我发消息了。"

"不然我肯定会立刻回复你的！"他表情认真，像是在保证，又仿佛是在承诺，"我只要看到你给我发的消息，肯定会立刻回复你的。"

明晴见他这么严肃，没忍住轻笑出声。她眉眼弯弯地抬起手，揉了揉季星朗的脑袋，愉悦地说："弟弟你太可爱了。"

"我说的是真的。"季星朗抿唇说。

明晴依然笑着，点了点头，像是哄小孩一样，语气带着些许的无奈："好啦，姐姐知道了。"

"饿吗？"明晴关切地问，"有没有吃午饭？"

季星朗摇了摇头。

"那我去给你买,你想吃什么?"

季星朗说:"我跟你一起去吧。"

明晴看了一眼还在挂点滴的他,嗔笑道:"别闹,点滴还没……"她的话还没落地,季星朗就自己拔了针。

明晴瞬间睁大眼睛,而后紧紧皱眉,语气里染了几分愠意:"季星朗,你在干什么?"

季星朗从病床上下来,弯腰穿好鞋,站在明晴面前,垂眸看着她,用一副很乖的语调说:"没事,我已经好了。"

"我现在就是饿,很饿,想好好吃一顿午饭。"他把手搭在明晴的肩膀上,推着她往外走,"走啦,晴晴姐,我真的要饿死了。"

明晴拿他没办法,只能嘱咐他:"下次不能这么任性了。"

季星朗笑着应下:"好,保证不再犯。"说完,他还不忘拎上明晴给他买的那袋零食。

时间有限,季星朗和明晴没去校外,直接往学校的餐厅走去。

他们在路上遇到了要给季星朗送午饭的商琅。

商琅看着走近的季星朗,讶异地问:"季星朗,你不是在校医院吗?怎么出来了?"

季星朗指了指餐厅的方向:"去吃午饭啊。"

商琅责怪道:"我给你带的饭还要不要了?"

季星朗笑眯眯地拿过来:"要,我拿到餐厅去吃。"他顺便把手里拎的购物袋递给商琅,拜托他,"帮我带到宿舍去。"

商琅接过购物袋,无语道:"你早说你去餐厅吃,我就不给你送过来了。"

季星朗笑道:"我也不知道晴晴姐会过来看我啊。"

商琅这才想起要和明晴打招呼,语气瞬间变得乖巧礼貌起来:"姐姐好,我是季星朗的室友商琅。"

明晴淡笑着应道:"你好。"

"那你们快去餐厅吧,不然一会儿都没饭了。"商琅对他俩挥挥手,"我回宿舍休息去了。"

"去吧去吧。"季星朗摆了摆手,嘴角轻扬着说。

035

他继续跟明晴往餐厅的方向走,到了岔路口,刚要对明晴说走右边那条路,就见明晴率先拐到了右边的路上。

季星朗这才发觉,她似乎对这里很熟。他有点儿好奇地问明晴:"晴晴姐,你是不是之前跟我姐逛过我们学校?看你好像对这里很熟。"

季星朗之所以这样问,是因为他表姐姜眠就是在这里上大学的。

明晴笑了笑,回答他:"你只说对了一半。"

"我确实对这里很熟,不过不是和阿眠逛的。"

季星朗心里顿觉有问题,果然,下一刻就听明晴坦然道:"我跟我初恋逛过你们学校,而且不止一次。他大学就在这里读书,所以我对这里挺熟。"

初恋。

季星朗知道明晴谈过恋爱再正常不过,可听到她亲口说出来,心里还是很不爽。

像是被初恋这两个字打击到了,季星朗没再说话。

一直到餐厅,他才开口问明晴想吃什么。

明晴并没察觉到季星朗情绪不好,直接问他:"你们学校现在还卖糖醋小排吗?那个还挺好吃的。"

"卖的。"季星朗说,"就是不知道现在还有没有,我去看看。"

他拿了个托盘,走到卖糖醋小排的窗口,问卖饭的阿姨:"阿姨,还有糖醋小排吗?"

阿姨看到这么帅气的男孩子来买饭,手背上还贴着医用胶带,顿时心生怜惜,对他说:"有,还有一点儿。"

"要一份糖醋小排,再要一份米饭。"季星朗说完,就刷了校园卡。

阿姨直接把剩下的糖醋小排都给季星朗盛了,足足有一份半的量。

"正是长身体的时候,多吃点儿,都给你了。"阿姨说。

季星朗笑着说"谢谢"。他一笑,就露出可爱的酒窝和虎牙来,阿姨登时更喜欢他了,米饭也给他盛了足足的量。

季星朗端着饭菜转身,只见明晴在座位上举着手朝他挥了挥。他立刻迈着大步走过去,把托盘放到她面前。

明晴惊讶地看着满盘的糖醋小排和高出碗一截的米饭,问季星朗:"你买了多少?两份吗?"

季星朗坐在明晴对面,正在拆商琅给他打包的饭菜,听闻摇头说:

"不是啊,只要了一份。"

"一份这么多?"明晴一脸不可置信地说,"你们学校食堂的阿姨现在这么大方?"

季星朗顺口问:"原来不大方吗?"

明晴说:"一份荤菜只有几块肉,你说大不大方?"

季星朗低声笑了:"这么夸张吗?"

明晴看到季星朗的饭盒里只有一份炒饼,怕他吃不饱,而她又吃不下这么多米饭,就端起碗给他盛了些米饭。

"给你点儿,太多了我吃不完,你正是长身体的时候,得吃多点儿,别饿着。"明晴又把盛着糖醋小排的盘子从托盘里端出来,放到他俩中间,"一起吃糖醋小排。"

季星朗根本没想过明晴会和他分一碗米饭,他愣了一下,受宠若惊地应道:"好的……"

过了片刻,季星朗犹豫地问明晴:"晴晴姐,你经常会跟你初恋来这里吃糖醋小排吗?"

明晴笑着回答他:"没有经常,我大学在港城读的,异地恋根本没太多机会见面,而且……他只在这里读了两年。"

"只读了两年?"季星朗轻轻皱眉,"那后来呢?"

"出国了啊。"

季星朗又问:"你们是因为他出国才……分开的吗?"

明晴难得沉吟了一会儿才回答季星朗,说:"是,但也不是吧。"

季星朗不懂,是就是,不是就不是,怎么会是"是也不是"呢?

"那你们是怎么认识的?"他很好奇,"你们并不在一个大学啊。"

明晴很坦荡、耐心地回答季星朗的每一个问题:"是高中同学。"

"我和他、你姐,还有你的军训教官,都是高中同学。"

"你们是从高中就……"季星朗直勾勾地盯着明晴。

"不是,是高中毕业后。"明晴语气无奈地回答季星朗,然后她夹了一块排骨放在他的餐盒里,笑着说,"快吃饭吧。"

季星朗还想问什么,但最终没开口,乖乖低头把明晴给他夹的排骨吃了。

午饭吃完后,明晴要回公司,下午还有工作要处理。

在餐厅前分开时,季星朗突然叫住转身欲走的明晴:"晴晴姐。"

明晴回过头来,正好迎着阳光,她微微仰脸,眯眼望着季星朗,抬手遮在头顶。

季星朗目光清澈干净,想了很久,他还是将那句憋在心口的话问了出来:"你还喜欢他吗?"

明晴眉眼轻弯着,嘴角扬起好看的弧度,整个人沐浴在明亮的阳光里,柔和又明媚。

"不喜欢了。"她说。

因为明晴那句"不喜欢了",季星朗开心了好久。

当天晚上,明晴把昨天给季星朗拍的照片整理出来发给他。

季星朗一一保存,回复明晴:"晴晴姐拍得好好看。"

明晴发语音说:"是弟弟长得帅。"

她说话时带着笑意,季星朗没有开扬声器,而是把手机放在耳边听。她含笑的嗓音带着几分温柔,从听筒里传过来,惹得他耳根酥麻。

季星朗将这条语音也收藏起来。

接下来每天,季星朗都会在军训前喷几下明晴给他的防晒喷雾。

有次商琅凑过来也想喷点儿,被季星朗毫不留情地拒绝并推开了。

季星朗说:"你要想用找你女朋友要。"

商琅不解道:"关我女朋友什么事啊?这防晒喷雾也不是你女朋友给你的,你姐的东西有什么好藏着掖着的!你大方点儿,拿出来一起用呗!"

"我不,"季星朗死死护着这瓶防晒喷雾,不让商琅碰一下,随后又纠正商琅的称呼,"她不是我姐。"

商琅不懂季星朗为什么会否认明晴是他姐姐的事:"你一口一个晴晴姐地叫着,怎么就不是你姐了?"

季星朗不知道怎么反驳,提高声音,试图在气势上取胜:"反正就不是!"

商琅也大声道:"不是就不是,你喊这么响干什么?!"

须臾,商琅反应过来,他扭头盯着季星朗,震惊又犹豫地问:"季星朗,你别是喜欢她吧?"

季星朗耳根泛红,神色认真且故作镇定问:"怎么?不行吗?"

商琅很纠结地说:"也不是不行,但她应该比你大不少吧?我记得她和咱们教官是同学,那应该大你五六岁……"

季星朗根本不在乎这些:"那又怎样?"

"不是,"商琅说,"你问过她是否接受姐弟恋吗?有些女孩子很介意男方比自己小。因为她们觉得男生本来就晚熟,再谈个比自己小的,男生会很幼稚、很任性。和不成熟、还特别容易冲动的人谈恋爱,就像带孩子一样,会很累。"

季星朗抿了抿唇,他确实不知道明晴是否能接受姐弟恋,但还没到那一步,毕竟目前只是他单方面喜欢她。

九月十二日这天,多云,有小雨。天气不是很好,但津海大学大一新生的军训会演还是要正常举行。

等军训会演结束,已经是下午。

季星朗在回宿舍的路上就给明晴发了微信:"晴晴姐,我放假了,今晚一起吃饭吗?"

正在工作的明晴抽空回了他一条消息:"好,下班后我去接你。"

季星朗开心地回了明晴一个"OK"的表情图。

季星朗家就在本市,他背了个黑色的双肩包就回家了。到家后,他先舒舒服服地泡了个澡,随即打开衣橱,开始挑今晚要穿的衣服。

选了好久,季星朗最终决定穿上白色的连帽宽松卫衣和黑色的束脚运动裤。

时间临近傍晚,季星朗坐在被夕阳余晖照亮的床边,拿起手机给明晴发微信。

季星朗:"晴晴姐,今晚我们去哪儿吃?"

明晴回复他:"弟弟,你先看看你想吃什么,我还有点工作没处理完,再等我半个小时。"

季星朗让她慢慢忙,不着急。

他戴上黑色棒球帽,拿起手机下楼打算出门。

母亲和父亲还在公司没回家,家里只有爷爷岳鸿庭在。

季星朗的父亲叫姜骁,季星朗和他父亲一样,都随母姓,所以他家祖孙三代一个人一个姓。

季星朗对岳鸿庭说:"爷爷,我今晚有约,不在家里吃了,等我爸妈回来帮我跟他们说一声。"

岳鸿庭点点头:"好。"

年轻人朋友多,喜欢出去聚会,岳鸿庭从来不阻拦。

这个时间坐地铁比打车快,季星朗果断选择乘坐地铁去明氏企业大楼。

他到达时明晴还没给他发消息,季星朗就在大楼前等着。

明天是中秋节,附近各家商铺都有中秋福利,就连奶茶店都在搞第二杯半价的活动。

季星朗跑去旁边的店,买了两杯奶茶,发现奶茶店居然还推出了月饼,又在奶茶店买了一盒月饼。

明晴忙完告诉季星朗她要出发去接他时,季星朗连忙对明晴说:"晴晴姐,你来大楼前。"

明晴发了个疑问的表情图,季星朗只好如实交代:"我在明氏大楼前。"

明晴惊讶:"你过来多久了?"

季星朗回答她:"也没多久。"

明晴:"等着啊,我这就去停车场开车过去找你。"

季星朗心满意足地笑了:"好。"

过了一会儿,明晴开着她的红色宝马来到大楼前。

季星朗认出了她的车,在明晴下车时就走了过来。

明晴望着朝她走来的季星朗,穿着休闲的男生看起来有点潮,又有点酷,身材高高大大的,脑袋上戴着黑色棒球帽,白色的连衣帽扣在棒球帽上。

季星朗举起手里的奶茶,对明晴露出酒窝:"我买了奶茶。"

"还有月饼。"他像发现了什么有趣的事一样,"在奶茶店买的月饼,现在奶茶店都开始卖月饼了。"

明晴笑道:"也就骗骗你这种小孩子。"

季星朗不满地说:"我不是小孩子了。"

"好,你不是小孩子。"明晴也不跟他计较,"走,上车吧。"

季星朗把月饼放在车后座,拎着奶茶坐进了副驾驶座。

明晴随后也坐进车里,问他:"想好吃什么了吗?"

季星朗摇头,旋即笑道:"晴晴姐带我吃什么我就吃什么。"

"行，"明晴发动车子，"那姐姐可就看着办了。"

"嗯。"季星朗乖乖应道，心里很期待明晴要带他去吃饭的地方。

然而，车子行驶到半路，明晴慢慢把车开到了路边停下。

她胃不舒服，开始在储物格里翻找胃药。

季星朗自然也感觉到了她的不适。他皱紧眉头，担心地问："晴晴姐，你怎么了？"

明晴强忍着不适，尽量保持语调平稳地回答："胃有点儿疼，我找找胃药。"

"我记得车里放了一瓶胃药。"她皱着眉头胡乱翻找着，"怎么找不到了……"话音未落，明晴就看到了那瓶胃药，拿起来打开瓶盖后却发现里面已经空了。明晴这才想起，她上次就吃完了，一直忘了备新的。

季星朗当机立断："我们去医院。"

明晴想要拒绝："不用，去药店买点儿止痛药就行。"

季星朗已经下了车，他绕到她这边来，打开车门，弯腰给明晴解了安全带，拉着她的胳膊，扶着她下车："你去副驾驶座，我来开车。"

明晴不确定地问："你会开车吗？"

季星朗神色认真地回答："我今年暑假已经拿到驾驶证了，也开过几次车，没问题的。"

明晴胃疼到腰都有点直不起来，被季星朗扶着走到副驾驶车门旁上了车。

季星朗贴心地给她拉过安全带系好，然后快步回到驾驶座启动车子，驶入主路，汇入车流。季星朗车开得有点儿快，但也很平稳，不会突然提速、突然刹车。

接下来一路上，明晴紧紧皱着眉，忍着疼痛。

到医院后，季星朗虚揽着她的肩膀，扶着她去急诊。

做完各项检查后，医生给明晴开了些药，让他们去药房取。

季星朗把明晴带到有座椅的地方，让她坐下休息，他一个人到药房的窗口排队取药。

等他拿到药转身往回走的时候，忽然听到有人喊了声："明晴。"

季星朗望过去，看到一个穿着西装的男人站在明晴面前。

明晴刚站起来，季星朗就跑回来了。他立在明晴身侧，和明晴一起看向男人。

何文劭没想到会在医院遇到明晴，而且她的身边还有一个男生。他不动声色地淡笑道："好久不见。"

明晴这时不舒服，根本不想说话，连礼貌都懒得装，她"嗯"了一声，然后转脸对季星朗说："弟弟，走吧。"

季星朗和之前一样虚搂住明晴的肩膀，正要离开，何文劭突然对明晴说："你原来不是接受不了姐弟恋吗？"

明晴懒得跟何文劭解释季星朗不是她男朋友，只强撑着精神回了他一句："人都是会变的，这点你应该再清楚不过。"

何文劭的脸色顿时变得难看。

明晴从医院出来上车后就吃了胃药。

她这个样子，季星朗哪里还舍得让她陪自己去吃饭。他直接开车把明晴送到家。

明晴让他随便坐，不用拘束。她这时好些了，但还是有点儿难受。

明晴用电水壶接了水，打算烧点儿热水喝。季星朗也走到吧台那边，他问："在医院遇到的那个男的，就是你初恋吗？"

明晴没什么好隐瞒的，懒懒地"嗯"了一声，然后笑着问："是不是还挺帅的？"

季星朗哼了哼，不服气地道："没我帅。"

明晴被他逗乐，顺着他的话："也没你年轻呢。"

季星朗却沉默了下来。须臾，他试探地问明晴："晴晴姐，你真的不接受姐弟恋吗？"

明晴又"嗯"了一声。

"不接受。"她说。

季星朗顿时感觉一记闷雷劈了下来，他没戏了。

明晴一句"不接受"，让季星朗沉默了好长时间。他安静地坐在旁边，不知道在想些什么。

明晴看他有点儿出神，也没打扰。她在手机上给他点了外卖。让他跟着折腾了这么久，总不能再让小孩饿着肚子回家去。

买好外卖后，明晴回头对还坐在吧台那边高脚凳上的季星朗说："弟弟，我点了外卖，一会儿你吃完再回去吧。"

"今天又没能请你吃饭,实在抱歉。"

季星朗这才回过神来,对她摇摇头,很善解人意地说:"咱们可以再找时间,没关系的。"

刚才上来时,季星朗买的奶茶和月饼也一起拎了上来,但明晴这会儿显然不能喝冰奶茶。季星朗用吸管戳开封口包装,自己喝起来。

明晴笑着对他说:"现在喝奶茶,一会儿还能吃得下晚饭吗?"

"能吃得下,"季星朗说,"我胃口很大的。"

明晴被他逗笑:"果然是还在长身体的孩子。"

季星朗不高兴地纠正:"不是孩子了,我已经成年了。"

明晴不跟他计较这个,有点敷衍地应着:"好好好,满十八周岁的小朗同学已经是大人啦。"

她说话间,懒洋洋地躺在了沙发上。

明晴随手拿起一个抱枕放在肚子上抱住,望着天花板发了一会儿呆。

后来明晴感觉又累又困,本想闭眼假寐片刻,结果就这样睡着了。

季星朗走过来时,她侧着身,双腿微蜷,怀里抱着抱枕,睡得很熟。

季星朗怕吵醒她,特意把动作放得很轻很轻。他小心翼翼地从旁边拿过毯子,给她盖在身上。

随后季星朗就去了玄关,缓慢地打开门,就这样等在门口,一直站到外卖员来。

季星朗从外卖员的手中接过外卖时才发现,她只给他买了,自己却没打算吃,可能是不舒服,没什么胃口吧!

季星朗暗自叹了口气。他关好门,拎着外卖走进客厅,把外卖放到餐桌上后就进了厨房。

季星朗在厨房里一顿翻找,终于找到了半袋小米。接下来,他开始淘米,接水,煮小米粥。

季星朗家境优渥,也算是个养尊处优的小少爷,但他不仅会做家务,会做饭、炒菜,还会很多居家技能。

熬粥的时候,季星朗全程守在厨房,没有离开半步。

小米粥熬得差不多后,季星朗将火调小,往里面加了些红糖,搅拌了一会儿。

他打开明晴家的冰箱,想看看还有什么吃的,可冰箱里实在太空了,他最终也就找到几个鸡蛋。

等晴晴姐醒了可以做个炒蛋。他这样想着,关掉火走出厨房,然后就看到明晴正睡眼惺忪地往餐厅这边走。

"晴晴姐,你醒了?"季星朗关切地问,"胃还难受吗?"

明晴浅笑道:"好多了。"

"你还没走啊,我还以为你吃完饭离开了。"刚刚睡醒的她嗓音有点儿哑,听起来格外轻软动人。

季星朗说:"我给你熬了粥,要不要吃点儿?"

明晴有点惊讶地看向他:"你……熬粥?"

季星朗缓缓眨了两下眼睛,有点不解地问:"怎么了吗?"

"弟弟,你会做饭啊?"明晴轻笑道,"我以为你和明旸一样是个厨房杀手。"

"太瞧不起人了吧!"季星朗笑起来,很自豪地告诉她,"我很会做饭的。"

"可惜你家里没什么食材,我只能给你做个炒蛋。你先去餐桌那边坐会儿,我去盛粥。"他说着,就伸手放在明晴的肩膀上,将她转过身,推着她走到餐桌旁边。

季星朗给明晴拉开椅子,让她坐下,然后快步折回了厨房。

明晴这才注意到,她给他订的外卖,他还没有吃。

季星朗回到厨房后,将鸡蛋打进碗里搅匀,然后开火,往炒锅里倒了点油,等锅热了后把鸡蛋倒进去,开始小火翻炒。很快,一盘鲜嫩的炒蛋就做好了。他打开锅盖,盛了一碗小米粥。

季星朗一只手端着碗,一只手端着盘子走出厨房。他把小米粥放在明晴面前,把炒蛋放到她旁边,又将手中的筷子放在盛有炒蛋的盘子上,然后在她对面坐下,脸上挂着小酒窝对她说:"吃吧。"

明晴看了看碗里的粥,问他:"你加了红糖吗?"

季星朗点头:"不会很甜,你尝尝看。"

明晴拿起勺子,吃了一口,确实只有点淡淡的甜味,还挺好吃的。

她又拿起筷子,夹了一块鸡蛋吃进嘴里,很嫩。他居然能把炒蛋做得这么鲜嫩,火候掌握得刚刚好,不然鸡蛋很容易炒老、炒煳。

明晴很佩服季星朗小小年纪就这么会做饭,而且他真的很细心体贴。

　　她感慨地说:"如果你是我弟弟就好了,又乖又懂事,还特别会照顾人。"

　　"突然很想和阿眠换弟弟,"明晴开玩笑地说,"把明旸这个小兔崽子送给你家吧,作为交换,你来我家,当我弟弟。"

　　正在对面拆外卖包装的季星朗听到微微愣了一下,然后直接拒绝:"我不。"

　　明晴没料到季星朗会这么严肃地拒绝她的一个玩笑,她稍稍惊讶了一下,然后笑着问:"怎么了?姐姐对你不好吗?"

　　"不是的,"季星朗也不知道该如何解释,只能重复,"反正我不当。"

　　明晴只是随口开个玩笑而已,并没有放在心上。

　　过了一会儿,季星朗鼓起勇气问明晴:"晴晴姐,你为什么不接受姐弟恋?弟弟有什么不好吗?"

　　明晴歪着头想了想,回答他:"弟弟挺好的啊,年轻,有活力,真诚,精力旺盛,像小狗一样……"

　　"但是,怎么说呢,不适合我吧,"明晴嘴角微微扬起,"年纪小的男生无法给我足够的安全感,他的未来有无限可能,道路上充满了各种机会,我不会是他坚定不移的选择,总有一次,他会为了他自己的人生,或者其他的诱惑,放弃和我在一起。既然早就知道我们不会走到最后,他终究会成为其他人的男友和丈夫,那我为什么要去帮别人培养他呢?"

　　季星朗反驳明晴:"这跟年龄无关,和人有关。年长的男人依然有各种可能,他们也会遇到各种机遇,面对很多诱惑,也可能无法对你始终坚定,会在某个节点选择放弃你们的感情。相反,并不是所有比你年纪小的男生都像你说的那样对感情不坚定,你说的这个理由根本站不住脚。"

　　明晴淡淡笑着,一边慢慢地喝粥,一边回应季星朗:"你是对的,年长的男人也不见得有多坚定,反而弟弟更坦诚、纯粹。可是弟弟不成熟,相处久了会很累。"

　　"晴晴姐,你又以偏概全。"季星朗皱紧眉头为自己辩解,"弟弟也能成熟可靠,弟弟也会很体贴细心,弟弟更真诚坦率,弟弟也能把你宠成小公主,弟弟还能把你视作他的女王,弟弟照样能给你安全感。

弟弟会听你的话,你说什么就是什么。"

明晴见他这么较真,有点狐疑地抬眼看向季星朗,失笑问道:"弟弟,你怎么在这个问题上这么计较?"

季星朗表情一顿,眼神躲闪,他故作镇定地装傻道:"有吗?"

明晴好奇地问:"你喜欢的那个女孩,年纪比你大吧?"

季星朗咽了口口水,"嗯"了一声。

明晴继续大胆猜测:"她也接受不了姐弟恋?"

明晴从他的表情中读出了答案。

"那你还打算继续喜欢她吗?"明晴问。

"当然要。"季星朗毫不犹豫地回答。

明晴很理智地提醒他:"可是她不喜欢你,也不接受姐弟恋,那次亲了你还不负责。"

季星朗咬了咬嘴唇,依然很坚定地说:"我就要喜欢她。"

明晴忍不住为季星朗打抱不平:"她不喜欢你,也不接受姐弟恋,居然还亲了你,这个女人就是故意撩你又不想负责吧?"

季星朗望着她,看她皱着眉头一副为他担忧的模样,忽地又有些开心。

季星朗笑起来,露出小酒窝和小虎牙,看上去又奶又乖。

他安抚她:"她没有这么坏。"

明晴一副不信的表情:"我觉得她挺坏的,故意勾引纯情小孩,又不负责。"

"晴晴姐,"季星朗低声嘟囔道,"我都说了我不是小孩。"

明晴轻声笑问他:"弟弟,你知不知道,只有小孩才总想装大人。"

"你比我小五岁呢,在我眼里你可不就是小孩。"

季星朗烦了,起身要走。

明晴见把人逗恼了,连忙起身追上去。时间确实不早了,她没想继续留他:"我送你回去。"

季星朗登时更郁闷了,他转身坐回座位上,摆出一副偏不走的表情,还给自己找了个理由:"我还没吃完。"

明晴笑他幼稚:"那你吃,吃完姐姐送你。"

季星朗默不作声地吃饭,吃完也没让明晴送他,他自己打车回学校了。

坐上出租车后，季星朗捏着手机，低头看着他和明晴聊天的界面，沉吟片刻后，给她发了两条消息。

季星朗："晴晴姐，会放弃你的人，只是不够爱你。"

季星朗："足够爱你的人，无论怎样都不可能松开你的手。"

明晴看到他发来的消息，眉眼弯了弯。须臾，她回复他："弟弟，你是对的。"

季星朗走后，明晴在客厅坐了一会儿。

她注意到季星朗给她买的那盒月饼，嘴角不自觉地轻扬起来。

这小孩还特意给她买月饼。明晴心里有点暖。

她拆开月饼礼盒，拿出一个奶黄流心口味的月饼，拆开，掰开一小块，尝了尝。

还不错，至少比想象中好吃。

明晴便慢悠悠地把这个月饼吃完了。

季星朗下车后第一时间掏出手机给明晴发微信。

季星朗："晴晴姐，我到家了。"

明晴在洗澡，没有及时看到消息，自然没法立刻回复他。等她洗完澡把头发吹干，一捞起手机就看到了季星朗发来的微信消息。

明晴回复他："好。"

她补充道："我吃了一个月饼，还不错。"

季星朗立刻发来："你怎么现在就吃了？"

明晴疑惑地问道："不能现在吃吗？"

难道吃个月饼还有时间限制？

季星朗说："你今晚胃疼，先别吃这种不容易消化的东西。"

明晴捧着手机笑出声，太可爱了弟弟，还怪会疼人的。

她回他："胃已经没事了，不用担心。"随后又说，"不早了，休息吧。"

季星朗的新消息开始不断蹦出来。

季星朗："好。"

季星朗："晴晴姐，你不要再对姐弟恋抱有偏见了，不是所有的弟弟都会让姐姐在恋爱中感到疲惫。"

明晴弯眸笑着回他："知道了，我会改变对姐弟恋的偏见。晚安。"

季星朗因为明晴松动的态度而高兴,他躺在床上,笑着给明晴发了一个"晚安"。

这晚,明晴关了灯躺在床上,闭上眼睛回想今天的事,脑子里闪过在医院里遇到何文劭的画面时,眉头不由得皱了皱。

她并不想和何文劭见面,不是心里还没放下他,而是不愿意再提和他之间的事。

对她来说,那段感情早已经结束,何文劭也早就是过去式了。

她不去高中同学聚会的一部分原因,就是不想给那些同学机会问她和何文劭当年为什么分手。

明晴一直觉得,前任就该像死了一样消失在彼此的世界里。但她没想到会在医院意外遇到何文劭。他已经蜕变了模样,不再是她记忆中那个干净温柔的男孩子了。

明晴轻轻舒了口气,侧身躺着睡了。

隔天清早,明晴睁开眼的第一件事就是摸手机看时间,正巧看到季星朗一个小时前给她发的微信消息。

季星朗:"晴晴姐,早安啊,中秋节快乐。"

季星朗:"胃怎么样?没有再疼吧?"

从昨晚到现在,他已经问过她好几次了,看来她昨晚开车胃疼似乎吓着他了。

明晴笑着回复他的消息:"早上好,中秋快乐啊,弟弟。不用担心,胃已经好了,只是小毛病。"

季星朗说:"那就好,记得吃早餐,好好养胃。"

明晴虽然没打算吃早餐,但还是回道:"好的,一会儿吃。"

今天摄影工作室有拍摄的活儿,不过时间充裕,明晴就没着急起床。

难得的假期,她躺在床上,懒洋洋地玩手机,想起自己有段时间没有经营微博了,就打开微博发了几张存在手机里的摄影照片,当作营业了。

半个多小时后,明晴还躺在床上刷微博,门铃突然响了起来。

她好奇地下床去看是谁,透过猫眼看到季星朗拎着早饭站在外面。

明晴惊讶地打开门:"弟弟?"

季星朗笑着将袋子抬高,语调明快地说:"早餐已经送到了。"

明晴侧身让他进来，哭笑不得地说："你怎么还负责送外卖了？"

"这不是怕你不吃早餐吗？"季星朗把袋子放到餐桌上，"所以过来监督你吃饭。"

明晴："你怎么知道我不吃早餐？"

季星朗说："直觉，从你的回答里感受到的。"

明晴都不记得她回了什么："我回答你什么了？"

季星朗一字一句地提醒她："好，一会儿吃。"

他揶揄道："晴晴姐，你的一会儿，大概是中午了吧？"

明晴没想到他连这个都猜得到。

"不得了，不得了。"她惊叹道，"弟弟你不得了啊。"

季星朗嘿嘿一笑，帮她拆开餐具包，掰开一次性筷子，又把勺子给她放好："快吃吧。"

明晴转身回卧室："我先去洗漱一下，你坐会儿……"

"我不坐了。"季星朗说，"得去舞蹈工作室那边一趟。"

明晴扭头看向他，问："去练习街舞啊？"

"嗯，"季星朗点点头，"和师父约好了。"

"那你快去吧。"

季星朗走之前又嘱咐她："好好吃饭啊，晴晴姐。"

明晴挑挑眉，语气有点无奈："知道了，弟弟。"

季星朗离开后，明晴回到房间洗漱，刷牙的时候她突然笑了。

她调侃小朗送外卖，结果小朗过来还真是只给她送个饭。

明晴吃过早餐后就去了摄影工作室。今天要给一个女孩子拍一套写真。虽然时间充裕，但明晴还是忙到了傍晚。

季星朗在中午的时候给明晴发了一条消息，提醒她按时吃午饭。

明晴当时还在拍摄，没及时看到消息。等她一边吃午饭一边回消息时，季星朗又在训练了。

明晴还收到了陈维疆的微信。陈维疆说他这几天休假，问她哪天有空，要不要一起吃个饭。

其实自从加上陈维疆微信后，他就时不时找她聊天，只是明晴每次都不陪聊，一是没空，二是没兴趣。

明晴直接拒绝说："抱歉啦老同学，我最近挺忙的，没什么时间，你可以找别人约一下。"

傍晚时分，晚霞漫天，明晴终于收工了，接下来就是修照片工程了。

她给工作室的助理和其他几个工作人员一一发了节日奖金后，就离开了工作室。

今天是中秋节，阖家团圆的日子，明晴没打算在今晚请季星朗吃饭，他肯定是要和家人一起过中秋节的。

到家后，明晴点了一份外卖，解决掉晚饭，她就开始整理今天拍的照片。

晚上八点左右，明晴放在桌上的手机突然振动了一下。

她把正在修的照片保存好，才拿起手机查看消息，是季星朗发来的。

季星朗："晴晴姐，快来优则舞蹈室703！"

明晴不明所以，疑惑地问道："怎么了？你遇到事了？"

季星朗不知道在干什么，没有回复她。

明晴虽然不懂季星朗为什么突然让她去他练习街舞的舞蹈室，但她还是换上衣服出门了。

优则其实是一所街舞培训学校，占了整整一层楼，季星朗说的优则舞蹈室703只是其中一个练习室。

明晴上楼后顺着门牌号找到了季星朗说的舞蹈室。

优则舞蹈室采用的是玻璃墙，所以明晴能看到舞蹈室里的情况。舞蹈室里有不少人，大多是一些年轻的男孩子。

季星朗率先看到了她，他抬手对她挥了挥，明晴这才注意到他。

她对他笑了笑，看到季星朗朝自己跑过来，随后，舞蹈室的门被打开，里面正在播放的音乐瞬间流泻出来。

季星朗在门口探身喊她："晴晴姐，进来！"

明晴有点儿诧异，她走向季星朗，笑着问道："我进去干什么？"

"进来你就知道了。"季星朗握住她的手腕，把她拉进舞蹈室。

一瞬间，大家都望了过来。有人关掉了音乐，舞蹈室内瞬间安静下来。

这种场面明晴还是能应对得当的，她淡定地微笑着说："大家好，我叫明晴，是小朗的姐姐……"

大家似乎都认识她，一点也不感到意外。一群十八九岁的男孩子陆续喊道："姐姐好。"

年龄比她大的学员还有季星朗的几个师父也和她打了招呼。

明晴保持着得体的微笑,转脸看向季星朗,很小声地问他:"你叫我过来干什么?"

季星朗露出小酒窝和小虎牙,笑得很乖巧,说:"你不是说想看我的比赛现场吗?"

"今晚我们有Battle(斗舞),我觉得你可能会感兴趣,所以就叫你过来了。"

他补充道:"我提前和师父他们打过招呼了,大家都知道你会过来。"

季星朗让明晴坐在他的三位师父旁边。

季星朗之所以有好几位师父,是因为他学一种街舞舞蹈,就会多一位师父。

季星朗五岁开始接触街舞,学的是Locking(锁舞),十一岁的时候学的是Breaking,十六岁又学了Popping(机械舞)。

季星朗在街舞上很有天赋,别人都是靠努力,最强的也就是被大家说是老天爷赏饭吃,而他不是,用他第一位师父雷路则的话来说:"别人都是向老天爷讨饭吃,小朗是被老天爷追着喂饭吃。"

胖子李海为对明晴说:"明晴姐,一会儿几位老师会投票,你也可以投票。"

明晴很感兴趣,笑道:"好啊,不过我是外行,不专业,我的投票不计入统计结果,我就当满足自己当裁判的心愿了,重在参与。"

她说完,目光就落到季星朗身上,他正在整理裤链。

明晴这才发现,季星朗今天戴了她送他的那款腰果花方巾。

用方巾环将方巾固定好,看起来很潮很嘻哈。

季星朗整理好方巾和裤链,一抬眸,就撞进了明晴的视线。

明晴笑盈盈地用口型对他说:"加油。"

季星朗微愣,旋即笑意在脸上荡漾开。

姐姐,你发现了吗?我要戴着你送我的礼物比赛。

这次Battle有六个人参加。

Battle的规则是守擂的人连续赢五轮就获胜,也就是说,守擂方要依次并连续五次战胜打擂方才行。

难度并不小,但跳街舞的男孩子,最喜欢有挑战的Battle。

舞蹈室有抽签筒，六个人抽签决定出场顺序。

季星朗抽到了数字4，第四个出场。

除了他，参加Battle的另外五个人出场顺序分别是：擅长Locking的胖子——李海为，专攻Breaking的小鹿——鹿晓，Locker（跳锁舞的人）青瓜——本名叫沈数，跳Popping的豆苗——苗旭，还有跳Hip-Hop（嘻哈舞）的奶糖——唐乃迅。

音乐响起后，胖子跳了一段锁舞，随后小鹿跳了一段地板舞，将胖子PK（挑战）下场。

青瓜上场，没有战胜小鹿。

季星朗对上已经连续赢了两个人的小鹿。

季星朗也跳了一段地板舞。

他单手按在地上，整个身体不断旋转，看起来就像飞机的螺旋桨，突然切换成单手做大地板动作。

舞蹈室里围观的人开始为他欢呼，用街舞手势表示太厉害了。

季星朗双手撑地，身体拱起，将身体倒立起来，保持一只手撑地的动作，另一只手改为手肘撑地，随即他的身体重心往手肘方向偏离，在保持身体平衡的情况下，季星朗以着地的肘部为支点让身体旋转起来——这是地板舞中的肘旋。

季星朗的所有动作都非常流畅连贯，而且全都卡在了节奏点上。

明晴感觉不是他在跟着音乐跳舞，而是音乐在追着他的舞蹈产生律动。

他实在太厉害了，跳舞的时候整个人气势十足，整个舞台都是他的。那种从容自信、游刃有余的气势，和他平日里给她的乖乖的感觉完全不同。

明晴也被热烈气氛感染，跟着欢呼起来。

时间快到了，师父雷路则开始倒数："five（五），four（四）……one（一），时间到。"

季星朗起身，面向裁判。明晴在内的四个裁判全都伸出左手，表示自己把票投给了季星朗。

于是，季星朗成了守擂方。

音乐切换，豆苗跳了很合音乐的机械舞，季星朗也用了一段机械舞和豆苗斗舞。

明晴是第一次见他跳机械舞。

肌肉连续颤动的视觉冲击力真的非常强,好像身体里有电流支配着四肢产生律动,下一秒又仿佛变成了机器人,机械地跟着音乐做动作。

他的身体非常灵活,柔韧度也令人惊讶,全程节拍押韵。

明晴再一次把票投给了季星朗。

没有人比他更适合街舞。

没有人。

他生来就是为跳街舞而存在的。

他就是为街舞而生的天才。

另外三位裁判中有两位投了季星朗,季星朗守擂成功,接下来对上了奶糖。

奶糖选了自己最擅长的Hip-Hop,季星朗便也用Hip-Hop迎战。

这次他只获得了一个有效票,没能继续守擂。明晴倒是把票投给了他,但她的票不作数。

车轮战还在继续,明晴看得津津有味。

但参加斗舞的几个男孩子体力消耗得很快。

这种斗舞方式很考验个人体力,没力气的肯定会率先被淘汰出局,而最吃亏的,就是动作大开大合的地板舞,因为地板舞是最耗体力的舞种。

明晴逐渐发现,斗舞过程中,大家为了胜率更高,都会拿自己最有信心能赢的舞种去挑战,只有季星朗,来回切换舞种,用对方的舞种去跟对方挑战。

遇上跳嘻哈舞的奶糖,季星朗也用嘻哈舞和奶糖对战。

她瞬间觉得弟弟真的很棒。

不管季星朗跟谁对战,明晴都会把票投给季星朗。不是故意偏心,而是季星朗一跳舞,她就看不到其他人了。在他跳舞的时候,其他人都黯然失色,只有季星朗闪闪发着光。

不知道过了多久,这场斗舞终于以季星朗连胜五次结束。

季星朗一瞬间倒地,他躺在地上,胸膛剧烈地起伏,急促地喘着气,努力平复着因为跳舞而律动过快的心跳。

季星朗身上的半袖都湿透了，薄薄的布料贴在肌肤上，隐约能看到他胸肌和腹部的肌肉线条。

胖子坐在地上，咕嘟咕嘟喝下去半瓶矿泉水，然后笑着开玩笑说："幸好没把明晴姐的票算进去啊，不然这场 Battle 早就结束了。"

"她一直在投小朗！太偏心了！！！"

明晴笑出声，很自豪地说道："在我眼里，当然是我家弟弟最棒啦！"

还躺在地上的季星朗偏过头，望向明晴。

明晴眉眼弯弯地对他竖了个大拇指。

季星朗盘腿坐在地上，抬起双臂，将两只手放在发顶，歪头笑着给明晴比心。

他左脸上挂着一个小酒窝，两颗小虎牙也因为笑而露了出来，可爱极了，像一只乖乖的小奶狗。

明晴差点被季星朗萌化，怎么会有这么可爱的男孩子？

季星朗出了一身的汗，离开舞蹈室之前就去淋浴间冲个澡。

为了方便，他在这里放了几套衣服，洗完澡季星朗随便拿了一套穿上。

他把明晴送的方巾从上一条裤子上摘下来，挂在现在穿的这条裤子上。

随后，季星朗干净清爽地回到刚才 Battle 的那间舞蹈室。

大家还没走，明晴正在跟他们闲聊，气氛很轻松舒适。

季星朗还有别的计划，和明晴就没在舞蹈室多待。

这栋大楼里有个商场，里面有电影院。季星朗问明晴："晴晴姐，去看电影吗？"

明晴不太确定地说道："现在？"她看了一眼时间，对季星朗说，"时间可不早了啊，你不回家睡觉吗？正是长身体的时候，熬夜可是长不高的。"说着说着，她就逗起季星朗来。

季星朗笑出声，一点儿都不怕长不高。他说："我都一米八二了，不长高也够了。"

"去吗？"他眼巴巴地瞅着她，语气像极了在冲她撒娇的小狗。

谁受得了小狗撒娇啊？明晴无奈地笑着答应："那走吧。"反正她回去了也是修照片。

季星朗瞬间开心，和明晴一起去了电影院。

走到影院附近时，季星朗问明晴是想喝奶茶还是可乐。

明晴说："可乐吧。"

季星朗带她去影院服务台，买了一桶爆米花和两杯可乐。

"晴晴姐，你想看哪部电影？"

明晴瞅了瞅最近上映的几部电影，她都不太感兴趣，但她觉得季星朗应该更喜欢动画类的，便指了指那部动画电影。于是季星朗直接在服务台买了两张动画电影票。

这部动画电影口碑很好，也很火。电影院都已经同步上架电影角色的各种周边，就连娃娃机里的公仔都是动画里那只小黑猫。

候场等检票的时候，明晴绕着娃娃机闲逛，季星朗误以为她喜欢娃娃机里的公仔。他立刻凑过来，问明晴哪个好看。

明晴指了指那只小黑猫："它还挺可爱的。"

季星朗把手中的爆米花递给明晴，掏出手机扫码。

明晴问："你要抓娃娃？"

季星朗说："给你把那只猫抓出来。"

明晴好笑地劝他："算了，这只公仔服务台那边也有卖，不如过去直接买下来，还省事儿。"

季星朗嘴角轻翘："直接买来的和从娃娃机里抓到的不是同一个。"

"晴晴姐你等着，我一定给你抓上来。"

明晴不太相信，这玩意儿她不是没玩过，挺难抓的。然而，没过一会儿，明晴就亲眼看到季星朗放下去的钩子抓住了那只小黑猫。

她不自觉地屏住呼吸，完全不敢眨眼。直到抓钩松开，小黑猫掉向出口，明晴突然激动地啊了一声，说："抓到了抓到了！"

"弟弟，你好厉害！"她完全没想到季星朗一抓就能抓到，"居然第一次就抓到了！"

季星朗蹲下来，从取物口拿出小黑猫，随后起身把公仔递给明晴，笑着说："晴晴姐，给你。"

明晴一只手拿着可乐，一只手拿着爆米花，只能用胳膊环住公仔。

季星朗从她手里把爆米花拿过来，让她腾出一只手拿公仔。片刻后，他拈了一颗爆米花送到她嘴边。明晴正摆弄着小黑猫公仔玩，没多想，本能地张开嘴把爆米花吃进了嘴里。

她的唇不小心触碰到了他的指腹。季星朗霎时触电般缩回手,手指不由得捻了捻刚刚接触的位置。与此同时,他的耳根泛起了红晕。

直到电影开场,季星朗的手指仍然不时地摩擦着。

明晴根本没有注意到他的小动作,刚才吃爆米花时不小心碰到他的指腹这件事,她也根本没有放在心上。明晴只是单纯地把季星朗当作弟弟看待,完全没有往其他方面多想。

其实明晴并不喜欢看动画,但她觉得这个电影挺有意思的,意外地很喜欢。

电影中途,季星朗见明晴不吃爆米花,又蠢蠢欲动地想要喂她。他隐隐约约地期待她能再次不小心轻含住他的指尖。

犹豫了片刻,季星朗终于伸出手去拈爆米花,想要喂明晴吃。同一时刻,明晴也伸出了手。两个人的手猝不及防在爆米花桶中相撞。

季星朗整个人僵在了座位上。明晴却没当回事,她转脸看着他笑了,然后很自然地多拈了两颗,摊开手让他拿。

季星朗垂眸盯着她纤细修长的手,电影中的画面突然变得明亮,影厅也跟着变亮很多,她的手指被映衬得越发白皙、漂亮。

季星朗第一次生出牵她的手的冲动,但最终,他只抬起手,从她的掌心拈了一粒爆米花,放进嘴里。

明晴等他拿了后就收回手,把剩下的几颗爆米花吃了,然后她拿起可乐杯,用吸管慢慢吸着可乐。

季星朗偏着头,盯着她看。她的红唇很诱人,喝可乐时很正常地吞咽,落在他眼里,就变成了性感。

季星朗莫名地想起那次她喝醉,抓着他就亲。

他还记得那种感觉——柔软、酥麻,带着酒香味道。

明晴认真专注地看着电影,完全不知道身旁的男孩有多么心猿意马。

这场电影结束,明晴还有些意犹未尽。

她对季星朗说:"我随便挑的,没想到还挺好看,小黑太可爱啦!我好喜欢师父!"

季星朗根本没怎么看进去,光想她了。

明晴拉着季星朗去服务台,笑着说:"我要再买点儿周边。"最后她挑了一个很可爱的钥匙扣挂件。

明晴拿着钥匙扣朝季星朗晃了晃,问他:"弟弟,你要吗?"

季星朗不假思索地说:"要。"

"要哪个?"明晴说,"你自己挑。"

季星朗看了看几款钥匙扣,最后选了明晴拿的那款。钥匙扣一模一样,像是情侣款。

明晴把两个钥匙扣给工作人员,又拿了一个小黑猫公仔。付完钱,她把其中一个钥匙扣和公仔给了季星朗。

明晴嘴角噙着笑:"我抓不到玩偶,就直接买一个送你吧。"

季星朗没想到明晴会特意买公仔回礼,他的嘴角翘起来,语调里染着显而易见的雀跃:"谢谢晴晴姐。"

明晴抬起手腕看了一眼时间,已经过零点了。

"真的挺晚了,"她说,"我送你回家吧。"

"好。"季星朗乖乖点头,跟着明晴走出电影院。

明晴开车把季星朗送到家门口,季星朗解开安全带,下车前他转头对明晴说:"姐姐晚安。"

明晴笑着回他:"嗯,晚安。"

季星朗下车后敲了敲车窗。

明晴降下副驾驶座那边的车窗,只见男孩子弯着腰,目光和她对视着,语气认真道:"到家了告诉我。"

明晴有些无奈:"好吧,到了后给你发微信。"

他笑了笑:"好的。"然后向她挥挥手,"拜拜。"

随即,明晴调转车头,离开了季星朗家门口。

第三章

明晴开车回家的时候,季星朗在朋友圈发了一条带有两张照片的动态。

第一张照片是她送给他的公仔和钥匙扣。

第二张照片是今天在街舞舞蹈室胖子给他拍的全身照。这张照片里,他的裤子上挂着明晴送的腰果花方巾。

季星朗给这条动态配了文案——YNYG。

过了一会儿,宋祺声评论了一个问号。季星朗回了他一个句号。

宋祺声切换到聊天界面,直截了当地说:"你不正常。"

季星朗说:"你才不正常。"

宋祺声回复:"兄弟,别以为我没谈过恋爱就不懂!你又是弄什么'与你有关'的拼音首字母缩写文案,又是发自己的照片,是想给谁看啊?"

季星朗:"要你管?"

宋祺声:"啧,看看你这样子,真是没出息,以后出去别说你是我兄弟。"

季星朗:"好。"然后立刻在朋友圈发了一条仅高中好友可见的动态,"我和宋祺声是最好的兄弟。"

宋祺声评论了一串长长的省略号。其他高中同学也纷纷来凑热闹。

"朗哥这是在……秀恩爱?"季星朗回复了一个问号。

"游戏惩罚?谁提的,不会是声哥吧?"

宋祺声看到高中同学的评论,他回了一句:"我有这么无聊?"

明晴答应季星朗到家后就告诉他,但是因为之前没有这个习惯,等她回到家里时,已经把这件事给忘在脑后了,她放下手机就拿睡衣进浴室了。

季星朗估摸着时间明晴该到家了,但是他迟迟没收到她的消息。他按捺不住,主动发消息问她有没有到家。

季星朗等了几分钟,明晴还是没有回他的消息,他就开始给她打电话,没有人接。

季星朗焦躁不安地在卧室里来回踱步,不断给她打电话,但一直没有人接听。他越来越担心,脑海中甚至不由自主地浮现出她出意外的可怕念头。

他本来已经洗完澡换上睡衣,却直接忘记换衣服,拿了车钥匙穿上鞋子就开车出门了。

明晴泡了很久的澡,等她浑身舒服地出来,又简单淋浴了一下,还洗了头,随后在洗手台用吹风机吹头发、梳头发,折腾了大半天,终于清清爽爽地从浴室出来了。

明晴刚出来,就听到门铃响起,伴随着急促的敲门声。她皱起眉头,警惕地拿起手机,点开拨号键盘,输入了"110"三个数字,以备真的发生意外时,她可以第一时间拨打报警电话。

明晴捏着手机,轻轻地走向玄关,很快就在猫眼里看到了一个熟悉的面孔,是季星朗。

明晴瞬间放松了警惕,紧绷的神经松弛下来。

她立刻打开门,很不解地问道:"弟弟,你怎么过来了?"

明晴注意到他穿着睡衣,还以为出了什么大事,担心地问:"出什么事了?"

季星朗的车没办法进入她的小区,只能停在小区外,他是跑过来的,这会儿呼吸有点儿急促。

他直勾勾地盯着她看,表情不明,抿唇沉默着。

明晴被他吓到,心慌地问:"怎么了?出什么事了你跟我说。"

季星朗突然蹲下身。他长长地呼出一口气,低声咕哝了一句:"你没事就好。"

明晴不明所以地跟着他蹲下来。她担忧地问:"你怎么了啊?"

季星朗抬起脸,清澈的目光里只剩下她。他闷闷地说:"一直等不到你的消息,给你发微信不回,打电话不接,我以为你出事了。"

"还好你没事。"他心有余悸地说。

明晴愣了愣。

"你是怕我出事,才跑过来的?"她不可置信地问。

"嗯,"季星朗低声说道,"我一直联系不到你,都要吓死了!我怕你在路上出意外,怕你走路被尾随,怕你一个人在电梯里遇到坏人,怕有人闯进你家里伤害你……来的路上我脑子里全都是女孩子出意外的各种社会新闻。晴晴姐,我怕你遭遇不测。"

"如果你有什么事,我……不会原谅自己的。"他垂着眼,脸上还能看出后怕的神色,模样很乖,又特别惹人怜。

明晴的心突然柔软一片。她望着眼前的男孩子,季星朗穿着单薄的睡衣,脚上是一双和衣服很不搭的运动鞋。他看起来甚至有点儿狼狈,像蹲在她家门前可怜兮兮的小狗。

明晴伸出手,在季星朗的脑袋上轻轻揉了揉。

她愧疚地向他道歉:"对不起啊弟弟,我没有回家后跟人报备的习惯,忘了要跟你说,真的抱歉。"

她打开门出现在他眼前的那一刻,他其实很生气,气她害他担心。她根本不知道他一路开车过来有多慌,他真的怕死了!

可是,她现在好端端地向他道歉,季星朗突然就气不起来了。

只要她好。

只要她平安。

只要这样就够了。

季星朗抬起头来,看向明晴。

"姐姐,"他语气认真地缓慢说道,"以后不用你送我回去,换我送你。"

明晴听到他的话,心头忽然划过一抹异样的感觉,但这种情绪转瞬即逝,她也没有深究。

明晴弯了弯嘴角,说:"弟弟,你不用担心我,我不需要被人保护。"

季星朗揭穿了她的伪装:"说不需要的人,是因为没有人可以保护自己。"

他的这句话在她筑起来的硬壳上留下了一道裂痕。

季星朗继续说:"但是姐姐,你可以有。"

明晴被他这句话搞得有点蒙,但她依然没有往爱情方面想,毕竟她始终把他当作弟弟。而且,季星朗明确地跟她提过,他有喜欢的人。

明晴下意识以为,季星朗这样担心她,这样愧疚、恼怒,是因为今晚是他叫她出去的,自己也是因为他才回来这么晚。

她笑着说:"别蹲着啦!"

季星朗站起来的时候,明晴也站了起来:"要进来歇会儿吗?"

季星朗这才注意到她的穿着,她只穿了一条酒红色的吊带睡裙。明晴的脖颈细长,锁骨性感,一字肩平滑优美,细细的肩带和她披散的长发交缠着,仿佛有要下滑的趋势。

季星朗忽然觉得很不好意思,眼睫飞快地颤动着,仓皇地挪开了视线。他摇摇脑袋,低着头盯着别处,故作镇定地说:"不了,我回去了。"

明晴根本没发现季星朗的耳根泛起了红晕。她没执意让他进家里来坐会儿,只问:"你怎么来的?"

季星朗依然没有抬眼看她,如实回答:"开车。"

明晴了然,嘱咐他:"那回去的路上开车慢点儿,注意安全。"

"好。"他乖乖点头,"你……你关门吧!我看着你把门关好再走。"

明晴笑着翘起嘴角,对他说:"那我关门了啊!弟弟晚安。"

季星朗低声说道:"晴晴姐晚安。"

等明晴关上门,智能锁自动锁上,季星朗这才深深地吐出一口气,转身进了电梯,安心开车回家。

季星朗离开后,明晴坐到电脑前,打开她近日拍摄的照片,开始修图。

过了一会儿,她突然轻笑了一下,嘟囔道:"小孩还挺靠谱。"然后又想,被季星朗喜欢的那个女孩子最终应该会跟他在一起吧?

这样像只狗狗一样真诚又靠谱的男孩子,哪里有人能抗拒?

希望小狗能和他喜欢的女孩在一起。明晴在整理照片时在心里祝愿他。

季星朗到家后给明晴发了微信消息:"晴晴姐,我到家了。"

明晴还守着电脑工作,看到手机屏幕亮了一下,拿起来看了一眼,随即回复季星朗:"好,早点儿睡。"

季星朗回复她:"你也是。"

这晚,季星朗又梦到了明晴。

起初梦境在那家叫岸的酒吧,还是那条走廊,明晴踮起脚吻他。就在他想要回应她的时候,明晴突然消失不见了。

梦中的季星朗满心担忧明晴出意外,他沿着大街小巷跑,疯狂找她,却怎么都找不到。

季星朗快要急疯了的时候,梦境场景突然变化,他出现在她家门口,明晴穿着那条酒红色的吊带睡裙,慵懒地靠着墙。

女人双眼蒙眬地看着他笑,尾音上扬:"弟弟,你怎么不吻我?"

"过来。"她伸手拉他的手。

季星朗像受了蛊惑一样踏进门内,来到她面前。

明晴朝他靠过来,几乎贴在他的身上,轻蹭着他的耳朵,小声引诱他:"吻我。"

季星朗的理智崩溃,他用力地箍紧她纤细的腰肢,冲动又凶猛地咬住了她的红唇。

季星朗醒来时,身上沁出了一层细细的汗,他的心跳剧烈而急促。

他躺在床上,目光茫然地盯着天花板,脑子里仍然不断回放着梦中的那些场景。

良久,季星朗想侧身躺着,这一动作,才意识到不对劲。他有点儿难受地屈起腿,闭着眼睛试图让自己屏退脑子里的画面,可是没用。

没有其他办法,季星朗只能冲个澡让自己冷静下来。

天还没亮,季星朗冲完澡回来后,又躺回床上睡了个回笼觉。

明晴昨晚睡得很晚,醒来时已经快中午了。她摸过手机,看到屏幕上有未读消息通知,明晴点进去,看到了季星朗八点钟发给她的"早安"。

明晴随手回了个表情图。

季星朗很快回复:"刚醒?"

明晴:"嗯,昨晚整理照片忙到半夜。"

季星朗关心地说:"不要总是熬夜,对身体不好。"

明晴笑道:"现在年轻人不都熬夜吗?你不熬夜?"

季星朗说:"有事不得不晚睡才会熬夜。"

明晴有点儿意外地挑挑眉,打字回复:"弟弟,你作息还挺好。"

季星朗发了个可爱的表情图过来,然后问她:"你中午打算吃什么?"

明晴说:"不知道,随便吃点儿吧!"不等季星朗回复,她又说,"晚上姐姐带你吃好的去。"

季星朗问:"今晚请我吃饭吗?"

明晴说:"没时间?"

季星朗飞快地回:"有。"发完补充道,"有时间,我们去哪儿吃?"

明晴故意卖关子:"到时候再告诉你。"

季星朗笑着说:"那我今晚开车去接你吧,吃完饭我送你回家。"

明晴没拒绝小孩的好意,欣然答应:"好。"

当晚,季星朗出发前给明晴发了消息:"晴晴姐,我出发了,大概半个小时到你家。"

明晴回答道:"好,路上注意安全。"

他开车过来的时候,明晴在家里做好了出门的准备。

首先,她挑了一件黑色的长裙穿上,然后化了一个简单的妆容,从首饰盒里选了一条项链戴上,耳朵上的耳钉也换成了珍珠耳坠。

由于今天不开车,明晴选择了一双细带的高跟鞋穿着。

当季星朗到达她家楼下时,明晴刚好整理好自己。

她拿起白色的菱格包,踩着高跟鞋走出了门。

明晴从楼里出来时,季星朗正站在楼前等待她。他看到她的那一刻,眼睛亮起来,眸子里顿时充满了笑意。

由于他的车是外来车辆,无法进入她的小区,只能停在小区外,季星朗和明晴并肩走了一段路。

到小区门口后,季星朗绅士地打开副驾驶座一侧的车门。明晴弯腰上车时,他很自然地抬起手,放在车门顶部,为她挡着。等明晴坐好后,季星朗为她关好车门,这才绕到驾驶座那边上车。

"我们去哪儿?"他系安全带的时候转脸问明晴。

明晴说:"小巷子。"季星朗在手机上准备设置导航,跟她确定了一下那家店的位置,然后就出发了。

他今天穿了一身黑色，裤子是黑色的运动裤，上衣是假两件套，露出来的内衬边缘是白色的，外面的卫衣是黑色的。男孩子长得高高大大的，随随便便穿就很有型。

"小巷子"这家店很隐蔽，在一个巷子里藏着，不容易找，车也开不进去。到了目的地附近，明晴让季星朗就近找个停车位，他们步行走过去。

季星朗在路边把车停好，和明晴下了车，走进巷子里，然后就看到了一块很不起眼的牌匾，上面写着"小巷子"，下面还有一行小字，写的是"大味道"。

季星朗从来没有来过这边，根本不知道沈城还有这样一家小店。他跟在明晴身后踏进这家店。

老板似乎跟明晴很熟，看到她后就笑着问："来了？还是老样子？"

明晴笑着摇摇头，说："今天换个人点餐。"

老板看向她身后的季星朗，欣慰地问："终于交男朋友了？"

"不是不是，"明晴连忙摆摆手，跟老板介绍，"这是我的一个弟弟。"

老板歉意道："抱歉啊，是我唐突了。"

明晴并没有在意，笑着说："没事。"

季星朗因为她的解释情绪低落了一瞬，但很快跟着她在一张桌子的两侧坐下来。

季星朗四处看了看，这家店的装潢不新，但打理得很干净。店的位置明明很偏僻，特别不好找，店里的顾客却不少，座位几乎快要坐满了。

老板先给他们端了两杯柠檬水过来。季星朗收回打量的目光，对老板说了声"谢谢"。

老板把菜单递给季星朗，让他点菜。季星朗抬眼问明晴："姐姐，你平常点什么？"

明晴还没说话，老板就说："你姐姐每次都会点秘制烧鱼。"

"那就点这个。"季星朗随后又点了两道素炒菜。

等老板离开，他好奇地问明晴："晴晴姐，你是怎么知道这家店的？"

明晴笑了笑，坦然地告诉季星朗："之前跟我初恋经常来。"

季星朗眉头微皱。

明晴继续说："是我上大学时的事了。有次下雨，我们俩想找地方躲雨，误打误撞进了这里，发现这家店的鱼做得非常好吃，还不贵，从那之后就经常会过来吃。分手后，我一个人也经常过来。"她眉眼轻弯道，"我不是忘不掉他想借此缅怀过去，就是单纯地觉得这家店的鱼好吃，其他地方都做不出这个味道来。"

季星朗问："你上次说你俩分手，是因为他出国，也不是因为他出国，是什么意思啊？"

他到现在都没有理解，怎么会有这么模棱两可的答案呢？

明晴失笑，跟他解释："表面是因为他出国，但根本原因不是这个。"

"那是什么？"季星朗猜测，"他劈腿了？"

明晴摇头。

季星朗一时想不到其他原因，苦苦思索着。

明晴见他这么好奇，叹了口气，无奈地说："既然你这么想知道，那我就跟你讲讲我的初恋吧。"

季星朗立马坐正，像个听故事的小孩子，一脸认真。

"何文劭年少的时候是个干干净净的少年，性格很冷，总是独来独往，学习又好，经常是年级第一，总会引来很多女孩的注意，我呢，就是其中一个。"明晴说到这里嘴角扬了扬，然后继续往下说，"一直到高中毕业，我那时已经确定要去港城念大学，而他毕业之前就被保送到津海大学了，我觉得我们俩应该没戏了，就约他出来，想再留点儿回忆，和他好好说声告别。那天我和他一起吃了顿饭，看了场电影，在快分开时，他突然抱住我。"

听到这里，季星朗不自觉地握紧了水杯。

"我们就这么在一起了。那两年虽然是异地恋，但我过得很开心。我以为他跟我一样，也很开心，至少对我们的感情很有信心，直到我被我爸告知，这个人不可靠，让我跟他断了来往。"

季星朗听得眉头紧蹙，他隐约猜到了一点儿。

明晴喝了口水，润了润嗓子，继续往下说："我爸得知他家境不好，又很想出国留学，就找到他跟他说，只要他能离开我，就会给他一个出国留学深造的机会，还会给他一笔在国外生活的费用。"

"他答应了。"她说这话时，嘴角是噙着笑的，语气也很平静。

季星朗的脸色变得很难看，但他看向明晴的眼睛里，充满了怜惜和心疼。

"分手是我先说出口的，"明晴顿了一下，道，"他跟我解释说他和我在一起时很自卑，压力很大，他觉得配不上我，想变得更好，才有资格站在我身边。"

"然后他出国了，我回港大又读了一年，提前一年毕业回来，开了摄影工作室。"

季星朗听完，对明晴说："什么自卑，什么没资格，都是他的借口，他就是不够爱你。"

明晴的脸上浮现出一抹笑容，她嘴角轻扬道："你是对的，弟弟。"

何文劭在学业前途和她之间，选择了前者，她是被丢下、被抛弃的那一个。明晴心里非常清楚，何文劭就是不够爱她。

他们在一起的时候，她从没嫌弃过他的家境，也从没要求他给她买过什么贵重的礼物。她当时根本不知道他想出国留学，他也从未透露过半分。如果她知道他想出国念书，她肯定会毫不犹豫地出钱支持他去国外深造，但他选择了另一种方式，一种以放弃她为交换条件的方式。

明明是他看不起自己，到最后还要把责任归咎在她身上，说是跟她在一起压力很大，简直可笑！

老板把鱼端上来，随后又把另外两道素菜也端了过来。

老板和明晴很熟，也感谢明晴总是光顾他家的生意，这次还送了他们一道辣口的菜。

明晴拿起筷子，对季星朗说："尝尝他家的鱼，真的很好吃。"

鱼上浇着酱汁，看起来很美味。

季星朗夹了一块鱼肉，没有先吃，而是放到明晴的碗里，才夹菜自己吃。

鲜嫩的鱼肉混着酱汁，入口即化，咸香适口。

季星朗没想到这么好吃，他有些惊喜地眯起眼睛，对明晴说："真的好好吃。"

"是吧，"明晴也很高兴，"姐姐什么时候骗过你？"

两个人正说着话，一个人走进了饭店。

老板觉得来人有点眼熟，但他一时想不起是谁，便问："您是不是之前来过我们店？"

何文劭温和地说:"几年前我经常和我的女朋友过来。"

老板立刻想起来,眼前这个人就是今天带着弟弟过来吃饭的那个姑娘的男朋友——现在应该是前男友。这几年来,那个姑娘总是一个人过来,有一次他问她,才得知姑娘和她的男朋友已经分手了。

老板不由自主地往明晴和季星朗那边看了一眼,何文劭也注意到了那边吃饭的一男一女。

明晴正要夹起老板给他们的那道辣菜,被季星朗抬手挡住。季星朗提醒她:"你前两天胃才疼过,先别吃刺激性的食物了。"

明晴还挺喜欢吃辣的,她试图拨开季星朗的手,对他说:"我的胃只是有点儿小毛病,而且现在已经不疼了,吃点辣的也没事。"

季星朗不肯让她吃,他直接把那盘辣口的菜端起来,放在自己面前。

"不行,你不能吃,得好好养胃。"他语气坚定,随后又放软语气,讨好地说,"过段时间再来吃,今天我先帮你尝尝味道。"

明晴还是第一次遇见管她这么严的人。之前跟何文劭一起,何文劭也只是劝说她,不会真的阻止。过后她的胃不舒服了,何文劭再去给她买药。

何文劭听不清他们在说什么,但能看出来季星朗在阻止明晴吃辣的东西。他在靠近门口的餐桌旁坐下,转头看向这边。

季星朗尝了那道菜,跟明晴说:"还挺好吃。"说完又夹了一筷子吃进嘴里。

明晴被他气笑,佯装生气地喊他全名:"季星朗,你故意馋我是吧?"

季星朗笑出声,语气很无辜:"姐姐,我是为你好。"说完,他的余光意外看到了正盯着他们的何文劭,季星朗平静地收回视线。

明晴刚吃了一块鱼肉,嘴角沾了一点儿酱汁。她正要拿纸巾擦擦嘴,季星朗的手突然伸了过来。他用大拇指的指腹帮她擦去嘴角的酱汁,还笑着说:"姐姐,你吃的嘴上都是。"

明晴猝不及防地愣住,想问这小屁孩在搞什么鬼。

在她开口质问他之前,季星朗用只有他们俩能听到的声音,小声说:"姐姐,你初恋来了,他还以为我是你男朋友呢,你配合我一点儿。"

"怎么配合?"她随口失笑地问。

季星朗很认真地想了想,突然冲她张开嘴巴,像只等着被投喂的小狗,眼巴巴地瞅着她,发出一声:"啊——"

明晴眉眼弯弯地笑起来，她夹了一块鱼肉，慢慢凑近季星朗。

季星朗往前伸脖子要吃掉这块鱼肉，明晴却突然收回了筷子，手转了个弯，自己把鱼肉吃了，随即她伸出食指戳了他的脸一下，笑着说："自己夹。"

季星朗的心情像坐过山车一样，他情绪有点儿低落地夹了一口菜吃，听见明晴对他说："弟弟，你不用假扮我男朋友，上次我是因为胃疼懒得跟他解释，当然，我也不在意他怎么想。"

季星朗闷闷地"哦"了一声。

何文劭突然想起这家店，想过来吃顿饭，没承想会这么巧遇到明晴。她直到现在都还来这里吃饭，让他心里燃起一点希望，或许……她并没有多么爱她现在的男朋友。

何文劭想跟明晴谈谈。于是，在明晴和季星朗吃完饭要离开时，何文劭叫住了从他餐桌旁经过的她。明晴转脸看他，何文劭问她："你什么时候有时间？我们能聊聊吗？"

明晴直接拒绝："我们之间没什么好聊的。"说完，她就和季星朗往门外走去。

这家店的门槛有点儿高，明晴抬脚要跨过门槛时，季星朗抬起手臂，明晴很自然地将手搭在他的胳膊上，挽着他走出餐馆。

巷子里的灯光昏暗，照在人身上，朦朦胧胧的。两个人的影子在地上拉长又缩短，走到两个路灯中间时，还会出现四个虚影。

季星朗突然开口，对明晴说："他看起来还没对你死心。"

明晴轻笑："有什么用呢？我早就对他死心了。姐姐从来不吃回头草。"

季星朗从明晴的态度中看出她对何文劭没有一丁点儿留恋，现在听到她亲口这样说，心里顿时爽快了很多。

从巷子里走出来，他们正要去停车的地方，突然听到一阵欢呼声。季星朗和明晴齐齐望过去，发现马路对面的小广场上有人在跳街舞。

"晴晴姐，要去看看吗？"季星朗询问。

明晴并不着急回家，点点头答应："可以啊。"

两个人穿过马路，来到对面的小广场，有个小孩在跳机械舞。

季星朗饶有兴致地欣赏了一会儿，身体不由自主地跟着音乐小幅度地动起来。

明晴发现季星朗在跟着跳,微微偏身对他说:"你去加入他们跳一段吧!"

季星朗本来没想掺和,但明晴把他往前推了一下。

跳街舞的那三个初中生认识季星朗,知道他上个月才在法国举办的Street Dance War总决赛中拿了世界冠军。

"季星朗?!"其中一个男孩子惊呼。

季星朗正回头看向举起手机拍他的明晴,听到声音,他回过脸来,冲这三个初中生笑了笑。

"我可以加入你们跳一段吗?"他问。

"当然可以!"初中生巴不得跟季星朗一起跳舞呢!

这会儿放的是锁舞歌曲,季星朗配合着三个小弟弟的舞步,和他们一起跳起来。

后来跳嗨了,季星朗来到明晴这边,在她面前屈膝跪地,又瞬间跳起,做出左手从左胸口拿东西的动作,随即左手对她比心。

明晴配合地伸出手摘走,两只手在胸前比心,手势往前送,像是向他发射爱心。季星朗捂住胸口,仿佛被击中一般向后退,然后跟着节奏和三个初中生跳出灵活又俏皮的舞步。

当他跳锁舞动作"Point(指)"时,双手动作飞快,肢体动作灵活,身体的柔韧度也令人惊讶。这段舞跳完,场上的人都被季星朗的舞蹈所折服。

从人群中挤出来,季星朗弯腰拍了拍裤腿上沾的灰尘,明晴正在看刚刚给他录的那段视频。

看到他迈着舞步朝她走来比心时,她笑道:"弟弟,你也太可爱啦!"

季星朗语气有点儿无奈地说:"为什么你总是用可爱来形容我呢?"

明晴乐了:"因为你本来就很可爱啊,你是一个超级可爱的男孩子。"

季星朗问:"只有可爱吗?难道我不帅吗?"

明晴忍不住笑出声,男生真的很在乎别人觉得他帅不帅。

她回答他:"帅帅帅,你很帅,跳舞的时候最帅。"

旁边有一个女孩子在摆摊卖东西,季星朗的眼尖地看到了一个晴天娃娃挂件。他走过去,刚拿起这个挂件,卖东西的女孩子就给他介绍:"这是一个汽车挂件,挂在车里很可爱,还可以当香薰用。"

季星朗的注意力落在晴天娃娃挂件上的搭配饰品——一块刻着字的长方形金属牌上。上面写着"未来可期"。他翻过来,另一面四个字是:"万物晴朗"。

晴朗。

"明晴"的"晴","季星朗"的"朗"。

季星朗毫不犹豫地掏出手机付钱买了这个挂件。

明晴关掉视频抬头,见他手里多了一个晴天娃娃的挂件,有点儿意外地笑了:"我也有晴天娃娃挂件。"说着,明晴就从包包里拿出钥匙,钥匙扣上挂着一个手工编织的晴天娃娃。

因为意外买了一个和她同款的挂件,季星朗顿时格外高兴。

季星朗注意到明晴的这个晴天娃娃是手工编织的,感叹道:"你这个还是手工编织的啊。"

明晴嘴角噙着笑,说:"我自己编的,好看吧?"

季星朗惊讶地道:"你自己编的?你会手工编织啊?"

明晴说:"有教程啊,跟着教程学的,那会儿年轻,觉得谈恋爱时弄这种东西很有纪念意义。"她顿了一下,"不过确实挺有纪念意义的,我给自己编的晴天娃娃,值得一直珍惜。"

季星朗捕捉住了重点,不太确定地问:"是你跟你初恋谈恋爱的时候编的吗?"

明晴没否认,也没什么好否认的。她点头坦然道:"对啊。"

季星朗忍不住又问:"你也给他编了吗?"

明晴轻抬眉梢,反问:"你觉得呢?"

季星朗沉默着没回答。

明晴说:"肯定编了啊。"

"给他编了一个无脸男。"她补充道。

"哦。"季星朗低着脑袋把玩着手里的晴天娃娃,用手指拨弄着那块刻着字的金属牌。

上车后,他直接把这个晴天娃娃挂在了汽车里。

明晴抬手拨动了一下,笑道:"还蛮好看的。"

季星朗嘴角轻翘:"我也觉得好看。"

到达明晴住的小区门口,季星朗停好车后就下了车,准备送明晴进去。

明晴转头对他说:"不用送我了,弟弟,你回去吧!"

季星朗不同意,坚持要把她送到家门口。明晴拗不过他,只好让他跟着自己进小区。

两个人走在路灯下,谁都没说话。

这次走的路和季星朗之前几次走的路不是同一条。明晴说这条路近一点儿。

拐过弯后,前面这段路没有装路灯,有点儿黑。明晴习惯了,没感觉有什么,径直往前走。

季星朗打量着周围,眉头越蹙越紧。他低声问:"你平常回家就走这条路吗?"

明晴轻笑道:"不啊,这条路车开不过来,我平常都是开车走大路的。不过偶尔在小区的超市里买东西会走这边,近一点儿。"

季星朗皱着眉,不太放心地说:"以后不要走这边,太黑了。"

明晴回答他:"没事,我们小区治安不错,而且物业说这条路会安装路灯。"

季星朗说:"那你在……"

话还没说完,身边的明晴突然伸手捂住了他的嘴巴。

季星朗的脚步硬生生顿住,人也愣在了原地。

明晴的手还没放下来,她转头望着前面的墙边,隐约看到那里有两道交叠的人影,仔细听,还能听到很细微的亲吻声。

季星朗也听到了。他眨了眨眼,不由自主地咽了口口水。

没一会儿,明晴就听到女孩声音娇娇软软地说:"我得回去了,一会儿我妈就回家了。"

男孩抱着女孩不撒手,依依不舍地应声:"好。"随后又说,"后天见。"

女孩轻轻地"嗯"了一声。

旋即,两个人牵着手离开,大概是男孩要把女孩送到楼下。

明晴等这条路上没了别人时,才把捂在季星朗嘴巴上的手挪开。

她忍不住感叹:"你们这些小孩不得了啊!"

季星朗立马撇清关系:"别扯上我啊,和我无关,我很乖。"

明晴笑着对他说:"乖得很,还会暗恋女孩?"

季星朗解释道:"我高中毕业后才……喜欢上她。"

071

"哦，"明晴扬着语调，调侃道，"你害羞什么啊？"

"我哪有害羞？"季星朗强撑着镇定，嘴硬道，"我才没有害羞！"

明晴伸手碰了碰他的脸："啧！"她笑道，"烫手。"

季星朗闷闷地说："晴晴姐，你别闹我了！"

明晴适可而止，语调明快地说："不闹你了。"

两个人很快走到她家楼下，明晴让他回去了，季星朗不肯回，非要把她送到家门口，亲眼看着她进家门才行。

明晴想起昨晚他跑到她家时说的那句话："我怕你一个人在电梯里遇到坏人。"

她无奈地笑了，允许他跟着一起上楼。

季星朗把明晴安全送到家，跟她说了晚安，然后才往回走。他开车回到家后，第一时间就给明晴发微信消息说他到家了。

明晴洗完澡看到消息后，回复季星朗："好的，晚安。"

这天过后，季星朗回学校念书，明晴按部就班地工作、摄影，还忙着姐姐订婚的事。

九月底，明旸终于结束环球旅行，回国了。当晚，明晴被明晗叫回家，明家三姐弟难得凑齐，和明克利一起共进晚餐。后天就是明晗的订婚宴了，明克利在饭桌上问了明晗不少关于订婚宴的事，确定一切都准备妥帖才放心。

随后明克利把目光落在一直低头吃饭的明晴身上，对她说："晏承舟已经回国了，后天也会去你姐姐的订婚宴，到时候你提前认识一下他。"

明晴对明克利说："我上次就说了，我不会跟他订婚。"

明克利一边悠闲地吃饭，一边回答她："这事由不得你。"

"怎么就由不得我了？"明晴觉得很可笑，"现在是二十一世纪，是恋爱自由、婚姻自由的二十一世纪，不是你自以为的包办婚姻年代。"

明克利抬起眼皮看了明晴一眼，提醒她："注意你说话的态度。"

明晴挑衅地回道："那麻烦您先做点儿人该做的事。"

明旸小声喊她："二姐。"

明晴和明克利对视着，不为所动。她向来和明克利不对付，关系一直这么剑拔弩张。

明晗开口打圆场:"一家人好不容易凑到一起吃个饭,就先别聊这些事了……"

明晗的话音未落地,明晴就放下筷子,站起身对明晗说:"抱歉,姐,我先走了。"说完,明晴就拎着包往外走,家里的阿姨见状喊她:"哎……晴晴……"

明晴对阿姨笑了笑,说:"慧姨,我先走了。"

明旸看着明晴的背影,既无奈又很佩服,嘟囔道:"二姐也太有个性了。"

明克利声音冷冷地问明旸:"你说什么?"

明旸立刻改口:"我说我二姐也太不懂事了。"

明晗叹了一口气,很无奈地对明克利说:"爸,你干吗非要让晴晴跟晏承舟联姻?有我和遇安的婚姻就已经足够了,没必要让晴晴搭上她的婚姻。"

明克利冷哼一声,说道:"她必须跟晏承舟结婚。"

明晗知道父亲这会儿还在气头上,现在并不是劝说父亲的好时机,便索性不再说话。

明晴从明宅出来后直接开车去了一家叫际遇的酒吧。

她之前来过这里几次,和老板也有过交流。这家店的老板是一个很漂亮的女人,身材火辣。

明晴走进际遇,一靠近吧台就看到老板在给人调酒。

见到明晴后,老板笑盈盈地说:"你可有段时间没来了。"

明晴挑了挑眉,在吧台坐下,对老板说:"帮我调一杯酒,随便什么都行。"

老板笑着说:"那就给你调一杯我最近试出来的新品吧,还没正式上市,刚好你可以帮我评测一下。"

"好啊。"明晴欣然应允。

老板一边调酒一边跟明晴聊天,问她:"心情不好吗?"

明晴意外地看向她,老板看出她眼中的惊讶,解释道:"你之前每次来心情都不好,所以我大胆猜测一下,你今天也心情不好。"

"是有点儿。"明晴笑道。

老板放了一盒糖在明晴面前,明晴拿起来看了看盒子,透明的塑料盒里装着五颜六色的软糖，老板说："吃点儿糖，心情会好些。"

明晴眉眼轻弯，对老板说了句"谢谢"。

她拧开盒盖，从里面拿了一颗黄色的软糖，是芒果口味的。

明晴尝了尝，还挺好吃的。然后她又看了看盒子上的名字，打算自己也买盒备着。

这时，老板把调好的酒推到明晴面前。

明晴刚好把软糖吃完，她端起酒杯，轻轻抿了一口，入口微涩，还略带苦味儿，但随即就会涌上一股酒香，回味甘甜。她忍不住又尝了一口，逐渐上瘾。她有点儿喜欢这个味道。

老板问她："怎么样？"

明晴说："我还蛮喜欢的，刚喝进去又苦又涩，但是过会儿就会尝到一点点甜。"

老板问她："像不像生活？"

"生活？"明晴疑问。

老板解释："现在是苦的，但是总有一天生活会变成甜的。"

"也像心情，现在阴霾笼罩，可能下一秒就会放晴，变得明朗起来。"明晴笑着说："那这杯酒还挺给人希望的。"

"是吧？"老板也笑了，"喝完你的心情也许就会好起来了哦。"

明晴嘴角微翘："谢谢。"

"不客气。"老板说。

明晴问她："这款酒叫什么？"

老板随口道："生活？我还没想名字。"

明晴觉得"生活"这个名字还蛮合适的："叫生活挺好的，以后有人要点这款酒就会说——给我一杯生活。"

"很有感觉。"

被明晴这么一说，老板直接拍板定下这款酒的名字——生活。

明晴又抿了一口酒，然后问老板："以后如果再推出新品，能再让我提前试喝一下吗？"

老板轻笑着说："当然可以啊！我们加个联系方式吧。"

"好。"明晴拿出手机，扫了老板的二维码名片。

明晴准备给老板备注"际遇酒吧老板"的时候，老板主动报了名字："我叫季遇，'季节'的'季'，'遇见'的'遇'。"

明晴恍然大悟，惊喜道："所以这家酒吧的名字，是你名字的谐音啊！"

季遇笑得风情万种："对啊。"

就在这时，酒吧里走进来一个戴着黑色棒球帽和黑色口罩的男人。季遇看了那人一眼，然后对明晴说："你慢慢喝，我先去忙。"

明晴点点头："好，你去吧。"

季遇走之前又把那盒软糖往明晴面前推了推："这盒糖送给你。"

"谢谢。"明晴笑着道谢。

季遇离开后，明晴坐在吧台前，慢慢地喝酒，心情也不再烦闷。

然而，她的好心情并没有维持多久，因为她在这家酒吧遇见了何文劭。

其实明晴并没有看到何文劭，是何文劭看见了她，主动凑上来跟她说话。

明晴实在想不通何文劭为什么要三番五次地跑到她面前来。

何文劭要了一杯酒，问明晴："你怎么一个人在这儿？"

明晴懒洋洋地回答他："和你有关吗？"

何文劭感觉明晴在跟他闹脾气，因为他们以前在一起时，她生气了也会这样跟他说话。

何文劭说："晴晴……"

明晴转脸看着他，提醒道："麻烦你不要这样叫我。我有姓，如果你非要喊我的名字，请连名带姓地叫我。"

"好，"何文劭改口，"明晴。"

明晴没理他，而是打开盒盖，又拿了一颗软糖吃。

何文劭继续说："我们能谈谈吗？"

明晴垂着头喝酒，慢悠悠地问："你想谈什么？我不懂我们还有什么可谈的。"

何文劭抿了抿唇："谈谈感情。"

明晴说："这就不必了吧。"她仰头将杯子里的酒喝完，从高脚凳上下来，转身要走。

何文劭却伸手抓住了她的手腕："明晴，给我一个机会。"

明晴蹙着眉抽手，语调也冷了下来："何文劭，松开！"

何文劭恳求道："别着急走，好不好？"

明晴望着眼前的男人，西装革履，头发打理得一丝不苟，看上去很有社会精英的气质，但曾经在他身上的那股傲气没了——那股最吸引她的傲气，没了——原来的何文劭，从来不会用这样乞讨、像是求一份怜悯的语气跟她讲话。

明晴转好的情绪瞬间跌到了谷底，她快烦死了。

"你能不能别缠着我了？"明晴说，"何文劭，你看看你现在的样子，只不过表面光鲜亮丽，让人觉得你过得很好罢了！这就是你说的变得更好？可你没有年少时的气性了！你的傲气都被你丢了！你已经不是我之前认识的何文劭了！从你决定用我们的感情换取你的前程开始，我心里的何文劭就死了，明白了吗？"

"我看不起你。"

何文劭紧攥着明晴手腕的手逐渐松动，但内心仍然犹豫不定。

季星朗今天放假，晚上刚和家人吃完晚饭，就收到了明旸的微信。

明旸："小朗，出来喝几杯吗？"

季星朗有点儿诧异："哥，你回来了？"

明旸回他："啊，前两天回来的。"

季星朗又问："去哪儿？"

明旸说："喝酒能去哪儿？酒吧呗！"

季星朗有点儿无语："我的意思是我们去哪家酒吧……"

明旸给季星朗发了酒吧门店的位置，然后说："酒吧门口碰面。"

季星朗开车出门，到达际遇酒吧门前时，明旸正靠着车门抽烟。

季星朗停好车走过去，有点儿嫌弃地挥了挥围绕在明旸周围的烟味，皱眉问："哥，你什么时候学会抽烟了？"

明旸挑眉道："这玩意儿还用学？你信不信我往你嘴里塞一支你就能直接抽起来？"

他说着，真的要往季星朗嘴里塞烟。

季星朗用手挡着，全身抗拒地往后仰："别，我可不沾这个。"

"我讨厌烟味。"

明旸笑着说："那是因为你没尝过借烟消愁的滋味，会上瘾。"

"啊……你是因为借烟消愁才染上烟瘾的吗？"季星朗好奇地问，

"消什么愁?"

明旸哼了一声:"这能让你知道吗?"

两个人边闲聊边往酒吧里走去,刚进门,就看到了吧台旁的一男一女。明晴看样子是想走,何文劭抓着她的手腕不让她走。见此情景,季星朗和明旸不约而同地快步朝他们走去。

明晴趁着何文劭手松了劲儿,立刻把手抽了回来,下一秒,她的另一只手就被人握住了。

季星朗抓着她的手腕,把她往身后带,用身体挡住她。而明旸,已经二话不说直接向何文劭挥拳头了。

明晴见状,睁大了眼睛,忙扬声喊道:"明旸!住手!"

她想上前拉住明旸,但手腕被季星朗拽着,根本走不过去。

"弟弟,你松手。"明晴着急道。

等季星朗松开明晴时,明旸的拳头已经落了下去,何文劭的脸结结实实挨了一拳头。

明晴急忙拉开明旸:"谁让你打人了?"

明旸转头看向明晴,气愤道:"二姐,他那样对你,你还护着他?"

明晴深吸一口气:"你哪只耳朵听出来我护着他了?我是说你打人不对,跟人道歉。"

明旸对何文劭翻了个白眼:"我不。"

明晴皱着眉在他后背拍了一下:"明旸,快道歉。"

明旸阴阳怪气地说:"他跟你道歉了吗?想让我道歉?行啊,他先跟你说一百遍对不起,我再考虑要不要给他道歉。"

明晴被这幼稚弟弟搞得无语,一百遍对不起?以为是上学时候罚抄写呢!

何文劭用大拇指碰了碰火辣辣疼的嘴角,对明晴温和地说:"明晴,不用让弟弟给我道歉,是我先对不起你。"

明旸插嘴:"谁是你弟弟?注意你的措辞啊!"

明旸这一拳动静不小,引得各个沙发卡座里的顾客都朝这边投来好奇的目光,就连老板也被惊动了,走了过来。

季遇问:"怎么了?怎么回事?"

"没事没事,只是一点儿小摩擦。"明晴不好意思地说,"抱歉,给你添麻烦了。"

季遇摆了摆手:"人没事就行。"然后又问,"你们能自己处理吧?"

"嗯,可以。"明晴扯着明旸又对季遇致歉,"实在不好意思。"

随后,明晴冷下脸拉着明旸往外走,同时转脸对季星朗说:"弟弟,帮我拿上包和那盒软糖。"

"好。"季星朗乖乖应着,拿上东西要离开时,他又停住脚步,对靠着吧台擦嘴角的何文劭冷冷地说,"别忘了,当初是你自己要放弃她的。"

何文劭的心脏像被人刺了一刀,这个事实永远能将他刺伤。

季星朗拎着明晴的包从酒吧里出来时,明晴正在训明旸:"你都多大了,还动不动就冲上去干架,你当自己还是小孩吗?"

明旸嘟囔道:"我本来就不大。"

"而且,"他把声音提高了点儿,"我还不是为了你才……"

"我用得着你帮我出头吗?"

明晴这话一出,明旸瞪着她,有点儿委屈地说:"二姐,你这就有点儿伤人了吧?"说完他就快步走到车旁,上车开车走了。

明晴站在原地,重重地吐了口气。

季星朗没见过明晴这样,此时的她像一只刺猬,把自己武装起来,谁靠近就扎谁,可他还是靠近了。

他走到她身边,低声唤她:"晴晴姐。"

明晴深吸一口气,转过身看向他时脸上又有了笑容。

季星朗轻声说:"不开心的话不用勉强对我笑。"

明晴扯了扯嘴角,从他手里拿过那盒软糖,她拧开盖子,扒拉了好一会儿,都没找到芒果口味的糖,明晴很没有耐心地要盖上盖子,不打算吃了。

季星朗从她手里拿过糖盒,问她:"你要找什么颜色的?我帮你。"

"黄色,"明晴尽量保持语气平静,"芒果味的。"

季星朗找到黄色的软糖,直接喂到她嘴边,明晴脑子里有点儿乱,没觉得不对劲,张嘴就吃下去了。

两个人站在酒吧门口,男孩拎着女孩的包,还耐心温柔地找糖喂她吃,怎么看怎么像一对小情侣。

片刻后,明晴转身从季星朗的手中拿过包,对他说:"我先走了,弟弟。"

季星朗问她:"你喝酒了吗?"

"嗯,喝了。"明晴回答他。

季星朗又问:"那你怎么回去?"

明晴说:"叫代驾。"

"我送你吧,"季星朗对明晴说,"姐姐,我送你回去。"

明晴笑了,随后拒绝道:"不用了,我……"

季星朗直接说:"我开你的车把你送回家。"

"你一个女孩,喝了酒,独自叫代驾把你送回家,不太安全。"

明晴失笑道:"这有什么不安全的?发现有问题就直接报警。"

季星朗一本正经地说:"可是现在我在这里啊,你可以选择更安全的方式回家。"

明晴说不过他,最终遂了他的意,由他开她的车送她回家,他到时候再打车回酒吧这边。

不知道是被这些烦心事弄得想要短暂逃避现实,还是受酒精影响,明晴上车没多久就开始犯困,后来她实在撑不住,就懒洋洋地对季星朗说:"弟弟,我睁不开眼了,先睡会儿啊。"

季星朗应道:"你睡,到了我叫你。"

明晴就这么安心睡了过去,睡着了她就开始做梦。

梦境特别杂乱,有何文劭,有她后来交的那个男朋友,还有和她暧昧过的那个男人,甚至有姐姐、弟弟、爸爸跟妈妈。

梦里,她眼睁睁地看着母亲离婚时要带姐姐走,被父亲拦住,父亲把她推到母亲怀里,冷漠地说:"晴晴你带走,旸旸和晗晗你想都不要想。"

母亲随后也推开她,直接拎着行李箱走了。

以前,她因为样貌出挑被男生告白,甚至被社会上的混混纠缠,明旸知道后带着同学去让那些小混混离她远点儿,结果被骂的是她。

明克利质问她:"是不是你让你弟去帮你的?他要出了什么事你赔得起吗?你自己不好好穿校服,天天爱美穿裙子,怪别人找上你?他们怎么不找别的女生?你就是个祸害,跟你妈一样的祸害!"

后来何文劭跟她说:"我跟你在一起压力太大了,你让我很自卑,我想变得更好,变得有资格站在你身边。"

说得那么冠冕堂皇，不过就是要放弃她罢了。

再后来，她拒绝给新交的男朋友买房时，他抽风似的说："明晴，你别太看得起自己了，要不是你家有几个钱，我才不会跟你在一起。就你这个刺猬脾气，谁受得了你？不给我买房是吧？那就分手！我要你也没什么用。"

再往后，那个让她心生好感的男人第一次约她吃饭就对她动手动脚，明晴觉得简直恶心透顶了。

就在这时，明晴感觉自己被人触碰了。她皱紧眉，不断地推搡抗拒着对方："别碰我，别碰我……"

下一秒，明晴突然惊醒，看见有张脸就在她眼前，下意识地抬起手要给对方一巴掌。

季星朗手疾眼快地抓住她的手腕，这才免去了被她掌掴的命运。

"晴晴姐，是我，季星朗。"季星朗蹙紧眉头，担忧地看着她。

明晴目光中的惊恐还未散去，她怔怔地望着季星朗，眼角无意识地滑落下一滴泪。

季星朗帮明晴把车停好后，见明晴睡得很沉，本来是想直接把她抱上楼的。他轻手轻脚地下车，绕到她这边打开车门，探身进来帮她解开了安全带。就在他从她腿上拿起包想把她抱起来的那一瞬间，明晴突然睁开眼睛，警惕地伸出手要打他。

他握住她的手腕，告诉她他是谁，而她望着他，眼角又落下了泪水。季星朗顿时慌了，他不知道她为什么会哭，她的表情还是那么害怕，目光中的惊恐无法掩饰。他不由自主地抬起手，帮她擦去了滑落的那滴泪水。

明晴立刻拨开他的手，自己抹了抹眼角。她深吸一口气，问季星朗："到了吗？那我下车。"她说着，就从车里下来了。

明晴从季星朗的手中拿过她的包，笑着对季星朗说："我上去了，弟弟，你回去吧，今晚麻烦你了。"

季星朗跟着她往楼里走："我送你上去。"

明晴笑着拒绝道："不用，我就坐电梯上楼，不会出什么事的。"

季星朗还是不太放心地问："姐姐，你刚才是不是做噩梦了？"

明晴没有否认，嘴角弯弯地说："是啊，还挺可怕的呢！"

季星朗轻声问："要不要我再陪你一会儿？"

"不用不用，"明晴摆了摆手，语气轻松地回答季星朗，"我已经缓过来了。"

"拜拜，"她对他挥了挥手，"晚安哦，弟弟。"

季星朗低低地回了明晴一句"晚安"，目送她走进楼里。

他在她家楼下待了一会儿，直到她家的灯亮起来，才转身离开。

季星朗在微信上问明旸现在在哪儿，明旸没回他，季星朗就给明旸打了个电话。

明旸那边充斥着动感的音乐声，很吵，听完季星朗的话，他说："我没看到消息，我在岸酒吧呢！你过来吧！"

季星朗先打车去际遇酒吧外面，再开着自己的车去岸找明旸。

季星朗到的时候，明旸已经喝得半醉了。他还在生明晴的气，向季星朗控诉："小朗你说，我二姐是不是不识好人心？！我在帮她啊！我在帮她！她居然训我！我做错什么了？"

季星朗说："哥，你没做错。"

明旸得到了一点儿慰藉："是吧，你也觉得我没做错。"

"何文劭就该打！狗东西敢辜负我二姐，就欠揍！幸好他们分手了，他根本配不上我二姐，连晏承舟都比不上。"

季星朗听得糊涂："关晏承舟什么事？"

"哦，你还不知道，"明旸直接告诉季星朗，"我爸让我二姐跟晏承舟订婚。其实晏承舟还行吧，至少家世好，而且他这些年在国外把海外的公司管理得很好。唯一不好的一点就是，他比我二姐大不少，比我大姐还大两岁呢！"

明旸不停地说着，根本没注意到季星朗的眉心早已经蹙紧。

这会儿季星朗满脑子都是——明晴要跟晏承舟订婚了。

季星朗是知道晏承舟的——贺家的大儿子，小时候在父母离异时跟母亲走了，十几岁的时候母亲去世，他又被接回贺家，从此以后就被当作接班人培养。

季星朗心里什么都懂，但还是问了个傻问题："晴晴姐为什么要跟晏承舟订婚？"

"我爸让的，"明旸无奈道，"商业联姻罢了。"

联姻。

季星朗抿紧唇。

明晴回到家里后就进了浴室,她躺在浴缸里闭着眼睛泡澡,脑子里还充斥着那些画面。

她被混混纠缠的时候,因为明旸帮她出气,她被父亲责骂,从此她再也不肯让明旸帮她做任何事情,尤其是为她出气。

那天晚上她回到家后,在饭桌上提出要转学。

当时已经临近中考了,这个阶段转学并不明智。为此,明克利把她数落了一顿。

明晴倔强地说:"我就要转学,不然就不上了。"

明克利被她气得连晚饭都没吃几口。

第二天明晴没有去学校,接下来几天她都躲在自己的房间里,只有吃饭的时候才会出来。

没有人知道,明晴晚上不敢睡,白天好不容易睡着,也总会突然惊恐地醒来。

她不敢跟明克利说她遭遇了什么,因为她说了,明克利也只会说是她的错。她穿裙子是错,长得好看是祸害,仿佛她生来就是罪恶。

可是她有什么错呢?

后来明晴还是如愿转学了,明旸跟她一起转到了沈城一中,从此以后她再也没碰到那些混混。

明晴突然被吓得一激灵,蓦地睁开眼,她还躺在浴缸里,刚刚只是睡过去了。水温已经变冷,身体也泛着凉意,她从浴缸里踏出来,裹上浴巾,来到洗手台前洗了把脸让自己清醒。

明晴看着镜子里的自己深深地叹了一口气。

季星朗很晚的时候突然给明晴发了一条消息:"晚安。"

明晴失眠了,看到他的消息时还挺意外。她没想到他这么晚还没睡,问:"怎么还没睡?"

季星朗说:"睡不着。"

明晴又问:"为什么?有烦心事?"

季星朗发来一个"嗯"字。

明晴仿佛从他的文字中看出他有多郁闷,笑道:"不会和你喜欢的那个女孩有关吧?"

季星朗又发了一个"嗯"字。

明晴没打算多过问,毕竟感情这事儿还蛮私人的。她说:"弟弟,不要想太多啦,想多了也没用,去做不让你后悔的事吧。"

过了好一会儿,季星朗回她:"好,我知道了,姐姐。"

明晴这句话让季星朗生出了一个大胆的念头——他要追明晴,并且要在她订婚之前追到她。

季星朗一晚上没睡,早上早早地洗漱完开车出门了。

明晴失眠到半夜,后来好不容易睡着,又被噩梦缠身,在黎明时分惊醒,吓出一身虚汗。

她进浴室冲了个澡,重新躺回床上。

明晴不知道自己为什么会突然想起那些不美好的回忆,此刻只觉得被这些破事缠得心烦,烦得想逃离现实。

明晴想要逃避的时候,就很爱睡觉。因为睡着之后什么都不知道了,什么也都不用想,一切等醒来后再说。

季星朗拎着早饭和花束来到明晴家门口,给她发了微信消息:"晴晴姐,你醒了后来开门。"

明晴这一觉睡到上午快十点。她摸过手机,睡眼惺忪地打开微信,看到了季星朗三个小时前给她发的消息。

为什么让她醒了后去开门啊?难道这孩子在她家门口吗?

明晴瞬间清醒不少。她立刻下床,就这么穿着吊带睡裙披散着长发走出了卧室。

明晴打开门就看到门口蹲着一个少年。他怀里揣着保温袋,一只手拿着一小束玫瑰花,一只手攥着他的手机,手机屏幕还亮着,页面停留在和她聊天的界面上。

明晴不明所以地低头唤道:"弟弟。"

季星朗抬起头,看着她的眼睛很漂亮,目光里充满了无辜。他把手里的早餐递给明晴,很乖地说:"姐姐,这是给你的早餐。我一直放在怀里,应该没有凉。"

明晴笑着接过来,把门又开大了点儿,对他说:"先进来吧。"

季星朗没有动,明晴狐疑地看着他,他撇嘴,可怜巴巴地道:"脚麻了……"

明晴强忍着笑走出来搀扶他,手刚碰到他胳膊的那一刻,季星朗突然站起来,将玫瑰花束递给她,特别认真地说:"姐姐,我喜欢你,我想当你男朋友,想跟你订婚、结婚,想保护你一辈子。我会一直一直疼你、爱你,直到我死。"

他目不转睛地垂眸望着她,低声问:"你能不能不要跟晏承舟订婚?"

明晴仰脸看着眼前神情认真的男孩,愣怔了片刻,然后笑道:"弟弟,你在说什么?不要拿这种事开玩笑哦。"

季星朗蹙眉说:"我没有开玩笑。"

"我是认真的,"他语气正经,一字一顿地重复道,"我喜欢你。"

明晴说:"我是你姐姐……"

季星朗反驳:"你不是。"

"可我一直把你当弟弟看待,你跟明旸在我心里的位置一样。"明晴叹气道。

季星朗倔强地问:"就因为我年龄比你小,是吗?你还是接受不了姐弟恋,是吗?"

明晴觉得该让他断了这份心思,毫不犹豫地回答他:"是。"

季星朗一腔真心被明晴一个字给击碎了。他把玫瑰花塞给明晴,不甘心地对她说:"我会让你接受我的。"

"你记得好好吃饭。"说完,季星朗就走了。

明晴拎着早餐袋子,抱着他塞给她的玫瑰花,无奈地走进家门。过了好久,明晴才慢慢缓过神来,她从头梳理事情,终于发现了之前被她忽略掉的蛛丝马迹。

他向她透露,他被一个女孩亲了,但是那个女孩不负责。

明晴皱眉,难道是她?可她根本没有印象。她哪里有时间做这件事……

明晴突然愣了一下,去姜眠家吃饭那晚,季星朗跟她说他前一晚也在岸酒吧,而那晚她喝得大醉,难道是那个时候亲了他吗?她真的一点儿都不记得。而她和季星朗就是去姜眠那晚后联系才多了起来,几乎每天都会聊天。

他的确很关心她,但她此前根本没想过他喜欢她。可现在,明晴才意外发觉,一切都有迹可循。
　　他会默默帮她拧松瓶盖。
　　他会把她随口说要看他比赛现场的话记在心上,叫她去他的舞蹈室看他跟人Battle。
　　他会在她胃疼的时候照顾她。
　　见她喜欢娃娃机里的公仔,他就要给她抓上来。
　　发现她回家的路有一段没有路灯,他会提醒她不要走那边。
　　联系不到她时,他会直接跑来找她,确认她没事才放心。
　　她被前男友纠缠的时候,他会直接把她护在身后。
　　因为她对姐弟恋有偏见,他甚至不止一次跟她据理力争。
　　她开玩笑说他小小年纪就暗恋女孩不乖,他解释说他是高中毕业后才喜欢上对方的。而他喜欢上对方的时间,和他被人亲的时间刚好对上。
　　明晴终于理顺了,如果是她亲的他,那么所有的事情都能说通。
　　那他为什么会喜欢上她?就因为她醉酒后亲了他吗?明晴失笑,小孩子怕不是还没搞清楚什么是喜欢吧?怎么能凭借一个吻,就断定喜欢一个人呢?
　　如果那晚吻他的是其他人呢?他是不是也会喜欢上对方?
　　明晴看着放在桌上的这束红玫瑰,挺有闲心地数了数,是十八朵。明晴拿起手机搜了搜十八朵玫瑰代表什么,结果显示,十八朵玫瑰代表真诚和坦白。确实挺符合季星朗的个性。
　　明晴轻叹了口气,打开保温袋,里面是季星朗给她买的早餐,一份皮蛋瘦肉粥,五个蒸饺,两个烧卖。
　　明晴一边吃季星朗给她买的早餐,一边在想要怎么让他对她死心。她忽然觉得,自己这样还挺渣的,可她是真的没办法和季星朗恋爱。他比她小五岁,她要是和这个弟弟交往,那得多丧尽天良?她都无颜面对阿眠,更别说公开恋情了。

第四章

　　明晴上午在家,下午出门去了 GR 家。姐姐明晗下午在那里试明天订婚要穿的裙子。

　　明晴到的时候,明晗正在更衣间里换衣服,随遇安坐在沙发上等明晗。他见明晴来了,温和地笑着对明晴打了个招呼,然后说:"晗晗正在换衣服。"

　　明晴点了点头,她走到旁边,在衣架上也挑了一条裙子,去更衣室换了。

　　没一会儿,明晗穿着一条红色的连衣裙走了出来。

　　她转身背对他,面朝镜子时,随遇安注意到了她裸露的后背,他走过去,站在明晗身后。

　　明晗打量着镜子里的自己,随口问他:"这条怎么样?我感觉还挺好看的。"

　　随遇安温声道:"再试试别的。"

　　明晗转头看他,疑惑道:"你不满意吗?"

　　随遇安说:"不是,我是说可能会有比这条更好看的。"他说完,来到衣架前,从店长给明晗精挑细选出来的礼裙中拿了一件浅粉色的高腰宫廷风连衣裙。

　　明晗平日上班穿的衣服大多是白、黑、棕、灰色西装,裙子的颜色基本是黑色、深蓝色或者大红色的。这种粉粉嫩嫩的颜色,十分不适合她。

她摇头，皱眉说："这件太少女了，不适合我。"

随遇安轻轻挑眉："我觉得挺适合，先试试。"

他把裙子递给店员，让店员带明晗去试裙子。

明晗为难地看了随遇安一眼，他笑着说："会好看的。"

明晗进更衣室后，明晴就换好裙子出来了。她挑了一条黑色裙子，可以凸显她身材上的优势，但在黑色的映衬下，又不会显得过于性感。明晴感觉这件裙子的款式刚刚好，明天可以穿这件。

就在她对着镜子找角度拍照时，穿着粉色连衣裙的明晗走了出来。明晴看到明晗一身浅粉色，很意外地说道："哇哦，姐，我从没见过你穿得这么粉嫩过。"

明晗问她："是不是不好看？"

"没有啊，"明晴摇摇头，笑着评价，"我觉得挺好看的，很像一个公主。"

这件公主裙不露背，胸前的领口也恰到好处，收腰的设计将明晗盈盈一握的腰肢勾勒得淋漓尽致，大裙摆上铺满了精致的玫瑰花刺绣。

随遇安很满意这条裙子。

"就这件好不好？"他温柔地问明晗，随即又说，"我喜欢你穿这件。"

明晗在镜子前看了看自己穿这条粉色裙子的效果，意外觉得还挺好看的。她点点头，答应道："好，那就穿这件吧。"

明晴说："那我也挑一条浅色的裙子吧，不穿这件黑色的了。"最后明晴选了一条浅香槟色的礼裙。

要离开 GR 时，明晗问明晴要不要跟她回家，明晴拒绝了。

"反正明天也要一起吃饭，我们明天在君悦见吧。我不想在你订婚宴前一晚跟明克利吵架。"

君悦是一家五星级饭店，明晗和随遇安的订婚宴就在君悦顶楼最大的宴会厅。

明晗对明晴说："你和晏承舟的事，我会找时间跟爸爸说的。"

明晴笑了笑，跟明晗和随遇安道别："那我走了，拜拜，姐。"顿了一下，她又道，"准姐夫。"

当晚，明晴在睡前收到了季星朗的微信消息，他和往常一样跟她说晚安。

明晴这次没有回他。既然不打算答应他，就不能给他留下任何幻想。

明晴退出和季星朗的聊天界面，看到高中群聊里有提及她的消息，点进去才知道，是高中班长告知了全体成员，通知大家明天在君悦二楼的 2023 包厢聚餐。

明晴没想到姐姐的订婚宴和高中同学聚会在同一家饭店，不过还好顶楼的宴会厅有专用电梯，到时候她可以凭借邀请函直接坐专用电梯上顶楼。

隔天清早，明晴早早化好妆换上那条裙子出门。

上午，明晴正在宴会厅检查还有没有什么遗漏，突然接到了姜眠的电话。

"晴晴，我忘记带邀请函了。"姜眠说，"你一会儿下楼来接我们一下吧，不然我怕我和我老公进不去。"

"行，"明晴说，"你快到的时候跟我说。"

"快了快了，"姜眠告诉她，"这会儿正在停车。"

"那我现在下来。"明晴挂了电话后就乘坐电梯到了一楼。她往大厅那边走了几步，正等着姜眠，结果就遇到了迎面走来的一群高中同学。

"嘿，明晴！"班长热情地说道，"你来啦！我还以为你不来了呢！"

另一个女同学问："姜眠呢？没跟你一起吗？"

明晴笑了笑，语气抱歉地说："今天我姐在顶楼办订婚宴，很多事都需要我打理，我恐怕没时间过去跟你们聚了，抱歉。"

人群中一直没说话的何文劭看着明晴。

有人打趣道："何神，你不说句话？邀请邀请明晴？"

何文劭还没开口，一道清朗的声音就从旁边传了过来："晴晴！"

明晴听着这个熟悉的声音，不可置信地转过头。

季星朗已经跑到了她面前。今天他的穿着打扮依然偏运动风，黑色的卫衣外搭配黑色夹克，裤子是略微宽松的束脚休闲裤，脚上踩着一双白色的板鞋。

明晴还没说话，季星朗就冲她笑着说："我们上去吧。"

"等会儿，你姐就要到了，我在这儿等着接她和你姐夫呢。"明晴回答道。

就在这时，姜眠和秦封走了过来。

高中同学和姜眠打招呼，姜眠笑盈盈地和他们寒暄了几句，然后就挽着明晴的手往通向顶楼的电梯走去。季星朗和秦封并排走在两位女士身后。

到了宴会厅，姜眠和秦封找了座位坐下，明晴走开去忙别的事了，季星朗挨着姜眠坐了一两分钟，就起身去了明晴那边。

明晴正站在一张无人坐的桌前整理桌上花瓶中的花束。

季星朗刚停在她身边，明晴就开口问："晴晴是你叫的？你再叫我一声晴晴试试？"

季星朗乖乖地喊她："姐姐……"

"我刚才那样叫你是因为……"季星朗话说到一半停了下来。

有个西装革履的男人突然来到明晴身旁，季星朗目光警惕地盯着他。

晏承舟嗓音冷淡地对明晴说："你好，我是晏承舟，我们能找个地方聊几句吗？"

明晴转脸看向对方，眉眼轻抬，笑盈盈地道："当然可以，晏先生。"

明晴转身要跟晏承舟走，手腕突然被人用力地握住。

季星朗在她身后，语气哀求般低低地唤道："姐姐，别……"

"季星朗，"明晴对他的态度不像从前那样亲近，疏离的语调中透着冷漠，"松开我的手。"

季星朗抿紧唇，和她僵持了几秒，最终听话地松开了她的手。

明晴和晏承舟找了个露台。

晏承舟今天带了助理过来，他们来到露台后，他的助理就守在通往露台的门口处，防止有人靠近或者在暗处偷听。

"明小姐对明、贺两家要我们订婚持什么态度？"晏承舟开门见山地问。

明晴挑挑眉，不答反问："晏先生呢？"

没想到晏承舟挺直接，他说："我不会和你订婚。"

明晴笑得更明媚，回答他："好巧，我也一样。"

"但我想请你帮个忙。"晏承舟垂眼看着明晴，面部轮廓被阳光勾勒得更加立体，"麻烦明小姐这段时间假装和我很合得来，让所有人都误以为我们很满意彼此，一定会顺利订婚。等订婚宴那天，再告诉所有人我们不订婚。"

明晴微微仰脸，与他对视着，有点儿感兴趣地问："那我能得到什么好处？"

晏承舟一语破的地说："让你的追求者对你死心。"他说完，意有所指地转头往落地窗那边看了一眼。

明晴循着他的视线望过去，然后就看到季星朗正表情冷冷地盯着晏承舟。她没直接拒绝晏承舟，其实就在考虑通过和晏承舟合作让季星朗死心。明晴收回目光，又看向晏承舟，心里有点犹豫，这个男人太敏锐了，而且她看不透他。

她笑着说："你怎么能肯定他会对我死心？毕竟我们只是合作演戏，最后还是要公布不会订婚。"

晏承舟沉吟道："你可以向我提任何条件。"

明晴想了想，提了一个有点儿无理的要求："我的愿望就是给我偶像宋楹拍一套照片，如果你能满足，我就跟你合作。"

别说宋楹现在已经隐退了，就算她不隐退，也轮不到明晴这种才入行几年的摄影师给她拍照，国际知名摄影师才配得上宋楹的咖位。

她就是纯属刁难晏承舟，其实心里已经想好了，就算晏承舟办不到这件事，她也会和他合作——哪怕只是为了让季星朗死心。

谁知，晏承舟竟然毫不犹豫地答应了下来："一言为定。"

明晴更加看不透他了，这事儿他都能允诺？

"但是，拍摄的时间、地点，都由我来定。"他淡声说。

明晴问他："你认识宋楹吧？你应该知道她隐退了吧？不好找到人，就算找到了，你也不一定能说服她拍摄……"

"我知道。"晏承舟只道，"这些你不用担心，交给我来办。"

明晴隐隐觉得哪里不对劲，但又有点儿说不上来。

明晴本来想跟晏承舟握个手，表达友好合作，但转头就看到季星朗还杵在那儿盯着这边，于是放弃了握手，只笑盈盈地对晏承舟说："那就合作愉快，晏先生。如果晏先生没其他事，我就先去宴会厅了。"

晏承舟微微颔首："感谢明小姐帮忙。"

明晴摆了摆手："互惠互利罢了。"说罢，就转身离开了露台。

她刚走进宴会厅，季星朗就凑了过来。他闷闷地叫她："姐姐。"

明晴淡淡地"嗯"了一声。

季星朗很想知道他们聊了什么,但是最终还是没问出口,只像条小尾巴一样跟在明晴身后,沉默而郁闷着。

过了一会儿,明晴有些无奈地说:"不要总跟着我,去找你姐。"

季星朗咬了咬嘴唇,乖乖地答应:"好。"于是,他一步三回头地往姜眠和秦封坐的那桌走去。

这桌多了一家四口,季星朗认识两个孩子的爸爸孟椿,是近几年炙手可热的大导演。他之前是演员,后来转行做了幕后。

孟椿怀里抱着一个几个月大的婴儿,他的妻子坐在他旁边,正在给六岁的女儿整理头发。小姑娘手里正拿着一个魔方在玩耍。

这家人应该是男方那边的好友。季星朗隐约记得随遇安和孟椿是同学。

小女孩和姜眠中间有一个空位,季星朗就大大方方地坐下来了。

下一秒,一只拿着魔方的小手就伸了过来。正闷闷不乐的季星朗抬起眼皮,看向小女孩。

她笑得眉眼弯弯,语调清甜地说:"哥哥,给你玩。"

季星朗随手拿过来,单手飞快地转着魔方,不到一分钟,手中的魔方每面都成了同色。

小姑娘直接看愣了,睁大眼睛不可置信地盯着季星朗手中转好的魔方,惊讶地说:"哥哥你会魔法!"

季星朗把转好的魔方还给小女孩,小女孩从背的小包包里掏出一根棒棒糖递给他:"奖励你的!"

季星朗不高兴的时候还挺喜欢吃糖,他拿过来,单手捏爆袋子,把棒棒糖推出来含进了嘴里。

小姑娘把魔方打乱,又递给季星朗。季星朗再一次飞快地将每面恢复成同色。

小姑娘开心地拍手:"哥哥好棒!"

明晴不经意地看到了这一幕,她很意外他玩魔方居然这么厉害,而且是单手转魔方,不到一分钟就转好了。别说,确实挺酷的。怪不得连几岁的小姑娘都喜欢跟他玩。

明晴笑了笑,在季星朗望向她的那一刻又转身背对着他。

明晗和随遇安的订婚宴办得很圆满。

明晴和晏承舟被故意安排挨着坐，两个人都表现出对彼此很有好感的样子，让明克利和贺家父亲对他们放松了警惕。

午饭吃完，明晗把明晴拉到一边，低声问她："你什么情况啊？对晏承舟有好感？"

明晴面不改色地撒谎："之前不是没见过吗？今天见了感觉挺合得来的，就先聊着呗！"

明晗没有怀疑这句话的真实性，只问："那我还要去跟爸说不用让你联姻的事吗？"

"不用去说，你说了也白说，我又不是不知道他，他做出的决定就没有转圜的余地。"明晴顿了一下，补充道，"而且你也看见了，我和晏承舟对彼此都还挺满意的，过段时间两家就会商量让我们订婚的事了。"

明晗笑着说："之前你对联姻那么排斥，没想到一见到对方第一面，态度就彻底转变了。"

明晴"哎呀"了一声："感情的事，谁说得准呢？"

"也是。"明晗轻叹，似乎是想到了什么，扭头望向另一边和朋友们聊天的随遇安。

男人手里拿着一个打火机，拇指不断地滑开盖，又推上盖，打火机的火苗忽明忽灭。他的另一只手里夹着一支未点燃的烟。

随遇安仿佛察觉到了明晗的视线，向她们看了过来。

明晗对他轻轻地摇了摇头，他笑了笑，把手中那支不知是谁递过来的烟折断，扔进了烟灰缸，然后笑着对明晗扬了扬眉毛。

明晗一开始和随遇安相处时，对他并没有喜欢的感觉。她的命运是联姻，当初她答应长辈和他相处试试，只是理智地觉得这个人还不错。他是她在权衡利弊后的最佳选择。

和他相处的时间越长，明晗发觉自己不知道在什么时候，已经慢慢地喜欢上了他。

订婚宴结束要散场时，姜眠和秦封叫季星朗一起回去，他不肯走。明晴还陪在明晗身边，季星朗就安静地在不远处等着。直到明晴准备离开，他才跟上去。

季星朗跟着她进入电梯，低声说："姐姐，我送你回家……"

明晴说："不用。"

季星朗抿了抿嘴唇，沉默了片刻，在电梯即将到达一楼时，才开口问："因为我喜欢你，所以你讨厌我了吗？"

明晴脚步微顿，到底不忍心伤他太深，她转过身，很冷静地对季星朗说："不是讨厌你，是我们应该保持点儿距离。"

"你为什么不能试试姐弟恋呢？"季星朗不甘心地道。

明晴叹了一口气："不是我不试，是我没法试。"

"弟弟，我这样说吧，如果换成其他年纪比我小的男孩，我会尝试一下的，但对方是你，我不行。"

"为什么？"季星朗皱紧眉头。

"因为在我心里你跟明旸一样，是我的弟弟，我没办法喜欢上你。"

不等季星朗说话，明晴就继续说道："而且我现在正在和晏承舟相处，我们对彼此很有好感。"

季星朗像被一颗炸弹炸得魂飞魄散，说不出话来，只站在原地盯着明晴。

明晴亲眼看到他眸中的亮光一点一点暗淡下去，她点到为止，转身往饭店外走去。见她往外走，季星朗依然跟在她身后。

到了门口，晏承舟的助理正站在饭店门前的车旁。

明晴一出现，晏承舟的助理就打开了后座的车门，对她说："明晴小姐，我们先生送你回去。"

季星朗在明晴后面叫她："姐姐。"

明晴回头看向他，他不死心地问："所以，在你看来，我就不该喜欢你，我喜欢你很离经叛道是吗？"

明晴跟他对视着，淡声回答他："是。"说完，她弯身坐进了晏承舟的车。

车子从季星朗面前驶离，季星朗张了张嘴却又说不出话来，只耷拉着脑袋，直愣愣地站在饭店门口，像一只被主人遗弃的狗。

车子从季星朗面前驶过后，明晴忍不住回过头，隔着后车窗看了他一眼。他僵站在原地，低着头，看起来格外颓废。明晴抿了一下嘴唇，转回身，轻轻地叹了口气。

晏承舟偏头看了看明晴，问："关心他？"

明晴说："毕竟是从小看着长大的弟弟。"

晏承舟没有再说什么，继续低头看手机。片刻之后，他突然抬头对明晴说："给宋楹拍摄的时间定在下周六，到时候我会派车去接你。"

明晴难以置信地盯着晏承舟："这就确定了？你能找到她？"

晏承舟只是说："我有我的办法。"

明晴感觉事情越来越不对劲，脑海中冒出一个她之前从未想过的可能性——晏承舟是不是和宋楹认识？而且他们之间的关系很特殊。

男女之间的关系很特殊……明晴突然怀疑自己可能触及了一个秘密，但她又不敢妄下结论，因为从来没有人把晏承舟和宋楹联系在一起过。

晚上还有明家和随家的家宴，明晴没有直接回家，而是让晏承舟送她回明家，当晚她还得和家人一起去随家。

傍晚出发时，随遇安和明晗坐在一辆车上，明克利坐在另一辆车上，明旸自己开车过去。明晴没有犹豫，直接拉开明旸那辆跑车的副驾驶座一侧的门，坐了进去。

明旸扭头看着她，明晴说："看我干吗？开你的车。"

明旸没说什么，就将车驶上了路。因为那晚两人闹了别扭，今天在明晗的订婚宴上，明旸都没跟明晴说话，看样子还在生她的气。

过了一会儿，明晴主动开口说："明旸，那晚是我话说重了，你别跟我生气了。"

明旸轻哼了一声："既然二姐你都跟我道歉认错了，我就不跟你计较了。"

明晴："你什么时候能成熟一点儿？"

明旸不满地道："我哪里不成熟了？"

"就你这样，以后交了女朋友闹点儿小别扭，你还打算让女朋友跟你认错？"

"不行吗？"明旸理直气壮地问。

明晴对他露出一个微笑："行，那你就单着吧！你不配有女朋友。"

明旸不服气地道："二姐，你瞧不起谁呢？我跟你说，追我的人可多了！我环球旅行的时候，每到一座城市就有人想和我交往。"

"哦,"明晴说,"可能人家只是单纯地觉得你人傻、钱多,比较好骗吧!"

明旸威胁道:"你再侮辱我,我就把你扔在路上!"

明晴不以为意地耸耸肩:"随你便。"

明旸当然不可能真的把姐姐扔在路边。

姐弟俩互相开了个玩笑,心里都舒坦了。

明晴这才心平气和地对明旸说:"明旸,我那晚说话确实着急了,但出手打人确实是你不对,你不能总这样冲动,改改你的性子,不然容易吃亏。"

明旸敷衍地应道:"好啦好啦,我知道。"

这场晚宴,明晴没有吃太多。她趁众人没察觉的时候提前离席,去外面透气。

明晴闲着无聊,打开微博,看到了宋楹几个小时前发的一朵紫色郁金香的照片。看到宋楹的微博,明晴不由自主地想起晏承舟,这两个人会不会真的是情侣关系?

明晴突然很好奇。她点开宋楹的微博主页,试图在她的微博里寻找蛛丝马迹,但是宋楹的微博几乎都是分享日常生活,没什么特别的。直到明晴已经刷到好几条关于一只猫的微博,她突然捕捉住了什么——前段时间宋楹养的那只橘猫去世,宋楹提到了那只猫的名字,叫宴宝。

宴和晏承舟的晏同音,而且两个字只有偏旁部首的位置不同。

再联想到今天晏承舟那么轻易就答应她给宋楹拍照,而且很快就能确定好时间……明晴越发觉得晏承舟和宋楹之间有故事。

明晴在外面独自待了一会儿,等她透完气再回去时,正好赶上散场。

明晗拉着明晴对她说:"晴晴,你坐我的车走吧,我送你回去。"

明晴本想说她和明旸一起走,结果明旸已经先一步开车跑了,明晴只好搭姐姐和准姐夫的车。

明晗没有坐副驾驶座,而是跟明晴一起坐在后座。今晚她酒喝得有点儿多,这会儿微醉,她靠在明晴肩膀上,笑道:"其实你能跟晏承舟合得来也挺好的。"

明晴笑了笑,没回话。

明晗又说:"晴晴,姐姐希望你幸福。"

"我知道。"明晴无奈地说道,随后她语气认真地说,"你也要和姐夫幸福。"

明晗轻笑起来,醉酒的她说话都没有平日里的干练,听起来莫名娇憨,她说:"我们会幸福的。"

很快就到了明晴小区门口,明晗本来还要将她送到家里,明晴没让。

她亲眼看着随遇安哄着姐姐坐上副驾驶座。随遇安给明晗系好安全带,又揉了揉她的脑袋,这才帮她关好车门带她离开。

明晴转身往小区里走去。她踩着高跟鞋,不想多走路,还是选择了从那段没有路灯的路经过。

走到漆黑的路上时,明晴的手机响了一下,她点开,是微信运动给她发的今日步数。明晴退出微信运动的界面,只见季星朗的消息还停留在那条早安消息上。

明晴到现在都没回他。

她下午在饭店门口和他说了那番话后,他到现在都没动静,看来是起作用了,这小孩应该打算放弃了。明晴轻叹了一声,希望他能及时回头,不要把时间浪费在她身上。

然而,等明晴乘坐电梯上楼后,就发现她家门前蹲着一个人。

明晴根本没想到他会在她家门口,她以为他要放弃追她了,结果一回家就看到他守在门口。

明晴猝不及防地顿了下脚步。

正好对门的邻居开门往门口放快递盒子,看到明晴回来了,便说:"你可回来了,你男朋友在这儿等了好几个小时。"

明晴刚想解释季星朗不是她男朋友,邻居就劝她:"小情侣闹别扭很正常,好好谈谈没什么解决不了的,但别改门锁密码不让男朋友进家门啊。"

明晴心想,这误会可就深了。

邻居说完就关上了门,明晴根本没找到机会澄清她和季星朗非情侣关系。

季星朗怕明晴误以为是他故意跟邻居说他是她男朋友,他连忙站起来跟明晴解释:"姐姐,不是我说的,我没有跟你邻居讲过话……"

明晴了解季星朗,他不是那种不着调的小孩。她往前走了两步,来到季星朗面前问他:"脚麻了吗?"

他闷闷地"嗯"了一声,回答她:"麻了。"

明晴扒拉了一下他的胳膊:"麻了也得往旁边挪挪,我要开门。"

季星朗抿喊她:"姐姐……"

明晴输入密码开了门锁,打断他:"进来再说。"

季星朗似乎是没想到明晴还会让他进她的家里,愣了愣。

明晴说:"你想在门口聊?让这层楼的邻居都听到?"

"我不想,毕竟我还得在这儿住。"她推开门,对他说,"进来。"

季星朗跟着明晴进了门。

明晴确实没想到季星朗居然还不死心,她觉得她说得已经够清楚了,而且并没有给他留有余地。她直接开门见山地问他:"我下午说得还不明白吗?"

季星朗说:"明白。"

"那你还过来?"明晴故意语气冷淡地说。

季星朗沉默了片刻,他嗓音低沉地问:"姐姐,喜欢有罪吗?"

"我喜欢你,就是罪人吗?"

明晴皱眉,试图跟他解释:"不是,喜欢无罪,你也不是罪人,但是小朗,两个人谈感情,需要两情相悦,你一个人喜欢是没用的。"

"还有,"她直接问出了那个问题,"你到底为什么会喜欢上我?就因为我在醉酒后亲了你一下?"

明晴理智地说:"那如果当时喝醉酒亲你的不是我,而是其他女孩,你是不是也会动心,也会喜欢上对方?"

季星朗下意识地反驳:"不是,不会的,我不可能喜欢别的人。"

"那你为什么喜欢我?"明晴看着他的眼睛问。

季星朗沉默了。他哪里说得上来?他第一次喜欢一个人,这份喜欢来得快速而猛烈,时常折磨他,让他陷入痛苦。可是,只要她对他一笑,对他说一句话,亲昵地叫他一声"弟弟",他就觉得,那些痛苦都不算什么,他可以爱她一辈子。

季星朗茫然地问:"喜欢必须有原因吗?"

明晴说:"必须有。"

就像她当年喜欢何文劲,就是喜欢他身上那股傲劲儿。后来她和另一个男人谈恋爱,是因为对方会哄着她,宠着她,对她百依百顺,不过最后发现对方对她好是另有所图。

在明晴这里,喜欢是必须冠上理由的。喜欢一个人怎么会没有理由呢?平白无故、不清不楚就喜欢上了?怎么可能?

明晴见季星朗不说话,便说:"弟弟,你是不是那晚被我亲了不甘心,错当成喜欢了?那次我喝得很醉,根本不知道我做了什么,冒犯了你真的很抱歉。我向你道歉,希望你不要介意。"

季星朗听到这里,眉头越皱越深。

明晴顿了一下,故意激怒他:"如果你就是很介意,心里过不去这个坎儿,那我让你亲回来,这样我们就扯平了。"

她说着,就凑近季星朗,仰起脸等着他亲她。

季星朗果然被惹急了,一下子把明晴推开,然后强压着怒气对明晴一字一顿地说:"姐姐,你就算不喜欢我,也没必要这样侮辱我对你的喜欢。"

他的语气里带着这个年纪的男孩强大的倔强和自尊。

她把他当成什么人?

明知她不喜欢自己却要强吻她?

他的喜欢,在她眼里,就这么龌龊?

季星朗说完这句话就转身拉开门走了。

明晴深深地吐出一口气。她就知道小孩好骗,一激就怒,丢个饵他就咬钩。

季星朗离开后,明晴转身去浴室泡了个澡。

她洗完澡、做好护肤后躺到床上,拿起手机就看到了季星朗十多分钟前给她发的消息。

他说:"如果喜欢你就是离经叛道,那我这辈子离经叛道到底。"

明晴盯着这条消息,无奈地叹了口气。这小孩怎么这么固执?

她有什么好喜欢的?就像他们说的,她脾气臭,跟只刺猬一样,动不动就扎伤人。他一个年少成名的世界冠军,想找什么样的女孩子找不到,偏偏要跟她这个大他好几岁的姐姐谈感情?

明晴依然没有回季星朗。她放下手机,关了灯就睡了。

季星朗这会儿还在舞蹈室练舞。他从明晴家离开后就径直来到舞蹈室,当时胖子正要走,看到季星朗突然来了,还挺意外,问他:"小朗，你怎么这么晚过来了？"

季星朗没什么情绪起伏地说："没事，过来练舞。"

胖子察觉出季星朗心情不好，他也了解季星朗的脾性，这些年季星朗一旦不开心，要么就安安静静地含着棒棒糖转魔方玩，要么就通过跳舞发泄。

跳舞能让他的心情变好，就算调整不了多少，也不会太低沉。

胖子怕季星朗一个人孤单，就放下外套，对他说："那我跟你一起练会儿。"

季星朗没说话，默认胖子和他一起练习。

两个人跟着街舞音乐在舞蹈室跳动。胖子没想到季星朗这次跳舞就像疯了一样，根本不停下来休息一下，最后胖子坚持不住，跑到一边坐下狂喝水。他对季星朗说："小朗，都快三个小时了，你歇会儿吧。"

"季星朗！你听见我说话了吗？"

正在专注改进动作的季星朗转过身来问他："胖子，你觉得这个动作好，还是这样更好？"他一边说一边做动作。

胖子说："我觉得你休息一会儿更好。"

季星朗没理他，转过身对着镜子继续跳了起来。

胖子不知道季星朗受了什么刺激，要用这么高强度的街舞训练发泄情绪。他拿起手机，点开微信朋友圈，录了个季星朗跳舞的小视频，配了句文字发布到朋友圈。

明晴隔天上午醒来时，时间刚过七点。

这几天国庆假期，她没什么事，人也越发懒散。明晴躺在床上玩手机，看到微博上有人发去旅游的照片，她忽然也很想出去待几天，不用去远的地方，在沈城周边就行。她就是想换个环境放松放松心情。于是她就在微信上问姜眠："阿眠，出去玩吗？"

姜眠很快回了她："去哪儿？"

明晴说："沈城周边有个小镇，可以坐船玩，还能泡温泉，那边风景也好，我带相机过去，到时候给你拍点儿照片。"

姜眠欣然应允："可以啊！我们什么时候出发？"

明晴捧着手机笑道："那就今天！吃了午饭我们就出发。"

姜眠回她："好。"

须臾,姜眠又给明晴发了一条消息:"晴晴,封哥说开车送我们过去,你就别开车啦!"

明晴应道:"行。"

明晴和姜眠约定了时间和地点后,就打开了朋友圈,往下刷了几条,突然看到了胖子发的两条动态。之前因为季星朗让明晴去看他们的斗舞,明晴和胖子加了好友,但只是加了好友,并没有联系过。

明晴首先看到的是胖子六点钟发的那条纯文字动态。

胖子说:"谁来管管季星朗?他疯了!我都在旁边睡了一觉了,他竟然还在跳!"

明晴皱了皱眉,紧接着看了前一条,胖子在凌晨一点多发的视频,配的文字是:"我们朗哥已经连续跳了三个小时没休息了。"

明晴点开视频,视频里响着动感的音乐,季星朗正在练地板舞,动作大开大合,难度高,而且非常耗费力气。

昨晚一点多时他已经跳了三个小时了,那他应该是从她家离开后就去舞蹈室了。

明晴又看了一眼胖子早上那条朋友圈的发布时间——六点左右。

如果他一直没休息,就跳了八个小时多了。他这是要玩命吗?!

明晴立刻给季星朗打了一个电话。

季星朗这会儿正坐在舞蹈室地上,靠着墙发呆。通过跳舞发泄情绪之后,他的心情的确平静了很多。他现在只觉得累,累得想倒头就睡。

就在这时,季星朗的手机突然振动起来。他摸过手机拿起来一看,神色微怔。他不可置信地看着来电显示,有那么一瞬间以为自己的眼睛出了问题。手机屏幕上明晃晃地显示着"晴晴"。

季星朗的喉结不由自主地滚动了下,他有些忐忑地点了接听,把手机放到耳边,语气很乖地喊了一声:"姐姐。"

明晴问他:"你昨晚干了什么?"

季星朗很茫然地眨了眨眼,回道:"没干什么啊。"

他没做什么事惹她生气吧?怎么她的声音听起来这么冷淡?语气像是在质问他。季星朗刚要问明晴怎么了,明晴就说:"从我家走了就去舞蹈室跳舞了是吧?一直跳到早上都没休息?季星朗你能耐啊!"明晴越说越生气,"连续跳了八个小时,你的腿还能走路吗?你这是想直接断送你的街舞生涯吧?"

季星朗更蒙了,忍不住问:"你怎么知道我……"

明晴被他气得有点晕头转向,忘了自己和胖子加微信好友时季星朗根本不在场,话语有点儿冲地对他说:"你跟你朋友的伎俩都是我上学时玩剩下的,别再故意让我在朋友圈看到你因为在我这里受了委屈就跑去疯狂练舞了,真的很幼稚。毕竟身体是你自己的,你累了,疼了,难受了,也没人能替你受过,我也不会心疼。"

季星朗皱紧眉,他不明所以地打开微信朋友圈,看到了胖子发的那两条动态。他根本不知道胖子拍了他跳舞的视频,还发了两条动态。

而且,晴晴姐什么时候和胖子加了微信好友啊?

其实季星朗并没有连续跳八个小时不休息。他后来跳累了也休息了好几次,只是胖子那会儿睡着了不知道而已。

"姐姐,我……"

季星朗刚要和明晴解释,明晴就深深地呼出一口气,让自己的语气缓和下来,问他:"你现在能好好休息吗?"

季星朗讷讷地答应:"好。"

明晴毫不犹豫地挂断了电话。

季星朗捏着手机,一肚子的话只能憋在心里。他扭头看了看躺在长凳上,盖着外套睡觉的胖子,起身走过去,直接把人给踢醒。

胖子睁开眼睛,迷迷糊糊地问:"你终于肯停下来了?快回去睡觉……"

"睡个屁,"季星朗冷声质问,"你什么时候加了明晴的微信?"

胖子还在被困意包围,他重新闭上眼:"那次她来这里看你Battle,你去换衣服的时候,我说以后你要欺负我,我就告诉她。"

胖子说到这里,又威胁季星朗:"季星朗,你再打扰我睡觉,我可就告诉明晴姐,让她收拾你。"

季星朗刚抬起来的脚又落了地,他转而掀开胖子身上盖的外套,没好气地说道:"把你那两条朋友圈立刻给我删了。"

胖子闭着眼睛摸了摸,摸到手机后直接扔给季星朗,懒洋洋地说道:"你自己删。"

季星朗接住胖子的手机,直接滑动屏幕解锁。他打开胖子的微信,点开朋友圈,将那两条动态都删除了。

把手机还给胖子之前,季星朗又点开了微信联系人那栏,搜索"明晴",顺利找到了胖子备注为"明晴姐"的联系人。

他点进去,发现聊天界面只有通过验证请求的系统消息,他们并没有聊过天。

为了防止胖子以后在明晴那里说他坏话,季星朗偷偷把明晴从胖子的联系人列表删除了。

做完这些,季星朗若无其事地把手机还给胖子。

"我走了,你走不走?"季星朗问。

胖子把外套盖过脑袋,声音听起来闷闷的:"我再睡一会儿。"

季星朗没再管他,叫了个代驾开车回家。到家后,他脱掉衣服就进浴室洗澡,洗完澡后戴上手环躺在床上睡着了。

明晴挂了电话好一会儿后才突然意识到,季星朗根本不知道她和胖子加了微信好友。一想起自己刚才不分青红皂白把他训了一通,明晴就为自己感到尴尬。

怎么这么冲动啊?她叹了口气,想不明白自己刚才怎么就像被点燃的炮仗一样,一下子就爆炸了。

她又想,也没准胖子告诉他,他们是微信好友,故意让胖子发朋友圈给她看呢?明晴为了让自己心安理得一点儿,找理由安慰自己。

不过这个插曲也没影响她太久,等她收拾行李准备去小镇时,明晴就把这件事忘在脑后了。

下午明晴拉着行李出了家门,上了秦封的车。

姜眠想和她坐在一起,所以没坐在副驾驶座。

明晴上了车后笑着问秦封:"秦总要不要陪阿眠在小镇玩几天?"

秦封笑着回答她:"你们好姐妹的出游活动,我就不跟着掺和了。等你们玩够了要回去的时候,我会来接你们。"

明晴眉眼弯弯地说道:"还知道给老婆留下小姐妹独处时光,秦总真不错。"

车开到半路,明晴突然收到一条微信消息,是季星朗发来的。

他说:"姐姐,我听你的话,这会儿已经睡醒了。"又给她发来一张照片,拍的是他手腕上戴的手环,上面显示着他的睡眠时间——七个小时。

"对了，晴晴，"姜眠扭过脸来，关切地问，"我昨天看你和晏承舟相处得蛮和谐的，你是不是对他挺有好感啊？"

明晴突然觉得手里的手机有点儿烫手，甚至有些心虚。

她立刻退出和季星朗的聊天界面，若无其事地说："感觉还可以，所以还在接触。"

姜眠了解地点了点头，叮嘱她："封哥告诉我晏承舟和贺家的关系并不好，如果你真的想和他在一起，你要先看看他是否能保护你，知道吗？"

明晴笑着说："你别为我担心了，我知道该怎么做。"

姜眠叹了口气，语气中带着一丝心疼："我只是担心你再次在感情中受伤。晴晴，你一定要考虑清楚，不要头脑一热就陷进去。"

明晴点点头，嘴角带着微笑回答："嗯，我知道。"

片刻后，她打开了季星朗的微信主页，点击了右上角，选择了"删除联系人"。

底部弹出一个白框，第一行的小字提醒她：将联系人"弟弟"删除，同时删除与该联系人的聊天记录。

第二行是红色的五个字——删除联系人。

第三行是——取消。

明晴咬了咬嘴唇，手指轻轻点击了红色的"删除联系人"，屏幕中央出现了一个不断转动的"加载中"。

下一秒，明晴的最近联系人列表中，季星朗的名字消失了。

季星朗给她发完他手环上记录的他睡眠的照片后，见她没回复，又忍不住给她发了一条消息："姐姐，你这会儿在干什么啊？"

这条消息左侧却出现了一个红色的叹号。

下方有几行小字："rainbow 开启了朋友验证，你还不是他（她）的朋友。请先发送朋友验证请求，对方验证通过后，才能聊天。"后面还有一句字体加粗的"发送朋友验证"。

季星朗盯着手机，愣在了床边。

她……把他删了。

季星朗并没想过明晴会删掉他。

今天早上她突然打电话给他，因为他不知节制地训练把他骂了一顿,季星朗当时没反应过来,整个人都是蒙的。后来回到家洗澡的时候,他才越发觉得不太对劲。

季星朗认为,如果明晴真的一点儿都不在意他,就不会这么生气。她生气就代表她担心他了,尽管她嘴上说并不担心他。

季星朗睡觉时还在想,这几天想办法把她约出来,带她去那家藏在巷子里的小餐馆吃她最喜欢的秘制烧鱼。

可是,他还没来得及邀约,她就突然把他删除了。

季星朗坐在床边,盯着手机屏幕好一会儿,反思自己做了什么事惹她烦了。

思来想去,他脑子里只有一个答案——他每天早安、晚安一次不落,有任何芝麻大点儿的小事都要分享给她,大概让她心烦了。

季星朗抿了抿唇,点了"发送朋友验证"。页面跳转,他在"发送添加朋友申请"那栏里写了一句:"姐姐,我以后不总给你发消息了,你别删我。"

明晴删了季星朗后就熄了手机屏幕。

小镇在沈城周边,节假日路上多少会有点儿堵,需要三个小时左右的车程。

明晴中途就睡了过去。

姜眠让秦封把车载音乐的音量调小一点,她和秦封说话也很小声,生怕吵醒明晴。

明晴睡着后做了一个光怪陆离的梦。

梦里有一个和她长得一模一样的女人,连穿着打扮都相同。

明晴皱紧眉头,警惕地问:"你是谁?"

女人扬起红唇,笑得风情万种,散漫地回答:"我就是你啊。"顿了一下,女人又说,"我是你不敢面对的自己。"

明晴不懂她在说什么,转身欲走,可下一秒,女人又出现在了她眼前。

"你甩不掉我。"女人轻佻地笑道,"你去哪里我就会到哪里。"

"想让我消失,只有一个办法,就是你正视内心,倾听心里最真实的想法。"

明晴皱紧眉头,不信邪地又转了个方向,女人又出现在了她面前。

"明晴,"女人说,"你在逃避什么?"

明晴不屑地笑问道:"我逃避什么了?"

女人的眼神仿佛能看透明晴:"你这样活着不累吗?明明想要被爱,却将自己武装成一副刀枪不入,不需要任何人疼爱的样子。"

"我没有。"明晴否认。

女人继续说:"你渴望被坚定地选择,但无论是父母还是恋人,都未能给你。"

"所以你很没有安全感,你害怕再次成为被丢弃的那一方。"

"我说了我没有。"明晴有些恼羞成怒了。

女人扬着嘴角笑了笑:"生气了吗?"

"我戳中你的痛处了吧?承认吧,你并不是对季星朗一点儿感觉都没有。"

"是的,我并不是对他一点儿感觉都没有。"明晴微微笑起来,一字一顿地说,"我把他当作弟弟看待。"

"是吗?"女人挑了下眉毛,随后问道,"那你为什么会在阿眠面前心虚呢?你为什么要突然删除季星朗的微信呢?你敢说你在删除他的那一瞬间没有后悔吗?"

明晴抿紧唇,盯着眼前笑容可掬的女人。

女人笑得更灿烂了,她对明晴说:"你动心了。因为他一直坚定地选择你,他对你的喜欢直接、炽烈,且不加掩饰。"

"你的心在动摇,明晴。"

明晴攥着手机的手用力,被对方看透一切的羞耻涌上心头,让她觉得难堪极了。

明晴失控地抬手,将手机砸向对方。

下一秒,车厢里突然发出一声硬物掉落的声音。

明晴瞬间惊醒,她睁开眼,姜眠正弯腰帮她捡手机。

明晴深深吸了一口气,仍然心有余悸。

姜眠把手机递给她,关切地问:"怎么了?做噩梦了?"

明晴"嗯"了一声:"梦到一个很讨厌的女人。"

说完,她才反应过来,那个讨厌的女人似乎就是她自己。

姜眠把这个讨厌的女人理解成了明晴的母亲。她伸手握住明晴的手,在明晴手背上轻轻地摩挲着,无声地安抚着明晴。

须臾,姜眠开口对明晴说:"我们就快到了,你别再睡了,不然

105

下车后容易感冒。"

明晴点了点头。她解开手机的屏幕锁,看到微信有消息,就点了进去——季星朗两个小时前给她发来的好友添加请求,他还备注道:"姐姐,我以后不总给你发消息了,你别删我。"

明晴没有点同意,直接退出了微信。

明晴和姜眠到达酒店时,已经临近傍晚,秦封陪姜眠办好入住手续就开车走了。

明晴不想打扰姜眠晚上和她老公打电话,主动提出她们一人一个房间。

明晴在房间里休息了一会儿,然后和姜眠出门。两个人沿着古镇的街道闲逛,明晴特意带了相机出门,时不时给姜眠拍照。她们看到有什么好玩的、好吃的,就过去瞧瞧,还没到吃饭的地方,明晴和姜眠就快被小吃填饱肚子了。

晚上明晴和姜眠去了古镇上一家比较有名的餐馆吃晚饭。晚饭过后,正好赶上游船,明晴就拉着姜眠上了船。

船上提供小吃和饮品,明晴要了一杯椰汁,又点了一盘水果。姜眠在对面吃水果,明晴就举着相机给姜眠拍照。

夜风轻拂,船上灯光朦胧,拍出来的照片很有氛围感。姜眠看了后特别喜欢,自告奋勇要给明晴拍。她拿过明晴的相机,有模有样地将镜头对准明晴,在明晴偏头看向远处的那一瞬间,立刻抓拍到她绝美的侧脸。

姜眠把相机还给明晴,期待地问:"怎么样?我拍得还不错吧?"

明晴看了看姜眠给她拍的照片,笑道:"不错啊,挺会拍的。"

姜眠非常有成就感,对明晴说:"今晚回去后你把我给你拍的这张照片也传给我,到时候我要拿咱俩互相给对方拍的照片发朋友圈炫耀。"

明晴欣然应允:"好。"

晚上回到房间后,明晴把照片导出来发给了姜眠。

姜眠拿到照片后第一时间就发了一条附带两张照片的动态,第一张照片是明晴给她拍的,第二张是她给明晴拍的,配的文字是:"闺蜜给我拍的照片和我给闺蜜拍的照片。"

明晴洗完澡做好护肤，躺到床上刷到这条朋友圈时，才突然想起来季星朗肯定会看到，但是姜眠发都发了，她再让姜眠删掉反而显得不对劲。

明晴给姜眠点了个赞，评论说："你真的很有做摄影师的天赋。"

季星朗从下午开始就在等明晴通过他的好友请求，但是明晴一直没有通过，他怕惹她烦，根本不敢发第二遍，只能干巴巴地等。

因为这件事，晚饭时他都没胃口，没吃几口就放下筷子回了房间，一直捧着手机看，直到十点多，季星朗突然发现表姐姜眠发了一条动态，照片里有明晴，她坐在船上，侧脸欣赏着湖上的夜景。

她这是去哪儿了？

季星朗退出朋友圈，找到姜眠的微信，问："姐，你们去哪儿玩了？"

姜眠这会儿正在跟老公秦封视频，看到有新消息，将视频界面缩小，就看到了季星朗发来的消息。

姜眠笑着跟秦封说："小朗问我去哪儿玩了。"

秦封回她："怎么？他想找你们去玩？"

"不知道呢，"姜眠温柔地说道，"他想来我们也不带他啊，女孩子的旅行，小男生掺和什么？"

她一边说着，一边回复了季星朗的消息："就在沈城边上的古镇。"

季星朗没有再回复，姜眠也没有在意，继续与秦封视频聊天。

这晚，季星朗等到半夜，却没有等到明晴通过他的好友申请。

接下来的几天里，明晴和姜眠每天都在古镇上溜达，逛当地的店铺，互相给对方拍照片，节奏放慢了，心情也变得愉悦。

十月六日早上，明晴和姜眠正在酒店餐厅吃早餐时，意外遇到了明晴曾经交往过的那个渣男。对方和一个肤色白皙、容貌美丽的女孩坐在一起，位置正对着明晴，两人亲昵地互动着，显得非常腻歪。

明晴想起渣男之前的言语暴力："你脾气这么臭，就像只刺猬，要不是你家有几个钱，我才不会跟你在一起。"最后这个男人甚至不装了，直接坦白说，"没错，我跟你交往就是想让你出钱给我买套房，既然你不买，我干吗还要伺候你？"

明晴第一次见到把吃软饭说得这么硬气的男人，他丑陋的嘴脸让她作呕。哪怕到现在,她一看到他,就被那些记忆攻击得没胃口吃饭了。

明晴对姜眠说:"阿眠,你还有特别想逛的地方吗?"

姜眠摇了摇头:"没有了,这几天逛得差不多了。"

明晴提议道:"那我们要不今天就动身回去?刚看到渣男觉得好晦气,好心情都被破坏了,我不想继续在这儿待了。"

姜眠点头答应:"好,那等会儿我们就各自回房间收拾行李,我给封哥打电话让他来接我们。"

"行。"明晴应道。

离开餐厅后,明晴就和姜眠手挽手上楼回了房间。

明晴收拾好行李后就去隔壁找了姜眠。姜眠还在整理衣服,她一边叠衣服一边对明晴说:"封哥以为我们明天才回,这会儿陪着我婆婆在山上拜佛呢。"

明晴刚要开口"没事,那就明天回",姜眠又道:"正好小朗没事,我和封哥就让他来了。"

明晴心跳微滞,她有点儿发蒙地问:"弟弟来接我们?"

"啊,"姜眠没察觉到不对劲,还在低头整理行李箱里的东西,"这会儿他已经在路上了。"

明晴一时无话。看来这次是不想见也躲不掉了。

第五章

季星朗接到秦封电话的时候,正在舞蹈室练舞。

同伴鹿晓刚做完几个大地板动作,正在旁边歇着,恰好看到季星朗的手机有来电,他喊季星朗:"小朗,电话!"

季星朗停下,走过来拿起手机看了眼来电显示,然后接通:"姐夫。"

秦封含着笑对季星朗说:"小朗,你姐在小镇旅行结束要回来了,但我这会儿没空去接,你替姐夫跑一趟,把你姐和明晴接回来。"

季星朗的眼睛瞬间亮了起来,他立刻开心地答应:"好!我这就回家去换衣服!"说话间,他已经拿起外套往外走了。

秦封又说:"你到那边估计得中午了,跟她们先吃个饭,吃完午饭再回来,到时候直接开车来家里,晚上我们四个人一起吃顿饭。"

季星朗笑道:"知道了,姐夫!"

挂了电话,季星朗开车回了趟家。他洗了个澡,又挑了一身黑色运动装,就开车去小镇了。

季星朗从市区开车到小镇需要好几个小时,在这期间,明晴和姜眠躺在同一张床上打发时间。

姜眠看中午带季星朗吃什么,明晴把电脑从自己房间里拿到姜眠这边来,抱着笔记本整理这几天拍的一堆照片。

过了一会儿,姜眠问明晴:"晴晴,你是想吃火锅还是烤鱼?或者我们直接找家饭店点菜?"

明晴不假思索地道:"火锅吧,我有段时间没吃火锅了。"

"行,"姜眠说,"我看到一家评价挺好的火锅店,中午等小朗到了,我们先带他吃个午饭再走,不然下午回程又要好几个小时,我怕他饿着肚子受不了。"

听到姜眠说要带季星朗吃饭的那一瞬间,明晴正滑动触摸板的手指顿了一下,随即她若无其事地应下:"好。"

一起吃个饭而已,况且这次有他姐在场,不会有什么问题的,他也不是那种胡来的孩子。明晴在心里安慰自己。

过了两个多小时,明晴和姜眠拉着行李箱下楼退完房,坐在大厅休息区等季星朗时,又遇见了那个渣男——他搂着昨天那个女孩子,从电梯里出来往外走。两人路过休息区时,渣男注意到了低头玩手机的明晴,他停下来,语气很意外地说:"明晴?"

明晴本来没看到他,听见声音,抬眸瞅了他一眼,又面无表情地垂下头。

渣男得意扬扬地问:"自己来旅游?还没交男朋友吗?"

潜台词——你是不是还没放下我啊?是不是跟我分了手就没男人要你啦?

明晴语调没什么起伏地说道:"男人这种东西,宁缺毋滥,万一我再遇到个和你一样图我的钱,想软饭硬吃的男人呢?有你给我的教训,我这次可不得擦亮眼睛好好辨别一下?"

渣男被明晴讽刺得恼羞成怒,气急败坏地说道:"谁稀罕你那俩臭钱?"

明晴做出一副惊讶的样子,不敢相信他会说出这样的话来:"天哪!你不稀罕当初为什么假惺惺地对我百依百顺,试图让我买套房给你呢?我拒绝你的无理要求后,你亲口说要不是我家里有钱,你才不会伺候我。现在不稀罕了?你当时可是稀罕得很呢。"

渣男的脸红一阵白一阵,被他搂着的女孩子推开他的胳膊,从他怀里出来。

渣男慌乱心虚地看向女孩,干巴巴地解释:"婷婷,你别听她乱说……"

明晴轻轻皱眉,笑着说:"我乱说了吗?"

她叹了口气,像是在安慰自己:"哪个女孩没遇见过几个渣男呢?"

"我还得感谢你呢,张……"明晴突然想不起这个男人的名字了,一时间卡住了。

"抱歉,你叫什么来着?"嘴上说着抱歉,但她的语气里完全没有一丝歉意,明晴没执着他的名字,继续说,"要不是你,我也不会见识到男人这个物种的多样性。"

"还挺长见识的。"明晴笑着说。

女孩转头往电梯里走了,看起来是不打算跟渣男出门了。

渣男瞪了明晴一眼,然后飞快地追了上去。

等他们俩离开,姜眠佩服地对明晴说:"晴晴,你也太会讽刺人了,刚才渣男的脸都快变绿了。"

明晴挑眉一笑:"小意思。"

就在这时,季星朗走了进来。

明晴背对着门口,没有看到他。姜眠率先看到季星朗,她抬高手臂对季星朗挥了挥,扬声喊:"小朗!"

季星朗看到她们,几步小跑过来,脸上挂着干净又明朗的笑容:"姐,晴晴姐。"

明晴轻点了一下头。

季星朗主动从姜眠手里接过行李箱,又忐忑地对明晴说:"晴晴姐,我来帮你拿行李箱吧。"

"不……"明晴刚想拒绝,季星朗就推着她的行李箱率先往前走了。

明晴顿时哑然,望着他的背影,沉了口气。

姜眠走过来挽住她的胳膊,笑道:"不用心疼他,他力气大得很,一只手一个行李箱根本算不了什么。"

明晴连忙否认:"我没心疼他。我只是……觉得麻烦弟弟了。"

"你怎么突然这么见外了?"姜眠有点儿不解,但也没多想,只说,"我弟弟就是你弟弟,想怎么使唤就怎么使唤。"

她这么一说,明晴更不敢让姜眠知道季星朗在追她的事了。

火锅店就在附近,姜眠让季星朗找了个停车位把车停好,三个人去了火锅店。

选锅底的时候,明晴和姜眠要了四宫格的锅底,其中一格是辣的。菜品也基本是她俩挑的,因为季星朗说他都行,她们吃什么他就吃什么。

明晴和姜眠选菜品时,季星朗默默地帮她们倒饮品,给明晴倒好饮品放在她手边,明晴不经意地对他说:"谢谢弟弟。"

季星朗愣了一下,然后就笑了起来。

点好餐后,姜眠端起杯子喝了口饮品,然后好奇地问:"对了晴晴,你刚才讽刺渣男的时候是真的想不起他的名字了,还是故意那样说的啊?"

明晴笑道:"真想不起来了。"

季星朗捕捉到重点,开口问她们:"什么渣男?"

明晴在姜眠说话前就率先回答了季星朗:"没什么。"

姜眠感觉明晴不太愿意说,就没有多告诉季星朗,只说:"是晴晴的前男友,是个挺渣的人。"

季星朗皱眉猜测:"何文劭?晴晴姐怎么去哪儿都能碰到他啊?他是不是故意跟晴晴姐制造偶遇?"

"不是不是,"姜眠对季星朗解释,"不是何文劭,何文劭严格来说已经是晴晴的前前男友了。"

季星朗这才明白,原来晴晴姐在何文劭之后还交过一个男朋友。

明晴默默地喝着饮品,不说话。

菜品被服务生端上来,明晴开始下喜欢吃的牛肉卷。她刚把牛肉卷放进麻辣汤底,季星朗就提醒她:"晴晴姐,你不要吃太辣,小心胃不舒服。"

姜眠挺惊讶地说:"你竟然还知道晴晴胃不太好?"她后知后觉地说,"而且你连何文劭是晴晴的前男友都知道了?"

明晴生怕姜眠察觉到端倪,正要向她解释,季星朗就淡定从容地说:"有次刚好碰到晴晴姐胃不舒服,就带她去了医院。也是那次,我们在医院里遇到了何文劭,晴晴姐才告诉我何文劭是她前男友,他跟你们还是高中同学。"

"哦……"姜眠了然,"我说呢,你怎么知道这么多。"

明晴在心里暗自松了口气。

季星朗看出明晴怕姜眠知道他在追她,所以他及时对姜眠解释了一番。

这顿饭明晴被这姐弟俩监督着,没能吃太多辣锅菜,大多时候在吃番茄锅和猪肚鸡汤底里的菜。

吃过午饭后，明晴和姜眠上了季星朗的车，两个人依然一起坐在后座。

　　姜眠一上车就看到季星朗挂在车里的晴天娃娃，她往前探了探身子，伸手摸了摸晴天娃娃，扬着笑说："小朗，你这个车挂还挺可爱呢！"

　　季星朗笑了："是吧，我也觉得很可爱。"

　　明晴多少有点儿不自然，她想用睡觉暂时逃避这个局面，于是对姜眠说："我睡一会儿。"

　　姜眠点点头："睡吧，这次可别跟来的时候一样做噩梦了。你当时身体一激灵，手机直接从你腿上掉下去了。"

　　明晴轻扯着嘴角笑了一下："我也希望能做个美梦呢。"

　　"会的会的，"姜眠握着明晴的手，"我在这儿呢，安心睡。"

　　明晴闭上眼睛，没有立刻入睡，不知为何，她脑子里不断回想起这段时间和季星朗相处的画面，像是电影倒带一样，一幕一幕浮现。她又想起之前醉酒亲了季星朗，脸忽然有点儿发烫，她根本无法想象自己亲他的情景。

　　不知道过了多久，明晴终于入睡，季星朗平稳地开着车向市区驶去。

　　到了市区后，姜眠小声对季星朗说："直接去我家吧，今晚你和晴晴就在我家吃饭。"

　　季星朗也压低声音回答她："我知道，姐夫跟我说了。"

　　明晴醒来时，季星朗刚把车停好。正要叫她的姜眠见她睁开了眼睛，轻笑着说："正好，到家了你也醒了，下来吧。"

　　明晴往车外看了看，不明所以地说："这是你家啊。"

　　姜眠"啊"了一声，说："都傍晚了，你在这儿吃了晚饭再回去吧。"不等明晴拒绝，她又道，"封哥已经让家里的阿姨提前备好食材了。你要是没睡够，就先去房间休息会儿，等晚饭好了我会叫你。"

　　明晴推开车门下来时，季星朗就站在车边，等她们一起进屋。

　　明晴和他对视了一眼，下一秒颤着眼睫飞快地看向了别处。她脑子里突然浮现出在车上睡觉时做的那个梦——竟然是她吻他的画面，梦里的她霸道地拽着他的领口，迫使他弯着腰，手还故意触碰他的喉结。

　　梦里的她真不像个正经人啊，居然欺负小孩，明晴心想。

　　明晴和姜眠挽手往前走，季星朗在后面帮姜眠提着行李箱。

三个人一起进屋时，听到动静的秦封正从客厅往外走。

姜眠松开明晴的胳膊，上前和要出门迎接她的秦封拥抱了一下。

秦封拥着姜眠，笑着问她："累吗？"

姜眠轻扬着嘴角摇头，"不累。"

明晴见他们恩爱的样子，不由得在旁边打趣道："这么旁若无人的啊？"

姜眠松开秦封，转头笑着问明晴："晴晴，你要不要再睡一会儿？"

明晴摇头道："不了，再睡晚上就睡不着了。"

秦封接过季星朗手里的行李箱，对他说："小朗，厨房里有果汁，你去拿出来。"

"好。"季星朗应下，转身去了厨房。

明晴和姜眠在客厅的沙发上坐了下来。秦封则把姜眠的行李箱拿去了楼上。

须臾，季星朗端着两杯果汁走过来，分别递给姜眠和明晴："姐，晴晴姐，给。"

明晴抬手从他手里接杯子的时候，指尖无意触碰到他的手指。

季星朗若其事地缩回手，低垂的眼帘却微微颤了下，被她触碰到的手指也不由自主地捻了捻。他走回厨房，又端了两杯果汁出来，正好秦封放完行李箱从楼上下来，季星朗把其中一杯递给他。随后，两人都坐在单人沙发上。

姜眠和明晴正在讨论明天逛完街后去看什么电影。

秦封问："你们要去看电影啊？"

姜眠应了一声，随口问："你想去？"

"想，"秦封笑着对姜眠说，"逛街我也可以陪你，你们逛，我帮你们拎购物袋。"

"好啊。"姜眠想都没想就答应了下来，然后开玩笑说，"到时候你两只手可能都拿不过来哦。"

秦封顺势道："那就让小朗跟我一起，帮你们拎购物袋。"

换作往常，明晴这会儿肯定已经开口笑着问季星朗要不要给她和姜眠拎购物袋了，还会说"姐姐请你吃饭或者请你喝咖啡"之类的话诱惑他答应，但今天，明晴什么话都没说。

姜眠看向季星朗，打趣问他："小朗，你要不要参加这种无聊的活动？"

姜眠觉得季星朗肯定会拒绝，陪女孩逛街，给女孩拎购物袋，她这个弟弟是完全没兴趣的。

之前她一个人去逛街，让他陪她去商场，他拒绝得非常干脆，说等她买好东西要回家的时候直接喊他去接她就行。

姜眠没想到季星朗这次居然想都没想就答应了下来。

他笑着说："可以啊。"

姜眠诧异地盯着季星朗，难以置信地说："你居然答应了？"

季星朗被姜眠的反应弄得很没底，强装镇定地问："怎么了？"

姜眠说："你忘了我之前让你陪我逛街，你拒绝得有多干脆了吗？"

他瞬间有点儿心虚，只能努力找补："我那会儿不是忙着练舞吗……"

姜眠问："现在不忙着练舞了？"

"明天可以不练。"他说。

姜眠问季星朗："明年你还有比赛吗？"

"有，"季星朗回答她，"就要准备起来了。"

"什么时候比赛？我到时候去现场看你比赛。"姜眠笑道。

季星朗说："具体时间还没定，不过每年都差不多，中国赛区晋级赛在二月到三月，总决赛在四月初到六月初，然后就是七八月的全球总决赛了。"

"那到时候你提前说啊，要是门票难抢记得帮我留，我去看你比赛。"姜眠眉眼弯弯道。

季星朗点头应下："好。"

过了一会儿，阿姨把饭菜端上桌，几个人走到餐厅。

秦封拿了瓶红酒，又拿了瓶香槟，喜欢喝哪个就倒哪个。

季星朗没喝，理由是："一会儿要开车。"

明晴两种酒都尝了尝，喝得还不少。起初她没什么感觉，从姜眠家走的时候也没感觉自己喝醉。明晴本来是想叫出租车的，但季星朗开了车，再加上她喝了酒，姜眠和秦封怎么可能让她一个人打车回家。

"小朗，你先把晴晴送回去再回家。"姜眠嘱咐季星朗。

季星朗求之不得呢！他立刻答应下来："好。"

明晴知道自己不能拒绝，她要是执意打车回家，姜眠和秦封更会多想。

走到院子里,季星朗率先到车边帮明晴打开副驾驶座一侧的车门。明晴坐进去,对姜眠笑着挥了挥手,说:"明天见啦,阿眠,我醒了就联系你,我们去逛街。"

"好,"姜眠眼睛里染着笑意,"到时候我带封哥和小朗一起,让他们去给我们拎购物袋,然后我们四个人一起去看电影。"

明晴笑了笑,算是默许了这个安排。

季星朗上了车,打算发动车子离开,发现明晴还没系安全带。

他刚伸手过来,明晴就推了他一把。她瞪着他,目光警惕。

季星朗低声解释:"姐姐,你没系安全带。"

明晴默默拉过安全带,系好。

从姜眠家到明晴家这一路,明晴和季星朗都没有说话。明晴是不想,季星朗是不敢。

她突然删除了他的微信,他开始变得如履薄冰,生怕在她面前说错一句话,会让她离他更远。

到了明晴住的小区门口,季星朗下车帮她把行李箱拿出来,准备陪她进去,明晴却说:"你回去吧。"

季星朗不想让她一个人走那段黑漆漆的路,又不敢违抗她,最终乖乖地"哦"了一声,打开车门,重新坐回了车里。

明晴则直接转身拉着行李箱进了小区。这会儿酒劲儿正上头,她脚步虚浮地往前走着,脑子里频频闪过下午在车上做的那个梦。

她有些不解地想,她怎么会做那种梦呢?明明她对季星朗没有什么非分之想,却梦到了和他接吻。这也太离谱了!

明晴拉着行李箱正要走进那段漆黑的路时,身后传来越来越近的急促跑步声。

"姐姐!"季星朗在后面喊。

明晴停下来,转过身扭头看他,男孩正朝她小跑而来,路灯下,他的影子长长短短,虚虚实实。

她目光不解地望着面前的人,问:"还有事吗?"

季星朗说:"我不放心,还是想送你到楼下。"

明晴扯着行李箱往前走,用他的话呛他:"你不是说弟弟会听话?"

季星朗把她的行李箱拿过来，理直气壮地说："该听的会听，不该听的就不听。"

"那什么是不该听的？"明晴问。

季星朗不假思索地回答："任由你一个人走夜路回家。"

两个人此时已经走进了漆黑的路段。

明晴叹了一口气，对他说："季星朗，我不是小女孩。"

季星朗说："我从没把你当成小女孩。"

"但是，"他顿了一下，继续说道，"并不是只有小女孩才应该被保护。每一个女孩，都应该被保护。"

明晴下意识地拒绝："我可以保护我自己，不需要其他人保护我。"

季星朗不跟她在这件事上较劲，直接换了一个话题。

季星朗有点儿忐忑地向明晴解释："姐姐，关于胖子发朋友圈的事……我不知道他发了关于我的朋友圈，也不知道你们是微信好友。那不是我让他做的，我没有对你耍心眼，没想冲你卖惨，博取你的同情。"他说，"我知道同情不是喜欢，没必要那样做。"

明晴早就猜到了这个情况，她当时一时心急，口不择言，后来平静下来才意识到，话说得重了，容易伤人。

她以为他多多少少会怪她，怪她不明情况就直接判定他是那样的人，可他根本没有。

明晴"嗯"了一声，过了片刻，朝他道歉："抱歉，当时是我妄加揣测了。"

季星朗笑了一声，说："我没怪你，我只是想和你解释清楚，不想让你误会我。"他很认真地说，"我喜欢你是真的，要追你也是真心的，可能我很笨，不会各种追人的手段，也没有那么多甜言蜜语说给你听，但我可以把我拥有的一切都给你，只要你需要。"

明晴说："我不需要。"

季星朗郁闷地"哦"了一声。须臾，他低声问："姐姐，你为什么把我的微信给删了？"

明晴语调冷淡地回答："因为你话太多了。"

季星朗抿抿唇，小声央求："那我以后不总找你聊天了，你能不能把我加回来啊？"

"不能。"明晴觉得应该对他狠一点儿。

前面有路灯了，明晴望着朦胧的光晕，身体突然因为脚下不平坦的路失去了平衡。季星朗手疾眼快地扶住她的腰，明晴这才不至于摔倒。她靠在他怀里，清晰地听到了他左胸腔内的心跳，很快，也很剧烈。哪怕他不说，心跳也替他证明了他的喜欢有多强烈。

明晴倏地推开季星朗，从他手中拿过行李箱，径直往前走去。

季星朗跟着她一直走到她家楼下。

明晴在上楼之前，又转过身来看向他。

"季星朗，不要喜欢我。"她提醒他，语气像是警告。

明晴回到家里倒头就睡，睡梦中总能听到一阵心跳声，震耳欲聋，但周围一片漆黑，她什么都看不到。

那心跳声不是她的，而是属于另一个人的。

明晴听到那个人说，因为他喜欢一个人，所以只要一见到她，他的心跳就总是这样快。

明晴问他喜欢的人是谁，他说："是你。"

"我喜欢的人是你啊，姐姐。"

明晴突然辨别出了这道声音属于谁，是季星朗。

她在无尽的黑暗中喊他："季星朗？"

季星朗回应："我在这儿，姐姐。"

明晴说："我看不到你。"

季星朗安抚她："看不到也没关系，我一直都在这儿陪着你呢。"

明晴茫然地问："那你什么时候离开？"

他回答："永远都不。"

"为什么？"她不解。

他笑着回答："因为我要陪你啊。"

明晴醒过来时，已经快要到中午了。她看了一眼手机，姜眠半个小时前给她发来了微信消息，说吃过午饭再去逛街，到时候在商场门口集合。

明晴回了她，就下床去洗漱了，等她换好衣服，化好妆，就拎上包出了门。

午饭要自己解决，明晴突然很想吃那家小餐馆的秘制烧鱼。于是，她开车去了那家餐馆。

明晴把车停在巷子附近，步行走进窄巷，来到了餐馆内。

老板一见到她，就直接笑道："你弟弟已经点好菜在等你啦。"

明晴不明所以地皱了皱眉："我弟弟？"

"啊，"老板指了指她和季星朗上次吃饭坐的那桌，"他在那儿。"

明晴顺着老板指的方向望过去，刚好和季星朗的视线相撞。

老板显然误以为他们是约好一起来这里吃饭。

明晴有些无语，谁知道来吃个午饭还能碰见他啊？但既然撞见了，也不能不打招呼。

明晴走过去，还没说话，季星朗就连忙起身对她说："姐姐，你坐，我们一起吃。"

明晴坐了下来，又点了两道菜。

等老板离开，明晴问季星朗："怎么想起来这儿吃饭了？"

季星朗帮她倒好水，明晴说了声"谢谢"。

他把水壶放下，才开口回答她："就是突然想吃了。"

吃饭的时候，季星朗给明晴夹鱼肉，被明晴用筷子挡回去。

她淡淡地说："你自己吃，不用管我。"

自从他前几天向她表白后，她就总是拒绝他，不管他为她做什么，她都开始抗拒，不再接受他对她的好。季星朗抿了抿唇，自己把鱼肉吃了。

过了一会儿，他问明晴："姐姐，你跟晏承舟真的要订婚吗？"

明晴不假思索地撒谎道："不出意外的话我们会订婚。"

"你喜欢他吗？"他又问。

明晴说："现在谈喜欢还有点儿早，毕竟才刚接触认识，但是有好感。"

她故意对季星朗说："我和他互有好感，都觉得可以进一步发展。"

季星朗没再说话，只低头吃饭。几分钟后，他闷闷地问："什么时候？"

明晴没反应过来，季星朗又问："你们打算什么时候订婚？"

明晴眨了眨眼，回答他："还没定呢，看家里安排吧。"

季星朗又沉默了，直到午饭结束都没再说什么。

这顿饭是季星朗付的钱，明晴也没和他争。

从餐馆出来，两个人走到巷子口，季星朗才出声问明晴："姐姐，你开车了吗？"

明晴从包里拿出车钥匙晃了晃，对他说："你姐说吃了午饭后在商场门口集合，我们先过去吧！"

"好。"季星朗乖乖应道，随即开车跟在明晴的车后面，一路到了商场的地下车库。

两个人各自停好车，乘坐电梯去了一楼，在靠近商场门口的咖啡店等姜眠和秦封来。

就在这时，明晴的手机响了，是一个陌生的电话号码。她接起来："喂。"

对方说："是我，晏承舟。"

"啊？"明晴露出笑容，问他，"怎么了？"

晏承舟问她："现在方便讲话吗？"

"嗯……"明晴看了一眼坐在对面正盯着她的季星朗，对晏承舟说，"稍等。"

她起身走出咖啡店，然后才说："好了，你说吧。"

晏承舟说："今天贺文山去你家了，应该是找你爸谈让我们尽快订婚的事。你晚上有空的话，我们见面吃个饭，回去后就说我们今晚吃饭的时候商量好了，决定元旦假期办订婚宴。"晏承舟话中的贺文山就是他的父亲。

明晴感觉晏承舟在计划什么事情，她虽然好奇，但并不多问，答应道："行。"

"我今天下午在汇鑫商场逛街，你傍晚直接来这边吧，我们在商场里找家店吃点儿。"

晏承舟却说："第一次单独约女方吃饭，我应该找一家有格调和氛围的餐厅带你过去品尝，这样的安排在他们看来才合情合理。"

"也对，"明晴觉得晏承舟说得有道理，"那你定地方吧，我傍晚直接去餐厅找你。"

晏承舟没有采用明晴的建议，而是说："傍晚我去汇鑫商场接你，吃完晚饭把你送回去。"

明晴说："我开车来的，而且晚饭后我要跟闺蜜去看电影……哎，算了，就按你说的办吧，我不去看电影了，我的车……"

"你的车我傍晚过去接你的时候会让司机帮你提前开回去。"

"行。"明晴答应。

她突然改变主意,决定不去看电影,是因为想起来季星朗也会跟他们一起去看电影。既然晏承舟约了她,那她为什么不顺水推舟,直接合情合理地拒绝去看电影呢?这样也能避免和季星朗多相处几个小时。

明晴挂了电话回到咖啡店,姜眠和秦封刚到一会儿。

明晴拎起包,和姜眠挽着手往前走,对姜眠歉意道:"阿眠,我晚上要跟晏承舟去吃饭,所以……不能跟你们一起吃晚饭、看电影了。"

姜眠倒是挺理解的,毕竟两个人互有好感,而且还在了解彼此的阶段,是该多相处相处。

她笑盈盈地说:"没关系啊,恋爱重要,我们什么时候都能约饭、看电影。"

明晴扬起嘴角笑了笑。但她身后的季星朗却越发沉默起来。

秦封转头看了看季星朗,察觉到他情绪不太对,抬手拍了拍他的肩膀,无声地安抚了一下他。

一个下午的时间,明晴买了三件衣服、两双鞋、一个包,还有各种首饰和化妆品。

明晴并不想让季星朗帮她拎,但姜眠非要让她把购物袋给季星朗。

"人在这里呢,不用白不用,让他帮你拎嘛,这样你也好腾出手挑选东西啊。"姜眠说服明晴。

明晴无奈之下,只能把买的一堆东西都交给季星朗,对他很客气地说了句:"谢谢。"

季星朗摇摇头,只乖乖帮她拎着东西,没说话。

明晴发现他今天下午异常沉默,她心里清楚季星朗情绪不高应该是因为她。

下午五点多,晏承舟跟明晴说他到商场了,明晴转身想从季星朗手中拿过东西,姜眠却让季星朗拎着东西陪她过去。

"这么多东西你一个人哪里拿得了啊,让小朗送你过去,直接把东西交给晏承舟,让他帮你拎着点儿。"

明晴拗不过姜眠,再加上季星朗不肯把手里的东西给她,她只好让季星朗跟她去找晏承舟。

看到晏承舟后,明晴还没说话,晏承舟就似笑非笑地问:"你今天下午跟他一起逛街?"

明晴刚想说是跟闺蜜逛街,这个只是顺带的,结果她还没发出声音,身侧的季星朗就语气冷淡地问晏承舟:"不行吗?"

晏承舟自然感觉到了季星朗的敌意,不过他并没放在心上,只挑了挑眉,平和地道:"当然可以,明晴有交友自由,我不干涉。"

季星朗往前递了递购物袋,闷闷地说:"给你,帮晴晴姐拿好。"

晏承舟接过来,对季星朗道谢:"谢谢你,辛苦了。"

季星朗轻而易举被晏承舟给气到,没好气地道:"不用你谢。"说完,他很乖又很温柔地对明晴说,"姐姐,我走了。"

明晴"嗯"了一声,对他说:"谢谢了。"

季星朗蹙了蹙眉:"不要跟我说谢。"

旁边的晏承舟眯了眯眼,这小孩还有两副面孔呢,对他像只露獠牙的大狼狗,对明晴就成了温驯无比的小奶狗。

晏承舟故意用不满的语调"啧"了一声,然后对明晴说:"明晴,车钥匙。"

明晴拉开挎包的拉链,从包里拿出车钥匙递给晏承舟。

季星朗心里顿时更加郁闷了,姐姐居然还要把车给他开。他并不知道晏承舟要明晴的车钥匙是要把车钥匙给他的司机,让对方先把明晴的车开走。

他转身往回走,攥成拳头的手指越来越用力,强忍着要回头的冲动,不让自己回头看明晴。

晏承舟在季星朗走后,忽然对明晴说:"一会儿上了车,我们先加个微信。"

明晴这才意识到,她和晏承舟到现在为止,连个联系方式都没有。

他今天突然打给她电话……这时明晴才想起来,她忘了存晏承舟的电话号码。上了车后,明晴从最近联系人中找到那个陌生号码,存了下来。她想让晏承舟用微信扫一扫添加她的时候,才发现自己之前关了所有能添加好友的方式。

她去设置里打开通过二维码添加好友的方式,又让晏承舟扫描她的个人二维码,然后才收到晏承舟发来的添加好友请求。

下一行显示着三天前,季星朗请求添加她为好友的消息,备注里还明晃晃地显示着:"姐姐,我以后不总给你发消息了,你别删我。"

明晴抿了抿唇,深吸一口气,最终还是没有同意季星朗发给她的这条好友申请验证。

不能给他留一丁点儿念想,不然他只会越陷越深。

她不能明知没可能却坏心眼地去祸害小孩。

吃过晚饭后,晏承舟开车送明晴到小区门口。

晏承舟本来要下车帮明晴把东西从后备厢拿出来的,但明晴在解开安全带的时候对他说:"你不用下车,我一个人能拿。"

见她这样说,晏承舟就没下车。

明晴绕到车后时,后备厢已经缓缓打开了,她从里面拎出一堆购物袋,走到副驾驶位车门旁,这侧车窗已经降了下来。

"走了,"明晴腾不出手来,只对晏承舟说了句,"拜拜。"

晏承舟"嗯"了一声。

明晴转身进小区的那一刻,他就发动车子离开了。

明晴买的东西着实有点儿多。每个袋子都不算重,加在一起拎在手中就有点儿勒手了。但她两只手都拎满了购物袋,没办法换手。

到家后,明晴把一堆购物袋放到客厅沙发上,摊开掌心一看,上面已经有淡淡的红痕。

明晴搓了搓手,去旁边倒了杯水,喝完水,她就进卧室拿上睡裙去洗澡了。

洗完澡,明晴才开始慢悠悠地整理今天买的各种东西。等她收拾好躺到床上,打算刷会儿手机就睡觉时,才看到一个小时前明晗给她发的微信消息。

明晗:"晴晴,爸爸让你明晚回家吃晚饭。"

明晗:"我感觉他是要同你商量你和晏承舟的订婚日期。"

明晴回复明晗:"好的,姐,我明晚回去。"

晏承舟猜得一点儿没错,明克利果然要跟她提和晏承舟订婚的事了。

第二天一早,明晴神清气爽地来到摄影工作室。

金玥把给明晴带的咖啡放到她的办公桌上,对她汇报今天的拍摄任务:"晴姐,今天上午要拍摄的顾客已经到了,各组工作人员也已经到位,十分钟后就可以在B棚拍摄,拍摄顺利的话预计十一点可以结束,下午需要您出外景,去森林公园拍摄一套森系写真。"

明晴点了点头。她喝了几口咖啡,端着咖啡杯和金玥往外走去:"那走吧,去B棚,准备准备开拍了。"

明晴在摄影棚拍摄时,季星朗正在大学教室里上课。

返校第一天,大家都患上了"返校综合征",个个看起来精神萎靡,偌大的阶梯教室里趴倒一片。

老师视若无睹地继续讲课,下面的学生呼呼大睡。

季星朗倒是没睡,他很认真地听着老师讲的内容,还时不时做笔记。

这时,被他调成静音的手机屏幕亮了亮,有新消息进来。季星朗拿起手机看了一眼,是街舞社团的社长发的通知,要大家今晚在学校附近的一家饭店聚餐。

自开学社团招纳新人后,还没组织过大家聚餐。国庆节假期前,社长和副社长就在群里说,等节后返校大家一起吃个饭。

季星朗没什么事,打算去参加集体活动,于是回复了一句"收到"。

当晚,在社团聚餐的饭桌上,季星朗被大家问了好多关于街舞比赛的事情,甚至有男生提出要跟他合照,于是大家自发轮流上前和季星朗拍合照。

季星朗哭笑不得地说:"既然都要合照,为什么不大家一起拍一张?"

"那不一样,"有个女孩回答季星朗,"社团所有的人一起拍照就成了集体照了,而且大家都很想和你单独拍合照啊。"

"我从开学就想和你拍一张合照,今晚终于实现了。"一个男生十分高兴,"我也是和世界冠军拍过合照的人了,这张照片拿出去,倍儿有面子!"

季星朗笑着拍了拍他的肩膀,开玩笑说:"那要不要我再给你签个名啊?"

"真的吗?可以吗?"男生居然当真了,很兴奋地说道,"要不你就直接在我这件T恤上签名吧,我以后不洗了,把它珍藏起来。"

季星朗:"不至于,真的不至于。"

大家你一句我一句,瞬间就都熟悉起来。而且他们发现,季星朗非常好相处,一点儿都不会因为是世界冠军就高高在上,他对每个人都很真诚很礼貌。

后来大家一起玩真心话大冒险游戏,季星朗第一次被酒瓶指到的时候,选择了真心话。

那个转酒瓶的女孩大胆地问他:"你有女朋友吗?"

季星朗很认真地回答:"没有女朋友,但是有喜欢的女孩子了。"

"是在场的某一位吗?"那个女孩追问。

按理说,季星朗可以选择不回答她这个问题,但他不回答的话,大家很有可能会误以为他喜欢的人在场。他不想让大家误会,便大方回答道:"不是。"他顿了一下,又补充道,"她不是我们学校的学生。"

女孩登时有点儿失落,她勉强笑了笑,故作神情自然地对季星朗说:"到你转啦!"

游戏又进行了一会儿,季星朗第二次被转中,这次他选择了大冒险。

这轮转酒瓶的男生向季星朗提出要求说:"那就给你喜欢的女孩子打电话,说一句你目前最想对她说的话吧。"

季星朗掏出手机,找到明晴的手机号码,先把给她的备注从"晴晴"改成"晴天娃娃",然后才拨通明晴的电话,开启了扬声器,把手机放在桌上。

在等待接听的时候,季星朗特别紧张。他很怕明晴拒接他的电话,也怕她把他的电话号码拉黑。但好在,电话最后还是通了,季星朗登时松了一口气。

"喂?"明晴的声音透过听筒传过来,显得格外悦耳动听。

季星朗蓦地呼吸一滞。

明晴见季星朗不说话,不解地问:"小朗?"

季星朗乖乖喊她:"晴晴姐。"

在场的所有人瞬间震惊地睁大眼睛。

明晴问:"怎么了?有事吗?"

季星朗"啊"了一声,说:"你明早记得按时吃早饭。"

刚从明宅出来坐进车里的明晴蹙了蹙眉:"你给我打电话就是想说这个?"

季星朗低声应道:"嗯。"

明晴觉得更加不对劲了。他这话说得没头没尾的,实在可疑。

须臾,她突然想通了。

125

"啊……"明晴恍然大悟道,"你是玩游戏输了吧?"

季星朗笑了一声:"嗯。"

明晴说:"那你好好玩,我先挂了。"

季星朗抿了抿唇,又回:"好。"

这通电话被明晴挂断后,大家开始七嘴八舌地问季星朗。

"你喜欢姐弟恋啊?"

季星朗说:"不是喜欢姐弟恋,是喜欢的人刚好比我大几岁。"

"大几岁?"有人好奇地追问。

季星朗回答:"五岁。"

有个男生脱口而出:"差五岁会不会有点儿多?你今年十八,她二十三,听起来十八和二十三也没差多少对吧?但是当你三十岁的时候,她已经三十五……"

季星朗不等对方把话说完,打断道:"那又怎样呢?不管我多少岁,她多少岁,她始终只比我大五岁而已。"他的语气明显变淡了,脸上的笑意也收敛了很多。

见他有些不满,大家便不再谈论他和明晴的年龄差问题。

社长调侃道:"小朗跟喜欢的人说话时好乖啊,跟跳舞时的气场完全不一样,和在我们面前时也不一样。"

季星朗还没说话,有个女孩就补充道:"社长,这叫反差萌,季星朗只对他喜欢的女孩子才那么乖。"

"多好嗑啊!"她一脸姨母笑地说,"又萌又乖的小奶狗!谁不喜欢?!"

明晴挂了季星朗的电话后,就发动车子离开了明宅。

一个小时前,她刚回来坐到餐桌前,明克利就直截了当地跟她说:"我跟你贺伯伯商量了一下,决定让你跟晏承舟这个月就订婚。"

明晴按照和晏承舟商量好的说辞说:"这个月太早了,我和他才认识没几天,虽然互有好感,但毕竟还在了解阶段。"明晴顿了一下,继续道,"其实我和晏承舟也讨论过订婚的事,我们一致觉得应该再互相了解了解。而且订婚需要准备很多事情,订婚宴的场地需要预约、布置,订婚宴当天要穿的衣服还得去定做,这些都需要花时间。"

明晴说:"元旦吧,元旦假期刚好大家也都有时间,到时候办订婚宴很合适。"

明克利做好了逼迫明晴跟晏承舟订婚的准备，谁知道她和晏承舟见面后，聊得还不错。现在明晴同意订婚，明克利也就不强求她这个月就办订婚宴了。他第一次没有和明晴争吵，顺了明晴的意思，答应她等元旦再办订婚宴。

周五晚上，季星朗被明旸叫去酒吧喝酒。

明旸一看到季星朗就跟他抱怨："上班可太苦了，我二姐好狠心，居然真的撒手不管了，把公司里一堆事都扔给了我。"

季星朗说："晴晴姐喜欢摄影，我觉得她现在专职做摄影师就挺好的。"

明旸叹了一口气："她是好了，苦了我了。"

"算了，看在她要订婚的分上，我不跟她计较。"

季星朗眉心瞬间皱紧，他转头问明旸："晴晴姐要订婚了吗？"

"啊，"明旸说道，"时间都定了，元旦就办订婚宴。"

元旦，那只有不到三个月的时间了。季星朗只觉得脑子里嗡鸣一声，就像是一直存在的定时炸弹突然爆炸了，让他根本无法思考，满脑子只剩下一件事——她要订婚了。

季星朗本来是来陪明旸消愁的，结果到最后，他比明旸喝得还醉。明旸也喝了很多，这会儿完全走不了路。两个人在沙发卡座里四仰八叉地躺着，酒吧经理知道这两位是明家和姜家的少爷，一点儿都不敢怠慢，又经常见明晴来这里喝酒，就给明晴打了个电话。

"喂，您好。"明晴开启了扬声器，随手将手机放到桌上，一边接听电话，一边整理今天拍的照片。

酒吧经理对她说："明二小姐，明旸少爷和姜家那位小少爷喝醉了，您看是您派人过来把他们接回家，还是我让人把他们搀扶到房间去休息？"

明晴皱眉问："喝醉了？有多醉？"

经理想了想措辞，回答明晴："躺在沙发里不省人事这种程度吧……"

明晴说："叫人带他们去房间休息吧，这么醉往回弄也费劲，直接睡那边得了。"

酒吧经理应声:"好的。"

过了一会儿,明晴又接到了酒吧经理的电话。

"不好意思,明二小姐,又打扰你了。"酒吧经理说,"季少爷不肯住,非要走。"

明晴叹了一口气,往后靠在椅背上,问经理:"他怎么过去的?开车了吗?"

经理说:"没有开车来。"

"那麻烦经理帮他叫个出租车,让司机送他回家,地址我稍后发给你。"

经理应道:"好。"

明晴挂了电话后把季星朗家里的地址发给酒吧经理,片刻后,酒吧经理回了她的短信,说已经把季星朗扶上车,让司机按照地址送他回家,明晴这才继续忙工作。

这个季节晚上很凉,明晴洗完澡后只穿一件吊带睡裙太冷,她就在外面又搭了一件薄薄的开衫。

明晴忙到快半夜才关电脑,其实照片还没弄完,但她实在太困了。就在她想上床睡觉时,门铃突然响了起来,她的心也提了起来。

明晴走到客厅,先打开墙壁上的显示屏,看到季星朗正站在门口。

明晴提着的心瞬间落地,想不通他怎么会来这儿,她给的地址明明是他家的。

明晴走过去打开门,仰脸看着脸颊透着红晕,醉醺醺的男生,皱眉冷淡地道:"你怎么来这儿了?"

季星朗叫她:"姐姐。"

明晴声音沉了沉,问他:"为什么不回家?"

季星朗如实回答:"想见你。"

明晴没好气地道:"我有什么好见的?"

他却问:"姐姐有好好吃饭吗?胃有没有疼?"

醉酒的季星朗说话毫无逻辑,很是跳跃,搞得明晴根本跟不上他的思维。

她愣了一下,只是皱着眉头看着他,没有回答。

季星朗垂下眼睛,与她对视着,整个人看起来很颓废,很像一只无精打采的大金毛。

"姐姐,"他低声唤她,语气执拗地问道:"你要订婚了吗?"他执着得像是只有听到她亲口说出来,他才会相信。

明晴"嗯"了一声:"元旦办订婚宴。"她说,"到时候你可以来参加。"

季星朗的眼睛泛起红,一眨不眨地盯着她。片刻之后,季星朗突然抬起脚迈进来,伸手将明晴紧紧地抱住。他弯着腰,下巴搁在她的肩膀上,贴着她的脸颊,带着哭腔说道:"别订婚,姐姐,你不要跟别人订婚。"

他很难过地低声恳求:"我也可以联姻,如果你逃不掉要联姻的命运,能不能选择跟我联姻?"

他抱得很紧,明晴被他勒得疼痛,甚至呼吸都困难。她在他怀里挣扎,试图推开他,但季星朗反而越抱越紧。

"姐姐,"季星朗紧紧搂着她,哽咽着低声说道,"求求你了,不要和别人订婚。"

"季星朗,"明晴的语气带着怒意,"放开我。"

他没有说话,将大半张脸埋在她的脖子里,不停地抽泣着。

明晴的身体突然僵硬了一下,她感觉到液体渗透到她薄薄的开衫上。

那是他的眼泪,他在哭。

明晴的心脏不由自主地跳动了一下,思绪也变得恍惚起来。

她甚至忘记了挣扎,不再推搡他,任由他这样抱着自己,默默地将眼泪滴在她的肩膀上。

片刻之后,明晴重重地叹了口气,有些无奈地说:"你哭什么呀?"

季星朗没有说话,只是默默地流泪。

最终,明晴还是拉开了他的手。她向后退了一步,仰头看着低着头、还在不停流泪的季星朗,既心疼又好笑。他这副模样怎么这么可怜?根本没办法对他说重话。

明晴之前都不知道,他还是个小哭包,眼泪说来就来。

"小朗,你别这样,"明晴很理智地对他说,"你应该知道我只把你当弟弟。"

季星朗茫然地低头盯着地板,一言不发。

"起初我也很抗拒跟晏承舟订婚,但是我和他见面相处后发觉我们挺合得来的。订婚日期是我和他一起选的，"明晴的话像一把尖利的刀，直直扎在季星朗的心口上，"我跟你不可能，你放弃吧，好吗？肯定有很多比我好的女孩喜欢着你，你不该把时间和精力浪费在我身上……"

季星朗没让她把话说完，突然打断问："你怎么知道她们比你好？"

他通红的双眼看着她，倔强地说："你好不好我说了算。在我这里，没有谁比你更好，你就是最好的。"

被这么单纯真诚的男孩子肯定，明晴要是说一点儿都不动容，肯定是假的，可也只能到这一步了。

"你回去吧，"明晴往外推了推他，又嘱咐道，"以后不要总到我这里来了。"

"我现在有接触的对象，不该和你再有任何牵扯，对他不公平。"明晴说到这里，顿了一下，继续往下说，"你要是真想为我好，就别再喜欢我了，好吗？"

季星朗紧抿着唇，对明晴说了一句："对不起。"

"我没办法不喜欢你，"他低声道，"但我以后不会再让你困扰了。"

"今晚过来是我唐突，刚才抱你也是我越界。"他边说边往后退，话也变得小心翼翼，"真的对不起，以后……以后我不会这样了。"

"你别讨厌我，好不好？"

明晴到底被他这副可怜样子弄得狠不下心，点点头，轻声"嗯"了一声。

这样好的男孩子，她怎么讨厌得起来？她甚至觉得自己配不上他。

季星朗转过身，踏出明晴的家门，还顺便帮她把门关好。

他虚浮地走进电梯，脑子里一片混乱。

离开明晴的小区后，季星朗拦了一辆出租车回家。

他坐在出租车的后座，胃里翻江倒海般，难受得想吐。

在家门口下了车，季星朗瞬间就蹲在路边吐了起来，一边吐，一边止不住流眼泪。

他回到房间，从衣橱里拿了衣服去洗漱。

隔天早上，一向生物钟很准时的季星朗没能起来。还没睡醒的他感觉全身无力，头重脚轻。迷迷糊糊间，季星朗听到母亲说他在发烧，要好好休息。他不知道自己有没有回应母亲的话，很快就睡了过去。

今天是明晴和晏承舟约好去给宋榲拍照的日子。

早上八点半,有辆黑色的劳斯莱斯停在明晴住的小区门口。

她拎着拍摄器材走出小区,把东西放好才坐上车。

来接明晴的是晏承舟的助理,对方开车把明晴带去沈城郊区一处很僻静的别墅。

下车后,助理帮明晴拎着东西,带明晴进了屋。

明晴走进客厅时,宋榲正在修剪花束,晏承舟站在她身边,抬手帮她拨了拨垂落下来的发丝。

宋榲和晏承舟朝她看了过来。

明晴挑了挑眉:"果然。我就觉得你俩有点儿关系,原来真的有。"

宋榲起身朝明晴走来,她穿着一条黑色的长裙,长发披散着,看起来有些消瘦,但气质依然出众。

明晴不得不感叹,宋榲不愧是国际影星,她的身材、气质,甚至连她的一颦一笑,都带着刻在骨子里的优雅,仿佛是与生俱来的,别人学都学不来。

宋榲浅笑着对明晴伸出手,声音也很温柔:"你好。"

明晴和她握了握手,笑着说:"你好,我是明晴。"

宋榲眉眼轻弯道:"我知道,听承舟提起过。"

明晴看了看晏承舟,打趣问:"你们怎么敢让我知道你俩……就不怕我传出去吗?"

晏承舟淡声道:"我既然敢让你知道,就不怕你说出去。"

他早就对明晴做了全面的了解,知道她的脾气和为人,否则不会这么放心地与她合作。

"你们拍吧。"晏承舟扭头看向宋榲,嗓音温柔地嘱咐她,"累了就休息,别勉强。"

"不舒服了告诉我,我就在旁边。"

宋榲对他微笑,语气有些无奈:"知道了。"

过了一会儿,晏承舟去了卫生间,明晴一边给宋榲拍照,一边笑着问:"要不要给你们拍一张合照?"

宋榲欣然同意:"好啊。"

她突然叫了明晴一声:"明晴。"

明晴刚好拍完一张照片,她放下举着相机的手,看向宋楹,问:"怎么了?"

宋楹抿了抿嘴唇,轻声说:"你能不能帮我拍一张黑白照,不用摆任何姿势,我端正坐着的黑白照就可以了。"

明晴虽然拍过黑白照,但宋楹的要求很奇怪,明晴的眉心不自觉地皱起,她不太确定地问:"恕我冒昧,你是想……"

宋楹依然温柔地笑着,话语也很平静,对明晴如实说:"想把它作为我的遗照。"

明晴虽然心里隐隐有了猜测,但听到宋楹亲口说出来,她还是震惊了。

正巧晏承舟从卫生间出来,明晴本能地看了他一眼。

晏承舟问:"怎么了?"

明晴神色如常地笑了笑,回答他:"你也过来,我给你俩一起拍吧。"

晏承舟将视线落在望着他的宋楹身上。宋楹浅笑着对他招了招手,他便走了过来。

晏承舟坐到宋楹身侧,习惯性地抬手帮她整理头发。

明晴直接抓拍了一张——照片里的男人满眼都是宋楹,他目光温柔地望着她,而宋楹低垂着眉眼,嘴角挂着浅笑。他们是非常般配的一对。

明晴又给晏承舟和宋楹拍了些合照,大多是他们俩的自然互动。

后来宋楹明显露出疲态,晏承舟直接把她抱上楼,让她休息。

明晴在楼下客厅坐了半晌,晏承舟才折回来。

他走过来时,她正在对着相机里宋楹的照片发呆。

明晴满脑子都是宋楹说的那句"想把它作为我的遗照"。当时晏承舟从卫生间出来了,她和宋楹没能继续聊下去,可明晴心里已经有了答案。之前夏天向她偷偷透露,宋楹隐退是因为得了绝症。这个没有被证实的小道消息,看来是真的。

晏承舟坐到旁边的单人沙发上,问明晴:"被吓到了?"

明晴回过神,抬眼看向他。

晏承舟说:"你们说的话我都听见了,楹楹想让你给她拍遗照。"

"她……"明晴欲言又止。

"胃癌晚期。"晏承舟说。

"不化疗吗?"明晴蹙眉问。

"楹楹不想化疗,我尊重她的意愿。"

说这些话时,晏承舟始终很平静,就跟宋楹一样。

他们好像早就已经接受了这个事实,不慌不忙,也不恐惧正在不断向宋楹接近的死亡。

"我不知道她什么时候才会醒来,"晏承舟说,"今天就先拍这些吧,没拍完的我们再约时间。"

明晴有点儿犹豫,她对晏承舟说:"今天拍的这些已经够了,你已经满足了我的愿望,我……"

明晴还没说完,晏承舟就笑了:"这不仅仅是你的愿望,也是楹楹的愿望。"

"不然我为什么会答应让你给楹楹拍摄?"他自嘲地说,"我可从来不做亏本的生意。"

"帮她拍完吧,"晏承舟语气认真又诚恳,"麻烦你了,明晴。"

"不麻烦,对我来说没什么。"明晴担心道,"我是怕宋楹……"

"我们有分寸。"晏承舟说,"我会照顾好她。"

"好,"明晴答应,"那就依你们的意思。"

从晏承舟家里离开后,明晴发呆了一路,她实在难以接受宋楹得了绝症的事实。

宋楹今年也才二十八岁,和姐姐同龄,她还这么年轻,居然就……

明晴回到家里,冲了个澡冷静,然后打开电脑,开始整理今天给宋楹拍的照片。

其实没什么好修的,宋楹天生丽质,不管是仪态还是气质,都是一绝。

哪怕她现在身体不适,都依然优雅如初。

可明晴越看照片里温柔浅笑的宋楹,心里就越发难过。

虽然今天才和宋楹认识,但明晴真的很喜欢她——不是粉丝对偶像的那种崇拜,而是一种单纯的欣赏。

人与人之间的气场合不合是能感觉到的。明晴感受得到,她和宋楹很合得来。

第六章

季星朗因为发烧,昏昏沉沉地睡了一天。

母亲让他吃药他就吃,后来感觉手背一凉,季星朗想挪动手,被母亲按住。

他听到母亲说:"小朗,别动,医生在给你打点滴。"

季星朗难受地嘟囔:"我也可以联姻,姐姐你跟我订婚好不好?"

母亲季蓁没听清他的话,偏头凑近他,只听到他一直喊姐姐。

季蓁给季星朗盖好被子,忧心忡忡地转头问老公姜骁:"小朗怎么一直叫姐姐啊?"

姜骁也不懂儿子为什么会发着烧叫姐姐。

岳鸿庭推门进来看孙子的情况时,夫妻俩正在为是否叫姜眠回家而争执。

季蓁想给姜眠打个电话,让她回来陪陪弟弟,姜骁觉得根本没必要,只是普通发烧,挂完点滴就慢慢好了,根本用不着兴师动众让姜眠专门回家。

岳鸿庭听完,直接给姜眠打了电话。

不到一个小时,姜眠和秦封就赶来了。姜眠匆匆地上楼进了季星朗的房间。

一直坐在床边守着季星朗的季蓁看到她来了,连忙起身把姜眠拉过来。

她担忧地说:"眠眠,你弟弟从刚才就一直叫姐姐,我也不知道

134

他为什么总叫你。"

姜眠俯身凑近季星朗，轻声喊他："小朗？小朗？"

季星朗好像被困在梦魇中，挣脱不开。

梦里的明晴头也不回地往前走，把他丢在身后，甚至不看他一眼。

他拼命往前跑，想要抓住她，可是不管他跑得多快，都追不上她。

他一直喊她："姐姐，姐姐……"

但她始终对他不理不睬，好像很讨厌他。

季星朗说："你别讨厌我……"

姜眠听得糊涂，轻声对他说："我没讨厌你啊小朗，姐姐可喜欢你呢！"

秦封在旁边轻叹了一口气，这小子喜欢一个人怎么还把自己折腾病了？

季星朗傍晚才退烧，精神也终于好了些。

秦封故意调侃他："发着烧的时候怎么一直在叫姐姐啊？"

季星朗完全不知道这件事。

"啊？"他茫然了一瞬，"我不知道……"

"因为你总叫姐姐，你姐在你床边守了你一天。"秦封说。

季星朗顿时很心虚，他眨了眨眼睛，对表姐姜眠说："对不起啊，姐，让你担心了。"

姜眠笑道："不只是让我担心，全家都很担心你，发着烧说胡话，说什么别让我讨厌你，我什么时候讨厌过你啊？"

季星朗目光躲闪地垂下眼帘，不仅脸红耳热，浑身都开始发烫。

要吃晚饭时，秦封在朋友圈发了一条仅一人可见的动态。

明晴晚上睡前才看到这条朋友圈。

秦封发的是："弟弟发烧一直叫姐姐，阿眠便在弟弟床边守了他一天。"

明晴瞬间皱紧眉头，季星朗发烧了？怎么会突然发烧呢？难道是因为昨晚过来找她受了凉？不知道他现在有没有退烧……

杂乱的念头一股脑地涌出，明晴顿时心慌意乱。她捏着手机愣了一会儿，然后才翻开微信列表，打算找季星朗问问情况。

这时，明晴突然意识到，她之前把他给删了，一直没加回来。明晴便在微信上问姜眠:"阿眠,小朗生病了?"

姜眠回她:"嗯,发烧了,折腾了一天,傍晚才退烧。"

他已经退烧了,那就好。

明晴刚松了一口气,姜眠新发来的微信消息又让明晴的心瞬间提起来。

姜眠问:"晴晴,你怎么知道小朗生病了?"

明晴不知道自己为什么会这么紧张忐忑,明明她什么都没做,却总觉得心虚。

她回答姜眠:"我看到你老公今晚朋友圈发的动态了啊。"

姜眠疑惑地说:"嗯?封哥还发朋友圈了啊?我今天看着小朗,还真不知道他发了动态。"说完,姜眠就打开朋友圈刷了刷,但一直刷到大家白天发的动态,都没看到秦封的动态。

姜眠便直接戳进了秦封的主页,还是没有。她好奇地扭头问秦封:"封哥,晴晴说你发动态说小朗生病了,我怎么没看到?"

秦封面不改色地撒谎:"已经删了。"

"哦……我说呢,你主页也没有。"姜眠说完这句话就低头给明晴回消息去了。

秦封趁机打开微信,将那条仅明晴可见的朋友圈删除了。

姜眠在微信上跟明晴说:"小朗今天都烧糊涂了,一直叫姐姐,还说让我别讨厌他,我哪里讨厌过他啊?"

明晴盯着手机屏幕,良久没有回姜眠。因为她心里再清楚不过,季星朗发烧时叫的"姐姐"是指她,让姐姐别讨厌他,也是在跟她说,希望她别讨厌他。

明晴抿紧唇,心里有种说不出的感觉在滋生蔓延着,让她很不好受。

从这天开始,季星朗不再在明晴面前出现,也没再跟她联系过。

明晴的生活恢复到最初,犹如一潭死水般的平静。

她每天除了拍摄,就是在去外地拍摄的飞机上。

唯一有变化的,大概是她和宋榴相处了几次后,两人已经变成了感情不错的朋友。

明晴生日那天,她去晏承舟的住所找宋榴拍摄。晏承舟不在家,宋榴说他去处理公事了。

拍摄间隙,明晴从宋榀嘴里了解到,宋榀和晏承舟其实是青梅竹马。当年晏承舟的母亲在跟贺文山离婚后带着晏承舟去了南方定居,而宋榀家就是晏承舟家的邻居。

晏承舟大宋榀两岁,在学校是宋榀的学长,因为学习成绩出色,还给宋榀补过课。

晏承舟母亲去世,即将被父亲接到沈城的那年,他十七岁,宋榀十五岁。

那时他刚要升高三,她正要上高一。

他临走前跟她告别那日,他们在路边捡到了一只才出生没几个月的小橘猫。

那只橘猫一直跟着宋榀生活,名字也是宋榀取的,叫宴宝。

晏承舟跟宋榀说,他一定会回去找她。

宋榀也一直在等他,但是后来家里出了变故,宋榀和晏承舟也失去了联系。她怕他找不到自己,正好又有个可以拍戏的机会,宋榀就这样阴差阳错踏入了娱乐圈。

她年纪轻轻被大导演赏识,拍的第一部电影大爆,凭借这部电影一举成为某奖项的影后,再后来,又往国际大荧幕发展,成了国际知名影星,星途无比顺遂。

"所以,在你成名被大众看到后,晏承舟就联系上你了吗?"明晴问。

宋榀笑着摇了摇头:"没么早,我们是在三年前才联系上的。"

"啊?"明晴记得宋榀早在十八岁就火了,如果他们三年前才联系上,那中间还有七年分离。

"我以为……晏承舟在你成名后就找到你了。"明晴说。

宋榀笑了笑,轻声解释道:"承舟有他的苦衷,没办法早几年来找我。"

明晴没问具体有什么苦衷,但大概猜得到应该和贺家有关,他应该是在自己羽翼丰满,足以护住宋榀后,才敢来到她身边吧!

宋榀和明晴聊了很多,晏承舟回到家时,明晴准备离开,这时天早就黑透了。

宋榀想留明晴一起吃晚饭,明晴笑着打趣道:"我可不当电灯泡。"

"有空再过来找你玩。"她说。

宋榆浅浅笑着，点头应道："好。"然后又说，"你一定要多过来玩，我又不能出门，平常家里连个能跟我说话的人都没有，可闷了。"

晏承舟问宋榆："我不是人吗？"

宋榆被他逗乐，抬手轻拍了他一下："我是说你不在家的时候。"

明晴欣然答应宋榆："只要我有空就过来找你，我也很喜欢和你聊天。"

宋榆轻叹："相见恨晚，如果能早点儿遇见你就好了。"

明晴压住心里的难过，对她笑道："现在也不晚。好了，我走了，拜拜。"

这次和以前一样，依然是由晏承舟的助理开车送明晴回去。

晏承舟在处理和宋榆有关的事情时非常谨慎小心，他怕有人发现宋榆已经回国住在这里，怕媒体和娱乐记者知道宋榆身体不好，为了博取眼球夸大事实报道她的情况，怕她受到一点儿的伤害，所以其他车辆都无法靠近这栋别墅，只有他自己的车能自由进出院落。

明晴坐在车里，正望着车窗外无尽的夜色出神，手机突然响了，是明晗给她发的微信消息："晴晴，生日快乐，我今晚有应酬，没办法陪你过生日，真的不好意思，以后给你补回来。"消息后面还有一笔生日转账。

没过一会儿，明旸也给明晴转了一笔钱，没有发任何消息，只在转账说明里写了"二姐生日快乐"几个字。

姜眠前两天问她今天是不是要跟晏承舟过生日，明晴笑着说是，所以今天姜眠没约明晴出去，把礼物提前给了她。

车很快就开到了小区门口，明晴下车走进小区。

物业说要修的路灯一直没修好，明晴又一次从那段黑漆漆的路上经过。但这次，明晴敏锐地察觉到了不对劲，好像有人在尾随她。

明晴警惕地掏出手机，打开了录音，然后返回主界面，点开拨号键盘，输入"110"，只要再点一下，报警电话就能打出去。

明晴之前从未觉得这段黑漆漆的路有这么可怕，她不动声色地加快步伐，想要尽快走完这段路。但身后的人似乎距离她越来越近了……她的心脏都要从嗓子眼蹦出来了。

就在这时，手机里突然弹出一条消息通知，是季星朗给她发的短信。

他说:"姐姐,生日快乐。"
　　明晴在看到他消息的这一刻,下意识地点开了给他发短信的界面。
　　她刚想给他发短信求助,身后的人已经逼近,从后面锁住了她的脖子,另一只手还捂住了她的嘴。明晴喊不出话,喉咙只能勉强发出呜呜声,手指在手机上胡乱按着。
　　季星朗正在蛋糕店等生日蛋糕,没想到明晴会回复他的消息,而她回的内容很奇怪:"将哦,野地1。"
　　季星朗皱紧眉,心想这是什么?很快,他突然反应过来,攥着手机从蛋糕店跑出来,冲进了旁边的小区。

　　明晴不断挣扎着,试图用手机砸对方的脑袋,但被对方打掉了手机。
　　她努力让自己冷静下来,找准时机对着对方的脚狠狠踩下去,然后用脖子上挂的相机用力往后抡,直直砸在对方的额头上。
　　趁对方抬起一只脚捂着额头吃痛的时候,明晴立刻挣脱开他的桎梏往前跑去,边跑边大声喊救命。她这会儿被吓得双腿发软,跑得踉踉跄跄,仿佛下一秒就会摔倒。
　　男人很快就要追上明晴,他把手伸向明晴的那一瞬间,身后突然有一束光照了过来。
　　这束光不断晃动着,飞快地逼近。
　　"别碰她!"季星朗几乎是怒喊出来。
　　他上前抬手抓住男人的后衣领,用力往后一甩,把男人甩到了旁边。季星朗转过身挡在明晴面前,抬起腿对着男人的腹部就是一脚。
　　与此同时,周围听到明晴呼救的人纷纷赶来,将想要跑走的男人制住。
　　季星朗单手扶着浑身止不住发抖的明晴,另一只手拿着开着手电筒的手机,将光照向想袭击明晴的男人。
　　围过来的人群中也有好几束手电筒的光亮直射在男人身上。
　　明晴终于看清了这个人的面容,她皱紧眉头问道:"是你?"
　　季星朗不解地问道:"姐姐,你认识他?"
　　明晴"嗯"了一声。
　　这个人就是她之前交往过的那个渣男,上个月她和姜眠去小镇玩,还遇见了他。

139

难道是当时她说的那些话让叫那个婷婷的女孩看清了他的真面目，不要他了，他吃不了软饭了，所以过来找她报复吗？

"明晴，"男人恶狠狠地瞪着她说，"你就是个祸害！你不让我好过，你也别想过得好！"

"你……"季星朗气愤地冲上前去打人，但被明晴一把拉住了手。

她紧紧握住他的手，安抚快失去理智的季星朗："弟弟，别冲动，我们报警。"

明晴怕他控制不住会冲过去揍人，一边拨打报警电话，一边轻轻摩挲着他的手背。事发突然，此时季星朗的注意力完全放在明晴的安危上，他没有意识到她牵着他的手。

明晴打完报警电话后，物业和小区保安也刚好赶到现场，周围住户把人交给了保安。

正在气头上的季星朗没好气地质问物业："为什么这么长的一段路没有路灯？你们知不知道一个女孩子走这种黑漆漆的路有多危险？！"他一想到明晴刚刚差点儿被坏人抓住就心有余悸。

旁边的人纷纷附和："早就说要装路灯了，这都十一月中旬了，连路灯的影子都没看到，再不装路灯我们就集体去投诉！"

物业连连保证元旦之前一定会装好。

之后，警察赶到，把男人带走，明晴也需要去警局录口供。

季星朗不放心她一个人，陪着她去了警察局。也是这时，季星朗才得知，那段路不仅没有路灯，就连监控也是坏的，根本没有监控画面可以证明明晴被那个男人尾随、恐吓。

但好在明晴有一份足以证明渣男想伤害她的证据。

刚才她的手机摔在地上，屏幕出现了裂痕，不过并不影响使用。

她在警局把当时用手机录下来的音频交给了警方，详细地说明事情的经过。

等她和季星朗从警局出来，已经过了零点。

明晴身心俱疲，对季星朗道谢说："小朗，今晚谢谢你。"

季星朗回答她："姐姐，你不用跟我这么客气。"

明晴故作轻松地说："时间不早了，你回去吧。"

季星朗摇头，拒绝了她的提议："我不走，先送你回家。"

明晴安抚他:"我没事的,我这不是挺好的吗?他已经被拘留了……"

"姐姐。"季星朗垂眸注视着她,眉头紧锁。

他说:"你知不知道我察觉到你遇到危险的时候有多害怕?我当时特别希望只是我多想,你其实安然无恙,就好好地待在家里,没有碰到坏人。"

"还好我来了,如果我再晚一步,他就抓住你了。我不知道如果我没有及时赶到的话你会怎样,我不敢想。我都快吓死了,你让我怎么不担心你?"

明晴偏头看向别处,没有说话。季星朗在担心她,她却在想,他们好像已经很久没有见面了。

自从上次他喝醉酒去她家找她,哭着求她不要订婚,到十一月十六日她的生日这天……哦不对,现在已经过了零点,是十七号了,他们已经有一个多月没有任何联系。

才一个多月没见面,为什么她感觉已经很久了。

季星朗打了辆出租车,拉着她上车,执意要送她回去。这次,明晴没有再拒绝。

两人在小区门口下了车,季星朗让明晴等他一会儿,跑去旁边的蛋糕店。

很快,季星朗就拎着一个生日蛋糕走了出来。明晴盯着他,这时她完全冷静了下来,也终于理顺了事情。

"当时你就在这家蛋糕店,所以才能那么快赶到,是吗?"明晴问他。

季星朗"嗯"了一声:"在给你买生日蛋糕。"

"然后呢?"她又问。

季星朗跟着她走进小区,边往前走边低声回答她:"然后……本来打算偷偷放在你家门口,让你自己拿。"

明晴顿时无语。

季星朗把明晴送到家门口,递给她生日蛋糕,又亲口对她说了一遍:"姐姐,生日快乐。"

明晴轻扯嘴角,对他说:"我生日已经过了。"

季星朗抿了抿唇:"只要还没吃生日蛋糕,还没许愿,就不算过了。"

141

明晴输入密码，推开家门，对身后的季星朗说："进来吧。"

季星朗很惊讶地怔在原地，有些难以置信。

明晴回过头看他，蹙眉问："还愣着干吗？进不进来？"

季星朗摇头说："我不进去了，你……"

她现在有交往的对象，他不该越界。

他脚下这道门槛，就像一道界线，跨进去了，他就越界了。

明晴看出了他的顾虑，也没强求。她直接在门口拆了蛋糕，让季星朗托着蛋糕底座，自己将蜡烛一根根插好，然后回客厅找了个打火机，把插在蛋糕上的蜡烛一一点燃。

"既然你不进去，那就在门口帮我过个生日好了。"明晴顿了一下，又说，"我没什么愿望，许愿的机会给你吧。"

怎么会有人没有愿望？明晴只是清楚许愿没什么用，这种仪式都是用来骗小孩子的。

季星朗没跟她客气，不假思索地道："我希望明晴能一辈子平安快乐。"

明晴微愣住，她瞅着他，季星朗也正垂眸望着明晴。十八岁少年的双眸格外清澈干净。

他对明晴低声说："你一定要做到，姐姐。"

明晴微微笑了起来，回答道："我会尽力的。"

他许下了愿望，她吹灭了蜡烛。

季星朗没有吃蛋糕就离开了。明晴端着他买的生日蛋糕，关上门，走进客厅，把蛋糕放到餐桌上。她一根一根地取下蜡烛，切了一块蛋糕。

明晴双腿屈起，脚踩在椅子边缘，整个人缩在椅子上慢慢地吃着生日蛋糕。

奶油很快融化在她的嘴里，整个口腔瞬间充满了奶油的甜香。

房间里特别安静，安静得连她的呼吸声都很清晰。

明晴吃着吃着，莫名其妙地开始掉眼泪，好像是在后悔，又好像是因为其他的事情。

她放下蛋糕，抬手擦去眼泪，长长地舒了一口气。

从那天开始，明晴和季星朗不再见面，也不再联系，再次在对方的生活中消失了。

明晴经常去晏承舟家，所有人都以为明晴和晏承舟感情很好，如胶似漆。除了明晴和晏承舟的人，谁都不知道晏承舟家里藏着宋楹。

天气越来越冷，眼看就要元旦了，今年冬天的第一场雪还没落下。

宋楹捧着热水站在窗前，对着喝咖啡的明晴感叹道："不知道我还能不能看到国内的雪。"

这几年她一直生活在国外，十月份才回国。她上次见国内的雪，已经是三年前了。

十年后，晏承舟再次出现在她面前。

那天下着很大的雪，她在剧组拍雪天的戏。

他去了她的剧组，站在雪地里，远远地凝望着她，久久没动。

那天，他们俩在剧组现场没有说一句话，甚至把对方当成陌生人，仿佛根本不认识彼此。

直到晚上，她被他派去的车接到这栋别墅。她到的时候，雪还没停，他正站在院子里等着她。不知道他站了多久，他站的地方周围铺了一层素白的雪，干净平整到没有一个脚印。而他的头上、身上，甚至睫毛上，都落满了雪花。

她下车后，他嗓音低哑地唤了她一声："楹楹。"

她的眼泪霎时从眼角滑落。

那是他们阔别十年的重逢。

明晴听到宋楹说这么丧气的话，不由得嗔怪她："别瞎说，肯定能的。"

这段时间她们经常在一起聊天，虽然并没有认识很长时间，但关系非常要好。

"晴晴，"宋楹转头问明晴，"你给人拍婚纱照吗？"

明晴如实道："我没拍过，但你和晏承舟如果需要的话，我可以试试。"

"那就交给你了，"宋楹笑着说，"等你和承舟把订婚的事处理好，就帮我们拍吧。"

明晴点头应下："好。"

"你们会结婚吗？还是只拍拍婚纱照？"明晴问宋楹。

宋楹眨了眨眼睛，脸上浮现出幸福又悲伤的笑容："会吧，承舟很想去领证。如果到时候我还在的话，就依了他的意思。"

"那到时候我肯定要来喝喜酒。"明晴故作轻松地说。

143

宋楹眉眼轻弯道:"晴晴,如果你有喜欢的人,一定要告诉他,趁现在一切都还来得及。你想做什么事就大胆去做,不用考虑后果,也不必在意结果,这样才会最大限度地减少遗憾。"

喜欢的人。

明晴脑子里突然闪过了季星朗那张脸。

明晴从晏承舟的别墅出来后,没有让晏承舟的助理送她回家,而是麻烦对方把她送去津海大学。

她在津海大学校门口下了车,站在路边望着校内的方向,停了几秒后才抬脚走进去。

明晴并不知道去哪儿才能遇到季星朗,她沿着路漫无目的地在学校里闲逛。

正是吃晚饭的时间,路上学生特别多。她走得很慢,边走边观察迎面而来的男生们,没有看到季星朗。

明晴忽然觉得自己有点儿傻。她想见他,明明只需要给他打一个电话,告诉他她来了他的学校就行,可她竟然很蠢地过来碰运气,想要偶遇一下,不知道脑子是不是短路了。

明晴拿出手机后,又开始犹豫要不要给季星朗打电话。

纠结了好一会儿,明晴终于被理智说服。

她不该给他打电话,不该告诉他她来了他的学校。

她不该来见他。

明晴把手机放回衣兜里,转身就要离开,突然听到一声不太确定的叫喊声:"明晴姐?"

明晴扭头,看到季星朗的室友商琅和一个女孩一起走了过来。

商琅很意外能在这儿见到明晴。他惊讶地问:"你怎么来这儿啦?"

明晴还没想出一个合适的理由,商琅就帮忙给了一个答案:"啊!你是不是在我们学校拍摄啊?"

明晴顺着他的话说:"嗯。"随后她感觉自己的内心又在挣扎了,便随口问道,"小朗没跟你们一起上课啊?"

商琅笑着解释:"我们今天下午没课,他不在学校,去练街舞了,好像是说快比赛了。"

明晴心里不由自主地涌出一阵失落感。她面上不露,神色如常地点了点头。

等明晴走远，被商琅牵着手的原琳琳才开口："她没带相机。"

商琅没反应过来，问道："什么？"

原琳琳说："你之前不是告诉我明晴是位摄影师吗？她刚才两手空空，没带相机，怎么拍摄？"

"是哦！"商琅这才觉得不对劲，嘿嘿笑道，"琳琳你好聪明啊！"

原琳琳无语地瞥了他一眼："是你蠢。"

商琅气呼呼地捏她的脸："你说谁蠢？"

原琳琳被他捏着脸，语气警告似的一字一顿地叫他名字："商——琅——给我松开爪子。"

商琅立马如乖巧小狗般松开了手，他有点儿憋屈地嘟囔道："也就是你，仗着我太喜欢你欺负我，敢用这种语气和我说话，捏捏脸都不让，哼。"

原琳琳忍住笑意，轻轻地"呵"了一声。

她主动牵起他的手，十指紧扣，然后抬起他们交握的手，在他的手背上轻轻亲了一下。

本来还郁闷的商琅立刻欢快地摇起了尾巴，眼睛闪亮着，把手背伸向她的嘴边，期待地说："再亲一下。"

原琳琳躲开，抬起另一只手在他的手背上拍了一下："别得寸进尺。"

商琅刚刚翘起的小尾巴又耷拉了下去："哦。"他撇了撇嘴，乖乖地牵着女朋友去餐厅吃晚饭。

晚上，季星朗回到宿舍后，商琅就把在学校里见到明晴的事告诉了季星朗。

"明晴姐说她来这里拍摄，但是她手里并没有拿相机。"商琅到现在还是不理解，问季星朗，"你觉得这是不是很奇怪？"

季星朗蹙了蹙眉，没有说话。他拿起书桌上摆着的魔方，单手转起来，一边转，一边思考明晴今天怎么突然来学校，而且据商琅说她举止也有点儿反常。

她怎么了？季星朗想不透，心里逐渐烦躁。

魔方在他手中被打乱，又被转好，来回反复多次，季星朗始终没想明白明晴为什么会来学校。

如果不是拍摄需要，还能因为什么？

找他吗？季星朗觉得自己未免也太自恋了。

她三番五次那么明确地拒绝他，怎么可能是因为他过来？

他把魔方放到桌上时，魔方每面都五颜六色的，就像他此时的心情，混乱无序。

明晴回到家后想了很久。

她一直试图直面内心，但还是不敢承认，她对季星朗动了不该产生的心思。

明晴觉得自己可能一时糊涂了。

也许是那晚她陷入危险时，他的及时出现给了她短暂的安全感，而她把当时那种提心吊胆的心跳加速，误以为是心动。

或许那只不过是吊桥效应，不是真正的喜欢。

明晴不断暗示自己，她并不喜欢他，她只是陷入了吊桥效应的旋涡，过段时间就不会在想到他的时候心跳加速了。

明晴和晏承舟的订婚宴定在元旦当天，但没等到元旦那天，明晴和晏承舟的订婚宴就取消了。

元旦前一晚，晏承舟跟明晴商量好今晚跟家里宣布订婚取消，理由就是他们经过这三个月的相处，觉得对方不合适。

明晴也是这时才知道，晏承舟这段时间一直都在忙贺氏集团的事情。

他假装听贺文山的话，同意和明晴订婚，不过是因为贺文山答应他，只要他听从家里的安排联姻，就把贺氏的总公司交给他打理。

贺氏企业本不叫"贺氏企业"这个名字，它的前身是晏清公司。

晏清是晏承舟母亲的名字，公司是外公以母亲的名字命名的，本来是属于母亲的。

贺文山当年对婚姻不忠，抢了公司，甚至把"晏清公司"改名为"贺氏企业"。

母亲为此心中郁结，也伤了身体，最终在他十七岁那年抑郁而终。

之后，晏承舟被贺文山带走，但贺文山没有让他回贺家，而是把他送去了国外。外界知道贺文山有一对双胞胎儿子，但很少有人知道他还有一个和前妻生的大儿子，叫晏承舟。

这些年，晏承舟被流放在国外，念书、生活，他一直隐忍、蛰伏、等待时机反击、绝杀。

后来贺文山让他管理海外的公司，他凭借出色的能力赢得了贺文山的信任。贺文山又提出让他回国与明晴订婚，并承诺只要他和明晴结婚，就把贺氏的总公司交给他，让他成为接班人。

晏承舟嘴上答应，心里却想着——他不想贺文山把公司交给他，他要从贺文山手中夺回公司。他要让"贺氏"变回"晏清"，与贺文山断绝关系，划清界限。

他只有拿回这个本来就属于他的公司，才能彻底摆脱贺文山的摆布和掌控，才能和他喜欢了十多年的女孩顺顺利利地结婚。

明晴和晏承舟伪装了三个月，现在终于要解决订婚这个难题了，她瞬间无比轻松，于是在微信上叫了一堆朋友，兴致很好地决定办个单身派对庆祝一下。

季星朗今天放了元旦假期，他晚上到家时，姜眠和秦封也在。

一家人聚齐，热热闹闹地吃了个晚饭。

晚饭后，姜眠收到了明晴的微信消息："阿眠，带上你老公来际遇酒吧2318包厢，今晚是属于我的单身派对狂欢！"

姜眠不解地对秦封说："晴晴要我们去际遇酒吧参加她的单身派对。"

"她不是明天就办订婚宴了吗？怎么还搞了个单身派对啊？"姜眠完全搞不懂，很是迷糊。

秦封不动声色地说："可能她说的单身并不单纯地指没谈恋爱。有的人在结婚之前也会给自己搞个单身派对。"

"啊……"姜眠恍然大悟，"你的意思是在订婚之前想要尽情地玩一次，对吗？"

"差不多。"秦封笑了笑，觉得自己的妻子既单纯又可爱，她对什么都那么信任。

"那我们走吧，陪晴晴狂欢一下。"姜眠说着就拉着秦封起身出门。

秦封瞥了一眼坐在旁边低着头、一言不发的季星朗，主动邀请他一起："小朗，你也跟我们一起去吧，这样人多才热闹。"

季星朗本来想拒绝，他的身体却不受大脑控制，秦封话音刚落，他就站了起来。

就这样，秦封、姜眠和季星朗一起前往际遇酒吧。

当他们到达时，包厢里已经有不少人了。有几个季星朗不认识的女孩，还有明晴的助理金玥，这家酒吧的老板季遇，以及之前和明晴一起去津海大学拍摄的小明星夏天，还有和季星朗最熟悉的明旸。

明旸正兴高采烈地和夏天聊天，他们是高中同学，这些年也一直保持联系。两个人你一句我一句，说得开心了还干杯喝酒。

明晴正在和酒吧老板有说有笑，她时不时抿一口酒尝尝，像是在品味酒的味道。

听到包厢门被推开，明晴抬眼望过去。她率先看到的，不是姜眠，不是秦封，而是跟在姜眠身后走进来的季星朗。

没想到姜眠和秦封会把季星朗带来，她登时微怔了一下，心跳也跟着停滞了一瞬。

明晴的神情很快就恢复如常，她收回落在季星朗身上的目光，若无其事地对姜眠招了招手，笑着说："阿眠，快过来尝尝老板新调的酒，我觉得很好喝。"

姜眠笑着走过去坐在明晴旁边，季星朗甚至连和明晴说话的机会都没有。

他和秦封坐在另一边，因为满脑子都是她明天订婚的事，坐下后他就一直在喝酒。

后来他觉得闷，便一个人不声不响地离开了包厢。

季星朗走出酒吧，去了旁边的便利店，想买几根棒棒糖吃。

他心情不好的时候便喜欢吃棒棒糖，似乎尝一点儿甜甜的味道，心里就不会那么难受了。

季星朗要付钱的时候，看着柜台后面架子上摆放的香烟，突然想起之前明旸说的借烟消愁。

季星朗对收银员说："帮我拿盒烟，再拿个打火机。"

"烟要哪个牌子的？"收银员问他。

季星朗也不懂哪个牌子好，哪个牌子不好，便道："随便来一盒就行。"

他买完东西回到酒吧后，并没有直接回包厢，一个人在一楼的吧台喝了很多酒。

不知道过了多久,季星朗晕晕乎乎地起身,乘坐电梯去楼上。他脚步虚浮地走到包厢外,刚要推门进去,结果恰好听到夏天问明晴:"晴晴姐,晏承舟呢?他怎么没来啊?"

明晴笑着说:"我的单身派对他来干吗?"

晏承舟。

季星朗心里顿时涌起强烈的酸楚。

他一想到明晴明天就要成为晏承舟的未婚妻,心情格外烦闷,甚至呼吸都不畅快。

季星朗收回握在门扶手上的手,转身靠在旁边的墙壁上,缓缓蹲下。

他茫然地愣了片刻,不知道自己该做什么,又能做什么。他只能眼睁睁地看着她与别人订婚,其他什么都做不了。

他头晕,胃里难受,心情也郁闷,感觉眼前天旋地转,整个人仿佛陷入了梦境之中。

季星朗醉得神志不清,真切地感受到痛苦,但他不知道该如何缓解,于是他打开烟盒,从里面取出一支烟,用打火机点燃了它。

他本能地吸了一口,却被烟呛到,咳嗽了好几声。

季星朗想忍住咳嗽的冲动,但实在忍不住,就像他对她的喜欢一样。

明晴在包厢里等了很久,却始终不见季星朗回来。

晏承舟给她发微信,说:"我已经通知大家我们决定取消订婚的事,估计过会儿你父亲就该找你了。"

明晴一点儿都不怕明克利找她算账,回了晏承舟一个"OK"的表情图。

晏承舟又说:"这几个月谢谢你。"然后补充道,"各个方面。"

明晴回他:"我也该谢谢你,要不是你,我和宋楹没有机会成为好朋友。"

她刚把这条消息发出去,明克利的电话就打了进来。明晴权当没看见,直接把手机静音反扣在了桌上。

见季星朗还没回来,她终于坐不住,以要去卫生间为借口,起身离开了包厢。一出来,明晴就看到季星朗正蹲在墙边。他闭着眼,眉心紧锁,看起来很不舒服,嘴里却叼着一支刚点燃的烟。

明晴不由得皱了皱眉,这小孩什么时候学会抽烟了?

她伸出手,将烟从他嘴边取走,语气中带着些许命令,像在警告季星朗:"不准吸烟。"

季星朗迷迷糊糊间听到了明晴的声音。他睁开眼睛抬起头来,看到她就在他面前,正低头皱眉瞪着他。

季星朗此时已经被酒精麻痹,以为自己在做梦,他直接伸手抓住她的手腕,随即就站了起来。

季星朗凑近明晴,一米八几的身高以绝对的优势成功让明晴仰脸看他。

他垂着眼睛,盯着她看的目光充满痛苦与渴望。既然是做梦,那他能不能……在梦里暂时拥有她片刻?季星朗这样想着,握着她手腕的手用力攥了一下。

然后,他低声下气地请求她:"姐姐,再吻我一次。"

他说完话根本没等明晴回答和反应,就抬手捧住她的脸,不由分说地低头吻住了她柔软的唇。

既然我注定无法拥有你,那就只能让你在我的梦里,暂时属于我片刻。

姐姐,我真的,非常爱你。

我好想一辈子都陪在你身边,守护你。

这场梦能不能不要醒来?这样,你就不会跟别人订婚,你就永远是我的了。

在被季星朗吻住的那一瞬间,明晴浑身不由自主地颤了颤,正在燃烧的香烟也从她手中滑落,掉在了地上。

他的唇瓣柔软,浓烈的酒香中隐约混杂着一丝淡淡的烟草味道。

明晴根本没想到季星朗会直接亲她,他不是能做出这种事来的人,可现在……

明晴下意识就要抬手推开他,季星朗却得寸进尺地想要加深这个吻。

但他根本不会接吻,凭借本能贴着她的唇瓣,张开嘴巴就咬她,带着少年的生涩和冲动,有一种毫无顾忌的生猛感。

明晴吃痛,不自觉地挑起眉毛,却矛盾地有点儿享受。她说不清这种感觉，仿佛喝醉了，让她头晕目眩。

明晴已经很久没有跟人接吻了，也很久没有过如此强烈的心跳了。

左胸腔里的心脏似乎从一潭死水变成了一汪活泉。

她沉醉在他的吻中。

这一刻，明晴屈服于情感和欲望，她没有推开他，而是把手轻轻搭在他的肩膀上。

明晴开始回应季星朗。她带着季星朗慢慢摸索，让他逐渐慢下来，不再那么急切。

明晴故意逗弄季星朗，然后就会被他紧紧追着，不满足地索求更多。

小孩子真好逗，像只小狗。

只要她稍微钩一钩手指，他就会摇着尾巴跑过来蹭她。

"姐姐……"他边吻边含糊地说，"姐姐，我爱你。"

明晴顿时被他这句话弄得清醒了些，她往后仰了仰头，想要躲开他的亲吻，却被他扣住后脑。

季星朗食髓知味地蹭着她柔软的唇，还想继续和她深吻。

但明晴推开他，往后退了半步。

她气息不稳地看着他，他垂着眼，就这么眼巴巴地瞅着她，目光很是无辜，仿佛刚才抓住她就吻的人不是他。

明晴忽然想起，之前她主动凑过去让他吻回来，他非但不肯，还被她气到了。清醒时隐忍克制的男孩子，喝醉后也变得肆无忌惮了。

明晴深吸一口气，和他的这个吻，她就当自己短暂地荒唐了一下。

现在吻结束了，她也从荒唐的放纵中抽离了出来，回到现实。

"季星朗，"她和他对视着，轻声提醒他，"不要当真。"

季星朗应该没听明白这句话的意思，表情看上去很茫然，只一个劲儿地向她靠近，想伸手抱她。

明晴抬手推他，防止他再次束缚住她。

他的力气很大，一旦被他锁在怀里，她根本挣脱不掉。

包厢的门突然被人从里面拉开，明旸急匆匆地走了出来。

他看到明晴和季星朗面对面地站在走廊里，没有觉得哪里不对，只是心急火燎地问明晴："二姐，你和晏承舟取消订婚了？"

明晴挑了挑眉毛，"嗯"了一声。

明旸刚刚接到大姐明晗的电话，问他知不知道明晴在哪儿。明旸

151

回答明晗:"我和二姐在一起呢,我们在际遇酒吧。"

"都什么时候了,还在酒吧!"明晗着急地说道,"让你二姐赶紧回来!"

明旸直觉出了事情,问:"怎么了大姐?发生了什么事?"

"你二姐和晏承舟宣布取消明天的订婚宴,说他们合不来,不订婚,不联姻了。"

明旸惊讶地瞪大了眼睛,挂了电话后他就出来找明晴,没想到她就在门口。

明旸问明晴:"所以你今天叫我们过来参加你的单身派对,根本就不是订婚前的狂欢,而是你恢复了单身?"

明晴纠正道:"不是恢复单身,是一直都是单身。我和晏承舟根本就没在一起,那都是骗你们的。"

明旸叹了一口气:"二姐,你真是比我还敢胡闹。大姐打电话来,让你立刻回家。"

"知道了。"明晴应道,然后把季星朗交给明旸,"扶着他点儿。"

明晴回到包厢拿上手机和包包,对朋友们歉意地解释道:"抱歉了大家,我临时有急事,得先走了,你们随便玩。"

"季遇,"明晴对酒吧老板季遇说,"今晚的账从我卡里划。"

季遇笑着对她摆了摆手:"快去处理事情吧。"

明晴喝了酒,不能开车,就叫了个代驾送她回明宅。

她刚进屋,明晗就急匆匆地走过来,拉住她的手问:"晴晴,你跟晏承舟到底是怎么回事?这几个月都是你们故意伪装欺骗大家的吗?"

明晴"嗯"了一声,承认道:"我们从一开始就说好,假装很合得来,让你们都以为我们会订婚。"

"你为什么要这样做啊?"明晗不理解,"晏承舟这样做是要让贺文山彻底信任他,好悄无声息地把公司据为己有,现在他的目的达到了,可你呢?总不是想帮他吧?"

明晴说:"我就是想有几个月的清净。如果我不假装和晏承舟互有好感,这几个月他能让我好过吗?"她说这句话时,看向坐在沙发里黑着脸的明克利。

"他肯定会不断逼迫我，要我跟晏承舟订婚。"明晴说，"一个谎言换来三个月的平静，我觉得很值得。"

明克利语气沉沉地问："现在订婚取消，圈子里的人都知道你和晏承舟在订婚前一晚取消订婚宴。让人看笑话，成为别人茶余饭后的八卦，你就满意了是吗？"

明晴皱眉说："别人怎么看我，怎么想我，我管不着，我只想过好自己的生活，他们爱怎么说怎么说……"

"可你是明家的人，你的一言一行都代表着明家，你背着我搞这么一出，丢人的是整个明家！"明克利强忍着怒气，提高了音量。

明晴丝毫不生气，语调懒散地说道："那对不起啊，让你丢脸了。"

明克利被她这副无所谓的模样气到了，直接拍着茶几站起来，质问："你这是什么态度？！就你这样在订婚前一晚被人家退掉的人，以后谁还敢要你？！"

明晗听不下去，纠正明克利的措辞："爸，是晴晴和晏承舟在商量后共同决定取消订婚，不继续往下发展，不是晴晴被退掉……"

明晗话还没说完，明克利就愠怒地说道："外人会这么觉得吗？别人会听你解释吗？他们肯定会说，是明家那位二女儿不好，人家晏承舟才不要她！"

明晴说："我看不是别人觉得，是你就是这样想的吧！"

明克利快要被她气死了，伸手抓起茶几上的名贵茶杯，直接摔在地上。

茶杯里还有残渣，水渍和茶杯碎片一起在地板上炸开。

明晴猝不及防，被吓得一激灵，脚也不由自主地往后退了半步。

"你！"明克利指着明晴，"你再说一遍！"

说就说！明晴直视着明克利："那就从头说。"

明旸刚好推开门进来，随后，他就听到明晴说："从小你就不喜欢我，你还记得跟我妈离婚的时候，你们争夺我姐和明旸的事吗？你要明旸，我妈要带我姐走，你不让，但直接把我推给我妈，跟她说如果她非要带一个孩子离开，就把我带走，但是我妈也不要我。明克利，你说得对啊，本来就没有人要我，父母都不想要的小孩，你还指望谁会要我？"

明晗在旁边喊她："晴晴……"

明克利怒瞪着明晴，声音颤抖地对明晗说："晗晗，你让她说！"

明晴继续道:"这些年你一直很讨厌我,我起初想不通明明都是你的孩子,为什么你对我姐和明旸都那么好,偏偏就厌恶我。"

"后来我终于发现了,你是讨厌我这张脸,因为我跟我妈长得最像,尤其是笑起来的时候,对吧?"

"你讨厌我妈,连带着讨厌和我妈长得很像的我。"

明克利的表情微变。

明晴接着说:"那年我被校外的混混纠缠,明旸带着同学去找人算账,让对方别再惹我,最后你把我训了一顿,你还记得你当时说的什么吗,明克利?"

"你质问我,是不是我让明旸去帮我的,问我如果明旸出了事我这条命赔得起吗,我赔不起,那可是你宝贝儿子,将来要继承明氏集团的接班人,我这条贱命怎么赔得起?"

明旸皱着眉唤明晴:"二姐……"

明晴没理他,自顾自地说:"你当时还说——是你自己不好好穿校服,天天爱美穿裙子,怪别人找上你?他们怎么不找别的女生?你就是个祸害,跟你妈一样的祸害!"

"可是,只要你稍微关注我一点儿,在意我一下,就会知道,我上学的时候都是规规矩矩穿着校服的,我根本没有天天爱美,穿裙子。"

"后来,我非要闹着转学,你骂了我一顿。那段时间,我害怕得整夜整夜睡不着觉……"

明旸实在忍不住,出声告诉明晴:"二姐,那些纠缠你的混混,其实是爸摆平的。"

明晴根本没想过事情会是这样,但也只是愣了一瞬。

"所以呢?"她看向明克利,淡淡地笑着说,"我不懂你为什么要一边怪我,说我被人骚扰都是我的错,一边又要去帮我摆平事情。"

"我不会因为你暗中为我做了事就感激你。"明晴和明克利对视着,一字一顿道,"因为你的那些话已经对我造成了伤害,不管你再说什么,再做什么,都无法弥补。"

从明宅出来后,明晴没有直接回家,而是让代驾开车把她送回际遇酒吧。她一个人在一楼的吧台喝着酒,直到深夜,她才起身离开。

被代驾开车送到家后,明晴从代驾手中拿回车钥匙,乘坐电梯上楼。

电梯门打开,她刚迈出来,就停在了原地。

明晴垂眸,和蹲在她家门口仰脸看向她的季星朗对视上。

不知道为什么,在见到他的这一刹那,明晴忽然觉得很委屈。

她望着他,毫无预兆地掉下了眼泪。

明晴离开酒吧后,大家就散了。

喝多了的季星朗被姐姐和姐夫带回了家。到家的时候,他已经过了酒劲最上头的时候。

季星朗晕晕乎乎地躺在床上,闭上眼睛想着,梦还是醒了。

他回忆着刚才做的那个梦,梦里他不仅和明晴深吻了好一会儿,还听到明晴对明旸说她和晏承舟根本没在一起,那都是他俩故意骗大家的。

季星朗心想,如果是真的就好了,如果她和晏承舟真的没在一起,就好了。

季星朗翻了个身,被裤兜里的什么东西硌了一下。他皱着眉头,从兜里掏出一盒烟和一只打火机。

季星朗盯着手里的东西,不解地蹙眉。

下一秒,他突然睁大眼睛,一个鲤鱼打挺就坐了起来。

烟和打火机都是真实存在的,那……

季星朗表情茫然地回想着他做的那场梦。

梦里的他抽烟,被明晴撞见,她从他嘴边把烟拿走,然后他拉住她,亲吻了她。

他清楚地记得,她回吻了他。

季星朗从旁边拿过手机,直接给明旸打了个电话。

这时明晴刚从明宅离开,明旸正对着大姐明晗唉声叹气,看到是季星朗的电话,明旸走到窗边,接听起来。

季星朗急切地问明旸:"哥,晴晴姐是不是和晏承舟根本就没在一起过?"

"对啊,"明旸说,"他俩是假装的,说元旦订婚也是骗大家的。"

"我二姐这次……"

不等明旸说完,季星朗就把通话挂断了。

他立刻起身,连大衣都忘了穿,就这么出了门。

155

夜深人静，天又很冷，季星朗没让家里的司机半夜起来开车送他，而是叫了辆出租车去明晴家。

到了明晴住的小区门口，他从车上下来就一路跑，直到上了电梯，才停下来稍微喘口气。

出了电梯走到明晴家门口，季星朗按了一下门铃，没有回应。

他开始敲门，一边敲一边喊："姐姐，姐姐……"

依然没有得到任何回应。

季星朗直觉明晴不在家，但又担心她其实在家，只是不愿意开门见他。

没见到她，他就不想走。于是，季星朗就在她家门前等着，等着她回家，或者给他开门。

这一等，等了两个多小时。

楼道里很冷，他穿得又薄，只有一件高领毛衣，连件外套都没有。

季星朗蹲在她家门口，时不时地往掌心呼呼热气，两只手互相搓搓。

后来他等得都要睡着了，突然听到电梯门打开的声音。

季星朗瞬间睁开眼睛，随即就看到明晴从里面走了出来。

她好像喝醉了，走路很飘忽，身体微微摇晃着，看上去随时都有可能摔倒。

她看到他后，就停下了脚步。

季星朗以为她烦他又过来找她，刚要起身对她解释，却突然看到她掉了眼泪。

季星朗顿时受惊，瞬间起身来到她跟前，想要抬手给她擦眼泪，又不太敢，默默把手垂了下去。

季星朗手足无措地站在明晴面前，目光担忧地垂眸看着她，低声问道："姐姐，你怎么了？"

明晴就只哭，不说话。

她并没有醉得很厉害，至少神志是很清醒的，但她有些控制不住自己流眼泪。

明晴就是觉得心里委屈，委屈到憋闷，感觉要喘不过气。

季星朗不知道她经历了什么，不知道要怎么安慰她，他慢慢抬起了手，用指腹帮她擦着眼泪，只会干巴巴地说："别哭了。"

他蹩脚的安慰惹得明晴哭得更厉害。季星朗便轻轻拥住她，不断地抚着她后背帮她顺气。

听她哭，他心里也难受得紧。

季星朗的眼睛发胀，鼻子泛酸，他哽咽着问："姐姐，你怎么了啊？"

明晴还是不说话。

季星朗的怀抱像一个温暖又隐蔽的角落，让她慢慢从失控的情绪中抽离出来。

明晴逐渐止住哭泣，然后推开了季星朗。

明晴抬手擦了擦脸上的眼泪，越过他，输密码开门的同时抽泣着问他："这么晚你过来做什么？"

季星朗这才想起正事。

他转过身，站在她身后，低声对她说："姐姐，对不起……"

季星朗还没把话说完，明晴就推开门，打断他："进来说。"

季星朗愣住，讷讷地看着她："啊？"

明晴说："还想在外面冻着？不嫌冷？"

季星朗双手冰冷，他跨过她家门槛，再一次进了她家。

家里没有热水，明晴打开热水壶的电源烧开水。

她转过身，看向站在客厅里的季星朗，问他："你过来找我有什么事？"

季星朗抿了抿唇，回答道："对不起，我……我亲了你。"

"我当时喝得烂醉，不知道那是……真的，我以为我在做梦……"他窘迫又笨拙地解释着。

明晴很不以为意："就为这个？"

"不用跟我道歉，大家都是成年人，兴致和情绪到了，接个吻也没什么。"她的语气很无所谓，甚至笑着说，"之前我不是也在喝醉后吻了你吗？这次就当我还你了。"

季星朗表情僵了僵，所以她的回吻，并不是因为喜欢，而是情绪和兴致到了，所以就没拒绝。

明晴自然看出季星朗情绪低落了下去，但她只是问："还有其他事吗？"

季星朗沉吟了片刻，才问出口："你和晏承舟……"

"是假的，我们没在一起，也不会订婚。"明晴没再隐瞒，坦然承认。

"为什么？"季星朗不理解，皱眉问道。

明晴笑着说："本来是想让你为此放弃喜欢我的，但是发现，你不吃这套。"

季星朗盯着她，一字一顿地告诉她："姐姐，喜欢一个人不会因为她跟谁订婚了，结婚了，就不喜欢了。"

"他只是清楚她已经和别人在一起了，不能继续靠近，所以从此以后把喜欢藏起来，不再让任何人知道。"

明晴和他对视着，两个人都没再说话。

水烧开了，明晴转过身，拿了只杯子，倒了一杯热水，然后递给季星朗。

"暖暖手。"她说。

刚刚他给她擦眼泪的时候，手冰凉，也不知道他傻乎乎地在门口等了多久。

明晴想到这里，问他："你知道我不在家，为什么不给我打电话？"

季星朗捧着热水杯，整个人看起来都乖乖的。

他说："我不知道你是没在家，还是不想给我开门。"

明晴无语道："我哪次没给你开门？"

季星朗听到她的话，嘴角便上扬起来。他总是很好哄，她随便说句话，就把他哄得摇尾巴。

"刚刚……"季星朗走到明晴身侧，和她一起靠着吧台，问道，"你为什么哭？"

明晴眨了眨眼睛，随口瞎扯："不能订婚了，很遗憾。"

季星朗皱眉说："别骗我。"

明晴笑起来："哭必须有理由吗？"

季星朗想了想，顺着她的话回道："也可以没有。"

既然她不想说，那他也不会逼问她。

"但是喜欢一定要有。"明晴说，"所以弟弟，你喜欢我什么？"

上次明晴这样问之后，季星朗很认真地思考过答案。可到最后他依然认为，喜欢没有理由。

总会有人喜欢问对方，你喜欢我什么？你为什么会喜欢我呢？

但问这些问题的人不知道，喜欢根本没有理由。喜欢就是那一瞬间的感觉，像突然开了窍一样意识到，我喜欢上你了。

季星朗说:"喜欢你是你。"

明晴不解地皱眉。

季星朗浅笑道:"就是喜欢你是你。"

"这是什么答案?"明晴失笑。

季星朗不知道怎么解释,只好说:"或许等你哪天喜欢上我,就明白了。"

明晴挑了挑眉:"那我要是不会喜欢你呢?"

他轻抿了下嘴唇,低声道:"你喜欢上别人也会明白的。"

"我不明白,"明晴说,"我不是没喜欢过人,我喜欢过,也谈过恋爱,在我这里,喜欢就是有理由的。我当初喜欢何文劭,就喜欢他那股对人冷淡的傲气劲儿,后来我跟那个渣男谈过一段时间,也是因为他起初宠着我,对我百依百顺。"

季星朗回答她:"你的喜欢,就只是喜欢。"

"我的喜欢不仅仅是喜欢,姐姐。"

"我对你的喜欢,也是爱。"

所以我喜欢你是你。

这是明晴第三次听季星朗说"爱"。

第一次是他拿着玫瑰花跑来找她告白那次,他对她说:"我会一直一直疼你,爱你。"

第二次是今晚在际遇酒吧,他吻着她跟她说:"姐姐,我爱你。"

第三次就是刚才,他说:"我对你的喜欢,也是爱。"

明晴觉得挺好笑的,她眉眼轻弯道:"小小年纪,你知道什么是爱啊?"

爱这个词承载着太多的重量,她都不敢轻易说出口,他却总是拿来说。他还是太年轻了。

季星朗语气执拗地说:"我知道。"

"但你不知道。"他直视着明晴。

明晴"嘿"了一声:"你是想教育我吗?"

"不是那个意思。"季星朗想要解释,但不知道该怎么说,最后笨拙地说道,"反正等你真的爱一个人的时候,你会明白的。"

和她说话的时候,季星朗喝了半杯水,不等她催他走,就放下水杯,主动提出要回去。

明晴把他送到门口，季星朗踏出去后又转过身，突然对明晴没头没脑地说了句："姐姐，我当真了。"

明晴起初根本没明白季星朗的意思。

等她关好门，回到卧室躺下，才慢慢反应过来。

他是在回答今晚他们在酒吧接吻后，她对他说的那句："季星朗，不要当真。"

明晴翻过身，轻叹了一口气。

因为喝了太多酒，又跟明克利吵了一架，耗费了她不少精力，明晴很疲惫，躺上床不久就睡着了。

等她再醒过来，已经是元旦当天中午了。

明晴有点儿头疼，她抬手轻轻揉了揉，懒懒地伸了个懒腰，又闭上眼开始昏昏欲睡。

直到肚子饿得发出咕咕声，她才慢吞吞地爬起来。

明晴从卧室出来，打开冰箱，发现里面没什么可吃的，只有几瓶水和几个鸡蛋。

她这会儿感觉胃隐约不舒服。小区附近就有餐馆和药店，明晴决定去小区外面吃个午饭，再顺便到药房拿点儿缓解胃疼的药。

她洗漱完，随便拿了件长款大衣套在睡衣外面，将手机揣在兜里，然后从玄关鞋柜里拎出一双包跟的毛绒鞋穿上，就这么素面朝天、披头散发地出了门。

明晴先去了药店，结果一进去，就看到季星朗正站在收银台前在扫码付款。

明晴登时愣在原地，自己此刻穿着打扮太随意，窘迫感瞬间涌上来，让她心慌意乱。

季星朗也看到了明晴。他直接问："姐姐，你是不是胃又不舒服了？"

他说话时，带着一股浓重的鼻音。

明晴没回答他，而是皱眉问："感冒了？"

季星朗笑了笑："过几天就好了。"

肯定是昨晚傻乎乎在她家门口等她时冻的。明晴嘴硬道："活该，谁让你出门不穿大衣。"

季星朗乖乖挨训，只说："下次不会了。"然后他晃了晃手里的药袋，"我给你买了胃药，你昨晚喝了那么多酒，是不是胃不舒服了？"

明晴转身往外走，丢下一句："没有，我胃舒服得很。"

季星朗笑着跟上来："那就先备着，我希望你用不到，但到了真需要的时候，也能应个急。"

明晴既好气又好笑地说他："哪有人专门买药送人的？"

季星朗眨了眨眼睛，有点儿嘴笨地解释道："我就是……怕你的胃突然疼起来，又像上次一样没药应急。"

他真诚得让她心软。

从药店出来，明晴没去餐馆吃午饭，直接就往家里走。

季星朗一直跟在她身边，像条小尾巴。

明晴心里十分羞赧、窘迫，她穿成这个样子，都没化妆，怎么偏偏遇到他了？

她这般模样，在季星朗的眼里，是另一番与平日不同的韵味。

"姐姐，"他转头瞅着明晴，眉眼弯弯地笑道，"你这样好可爱。"

"可爱你个头！"明晴气恼地抬手把大衣上的帽子扣到脑袋上，还故意用手扯着帽子边缘，将自己的脸都挡起来，不让季星朗看见。

季星朗却歪过身子，探头过来，冲她又说了一遍："真的很可爱。"

明晴伸手把他推开，偏过头继续往前走，步子越来越快。

季星朗不再闹她，认真问："你吃饭了吗？"

明晴随口回答："还没。"

"我也没吃。"季星朗说。

明晴在心里默默地想：你吃没吃关我什么事。

等季星朗跟着她到家里，把给她买的胃药拿出来，明晴就不忍心让他走了。

季星朗问："你家有什么？我帮你做点儿，胃口不好就先喝点儿粥或者吃点儿面。"

明晴想了想，跟他说："厨房里应该有挂面，冰箱里还有几个鸡蛋，其他的什么都没有。"

"够了。"季星朗脱掉大衣，将毛衣的袖子往上捋了捋，然后就去厨房了。

明晴回到卧室，脱下了他夸她可爱的睡衣，换上了米白色的毛衣和修身的牛仔裤，然后在镜子前整理了一下散乱的大波浪长发。

整理好自己后，明晴回到客厅，看着他放在沙发扶手上的黑色大衣，伸手拿起来。

她展开他的大衣，抖平后挂到衣架上，然后走到厨房门口对季星朗说："你多做一点儿。"

季星朗扭头看着她，明晴用一种很无所谓的语气又说："你不吃的话就少做一点儿。"

他笑着回答她："那我多做一点儿。"

"我和姐姐一起吃午饭。"

他的眼睛很清澈，眸子亮晶晶的，被他盯着看，很容易沉溺在他真诚的目光中。

明晴仓皇地移开视线，脸忽然有些发热，虽然家里有地暖，但也不至于让她脸发烫。

她打开冰箱，上半身往前倾，几乎要把脸伸进冰箱里，试图给自己降温。

季星朗正好过来拿鸡蛋，看到明晴微仰着脸凑近冰箱，不明所以地问："姐姐，你在干什么？"

他带着鼻音的嗓音从明晴头顶上方传来，猝不及防把明晴吓了一跳。

她转过身时，季星朗正奇怪地弯腰凑近她。明晴下意识地后仰头，想要与他拉开距离。

季星朗笑了一下，伸手过来，像是要抱她。

明晴刚想抬手推开他，季星朗就单手抓着两只鸡蛋收回了胳膊。

"冰箱里有什么吗？"季星朗很茫然地说，"姐姐你在这儿看什么呢？"

明晴转回身，随便拿了瓶可乐做掩饰，语气如常地道："在挑我要喝什么……"

话音未落，手中的可乐就被季星朗拿走。

"胃不疼了？"季星朗语气带着点儿无奈，"你怎么敢在胃不舒服的时候喝冰可乐？"

明晴心里暗自嘀咕，她没想真的喝，只是拿这瓶可乐当个幌子而已。

季星朗把可乐放回去，关好冰箱门，用胳膊肘推着她的后背，让她离开厨房。

明晴被赶了出来，脸还是发烫的。

162

她抬起双手拍了拍,觉得自己很不正常,好端端的,脸热什么啊?

季星朗很快就做好了面。
他把两碗面端上桌,给明晴的那碗没看到鸡蛋,他那碗最上面卧着一个荷包蛋。
明晴一下就发现了他的小心思。她用筷子敲了敲碗底,轻挑眉梢。
明晴果然没猜错,她的荷包蛋被藏在了碗底。
明晴直接把碗底的荷包蛋夹起来,笑着问他:"你以为你把它藏起来我就不知道了啊?"
季星朗笑得露出小虎牙和小酒窝:"我知道你会知道。"
"那你还多此一举?"明晴好笑地说道。
季星朗说:"能让姐姐开心,就不是多此一举。"
明晴稍愣,然后什么都没说,开始低头吃饭。
季星朗做的是很简单的清汤挂面,再加一个荷包蛋。
吃起来很清淡,也很适合养胃。
吃过午饭后,季星朗主动承包了洗碗刷锅的活儿。
明晴则烧了壶热水,等他从厨房出来的时候,她已经倒好了两杯水。
"给你倒了水,有点儿热,先晾会儿,等水不这么热了再吃药。"明晴对季星朗说。她在沙发里坐着,正在开投影仪。
季星朗走过来,在她身边坐下,关切地问:"姐姐,你的胃还难受吗?"
明晴摇了摇头,本来就只是有一点儿不舒服而已,刚才吃了他做的热面条,现在胃里暖烘烘的,也不觉得难受了。
"不难受了,也不用吃药。"她回答他。
季星朗终于松了口气,笑着说:"那就好。"他又嘱咐她,"你以后还是不要喝太多酒,伤胃。"
明晴对他说:"你管得挺宽啊。"
季星朗低声道:"我怕你生病,怕你难受。"
明晴"嗯"了一声,一边看着屏幕调节目,一边回答他:"我有分寸。"
她有点儿心不在焉地点开一个综艺节目,盯着屏幕看起来,但是因为季星朗就坐在旁边,明晴无法集中注意力,时不时就会用余光关注他。

过了一会儿,季星朗起身去吧台那边尝了尝杯子里的水,感觉水温可以了,他就打开药袋,拿出他要吃的感冒药,就着温水吞服了下去。

而后,季星朗端着两杯水过来,在她身边坐下的时候,递了一杯水给了她。

明晴抬手接过来,捧着杯子慢悠悠地喝了口。

季星朗在旁边咕嘟咕嘟地仰头喝水,明晴转头看了他一眼,他的脖颈修长,喉结不断地上下滚动着。她默默挪开视线,将目光落回电视屏幕上。

季星朗喝完水就把杯子放在了茶几上。他后靠着沙发背,和明晴一起看综艺节目。

感冒药会让人嗜睡,没多久季星朗就开始打盹儿。片刻后,他就歪头睡了过去。

明晴毫无察觉,直到她的肩膀上突然一沉,端着水杯的手晃了晃,水差点儿溅出来。她转头看向枕着她肩膀睡着的男生,有些无语,却也觉得好笑。

明晴轻轻地放下水杯,然后扶着季星朗,慢慢让他躺到沙发上,从旁边拿了条毯子给他盖住身体。

明晴坐在沙发旁的地毯上,看着熟睡的少年,眉眼间露出一丝笑意。

她拿起手机,偷偷给他拍了一张照片,打算以后用这个照片调侃他。

就在她对着照片无声笑时,睡梦中的季星朗忽然很不安地说起梦话来。

明晴听不清他说的什么,只好偏头凑近,努力辨别他的话。

然后,她听到他有些含糊地咕哝:"姐姐……"

"姐姐你别订婚,别跟别人订婚……"

明晴怔忡了片刻,随即嗓音很轻地对他说:"季星朗,我没订婚。"

她忽然想起来什么,又笑着小声告诉他:"你做的面很好吃。"

"感冒要快点儿好起来。"

第七章

季星朗这一觉睡得很沉。

等他悠悠醒来时,窗外已经是夜幕降临了。

屋内光线昏暗,只有吧台那边还有些亮光,明晴正坐在那里开着电脑工作。

她背对着他,一只手托着下巴,另一只手握着无线鼠标,不断地滑动和点击。

季星朗侧身躺在她家客厅的沙发上,感觉眼前的画面像是一场梦。

他曾多次梦见她这样背对着他,但无论他怎么呼唤,她都没有回头看他一眼。

季星朗仿佛还没有完全清醒,又仿佛心中有所不甘,低声喊道:"姐姐。"

他刚醒来,本来就带着鼻音的声音,混合着慵懒和沙哑,听上去十分惹人在意。

明晴听到他轻声呼唤,转过头望向他。

季星朗的脸上瞬间浮现出笑容。

明晴拿起热水壶走过来,给他放在茶几上的杯子里添上温水,然后端起水杯递给他,说:"喝点儿水,你的嗓子都哑成什么样了。"

季星朗坐起来,从明晴手中接过杯子,喝了一口水润嗓子,然后才开口说话:"我以为你不会回头看我,也不会理我。"

明晴不解地问:"为什么?"

季星朗回答:"因为你在我梦里从来没有回过头,无论我怎样喊你。"

明晴有些无语地问:"这是梦吗?"

季星朗仰脸看着她,说:"不是梦,但比梦更像梦。"

明晴叹了一口气,不知道该说些什么好。她转身回到吧台那边,放下水壶,去开了客厅的灯,随后对季星朗说:"再坐一会儿你就回家吧。"

季星朗站起来,来到正在关电脑的明晴身边,问她:"你晚上吃什么?"不等明晴回答,他又说,"姐姐,我给你做饭好不好?"

明晴没有直接同意,只说:"我家没有其他食材可以让你做饭,而且我不想继续吃面。"

季星朗笑起来,露出可爱的小酒窝和小虎牙,他爽快地说:"我可以去超市买食材啊!你想吃什么?我给你做。"

明晴一想到他现在还生着病,就不忍心总让他下厨做饭,最终回了他一句:"算了,你还是回家吧!"

季星朗很失落地道:"真的不用我给你做晚饭吗?"

明晴好笑地说:"你又不是我家的厨子,怎么老惦记着给我做饭?"

季星朗特别认真地回答她:"因为我想帮你养养胃,自己做的肯定比在外面吃的要好。只要你愿意,我就可以当你的厨师。"

明晴觉得他在开玩笑:"你一个世界冠军,怎么想着当厨子啊?"

"好好跳你的街舞去吧!"她说着,拿了车钥匙就要去送他。

季星朗不再执意留下来,也没让她送:"你别送我,你把我送回去我还要跟着你回来。"

他边穿大衣边笑道:"我自己打车回就行。你就在家,不要出门。"

走到门口,季星朗又回头跟她说:"有事给我打电话。"说到这里,他突然想起,他们还没有加回微信好友。

在明晴要关门的一瞬间,季星朗抬手抵住门。

"姐姐,"他垂眸看着她,语气可怜巴巴地问,"你什么时候才会把我的微信加回来?"

明晴挑了挑眉,故意逗他:"看我心情。"

季星朗还以为她当下就会和他重新加好友。听到她这样说,他心情有点儿低落,可怜巴巴地说道:"那好吧!我走了,姐姐再见。"

等季星朗上了电梯，明晴关上门，走到客厅的落地窗前。

她站在窗边等了一会儿，片刻后，季星朗的身影出现在单元楼门口。

一米八几的男孩穿着长款黑色大衣，身形颀长，走起路来步履生风。他低头看了看手机，大概是叫的车到了，人突然开始沿路跑起来。

明晴望着他，嘴角不自觉地浮上了浅笑。

她回到客厅，从吧台上拿起手机，找到季星朗给她发的验证消息的通知，打开后同意他添加好友的请求。

季星朗刚坐进出租车，就看到了明晴通过的好友验证。

他受宠若惊般愣了一瞬，立刻给明晴发了一句："姐姐！"

明晴看着他发来的这两个字和叹号，能想象到他喊她"姐姐"时那种欣喜的语气。

她回他："嗯。"

季星朗说："我坐上车了！"然后又说，"我到家了告诉你。"

她回："好。"

季星朗忍不住嘱咐她："你一定要好好吃饭啊，多喝热粥，别吃辛辣和生冷的食物，冰箱里那些饮料你就暂时别喝了，不然胃会难受的。"

明晴嘴角轻扬着："你好啰唆。"

季星朗说："我怕你难受啊，你难受我心疼。"

明晴随便找了个理由，想结束这次聊天："我去吃饭了。"

季星朗好奇地问："吃什么？"

明晴随口答："喝粥。"实在是怕他啰唆。

他说："好哦，那你去吃吧。"

明晴穿上大衣和鞋子，拿着手机出门。

她走出小区，在附近逛了逛，最后进了一家粥铺，点了份海鲜粥，又要了一笼蒸饺。

点的餐被端上桌，她就慢吞吞地吃了起来。

季星朗到家时，明晴还没吃完。

他发消息说："姐姐，我到家了。"

明晴回他："嗯，好。"

季星朗又问："你吃好了？"

明晴说:"快了。"

过了一会儿,明晴吃完饭从粥铺出来,刚走进小区,正不紧不慢地往家里走,又收到了季星朗的消息。

他说:"姐姐,我把感冒药落在你家里了……"

明晴回了他一串省略号。

她刚想说一会儿开车给他送过去,季星朗就率先说:"我明天去找你拿可以吗?"

明晴问他:"那你今晚怎么办呢?就不吃药了?"

季星朗说:"家里还有点儿,可以先吃着。"

明晴这才回答他的问题:"我明天有事,应该不在家。"

天气很冷,就一会儿的工夫,明晴捧着手机的手已经被冻得快没知觉。

她放弃了打字,直接给季星朗发语音说:"这样吧,你的药我明天放在车上,你要找我拿药的时候我给你发我的位置。"

季星朗回她:"好。"然后发了条语音过来,"姐姐,你是在外面吗?在外面就先别玩手机了,太冷了,等你到了家我们再聊。"

明晴没再回复他,到了家后,没有想起要告诉他自己到家了。

季星朗等了好久,都没等到她的回复。

他忍不住在微信上问:"姐姐,你到家了吗?"

正打算去洗澡的明晴这才意识到,她忘记告诉他了。

她急忙回:"到了。"然后用语音跟他解释,"抱歉,我忘记了要告诉你。"

因为她没有这个习惯,所以总会忘记。

季星朗语音回道:"没事啊,你平安就好。"

明晴没有再回复他,放下手机去了浴室。

等她洗完澡出来,就看到季星朗十多分钟前给她发的消息。

季星朗:"姐姐,我吃了药好困,先睡了,你也早点儿睡,晚安。"

明晴回了他一句"晚安"。

隔天一早,明晴出门时拿上了季星朗的感冒药。

她把他的药放在车上的储物格里,然后开车去婚纱店。

到了店里后,明晴先给季星朗发了位置,告诉他如果找她拿药的话就来这里,然后她给宋楹打了视频电话,让宋楹在线上挑选婚纱。

明晴拿起一件抹胸婚纱对宋楹说:"我觉得这件不错,很好看噢,感觉也很衬你。"

宋楹笑着回:"留着这件吧,刚才那件后背镂空的也很漂亮。"

明晴嘴角轻扬道:"那件也给你留了。"

后来明晴看中了一款深V的婚纱,她怂恿宋楹也留下这件,宋楹说什么都不留:"这件不适合我,我倒是觉得挺适合你的,你要不要试穿一下?"

明晴其实也挺喜欢这件婚纱的,而且是她一眼就看中的样式。她没纠结,反正就只是试穿一下。于是,明晴就让店员带她去试穿这件婚纱了。

等她穿好婚纱,店员拉开帘子让她走出来的那一瞬间,明晴和站在帘子外面的季星朗登时四目相对。

嘴里还含着棒棒糖的季星朗彻底怔住。

眼前的女人肌肤如雪,天鹅颈细长又漂亮,锁骨格外性感,一字肩平滑而优美,深V的婚纱让她细嫩光滑的肌肤欲露不露,视觉冲击非常强烈。

明晴没想到季星朗会突然出现在帘子外。

她一点儿准备都没有,就被他看到了穿婚纱的样子。

明晴故作镇定地走过来,刚站到镜子前,就听到季星朗在身后低声说:"姐姐,你穿上婚纱好美。"

明晴从镜子里看着站在左后方的季星朗。他穿得很休闲,一身黑色装扮,外搭一件黑色的冲锋衣,嘴里还含着棒棒糖,一侧的脸颊鼓鼓的。

而他也正通过镜子看着她。

两个人的视线在镜子里交会,明晴佯装淡定地,表面从容地回答他:"我不穿婚纱就不美了?"

季星朗连忙摇头:"你知道我不是这个意思。"

明晴故意问道:"那你是什么意思啊?"

季星朗看出明晴在逗他了,他皱眉喊道:"姐姐!"

语气像在撒娇,又好似在生气。

169

明晴见他满脸憋屈,又不能对她怎么样,没忍住笑出了声。

季星朗把棒棒糖嚼碎咽下去,然后很认真地回答她的问题:"我的意思是,你本来就很美,穿上婚纱就更美了。在我眼里,婚纱只是陪衬,你才是美本身。"

明晴听得鸡皮疙瘩都起来了,连忙喊停:"好了好了,别再说了,再说我鸡皮疙瘩都要掉一地。"

季星朗无比认真地说:"姐姐,我说的每句话都很认真,不是故意哄你开心。"

明晴正打量着镜中自己,敷衍地点了点头。

她也觉得这件婚纱很不错,很适合她,但可惜了,她用不上。

明晴提着裙摆回到更衣间,让店员帮她拉好帘子,把婚纱换了下来。

和宋楹的视频通话一直开着,虽然手机被明晴放在了旁边,但另一端的宋楹把明晴和季星朗的对话听得清清楚楚。

明晴换回衣服拉开帘子,走过来从包里拿出车钥匙扔给季星朗。

"你的药在我车上的储物格里,自己去拿吧!"明晴说完,又告诉季星朗,"车就在门口的停车位上,红色的,你认识。"

季星朗点点头,拿着她的车钥匙走出了婚纱店。

明晴转身拿起手机,对宋楹说:"我们继续给你挑婚纱吧。"

宋楹浅笑着问:"我刚听到有男孩的声音,还叫你姐姐……"

她的话还没说完,明晴就有点儿欲盖弥彰地解释:"是我闺密的弟弟,也算是我的一个弟弟吧。"

宋楹不信:"就只是弟弟吗?"

明晴无奈地道:"那不然呢?"

宋楹问:"他是不是很喜欢你?"

明晴没有立刻回答,她在挂着婚纱的衣架前缓慢地走着,眼睛在一件件婚纱上流连,心却不知道飞去了何处。

明晴想起季星朗说喜欢她,说爱她,最终,她"嗯"了一声。

宋楹又问:"那你呢?"

明晴很理智地对宋楹说:"我觉得我们不会有结果。"

"因为觉得不会有结果,所以你才连开始的机会都不给他?"宋楹替明晴说出了她心中所想。

"就是……怎么说呢？"明晴叹了一口气，告诉宋楹，"他刚上大学，而且已经是街舞世界冠军了，他以后的人生不可估量。"

"我跟他……反正就不太合适吧。"明晴也不知道要怎么跟别人说她心里的顾虑。

宋楹沉默了片刻才说："我不多劝你，只给你一个建议——遵从你的内心。晴晴，不是每个人都有未来，所以你应该考虑的是如何把握好现在，而不是被未知的未来所束缚。"

明晴应道："嗯，我再好好考虑考虑。"

她和宋楹选好要送到宋楹家的婚纱时，季星朗还没回来。

明晴挂了和宋楹的视频通话，转头要去找季星朗的时候，婚纱店的店员把明晴的车钥匙交给了她，并说："刚才那位男士要我把车钥匙转交给您。"

明晴问店员："他人呢？"

店员说："已经走了好一会儿了。"

明晴心里隐约猜到了答案。应该是季星朗拿了感冒药折回来给她送车钥匙时，听到了她和宋楹的对话，所以才悄无声息地离开了。

他是决定退缩了吗？要放弃喜欢她了吗？

如果是这样，那也挺好的。

可是，明晴清楚地感受到，她心里的失落像水中溅起的涟漪一样，正在不断地扩大。

明晴从婚纱店出来，一上车就看到了放在她车内副驾驶座上的一束粉玫瑰，还有一根棒棒糖。

粉玫瑰上有一张卡片。

明晴拿起卡片打开，上面写着——

花很香，糖很甜，花和糖都能让人心情变好，我希望姐姐每天都能开开心心。

落笔是季星朗。

明晴抱起这束娇艳的粉玫瑰，微微低头，轻嗅了一下，有淡淡的玫瑰香，嘴角无意识地扬了扬。她拿起他给她的棒棒糖，自言自语地笑道："好幼稚。"

明晴拆开棒棒糖的包装袋，把糖含进了嘴里。

果然挺甜的。

季星朗确实是因为听到明晴和宋楹的聊天内容才不声不响走掉的。

他没有听到最后,只听见明晴跟对方很肯定地说:"我觉得我们不会有结果。"

又听到明晴担心他年纪小,现在已经功成名就,前途更是不可估量。

季星朗其实一点儿都不在乎这些。他一直认为——在她面前,他不是什么世界冠军,没有任何光环,只是季星朗,是一个很喜欢她的男生。

可在她那里,不是这样的。

季星朗有点儿懂明晴了。她很没有安全感,而他没能给她足够的安全感。他的年龄,他的荣誉,都成为她拒绝他的理由。

季星朗回到家里,摆弄了好久的魔方,最终把拧好的魔方放到书桌上。

年龄他无法改变,但街舞和她,他都要。

他绝对不可能放弃对她的喜欢。

假期最后一天,明晴醒来一出卧室,就发现姐姐明晗来了她住的地方,正在给空空如也的冰箱补货。

明晗见明晴起来了,笑着问她:"想吃什么早饭?姐姐给你做。"

明晴摇了摇头,走到吧台那边倒了杯水,咕嘟咕嘟灌下去大半杯,感觉嗓子终于舒服了点儿,她才开口问明晗:"姐,你过来是想劝我回去跟明克利道歉吗?"

明晗笑着摇头:"不是,只是想过来看看你。"

明晴坐到沙发上,人懒洋洋的,话语也很慵懒:"以后我就不回去了,过年、过节你们也不用叫我。我和他之间,不见最好。"

明晗轻叹了一口气,对明晴说:"他其实不是一点儿都不关心你……"

"我知道,"明晴接过话,"只不过跟你和明旸比起来,少了点儿关心而已。"

"可是凭什么啊?就凭我不是老大,也不是老小,不上不下,就不受重视?还是因为我和妈妈长得太像,他讨厌妈妈,连带着也讨厌我？"

"我不无辜吗？"明晴说，"我觉得我冤死了。我小时候，甚至因为他疼你和明旸却不疼我，讨厌过你和明旸，凭什么你们就能被宠爱，我就被区别对待呢？明明都是他的孩子。"

明晗心疼地摸了摸明晴的脑袋："我知道……我知道你讨厌过我。我也希望爸爸能对你好一点儿，可我不是他，所以我只能自己对你好。"明晗拉着明晴的手，轻声对她说，"晴晴，我知道你很委屈，这么多年你一直被不公平地对待着，我心疼你。我来就是想跟你说，不管你跟爸爸最后怎么样，我们依然是最亲的姐妹，你不要把我也赶出你的世界。

"还有旸旸，虽然他这么多年总是跟你吵嘴，但你心里应该清楚，他是最护着你的，你每次有事，他知道后都会第一时间冲出来挡在你面前。"

明晴眼睛泛热地点了点头，答应明晗："嗯。"

元旦假期结束后，就进入了学期末的考试周，接下来五天，季星朗每天都在考试。

等他考完放假，明晴已经跟晏承舟和宋楹乘坐专机去了南方。

这段时间，明晴没有接其他的工作，打算好好给晏承舟和宋楹拍婚纱照。

有时候，宋楹需要充足的睡眠和休息，明晴就开着晏承舟的车在这个南方的城市里随便逛逛，同时拍拍照。

这天下午，她正抱着相机在公园拍照，本来晴朗的天气忽然转了阴。

天气预报没说今天会下雨，明晴就没太当回事，可狂风暴雨突然就来了。

公园很大，她所在的位置距离停车的地方很远，明晴只能跑到附近一座亭子里避雨。

她拿出手机，看到刚刚收到的最新雷电预警通知，无奈地叹了口气。早知道会下雨，她就带一把雨伞过来了，现在只能在这亭子里等雨停。

明晴随手拍了张下雨的照片，使用了定位功能，发了一条朋友圈，说："好大的雨。"

季星朗很快就给她打来了电话，明晴有些意外地接通，没来得及问他怎么突然给她打电话,季星朗的话就先传了过来:"姐姐,我看到你的朋友圈了,你是没有带雨伞吗?"

明晴"啊"了一声,很无奈地笑道:"对啊,一开始预报没有雨,我就没带。"

季星朗说:"我来南城了。我有雨伞,过去接你吧。"

明晴下意识地拒绝:"不用,我在亭子里呢,等一会儿雨停了就走了。"

"你别来接我啊。"她强调。

季星朗那边似乎信号不太好,说话断断续续的,明晴也没听清他说了句什么,然后通话就中断了。明晴本来还想问他怎么来南城了,但因为通话结束了,就没再特意打回去问。

明晴在亭子里等了好久,雨势却不见小,而且由于有风,雨水总会被风带到亭子里,溅在明晴身上,衣服都几乎成了半湿状态。

她出门时上衣只穿了件衬衫,这下冷得要命。明晴双手抱肩,手不断地在胳膊上来回搓着。就在她打算淋雨跑去车上时,忽然听到有人扬声喊了一句:"姐姐!"

明晴抬眼望过去,雨雾朦胧中,季星朗正撑着雨伞朝她小跑而来。

他的脚踩进雨水里,溅起水花,泥点落在他的裤腿和鞋面上,但他毫不在意。

季星朗跑进亭子里,把雨伞暂时收起来,抖了抖上面的雨水。

他眉眼轻弯地笑着,露出左脸上的小酒窝:"姐姐,我来接你。"

明晴愣愣地望着他,有些缓不过神。

他穿着白色的连帽卫衣,外搭黑色休闲外套,裤子是黑色的束脚工装裤,一身帅气的运动风装扮。

季星朗笑得很乖,歪头问她:"走吗?"

明晴堪堪回神,点了点头。

他把雨伞随手放到旁边,然后脱下外套,披到了明晴肩上。

"姐姐,你先穿上,别冻感冒了。"季星朗撑开雨伞的时候对明晴说。

明晴浑身寒冷,手脚冰凉,没跟他客气,抬起胳膊把手伸进外套的袖子里。

等她将拉链拉到顶端,季星朗这才和她一起踏出亭子,踩着雨水往前走去。

大雨滂沱,雨点噼里啪啦地砸在雨伞上,不断往下落。

季星朗怕明晴被雨淋着,单手撑着伞,另一只手绕到她身后,揽住她的肩膀,把她往伞中间带了带。

明晴心跳微滞,她转头看了看搭在她肩头的手,没有耸肩挣脱开,默许了他搂着她。

"你怎么会来南城?"她好奇地问季星朗。

季星朗笑着说:"放寒假了,想出门玩几天放松放松。"

明晴不解地问道:"你不准备参加街舞大赛了吗?"

他眨了眨眼睛,眉宇染笑:"我正在准备啊,但要劳逸结合,等我这次回去就会全心全力准备街舞比赛了。"

"姐姐,"季星朗在大雨声中问明晴,"你到时候会来看我比赛吗?"

明晴转头看向他,然后嘴角微扬起来,反问他:"你希望我去吗?"

季星朗不假思索地说:"当然啊!我最希望去看我比赛的人就是你。"

"为什么?"明晴问。

他说:"因为我喜欢你,也热爱街舞,所以希望我喜欢的你可以到现场来亲眼看我跳街舞。"

想起明晴说他年纪轻轻就功成名就,荣誉满身,季星朗忽然停了下来。

明晴不明所以地停住脚步,偏头看向他。

季星朗也扭过脸,垂眸凝视着明晴。

"姐姐,"他放下搂着她肩膀的那只手,转身正对她,低声认真地说道,"我承认年纪小这一点我没办法改变,但我想让你知道,在你面前,我不是什么世界冠军,也没有什么荣誉,只是季星朗——喜欢跳街舞的季星朗,喜欢着你的季星朗。"

明晴哑然,一时间说不出话来。

"所以……如果你能去现场看我比赛,我会非常开心的。"他笑起来,露出可爱的小虎牙。

明晴被他逗乐,抬手在他举着雨伞的胳膊上拍了一下,语气嗔怪地道:"想得美,快点儿走。"

他便乖乖地撑着伞,和她一起往前走去,不过嘴里还在一直央求道:"去不去?姐姐,你去看我比赛吧!"

明晴像是被他吵得烦了,最终无奈地笑着答应:"好好好,去去去,你记得给我门票。"

季星朗瞬间雀跃道:"门票包在我身上!"

两个人在雨中走了好一段路,才走出公园。

季星朗对明晴说:"姐姐你等下,我叫个车。"

"哎……"明晴急忙抬手挡住他的手机屏幕,笑道,"不用打车,姐姐开车过来的。"

她用手指指向马路对面:"车就停在那边,我们过去吧。"

季星朗边和她过马路,边蹙眉问:"你哪里来的车啊?租的?"

明晴嘴角噙笑说:"晏承舟的。"

晏承舟和贺家的事,季星朗也略有耳闻,但并不知道晏承舟有喜欢的人,那个人还是国际影星宋楹,更不知道明晴这次来南城,是来给晏承舟和宋楹拍婚纱照的。

听明晴说车是晏承舟的,季星朗瞬间就不高兴了,很郁闷地道:"你们现在还有联系啊?他还借车给你。"

明晴听出他语气不对劲,好笑地转头看了他一眼,又起了逗他的心思,说:"对啊,我和他现在关系还挺好的,这次来南城也是因为他。"

季星朗顿时更憋屈了。

他这副郁闷的模样,活像一只耷拉着脑袋的大狗狗,明晴忍不住乐出声,解释道:"我跟他是朋友。"

季星朗的眼睛霎时亮起来,他一眨不眨地盯着她,语气里满是期待:"只是朋友?"

"只是朋友。"

季星朗得到明晴肯定的回答,一瞬间恢复了活力。

如果他有尾巴,那这会儿他的尾巴已经疯狂摆动着,摇得无比欢快。

两个人来到明晴停车的地方,季星朗先护着明晴上了车,然后快步绕到副驾驶座这边,拉开车门收了雨伞坐进去。

明晴启动车子的时候问他:"你去哪家酒店?我把你送过去。"

季星朗笑着回答:"当然是你住的那家酒店啊。我都知道你在这儿了,还会去别的酒店吗?"

明晴轻叹了一口气,发动车子驶向酒店。

到了酒店门口，明晴把车钥匙交给服务人员，和季星朗进了酒店大厅。

季星朗在前台拿了房卡，还有存放的行李，推着行李箱和明晴一起乘坐电梯上楼。

明晴问他："你来了后都没去房间，就直接来找我了？"

"啊，"季星朗回答她，"我让服务员帮我把行李放到前台，然后直接打车过去找你了。"

"你明明没有雨伞，为什么不让我去接你？"季星朗不理解。

明晴淡笑着说："怕麻烦，我可以等雨停再回来。"

"那你要在那儿冻多久？"他皱眉问。

明晴随口说："实在等不了了，我就冒雨跑到停车的地方。"

"你为什么不让我去接你呢？"季星朗说，"你完全可以告诉我你的处境，让我过去接你。"

"没必要吧，就那么一段路，再让你跑一趟。"明晴笑了笑，叹道，"太麻烦啦！"

"我有说觉得麻烦吗？"季星朗顿了一下，一针见血地说道，"姐姐，你不能用你的主观想法来判断那就是我的想法。"

"我从来不觉得为你做事是一种麻烦。你愿意让我为你做事，我求之不得，只会觉得欣喜和高兴，因为那证明你需要我。"

电梯到达季星朗入住的房间楼层后，他推着行李箱走出电梯，然后转过身对明晴说："姐姐，我希望你需要我。"

明晴没有说话，他们就这样对视着，电梯门关上，继续上升。

明晴回到房间换衣服的时候，才意识到他的外套还在她这里。

她脱下他的外套，用衣架挂起来，然后进浴室洗了个澡，换上了舒适的睡衣。

明晴拿起手机后，才看到晏承舟半个小时前发的微信消息。

晏承舟说："楹楹说今晚一起吃饭，我们过去找你，那家酒店的菜还挺不错的。"

明晴回答："好，那我提前订个包厢。"

晏承舟回复她："嗯，那就晚上七点半，在酒店二楼的餐厅见。"

明晴回了个"OK"的表情图。

接下来没什么事，明晴睡了半个小时，然后起来整理拍摄的照片。

晚上七点十几分，她收到晏承舟告知她两人已经到达餐厅的微信消息后，才换衣服下去。

明晴到达二楼餐厅时，正好看到晏承舟正在与季星朗交谈。

她没想到晏承舟和季星朗会在这里相遇。刚走过去，晏承舟笑着对明晴说："你没说他来了啊？"

明晴不知道为什么，居然有点儿心虚，故作镇定地说："这有什么好说的？"

晏承舟挑了挑眉毛，主动提议："既然碰到了，我们一起吃吧！"

"怎么样？"他转头问季星朗。

季星朗没有立刻答应，而是看向了明晴。

"我听姐姐的。"他说。也就是说，如果明晴同意，他就会留下来，如果不同意，他就会离开。

明晴看向晏承舟，晏承舟仿佛猜到了明晴的担忧，说："他已经看到楹楹了，让他知道也没关系，反正大家最终都会知道的。"

明晴点头："好，我们一起吃吧！"

她又问："宋楹呢？"

"在包厢里。"晏承舟说，"我让她先进去坐。"

"那我们也过去吧。"明晴说着，率先往包厢走去。

季星朗从来不知道晏承舟有恋人，而且那个女人还是国际知名女明星宋楹，不过他也就起初惊讶了一会儿。

明晴和宋楹在饭桌上聊起明天的外景拍摄，季星朗听到明晴说没有带助理过来的时候，突然开口说："姐姐，我可以给你当助理啊！"

明晴正要拒绝他，晏承舟就帮腔道："我觉得挺合适，有个人在旁边帮着拎东西或者拿反光板会省时省力不少。"

考虑到宋楹的身体状况，明晴答应下来："好，那这几天你跟我一起外出，给他们拍婚纱照。"

"婚纱照？"季星朗转头看看晏承舟，又瞅瞅宋楹，很震惊地问，"你们……都要结婚了啊？"

晏承舟眉梢轻抬，伸手握住宋楹的手，对明晴和季星朗说："其实今天过来吃饭，就是想说，我和楹楹今天在民政局领了结婚证，现在我们是夫妻。"

明晴并不惊讶,她端起酒杯,眉眼弯弯地笑道:"恭喜你们,兜兜转转这么多年,终于修成正果啦!"

季星朗也举起酒杯,很真诚地对他们说:"恭喜,祝你们百年好合,白头偕老。"

他这么说是因为他并不知道宋楹得了癌症。

季星朗的祝福并没有影响大家的情绪,宋楹以水代酒,和晏承舟一起,跟明晴、季星朗碰了碰杯,喝下了他们婚后的第一杯喜酒。

晚饭结束时,明晴喝得微醺,季星朗反倒挺清醒的。

晏承舟把明晴交给季星朗,让他务必把明晴送回她的房间。

季星朗扶着明晴上了电梯,明晴有些站不稳,他就一直搂着她,让她靠在自己怀里。

到了她的房间门外,明晴掏出房卡刷了一下。在推门要进去的时候,她又回过头来,仰脸望着季星朗,没头没脑地问了一句:"季星朗,如果我快死了,你会怎么办?"

季星朗明明知道她说的是醉话,却还是无比认真地回答:"我会天天陪着你,寸步不离。"

她轻笑一声,话语散漫地喷道:"傻瓜。"

"你为什么要来这儿呢?"她倚靠着门,整个人都懒洋洋的。

季星朗在她面前弯下腰,视线比她略矮一截,然后仰起脸来看向她:"姐姐,"季星朗一字一顿地回答,"我在追你啊,你没感觉到吗?"

"当然是因为你在这儿,所以我来了这儿。"

明晴垂眸和他对望着,像是思维迟缓,跟不上他的话,没有给他回应,而是突然跳了话题,对他说:"你的外套……还在我房间里。"

"你要跟我进来拿吗?"她歪头笑着对他说。

季星朗表情微怔,随即就直起身来,无奈地笑着说:"不要。你现在不清醒,等你清醒了会后悔的。"

"姐姐,"他扶着她的肩膀,帮她推开门,又把她往门内推,叮嘱她,"不要随便邀请男人进你的房间。尤其是,他还喜欢你。"

"那我拿给你……"

明晴的话音未落地,季星朗就笑道:"先放在你这儿吧,我也不着急穿。"

"好好睡,晚安。"季星朗说完,替明晴把门关好,然后他转身离开,

179

上了电梯。

明晴贴在柜子上的手垂落下来。

她忽然觉得自己有点儿卑鄙,因为她刚刚故意试探季星朗,她在试探他的心。

如果是其他男人,肯定会抓住机会,同意她的提议,和她发生点儿什么。

男人喜欢她,要么图钱,要么图色,总不能图她这个人吧?她脾气这么坏,生气起来就像只刺猬,谁靠近她,她就扎谁。怎么会有人会喜欢她这个人呢?

明晴突然想起前段时间她和季星朗聊天,她问季星朗喜欢她什么,他的回答是:"喜欢你是你。"

明晴隐约明白了他的意思,但又好像没完全理解。

"喜欢——你是你,"明晴转过身靠在衣柜上,闭上眼睛缓解头晕,咕哝道,"还是喜欢你——是你?"

过了一会儿,明晴觉得自己有点儿迷糊,居然在这里琢磨季星朗话里的深意。

她拖着步子走到床边坐下来,休息片刻后,正想拿衣服去洗澡,房间的门铃突然响了。

外面传来一道女声:"您好,我是酒店的服务人员。"

明晴在开门之前问道:"有事吗?"

对方说:"1618房间的季先生帮您点了一杯蜂蜜水。"

季先生?季星朗啊。

明晴这才打开门,接过服务员手中的蜂蜜水——还是温热的。

服务员又递给明晴一张卡片:"这是季先生托我交给您的。"

明晴拿过来,对服务员说了声谢谢,关上门。

她转过身,边慢吞吞地往前走,边看卡片上的字。

姐姐,蜂蜜水是我给你点的,可以放心喝,喝完好好睡觉,我们明天见。

晚安,愿你做个好梦。

季星朗

在卡片最后，他还手绘了一朵玫瑰和一根棒棒糖，画技一般，像儿童简笔画，看上去有些搞笑，却莫名透着一股纯真可爱。

明晴忍不住笑出声。

她把卡片放到床头柜，听话地将他托人送来的蜂蜜水喝完，然后洗澡、睡觉。

第二天一早，明晴醒来后摸过手机，看到季星朗半个小时前发的早安消息，他正在餐厅等她。

明晴立刻起床洗漱，然后换好衣服化上淡妆出门，去了二楼的餐厅。

此时，季星朗已经在餐厅里坐了一个小时了，他时不时瞅一眼手机，又抬眼望向餐厅门口的方向。

直到明晴出现，季星朗瞬间露出灿烂的笑容，站起来举高手朝她挥了挥，语调轻扬地喊道："姐姐，这儿！"

明晴走过来后，季星朗这才招呼服务员。

服务员把菜单递给他们，明晴点了份鸡汤馄饨，季星朗要了热粥和包子，另外又加了两杯果汁。

等服务员离开后，季星朗问明晴："姐姐，你昨晚睡得好吗？现在头疼不疼？"

明晴嘴角含笑道："睡得很沉，一夜无梦。头倒是没疼，现在感觉挺神清气爽的。"

季星朗放下心来："那就好。"

明晴想起昨晚他让人给她送了一杯蜂蜜水，向他道谢："谢谢你昨晚的蜂蜜水，解酒很管用。"

季星朗嘿嘿笑道："以后你自己也可以弄，每次喝完酒喝点儿蜂蜜水，会舒服些。"

明晴随口说道："太麻烦了，懒得弄。"

"那我给你弄。"他接话接得飞快。

明晴抬眸看了他一眼，季星朗也正望着她。

正巧这时服务员端着早餐过来，打断了他们的对视。

明晴拿起椰汁，抿了一小口。

季星朗嘴角轻轻翘了翘，当作她默认许可了。

"对了，姐姐，"季星朗问明晴，"今天我们什么时候出发去拍摄？"

"吃过饭就出发吧！"明晴低头吃着小馄饨，"我们先过去等他们。"

"好。"季星朗应声。

吃完早饭出了餐厅,明晴和季星朗乘坐电梯上楼,各自回房间拿东西。

其实季星朗没什么要拿的,他回房间戴了顶棒球帽,就去楼上找明晴了。

明晴要带的东西有很多——相机、多个镜头、不同的滤镜,都被她装进了装备袋。

季星朗按门铃时,明晴正好把东西都准备好。

她打开门让季星朗进来,指了指装备袋,对他说:"帮我拿这个吧,很重,要小心点儿,里面都是相机镜头和替换滤镜。"

季星朗走过来,把这个装得鼓鼓的包背起来,又从明晴手中拎过另一个袋子:"我帮你拿。"

明晴没有拒绝,拿上相机和他一起出了门。

出门前,明晴就给酒店打电话,让服务员把车开到门口。等她和季星朗来到酒店大厅时,车子已经停在门前了。

明晴和季星朗把东西放进后备厢,两个人分别坐进驾驶座和副驾驶座,系好安全带,然后明晴就开车前往拍摄场地。

今天的拍摄地是晏承舟和宋楹当年住的那条巷子。

青瓦、白墙、石板路,风景很美。

在晏承舟和宋楹到之前,明晴先在附近逛了逛,选了几个拍摄角度比较好的地点。

季星朗站在巷子口,望着她。

她拿着相机沿着石板路在巷子里走的时候,季星朗给她拍了一张照片。

照片里的她微仰着头,正举着相机拍巷子里的风景。

走到尽头,明晴往回走,一抬头就看到季星朗立在巷子口,他双手插在裤兜里,正望着她这边。

今天天气很好,阳光明亮。他穿着白色的连帽卫衣和黑色运动裤,头上戴着一顶黑色棒球帽。面前是长长的影子,而他站在阴影的尽头,整个人沐浴在耀眼的阳光中。

明晴忽然停住脚步,举起相机,他出现在她的镜头中。

季星朗意识到明晴在给他拍照，嘴角瞬间扬起来，脸上浮现笑容。

他一笑，脸颊左边的酒窝和两颗小虎牙就会露出来，看上去特别可爱。

明晴拍完照片后继续朝他走去，她刚停在他面前，季星朗就迫不及待地说："姐姐，快给我看看你刚才给我拍的照片。"

明晴把照片调出来给他看，他笑着说："你拍得真好看。"

明晴逗他："那也是因为你长得好看，我才能拍得这么好看。"

季星朗被她一句话逗得很开心，嘿嘿笑着问："姐姐，你觉得我长得好看吗？"

明晴"啊"了一声，反问："难道会有人说你长得不好看？眼瞎了吗？"

季星朗乐不可支，又问："那我这种长相，符合你选男朋友的标准吗？"

明晴轻蹙着眉抬头看着他，哭笑不得地问："你脑子里在想什么？"

季星朗不假思索地道："天天想八百遍要怎么才能成为你的男朋友。"

明晴默默地偏开头，刚巧发现晏承舟和宋楹到了，两个人就站在不远处，笑看着她和季星朗。

明晴突然有些脸红耳热，浑身发烫，感到很不自在。她连忙对晏承舟和宋楹说："你们到了怎么不过来啊？"

宋楹穿着洁白的婚纱，被化妆师和造型师打扮得漂漂亮亮，比走红毯时还耀眼。

晏承舟牵着她的手，和她慢慢走过来。

明晴开始给晏承舟和宋楹拍婚纱照，需要用反光板的时候就让季星朗帮忙。

不得不说，有季星朗跑前跑后帮忙，拍摄进度快了不少。

但是宋楹没有支撑到拍摄结束就突然胃痛发作，倒在了晏承舟怀里。

晏承舟皱紧眉，抿着唇把她抱进宽敞的房车，从容不迫地从宋楹的包里拿出药，喂进她的嘴里，又迅速拧开矿泉水的瓶盖，让她就着水吞服下去。

"楹楹，"晏承舟紧紧握着宋楹的手，半跪在旁边守着她，视线始终不敢从宋楹脸上挪开,"楹楹,疼就抓紧我。"

宋楹用力握着晏承舟的手,好一会儿才慢慢松了力道。

季星朗在宋楹倒下去的那一瞬间被吓着了,不过他很快就冷静下来,率先跑到房车那边帮晏承舟拉开车门,又急忙找了矿泉水递给晏承舟。

等宋楹缓解过来,明晴贴心地帮晏承舟和宋楹关上房车的车门。

季星朗把她拉到巷子里,低声问她:"姐姐,宋楹姐她……"

明晴垂头摆弄着相机,佯装淡定从容地回答他:"是胃癌晚期。"

季星朗瞬间蹙紧眉头。他突然就懂了,昨晚明晴喝醉后为什么会没头没尾地问了他一句——如果她要死了,他会怎么办。

明晴眼睛酸涩发热。她从来没有在宋楹面前哭过,她一直以微笑面对宋楹。

但此时此刻,明晴脑海中不断回放着宋楹刚才倒下去的画面,心里慌乱得要命。

她从来没有感觉到死亡离得这么近。

明晴努力忍住即将失控的情绪,手指不断按动相机上的按钮,晏承舟和宋楹的婚纱照在她面前一张一张闪过,照片里的宋楹笑得那么开心幸福。然而,明晴越是看到她幸福的笑脸,心里就越难受。

眼泪还是掉了下来,一滴一滴地落在相机屏幕上,模糊了婚纱照。

一只手伸过来,轻轻拭去了她脸颊上的泪珠。

季星朗小心翼翼地将明晴拥入怀中,低声呼唤她:"姐姐。"他没有再说别的,只是抱着她,似乎只是想给她一个可以发泄情绪的角落。

明晴暂时卸下了坚硬的盔甲,她躲在他的怀里,泣不成声。

她只失控了一小会儿,很快就从季星朗怀里退出来,抬手擦掉了眼泪,但是她的眼睛已经通红了。正巧有人从巷子里经过,明晴不想被人好奇地打量,便转过身面对墙壁,躲开行人的注视。

下一秒,她的脑袋上多了一顶棒球帽。季星朗帮她往下拉了拉帽檐,遮住她大半张脸。

明晴鼻子一酸,眼睛热热地又要落泪。

她抬手往下压了压帽檐,任由眼泪顺着眼角滑落。

等宋楹挨过疼痛,明晴也早就调整好了情绪。

明晴对晏承舟说:"要不今天就到这儿?你先带宋楹回去休息……"

晏承舟还没说话,宋楹就率先开口笑道:"不用的,这会儿已经不难受啦,我们继续吧。"

"今天的妆都化了好久呢!"宋楹轻笑着说,"我舍不得就这么把婚纱脱了,把妆卸掉,想再多美一会儿。"

晏承舟垂眸望着挽着他胳膊的女人,目光专注而温柔。

季星朗对宋楹说:"宋楹姐,在晏总眼里,你不穿婚纱,不化妆,也很美。"

宋楹眉眼弯弯地问:"你怎么知道?"

季星朗不假思索地道:"因为在我眼里,不管晴晴姐穿什么衣服,化不化妆,我都觉得她最好看啊。晏总对你肯定也是一样的。"

宋楹轻笑出声,对明晴说:"晴晴,你这个弟弟,挺不错的。"

明晴红着脸轻咳一声,生硬地转移话题:"既然这样,那我们就继续拍吧!"

于是,拍摄按照宋楹的意愿继续进行。

中午,四个人一起吃了顿午饭,宋楹在房车里休息了一个小时,下午换了另一套婚纱进行拍摄。

明晴戴着季星朗的棒球帽,直到拍摄结束回到酒店房间,才猛然意识到她没把帽子还给他。

明晴思量再三,让服务员帮她把棒球帽和外套送到季星朗的房间。

接下来的几天,季星朗每天跟着明晴去拍摄地点,像个小助理一样来回奔波,帮她提东西,给她拿设备。

有时候宋楹身体不舒服,取消拍摄后,他就陪着明晴在南城逛,两个人吃吃喝喝,相处得意外地融洽。

在给晏承舟和宋楹拍完婚纱照后,准备回沈城的前一晚,晏承舟和宋楹请明晴、季星朗吃了顿饭。

季星朗问他们还办不办婚礼,晏承舟回答:"办,目前还在筹备,不出意外应该在下个月六号。"

"为什么在那天?"季星朗好奇地问道,"有什么特殊寓意吗?"

"是我生日。"宋楹笑着回答。

季星朗皱眉不解地说:"嗯?之前微博开屏祝你生日快乐,我怎么记得好像是在二月下旬？"

宋楹莞尔解释道："那是阳历。阳历是二月二十七日，农历是正月十三。对外庆祝的是我的阳历生日，只有承舟始终给我过农历生日。"

"原来是这样。"季星朗终于明白了。

晏承舟对他说："到时候你也来参加我们的婚礼吧！让明晴带你一起过来。"

季星朗笑得很阳光，欣然应道："好啊。"

明晴瞪了晏承舟一眼，晏承舟就笑了笑。

后来宋楹要去卫生间，明晴也起身说要去。两个人从包厢里出来，明晴挽着宋楹的胳膊，一起沿着走廊往前走，宋楹浅笑着对明晴说："晴晴，我真觉得季星朗这小孩儿挺不错的。"

明晴回答她："他是挺好的啊。"

宋楹偏头看着明晴，目光探究又好奇，问她："其实你对他不是没感觉是吧？你就是顾虑太多，所以不敢跟他在一起。"

明晴沉默了片刻才承认："嗯。"

宋楹轻叹道："有什么好顾虑的啊？说破天了，你也才二十三岁，正是女人最好的年纪，你有什么好怕的？"

"你还很年轻，就算走错了，后悔了，也有机会和时间从头再来，况且你也不能说，你往前迈这一步，就一定是错的。"

明晴深深地叹了一口气，对宋楹说："道理我都懂，但就是过不去心里这个坎。"

正好到了卫生间，明晴松开宋楹的胳膊，嘴角噙笑道："你去吧，我补个妆。"

宋楹知道明晴是想陪她过来。她笑了笑，点点头，走了进去。

明晴站在洗手台前，从包包里拿出一支口红，往嘴巴上抹了抹，然后轻轻地抿了抿唇。

她望着镜子里的自己，目光茫然，心绪纷乱。

宋楹说的不是没有道理。

明晴甚至想过就这样不管不顾地跟他在一起，跟他试试，大不了就是分手，恢复单身。可是，她就是迈不出这一步。

明晴无法不考虑他们之间的差距。

她甚至不敢想,如果阿眠知道她跟季星朗在一起了,会是怎样的反应。还有他的家人,真的会同意他跟一个和他姐姐一般大的女人交往吗?

如果他家人真的反对他们,到时候他会很为难吧?

在他的家人和她之间,明晴不认为季星朗会选择她。

她也不希望他因为她,让他跟家人产生矛盾。

宋楹走过来洗手时,明晴正慢慢地收起口红。

宋楹像是知道明晴心里在担忧什么,开口道:"晴晴,谈恋爱只是谈恋爱,谈恋爱是两个人的事,不用想太多有的没的,只要你喜欢他,他也喜欢你,你们在一起很开心,很快乐,就足够了。"

"想那么远也没用。人总是要活在当下的。"

明晴轻笑着"嗯"了一声,她依然没有下定决心。

受原生家庭影响,明晴总会在一段感情还没开始时,就思考如果到了对方做出抉择的时候,她是否会成为被对方丢弃的那一个。

当初年少轻狂追求何文劭,她第一次放下顾虑,没有考虑这些因素,因为她喜欢何文劭。然而她的义无反顾,最终换来的还是何文劭的抛弃。

从那之后,明晴就没有勇气再为爱义无反顾了,也没有哪个男人值得她这样做。

吃过晚饭,明晴和季星朗一起坐车回酒店。

在路上的时候,季星朗问明晴:"姐姐,你明天坐哪趟航班回去啊?"

明晴有些惊讶地道:"你还没买票吗?"

季星朗说:"我想跟你买一趟航班。"

明晴打开手机看了一眼,回答他:"这趟航班已经没座位了。"她把手机递给了季星朗,"添加一下你的信息,我重新买。"

季星朗轻扬嘴角,接过她的手机,添加了他的个人信息。

明晴退了她买的机票,重新买了另一趟航班的两张机票。

到酒店后,明晴和季星朗在电梯里分开,她回到房间后就开始收拾行李。

明晴看到床头柜上那张画了玫瑰和棒棒糖的卡片时,拿起卡片盯着看了半晌,最终还是把卡片放进了包里。

这晚,明晴在睡前向酒店要了一杯蜂蜜水,其实她今晚没有喝酒,但就是突然很想喝蜂蜜水。明晴喝着温热的蜂蜜水,脑子里想起前几天的早上,季星朗跟她说,以后他给她弄蜂蜜水,不由得笑了。

这小孩怎么不是想给她做饭,就是想给她泡水啊?还挺可爱的。

喝完蜂蜜水,明晴睡了一个好觉。

第二天中午,明晴和季星朗登上回沈城的飞机,没想到,居然在飞机上遇见了何文劭。

而且最尴尬的是,一排三个位置,明晴的座位号刚好在中间,季星朗靠窗,何文劭靠道。

明晴和季星朗来时,何文劭已经坐在位置上了。

季星朗当机立断,直接对明晴说:"姐姐,你去里面坐。"

明晴点了点头,她也不想挨着何文劭。不是没放下他,而是并不想和他再有任何的牵扯。

何文劭起身让他俩进去,然后才重新坐好。

他扭过脸,目光越过季星朗,看向明晴:"明晴,你来南城工作吗?"

明晴不想理何文劭,根本就没有要回答他的意思。

季星朗直接回答何文劭:"你看不出来吗?姐姐是跟我一起来这儿旅游。"

何文劭温和地对态度警惕的季星朗笑了笑,说:"我还以为明晴过来是有工作。"

季星朗没再搭理他。

何文劭又主动问:"你们……是已经在一起了吗?"

这次没等季星朗说话,明晴就道:"和你有关吗?"

何文劭被她噎得没话说。

明晴也不在意何文劭有多尴尬。她径自对季星朗说:"帽子给我戴下,我想睡会儿。"

季星朗把脑袋上戴的棒球帽摘下来给明晴戴好,还顺手轻轻拍了拍她的脑袋,又给她往下压了压帽檐,动作格外温柔。

过了一会儿,明晴睡着了,脑袋不知不觉地往窗边偏去。

就在她的脑袋即将碰到飞机舱壁的那一刻,季星朗伸出手垫在了她的脑侧。

与此同时,浅眠的明晴瞬间睁开了眼睛。

因为帽檐压得很低,季星朗没有发现她醒了过来。

明晴平复着左胸腔内强烈的心跳声,很快又闭上了眼。因为她发现,她根本舍不得打破当下这一切。而且,她意识到,她似乎在被这个小她五岁的男孩偏爱着。

有人在偏爱她。

明晴就这样枕着季星朗的手睡了过去。

等她醒来时,已经过去了一个小时。

明晴睡眼惺忪地将帽檐抬高,反应了几秒后,才意识到她这一个小时都是枕着季星朗的手睡的。

而此时此刻,季星朗的手背已经被压出一片痕迹。

明晴垂眸看向他的手,季星朗像怕被她察觉到一样,将另一只手的掌心覆在这只手的手背上。

他不主动邀功,甚至不想让她知道睡觉时他的手一直垫在她脑侧,像个缺心眼的傻子。

明晴正这么想着,缺心眼的傻子就转头问她:"姐姐,你渴不渴?要喝点儿水吗?"

明晴轻"嗯"了一声。

季星朗帮明晴拧开未开封的矿泉水,把水递给了她。

明晴仰头喝了几口水,干涩的嗓子舒服了不少。

她把矿泉水还给季星朗,季星朗接过来,随后拿起明晴睡着时,空乘人员发的午饭盒。里面有独立包装的面包和一些小零食,他问:"姐姐你饿吗?要不要吃点儿?"

明晴不喜欢吃飞机餐,而且她这会儿也不怎么饿。

她摇了摇头:"不吃了,等下了飞机再吃吧。"

季星朗主动提议道:"那下了飞机我们直接去小巷子好不好?我好久没去吃了,有点儿想念他家的味道。"

明晴笑着问道:"馋了吗?"

季星朗也笑了,大大方方地承认:"对啊,可馋了。"

何文劭在一旁清楚地听到了季星朗和明晴的对话。

以前他和明晴经常去的那家隐藏在城市巷子里的小餐馆,现在明晴仍然会时不时地去那里吃饭,只不过陪在她身边的人不再是他了。

那些在那家餐馆留下的回忆,正在逐渐被她和身边的人共同拥有

189

的回忆所取代。

何文劭偏过头，望向明晴。她刚刚摘下棒球帽，又把帽子戴在季星朗的头上。而坐在他们中间的男孩，正低头看着明晴，眉目中洋溢着笑意，满眼都是她。

当初在前途和她之间，他选择了前途，从那一刻起，他就已经失去了她。

何文劭原以为，等他功成名就归来，以更好的自己面对她，他们还可以重新开始，但怎么可能呢？他在她面前，永远不会有自信，永远心怀愧疚，永远抬不起头。

明晴和季星朗下飞机取完行李后，季星朗帮明晴推着行李箱，和她一起走出机场大厅，打车回到市区，两个人都没回家，而是直接去了那家餐馆。

老板见他俩拎着行李箱来了，笑呵呵地问："姐弟俩这是去旅游了？"

"啊，"季星朗欢快地应着，然后又对老板说，"其实我不是她弟弟。"

"啊？"老板很惊讶地问，"那你们是……"

季星朗眨了眨眼睛，笑道："我在追她。"

"哦哦哦，"老板笑起来，"懂了懂了。"

"季星朗。"明晴语气含着警告。

季星朗立马变乖，嘴里却还在不怕死地嘟囔："我就是不想让老板误会我跟你是姐弟。"

明晴瞥了他一眼，季星朗补充道："至少不是单纯的姐弟关系。"

"那是什么关系？"明晴强忍着要笑的冲动，板着脸故作冷淡地问他。

季星朗不太确定，但非常一本正经地回答："不单纯的……姐弟关系？"

明晴难以置信地抬头看向坐在对面的季星朗："怎么说话呢？"

季星朗嘿嘿笑了起来，给她倒了杯水。

明晴没揪着这个问题不放，接过水来仰脸喝了口。

这个话题就这么过去了。

吃完饭后，季星朗叫了辆出租车，他先把明晴送到家，然后重新坐上出租车回家。

这天之后,季星朗忙着练习街舞,准备迎接 Love hip-hop dance 大赛的分区预赛。

明晴按部就班地去摄影工作室拍摄,偶尔也会带助理金玥出外景。

一直到除夕,他们都没有再见面。

除夕当天,明旸打电话给明晴,问她今晚回不回家。

明晴毫不犹豫地回答:"不回。"

明旸担心地问:"那你怎么过啊?今天是除夕啊二姐,过年嘛,一家人要欢欢喜喜地团圆啊。"

明晴笑了笑,语调懒散地说:"现在哪儿还有什么年味?再说了,我回去就不是一家人欢喜团圆了。你跟姐回去就够了。"

明旸低声问:"二姐,你一直都恨爸爸吗?"

明晴说:"恨过吧,但并不代表我会原谅他。"

"恨和原谅,是两码事。"

明旸在电话那边长久地沉默着,最终沉沉地叹了一口气,也没执意让明晴回明宅过年,只说:"那我晚上过去找你玩会儿。"

明晴嫌弃地道:"可别,我烦死你了。"

明旸哼了一声:"你越烦我,我越要往你跟前凑,就要去。"

明晴笑了下,有些无语地说:"幼稚,随便你。"

第八章

除夕夜,明晴点了好吃的外卖。

一个人喝着酒,吃着丰盛的晚餐,客厅里的电视机开着,播放的不是春节联欢晚会,而是明晴很喜欢的一档综艺节目,正巧夏天就是其中一位女嘉宾。

明晴吃饱了,晚饭还剩了不少。她没收拾桌子,就这样懒懒散散地靠着椅子,端着酒杯一边看综艺一边喝酒。

季星朗的电话打进来时,明晴正喝得微醺。

她看了一眼来电显示,嘴角一翘,接了起来,语调慵懒地"喂"了声。

季星朗被她慵懒的声音给蛊惑到,心跳蓦地漏快了半拍,呼吸也跟着停滞了一瞬。

"姐姐,"他开口时嗓音微哑,赶忙清了清嗓子,随即继续说,"姐姐,你到窗前来。"

明晴不明所以地问:"做什么?"

"给你看烟花。"季星朗笑着说。

明晴觉得他在胡扯,失笑着提醒他:"现在禁止燃放烟花爆竹。"

嘴上这样说着,但明晴还是望了望窗外深沉的夜色,一片黑寂,根本没有什么烟花。

季星朗语调轻扬着:"低头,你低头看楼下。"

明晴低头看向楼下,季星朗正站在她家楼下,手中拿着燃烧的仙女棒,冲她挥舞着双臂。

明晴顿时觉得格外好笑,话语间藏不住笑意:"这就是你说的烟花?"

"啊,"季星朗坦然道,"暂时只能给你这么小的烟花,等有机会我们一起去海城游乐园,看烟花表演。"

明晴没有接他的话,低垂着眼,见季星朗手中的仙女棒闪耀出星星点点的火花,问他:"好玩吗?"

季星朗嘿嘿笑道:"好玩啊,姐姐你下来玩吗?我给你买了好多仙女棒。"

明晴轻笑道:"幼稚。等我一下,我穿个外套。"

"好!"季星朗开心地应道。

不多时,明晴穿着长款羽绒服从单元楼里走了出来,小腿被包裹在长靴里,更显得纤细笔直。

季星朗塞了两根仙女棒到明晴手里,一根是心形的,另一根是星星形状的。

随后,他用打火机点燃。明晴不由自主地晃了晃手中的仙女棒,开心地笑了出来。

季星朗突然感觉到,她所追求的快乐是如此简单,只需要两根仙女棒就能让她如此开心。

他突然从兜里掏出手机,打开相机,拍了一张照片。

两个人在单元门口玩了很多仙女棒,站得累了就蹲下,蹲得腿快麻了就再站起来。

当仙女棒快要放完时,明旸的声音突然从旁边传来:"小朗?二姐?"明旸诧异地问道,"你们怎么会在一起啊?"

季星朗如实回答:"我来找晴晴姐玩仙女棒。"

明旸皱起眉头,不解地说:"为什么非要找我二姐玩仙女棒?"

季星朗还没来得及说话,明晴就帮他解释了:"是我想玩,让他给我送过来的。"

明旸的眉头皱得更深了:"二姐,你放着亲弟弟不用,却让小朗给你送烟花棒,你也真好意思啊?"

"这有什么不好意思的?"明晴故意揶揄道,"我跟他的感情可比你亲多了。"

季星朗听到这句话,眼睛突然亮了起来。

明旸不服道:"我才是你亲弟弟!"

明晴挑了挑眉,问他们:"喝酒吗?家里有酒。"

明旸气冲冲地说:"喝!今晚我喝死他!"

季星朗自然乐意奉陪,毕竟他野心大到想要成为明晴的姐夫。

两个男孩跟着明晴进了家,明旸看到餐桌上的菜肴,问明晴:"二姐,你这是还没吃还是吃完了?"

明晴一边换鞋一边回答他:"吃完了,这些都是剩下的,点太多了。你们俩不嫌弃就去厨房拿碗筷过来吃。"

季星朗立刻熟门熟路地去厨房拿了两副碗筷过来。

明旸凑到电视旁边,看见在综艺节目里玩游戏输掉的夏天,哈哈大笑起来:"笨蛋,夏天真是个笨蛋。"

明晴无语地白了他一眼,说:"快过来吃。"

接下来,明晴看着季星朗和明旸,谁也不让谁,一个劲地喝酒,忍不住皱眉说:"控制一点儿,喝醉了我可不管,到时候直接把你俩踢出去冻着。"

到最后,明晴无奈地叉着腰,看着趴在沙发上醉得不省人事的明旸,还有靠在椅子上闭着眼昏昏欲睡的季星朗,认命了。

她给明旸盖好毯子,然后来到季星朗旁边,抬手轻轻碰了碰他的肩膀,唤他:"季星朗?季星朗?"

她叫了好几声,季星朗才慢吞吞睁开眼睛。

他微仰着脸,迷迷糊糊地盯着她,目光迷茫又清醒。

明晴说:"我扶你起来,给你叫个代驾送你回家。"

她刚要扶他,手腕就被他一把抓住。

季星朗稍微用力,明晴的身体就失去了控制,猝不及防地跌坐到他的腿上。

她还没反应过来,就被他搂在怀里。

季星朗在明晴耳边低声道:"姐姐,新年快乐,你要天天开心。"

明晴本来有些惊慌,顿时心软了,说不出话,只"嗯"了一声。

季星朗又说:"三月三日我要参加分区预赛了。"他说着,稍微松开了些明晴,单手搂着她,从大衣口袋里掏出一张门票递给她,"到时候你一定要来看我比赛,姐姐。"

明晴接过门票，点点头，浅笑着应道："我一定去。"

季星朗重新换双手搂住她，望着她眼巴巴地问："姐姐，我能亲你吗？"

明晴轻抿了下唇，犹豫了片刻。

须臾，她伸手拿起桌上他的那只酒杯，里面还有大半杯酒没有喝完。

明晴仰头一口气喝下去，然后扭头对季星朗说："我喝醉了，明天什么都不会记得。"

他满眼宠溺地笑看着她，温柔地回答："没关系，我也喝醉了，明天我也什么都不会记得。"

明晴忍不住心疼这样傻的他，内心也不断地在动摇。她像克制不住一样，嗓音很轻地喊了他一声："季星朗。"

季星朗"嗯"了一声，凑近她吻住了她的唇。

姐姐，是我心甘情愿配合你装傻。

明晴在季星朗吻住她唇瓣的那一刻，轻轻耸了一下肩膀。她闭着眼睛，真切地感受着他的唇贴着她的唇轻轻厮磨。

胸腔里的心脏极其不安地四处冲撞，连带着她的呼吸都不顺畅。

季星朗不太会接吻，更多是凭借对她的爱，吻得小心又笨拙。

不知道为什么，明明他吻得很生疏，还时不时会咬痛她，可她就是招架不住他这样的亲吻。

他的双手紧紧箍着明晴的腰，明晴整个人都被他压在怀里，两个人隔着柔软的毛衣布料紧紧抱着。

明晴被他吻得透不过气，想偏开头呼吸一下，却被季星朗转过脸，重新堵住了嘴巴。

他一边吻她，一边低声唤道："姐姐……"压低的嗓音像是在对她撒娇。

明晴其实很害怕，明旸就在身后沙发上睡觉，季星朗这样不断地喊她，有可能会把明旸吵醒。

如果被明旸发现他们在接吻，就不好了。

她还不想让任何人知道她和季星朗之间的事情。但与此同时，她又感到矛盾，觉得这件事特别刺激。

明晴伸出食指轻轻点在他的嘴唇上，轻声提醒他："嘘，别出声。"

季星朗乖乖地点了点头，然后张开嘴，将她的食指指尖含进嘴里。

温热的感觉瞬间包围着她的指尖,明晴立刻把手缩了回来。

季星朗露出笑容,又贴上她的唇。

就在这时,沙发那边传来明旸翻身的声音。

明晴的身体顿时僵住,季星朗拥着她,一下一下轻轻地吻着,像在安抚她,又仿佛希望被明旸发现。

明旸并没有醒来,他只是换了个姿势继续睡觉而已。

季星朗开始肆无忌惮地亲吻明晴。

这个吻持续了很久,明晴和季星朗陶醉其中,两个人吻得难舍难分。直到他们的手机不断响起提示音,才慢慢停下来。

不用猜也知道,是零点了,新年到了。

季星朗像只狗狗一样来回蹭着明晴的脸颊,在她耳边温柔地呢喃道:"姐姐,新年快乐。"

明晴还没完全从刚才的温情中抽离,她抬手摸了摸季星朗的后脑勺,嗓音里带着沙哑,听起来性感又娇媚:"新年快乐,小朗。"

绵长的一吻结束,明晴毫不留恋地从他身上起来,去旁边看手机消息。

季星朗则依然坐在椅子上一动不动,独自回味着。

过了一会儿,季星朗叫了个代驾。

明晴回完消息后,去沙发那边喊明旸,想让他起来去次卧睡觉,结果却发现明旸睡得像只死猪,怎么都叫不醒。明晴没辙,只能去次卧给明旸拿被子。

季星朗冷静地站起来的时候,明晴正在往卧室的方向走,他跟着她走过去。

为了不吵醒明旸,季星朗只能在身后用气音喊明晴:"姐姐,姐姐……"

她扭过脸回头看他,季星朗跟她说:"我得走了。

明晴眨了眨眼睛,回答道:"回去吧,已经不早了。"

季星朗讨好地问道:"我可以……再亲你一下吗?"

明晴突然笑了起来。

她推开次卧的门,把他拉进房间。

因为是过年,明晴特意把家里每个房间的灯都打开了。

季星朗靠在门板上，被她推着往后退了一步，门就这样关上了。

客厅里的电视还开着，综艺节目里的笑声时不时地响起，隔着门板听起来不太清晰。

明晴站在季星朗面前，仰起脸，眉眼弯弯地说："只有亲吻够吗？"

"弟弟，"她抬起手轻捏住他的下巴，微踮起脚在他的嘴唇边轻轻地吻了一下，故意引诱他，"你也可以做点儿别的。反正过了今晚，我们都不会记得。"

她笑得明媚，语气轻柔："现在你想做什么都可以。"明晴说完，又吻上了他的喉结，还顽皮地轻咬了一下。

季星朗不由自主地滑了滑喉结，直接低下头吻住她的唇。

明晴顺势抬手缠住他的脖子。

他们今晚都喝了酒，现在都不完全清醒。

季星朗用残存的理智压住冲动和欲望，结束了这个吻。

他抓着明晴瘦弱的肩膀，问她："姐姐，你就不怕我真的对你做什么吗？"

明晴很无所谓地笑着："你情我愿，就算真的做了什么又能怎么样啊？难不成你还想让我对你负责吗？"

季星朗松开手，很认真地一字一顿道："我不会让你对我负责。"

"这一切都是我心甘情愿的。"

"今晚的事我明天就会忘掉，除非你愿意让我记起。"

"姐姐，"季星朗请求她，"你不要对别的男人这样，好吗？别用你自己的安全去试探一个男人对你是不是真心，好吗？"

明晴和他对视着，第一次意识到季星朗在某些时候，比她还要成熟。

虽然他很年轻，但他活得明白而通透，不像她，总会一次又一次陷入相同的旋涡，反复地试探，不断地自我折磨。

明晴沉默着没有说话。

她刚才的确有试探的成分，但也许是被酒精冲昏了头脑，她在这个当下，确实想和他……

这种想法让明晴觉得自己卑鄙无耻，又丧尽天良，但她真的想趁着喝了酒，有一个正当的借口，不管不顾地及时行乐一次。

季星朗伸手抱了抱她，声音很低很温柔地对她说："姐姐，我会等你，直到你喜欢我，肯完全接受我，在此之前，麻烦你照顾好自己，珍惜你自己。"

"毕竟,你可是我最珍惜的人。我会永远永远爱你。"他附在她耳边,缓慢隆重地说出这句话。

季星朗从不吝啬说"爱",这点明晴是了解他的。

等他离开,明晴有些茫然地坐在床边,后知后觉地意识到,她第一次主动向异性发出邀请,居然被拒绝了?

虽然有点儿遗憾,但她因为季星朗的拒绝感到动容,心里暖洋洋的。

季星朗从明晴家往小区外走的时候,被夜晚的冷风吹得清醒了不少。

他回想起刚才发生的种种,不由自主地抬手摸了摸嘴唇。

少年的嘴角翘起来,欢喜地在夜空下跑了几步。如果他有尾巴,那他的尾巴此时此刻一定像螺旋桨一样摇了起来。

到家后,季星朗和往常一样给明晴发消息说他已经到家了,又把今晚她手拿仙女棒的照片发给她。

季星朗说:"姐姐,我希望你时时刻刻都这样开心。"

照片里正笑着的她,一眼就会让人看出她是真的很开心。

明晴没有回答他的话,而是回道:"拍得挺好看,照片我收了。"然后就说,"我困了,要睡觉了,晚安。"

季星朗本来还想跟她聊会儿,见此只好重新输入"姐姐晚安",点击发送。

隔天大年初一,季星朗在家里吃过午饭后就跑去明晴家。

没想到明旸还没走,明晗也来了。

明晴给季星朗开门时,明晗刚做好午饭,姐弟三人正打算吃饭。

明旸瞅着踏进来的季星朗,很不理解地道:"大过年的,你怎么又跑我二姐这儿来了?"

季星朗眨巴眨巴眼睛,故作镇定地回答明旸:"我是来找你的啊,哥。"

明旸恍然大悟:"我说呢,我差点儿以为你和我二姐有一腿。"

明晴抬手拍了一下明旸的脑袋:"怎么说话呢你?"

明晗看了一眼明晴微微泛红的脸若有所思,很快回过神笑着招呼季星朗:"小朗,过来坐,一起吃点儿。"

季星朗很乖巧地笑着婉拒明晗:"不了,明晗姐,我在家吃过饭了……"

他正说着,明晴就碰了下他的胳膊:"过来吃点儿,我姐做的饭可好吃了。"

季星朗很听明晴的话,在明旸旁边坐下来,正好坐在了明晴对面。

两个人的腿和脚在桌子下面,很容易碰到。

明晴无意间踢到了他的脚尖,季星朗本能地缩回了脚。

明晴无意识地低头笑了笑,被他发现了。季星朗默默地把脚伸出去,甚至故意往前伸了伸,想让她碰到。

果然,明晴碰到了。她轻挑眉,不动声色地踢了踢他,示意他把脚收回去。季星朗起了玩心,任她怎么踢都不收回去。

明晴使出撒手锏,她将一条腿叠在另一条腿上,故意把脚上的拖鞋晃掉,然后用有点儿冰凉的脚去触碰他的腿,脚趾勾着他的裤腿慢慢往上挪。

季星朗只觉得小腿上传来一阵酥麻的电流般的触感,让他浑身微僵了片刻。他迅速败下阵来,仓皇地收回腿。

明晴微微抬起眉毛,嘴角带着浅笑,神情如常地吃菜。

对面的季星朗,耳根处悄然泛起一丝红晕。

吃过午饭后,明旸被明晗安排去厨房洗碗,明晗去了趟卫生间,客厅里只剩下明晴和季星朗。

他们对昨晚的事只字不提,仿佛从来没有发生过。

季星朗对明晴说:"姐姐,下个月五号去南城的机票,我来买吧。"

六号是晏承舟和宋楹的婚礼,他们得提前一天过去。

明晴没有拒绝,应允道:"好吧。"

季星朗掏出手机,打开软件,把手机递给明晴,让她添加身份信息。

明晴保存好后将手机还给季星朗。

他嘴角噙笑道:"那等我买好告诉你。"

"嗯,"明晴倒了一杯温水,递给季星朗,问他,"要喝吗?"

季星朗开心地笑着,露出了两颗小虎牙,还有一个小酒窝点缀在他的左脸上。

他从她手中接过温水，愉悦地说道："要喝。"

明晴突然说："昨晚我们接吻了，你记得吧？"

季星朗猝不及防地被她问住，端着水杯愣愣地望着她，一时不知道该回答"记得"还是"不记得"。

犹豫了几秒后，季星朗没有直接回答她，而是问："姐姐希望我记得，还是不记得？"

明晴抬眸看了他一眼，脸上浮现出淡淡的笑容，轻声道："看你自己想不想记得吧。"

季星朗反应了片刻，才露出惊喜的笑容来。他急忙凑到她面前，小声回答："我记得，我们接吻了，不止一次。"

最后四个字可以省略，明晴想。

因为明晴的话，季星朗心中充满了喜悦。

他刚想问明晴这是不是代表她接受他了，明旸就从卫生间里走了出来，随后，明旸也从厨房来到了客厅。

明旸没有再多停留，拿起外套穿上，歪着头对季星朗说："走吧。"

季星朗下意识地问："去哪儿？"

明旸挑眉笑道："去玩啊！台球厅，篮球场，酒吧，或者其他地方，你想去哪儿？"

季星朗说他是来找明旸的，这会儿明旸要走，他也没理由再留下来。

季星朗眼巴巴地瞅了明晴一眼，目光很不舍。

明晴在旁边幸灾乐祸，也没有帮季星朗说句挽留的话。

跟明旸离开之前，季星朗仰头把手中的水咕嘟咕嘟一口气给喝完了——这是她刚刚给他倒的。

两个男孩子离开后，明晴拿起手机在微信上给季星朗发了句："好好玩啊！弟弟。"

季星朗回了她一个猫咪委屈巴巴的表情图。

明晗在沙发上坐下，拿起一个橘子，一边剥橘子，一边对明晴说："晴晴，过来坐。"

明晴端着水杯走过来，在明晗身旁坐下。

明晗把剥好的橘子分开，给了明晴一半，笑着问明晴："你和季星朗怎么回事？"

"啊？"明晴下意识地想找理由否认，但话到了嘴边，她犹豫了片刻，最终还是没有否认，只问了明晗一句，"姐，你是不是觉得我们不太合适？"

明晗有些诧异，不解地说："我没这么觉得。你为什么这样问？"

明晴笑了笑，慢悠悠地掰着橘子瓣吃。

明晗说："我就是没想到。如果不是刚才我亲眼所见，我应该永远不会把你和他联系到一起。这件事在我意料之外，但这不代表，在我眼里你们就不合适。"

明晴又问明晗："那姐，你觉得我该和他试试吗？"

明晗温柔地笑道："这要问你自己啊，晴晴。"

"你喜欢他吗？"明晗说，"如果你喜欢他，那就跟他谈谈试试；如果不喜欢，就不要勉强自己。"

明晴缓慢地眨了下眼睛。

她喜欢他吗？她背靠着沙发，心不在焉地把橘子一瓣一瓣掰开，放进嘴里，脑中一直在认真地思索着这个问题。

她不知道自己是不是真的喜欢他。

她开始给自己做假设——如果她喜欢他，那她喜欢他什么？

长得帅，跳街舞很有魅力，为人真诚单纯，说话、做事有分寸，虽然年龄小，但很会照顾人，还是说偏爱她？

明晴忽然想起季星朗的答案。

她问他喜欢她什么时，他回了她一句："喜欢你是你。"

这一刻，明晴终于懂了季星朗话里的意思。

她想起他说，等她哪天喜欢上他，她就会明白他说的这句话是什么意思。

她突然笑了，嘴里咬开的橘子瓣很甜。

明晴垂眸看着手里还没吃完的橘子，突然很想让季星朗也尝尝有多甜。

明晗接到随遇安的电话，晚上要去随家吃饭，这会儿他准备过来接她了。

明晗回他："我在晴晴这儿呢！你去明宅吧！我得先回去换套衣服打扮打扮。"

挂了电话后，明晗起身要走，离开之前对明晴说："晴晴，谈恋爱就好好享受过程，不要在意结果，那样会失去很多快乐。"

明晴眉眼弯弯地点了点头。

送明晗下楼后，明晴转身回到客厅，拿起手机给季星朗发了一条微信消息："吃到一个很甜的橘子，想让你也尝尝。"

季星朗刚以家里突然有事为由和明旸分开，正在往回赶："给我留着，我去找你。"

明晴笑着回他："等你到了，橘子瓣都干了。"

季星朗说："那也好吃。"然后又发来一条消息，"我不管，反正姐姐要给我留着，我想尝尝姐姐说的甜橘子有多甜。"

明晴把手里的最后一瓣橘子放到茶几上的果盘中。

过了几秒，她又拿起这瓣橘子吃进嘴里。

季星朗到的时候，明晴正窝在沙发里看电影。

听到门铃声，她起身去开门，懒得穿拖鞋，直接光着脚走到玄关，将门打开。

季星朗站在门外，一眼就注意到她的脚踩在冰凉的地板上。

男孩微微蹙眉，操心地说道："姐姐，你怎么不穿鞋啊？"

明晴很不在意地耸耸肩，说："懒得穿。"

"可是地上很凉，"季星朗踏进来，跟着她往客厅走，忍不住念叨，"寒从脚起，你这样容易生病……"

明晴不想听他总唠叨她，走到沙发这边穿好拖鞋。

季星朗这才住嘴，随即换了话题，语气期待地问她："姐姐，橘子呢？快让我尝尝。"

明晴嘴角噙着笑意，不假思索地回道："被我吃完啦！"

她就是想逗他，故意没给他留最后一瓣橘子。

明晴弯腰从茶几上的果盘里拿了一个橘子，转身想递给季星朗："给你个新的……"

她刚转身，季星朗突然弯腰飞快地亲了一下她的唇，蜻蜓点水般的亲吻，一触即离。可这却让明晴瞬间屏住了呼吸。

季星朗笑得眼睛弯了起来，语气愉快地说道："真的很甜。"

明晴稳住心神，又晃了晃手中的橘子，问道："那你还要这个吗？"

"要！"季星朗立刻从她手中拿走了橘子，嘴角轻轻翘起，"姐姐给的我都要。"

明晴坐回沙发上，靠在沙发背上继续看电影，但心思已经飘到了别处。

唇上那一抹柔软的触感仿佛还在，有些酥麻，让她的心像被小猫抓挠一样，有点儿痒痒的感觉。

季星朗坐在她旁边，剥好了橘子，自己先尝了一瓣，确认很甜后，又掰了一瓣送到明晴嘴边。

她垂眸盯着他修长的手指，又抬起眼皮看了看正笑望着她的他，然后张开嘴，把他喂到嘴边的橘子瓣吃了。

这时候她家里没别人，季星朗就把之前没有问出口的问题问了出来："姐姐，你中午说，看我自己想不想记得昨晚的事，意思是……你接受我了吗？"

明晴眉梢轻抬，似笑非笑地看向他，回了一句："我可没说我接受你了。"

季星朗的表情有一瞬间的失落，但很快，他就欢喜地道："我会让你接受我的。"

她没有假装不记得昨晚他们接吻的事，更没有推远他，让他忘记他们之间发生的事，让他不要当真，这对他来说已经是莫大的惊喜了。

因为这表示着，她承认了他们目前的暧昧关系，并且默许了他可以继续追她。

季星朗早在昨晚就感受到了，她是喜欢他的，不然她不会那样动情地和他接吻。

这部电影还没看完，明晴就看到了微博上标记着"爆"的第一条热搜——宋楹结婚。

她点进词条，微博帖子都在说宋楹已经秘密结婚，宋楹老公晏承舟的身份也在网上曝光了。

有人说她这几年不拍戏肯定是嫁给富豪后慢慢息影了，以后估计也不会再拍戏了；还有人说之前有传闻说她得了绝症是假的。不少宋楹的事业粉直接脱粉，有一批不理智的粉丝甚至脱粉回踩。

明晴看着网上各种八卦宋楹的微博和帖子，眉头紧蹙。

她知道宋楹结婚的事肯定会曝光，毕竟是公众人物，再低调，再隐蔽，多少也会走漏消息。

季星朗见明晴愁眉不展，问她："姐姐，怎么了？"

明晴把手机递给他看。

季星朗愣了一下，然后说："应该是晏总故意没有让公关插手撤掉热搜吧？"

明晴"嗯"了一声。

晏承舟肯定早就知道他和宋楹结婚的消息上热搜了，没插手撤热搜、封消息，估计是想借此机会让大家慢慢接受宋楹已经结婚的事实。

季星朗看到微博里一些很不理智的发言，直接退出微博，将她的手机屏幕灭了，把手机放到旁边，低声对明晴说："先别看微博了，网友发言戾气都很大。"

明晴笑了一下，没说话，也没去拿手机。

大年初六晚上，明晴正在家里百无聊赖地刷剧，姜眠给她发了一条语音消息过来："晴晴，你今晚有时间看电影吗？"

明晴也用语音回她："有啊，我们一起去吗？"

姜眠给她发了张截图，图上有电影票二维码和序列号，后面又发了一条语音消息："我这里有两张电影票，退不了，不去看的话就浪费啦！本来我和封哥想今晚去看的，但是这会儿有急事，没办法去了，你叫个朋友陪你一起去看吧。"

明晴还以为姜眠约她去看电影，这会儿捧着手机开始发愁，要去哪里找人陪她看电影啊？

今晚季星朗有个高中同学聚会，他到包厢后，挨着高中好哥们儿宋祺声坐下来。

宋祺声正在微信上聊天，季星朗知道他几个月前在大学谈了个女朋友，听说对方是他们高中学校的，只不过不是他们理科班的，而是文科班的年级第一，好像叫……舒念。

季星朗问宋祺声："你过年跟你女朋友见面了吗？"

宋祺声说："她要回乡下老家过年，我们只能视频。"

季星朗"啊"了一声，语气有些遗憾地对宋祺声说："我过年跟我喜欢的女孩子玩仙女棒了！我还在她家吃了饭、喝了酒。"

我们还接吻了——但这句话他是绝对不会告诉任何人的。

宋祺声抬头瞅着季星朗,语气十分嫌弃:"所以呢?她是你女朋友了吗?"

季星朗对宋祺声翻了个白眼:"你有女朋友了不起啊?我早晚也会有。"

"那就等你有了再来跟我炫耀。"宋祺声哼笑道。

就在这时,季星朗的手机忽然响了,他掏出手机,看到是明晴的消息。

明晴说:"弟弟,今晚有空吗?要一起看电影吗?"

季星朗眼睛蓦地亮起来,他等不及打字,直接发语音消息回她:"有空,我这就过去找你,姐姐你等我。"

给明晴发完语音消息,季星朗语调高扬地告诉宋祺声:"我不陪你在这儿耗了,我要去约会了。"

只能捧着手机和女朋友聊天的宋祺声:不炫耀会死是不是?

季星朗说完就往包厢门口快步走去。

包厢里有同学喊他:"喂!季星朗你干吗去啊?人就要到齐啦!"

季星朗回过头,喜滋滋地道:"我喜欢的人主动约我看电影,我要去跟她约会了!你们吃好喝好,我就先撤了,拜拜!"话音未落,他人已经没影了。

季星朗开车来找明晴的时候,明晴正在家里挑选出门穿的衣服。

她选了好久,才换上一件米白色的短款修身毛衣,搭配黑色的小皮裙,穿了双黑色长筒靴。

明晴把一会儿出门要穿的黑色毛呢大衣拿出来放到旁边,化完妆,收拾完东西,就坐在客厅的沙发上等季星朗的消息,最终等来了一阵门铃声。

她打开显示屏,看到季星朗站在门口,微微讶异了一瞬。

明晴先给季星朗开了门:"等我一下,我拿包和手机。"她说着,转身小跑着回客厅。

她转身的那一刹那,季星朗闻到了一股淡淡的香味,应该是她用的香水。

明晴从沙发上拿了包和手机,转身朝站在门口的季星朗走去。

和季星朗一起出门等电梯时,明晴笑着问他:"你怎么还上来了?

在微信上说一声,我直接去小区门口找你就行。"

她不习惯被人照顾,也很怕麻烦别人,而且很少有人像季星朗这样,非得多跑一趟,就为了亲自过来接她。

季星朗嘴角轻扬:"我想上来接你。"

明晴笑着说:"太麻烦了,你还要多走一个来回。"

季星朗轻叹一声,回答她:"姐姐,我说了,我不怕麻烦。"

正好电梯上来,门缓缓打开,季星朗用手虚挡着门边,让明晴先进了电梯,随后他才进去。

电梯里没人,空间富余,但季星朗就站在明晴身侧,她身上的清香总会钻入他的鼻腔。

季星朗忍不住说:"姐姐,你换香水了啊?"

明晴很意外地抬脸瞅了他一眼,笑道:"你闻出来了?"

"嗯,"季星朗点了点头,"味道和之前的不一样。"

明晴笑着问:"哪个好闻?"

"都好闻。"季星朗眉眼染笑,很认真地说,"之前那款闻起来有种清冷的玫瑰香,现在这款是淡淡的木香,不离近点儿闻不到。"

明晴轻笑一声,抬起手腕凑到他鼻子前:"这样呢?"

季星朗的鼻尖和她的手腕轻轻擦碰了一下,他一时恍惚,不知道是被香水味道迷惑了,还是被这若有若无的触碰撩拨了。

"闻到了,"季星朗说,"好香。"

明晴用手指轻轻点了一下他的鼻尖,刚好电梯到了一楼,门打开,她率先走出电梯向前走去。

季星朗被明晴逗得晕乎乎的,开心地跟着她走出单元楼。

上车后,明晴告诉了季星朗电影院的位置,季星朗发动车子,前往电影院。

他们到达商场五楼的电影院时,离开场还有十分钟。

明晴用姜眠发来的取票码取了票,季星朗跑去排队买观影小吃。

明晴捏着电影票等在一旁,轮到季星朗买的时候,明晴突然对他说:"弟弟,我不吃爆米花,只要一杯可乐。"

季星朗答道:"好的。"

于是,两个人各自拿着一杯可乐,检票进入了影厅。

这部电影是一部爱情片,来看这部电影的观众大多是小情侣和年轻夫妻。

明晴和季星朗还处在暧昧期,坐在一对一对男女中间,也像极了正在谈恋爱的情侣。

电影播到一半的时候,影片里的男女主角感情升温,两个人抱在一起,在床上滚来滚去地深吻。

明晴和季星朗周围也有情侣开始接吻。

明晴对这事见惯不惊,她面无表情地看着大荧幕,脑子里却开始不断闪现她和季星朗接吻时的画面,胸腔里的心脏变得不安分,越跳越快。她微微侧头,想看看季星朗,而季星朗也正偏头看她,登时,她的心快得仿佛要从胸腔里跳出来。

明晴伸出右手去拿可乐,下意识地用喝可乐掩饰自己的心猿意马。

等她含住吸管把可乐吸入嘴里后,明晴才突然想起来,季星朗右边的杯架被他右边的人放了饮品,季星朗只能把可乐放在他的左手边,自己的可乐也只好往左放。

她拿的……是季星朗的可乐。

明晴假装没察觉拿错可乐,喝了一口后就把可乐放了回去。

季星朗突然凑近她,在她耳边低声说:"姐姐,你刚喝的可乐是我的。"

明晴假装经他提醒才意识到拿错可乐了:"啊……我忘了我的在左边。"

"不好意思,"她浅笑了一下,小声说,"一会儿赔你一杯。"

"不用,"季星朗拿起被明晴喝过一口的可乐,咬着吸管喝了一口,然后用只有他们两个人才能听到的音量回答她,"我喜欢这杯可乐。"

明晴轻笑着"嗯"了一声,扭回头继续看电影了。

她以为他要跟大年初一那天一样,要亲一下她才肯罢休,但他没有,这反倒让她心里有一点儿小失落。

明晴不得不承认,她还蛮喜欢跟他接吻的,他的吻总是能让她心动。

电影结束时,已经晚上十点多了。

季星朗把明晴送到家门口。明晴推开家门后,扭头叫住了要走的季星朗。

"弟弟,你等一下。"她快步走去卧室,再回来时手中拿着一瓶香水。

明晴递给他，说："这是我今天喷的香水，就用了今晚这一次，是款男香。我觉得还挺适合你的，送给你吧！"

季星朗有些受宠若惊地接过来，脸上绽开笑容，露出一个小酒窝。

他语气乖乖的，像在撒娇："姐姐，我想抱抱你，可以吗？"最后的三个字染上了些许小心翼翼和忐忑不安的味道。

明晴本来想拒绝他——不能他想做什么就满足他，有时得适当拒绝，这样他对她的渴求才会更多。但一听到季星朗问她"可以吗"，明晴就败下阵来了。

小孩都这么卑微了，她还能怎样，只好满足一下人家。

她刚点了下头，那句"过来抱抱"还没说出口，季星朗就像一只大狗狗一样突然扑上来，把她直接抱进怀里。

明晴被他结结实实地拥入怀中，感受到他的呼吸微重，心怦怦直跳。

他抱了她好一会儿，始终没做别的，就一直这样乖乖地抱着她，最后依依不舍地放手。

明晴抬手在他脑袋上摸了一下，浅笑道："快回去吧！"

季星朗低声道："姐姐晚安。"

明晴也道了一声"晚安"。

这天过后，明晴按部就班地进行拍摄工作，季星朗忙着练街舞准备比赛。直到二月五日，两个人启程去南城时才见面。

季星朗接上明晴，和她一起去机场。

上飞机后没多久，季星朗就困倦地对明晴说："姐姐，我睡一会儿，昨晚练舞练太晚了。"

明晴失笑道："睡吧。"

等他睡着，明晴轻声叫空乘人员拿了条毯子过来。她展开毯子，帮季星朗盖好。

今天季星朗身上有她送他的香水味道，淡淡的木质香调，闻上去会让人联想到干净的少年，而明晴想到的是眼前这个男孩。

她望着他，眼底盈满笑意。

明晴屈起食指蹭了蹭他的侧脸，然后收回手低头玩小游戏。

过了一会儿，她还是忍不住，打开了手机相机，偷偷给季星朗拍了一张照片。

到了南城机场，明晴在出口看到了晏承舟的助理。

助理对明晴和季星朗说："晏总在照顾太太，抽不开身过来接二位，只能让我来了。"

明晴回答助理："我都跟他说了不用过来接。我们可以自己打车去酒店。"

助理笑道："您二位是晏总和太太最想邀请的客人，晏总嘱咐我们必须来接，而且要好好招待。"

明晴打趣道："他把我看得这么重要，那是指着我给他和他老婆拍照片呢！"

季星朗随口问："那我呢？我好像也帮不上什么忙，就是过来吃喝，沾喜气的。"

"你？"明晴调侃他，"花童吧。"

季星朗哭笑不得地说："那这花童也太大了点儿，不如当伴郎。"

当晚，明晴和季星朗去晏承舟家里，想看看还有什么需要帮忙的。晏承舟就开口请他俩做伴郎、伴娘。

"本来我没安排伴郎伴娘，但楹楹希望有，你们俩挺合适的，要不帮帮我这个忙？"晏承舟问。

明晴说："可以，我没问题。"

季星朗也一口答应："那肯定要帮。"

明晴和季星朗被晏承舟的助理带去婚纱店试伴娘服和伴郎服。

明晴挑了一件香槟色的长裙。她在更衣室试裙子时，季星朗也在换西装。他平常穿的都是运动休闲风的衣服，很少穿正式的西装，现在突然穿成这样，自己都有点儿不适应。

他换好西装走出来，正站在镜子前打量自己，明晴就提着裙摆来到他旁边。

她透过镜子看向季星朗，眉眼弯弯地说："没想到弟弟你穿上西装还挺帅的。"

季星朗本身就长得高，平常又跳舞，身材也很好，不管穿什么衣服，都像个行走的衣架子。

"你的领带没弄好啊！"明晴让他转过身来，抬手帮他整理了一下领带，又整理好了他的衬衫衣领。

季星朗垂眸望着她,笑得露出了小虎牙。

明晴发现他在傻乐,忍不住也笑了起来,问他:"你笑什么?"

"我很高兴。"季星朗嘴角上扬。

"为什么这么高兴?"明晴有些好奇。

"因为姐姐在帮我整理领带。"他笑着说。

明晴觉得好笑,对他说:"你也太容易满足了。"

她刚要把手放下,季星朗突然抓住了她的手:"那……"他犹豫了一下,鼓起勇气问道,"姐姐的意思是,允许我可以再贪心一点儿吗?"

明晴没想到他会这么说,很好奇他想要贪心什么,便挑眉问道:"你想要贪心什么?"

"我想抱你,吻你……"季星朗认真地盯着她,很认真地说,"我想成为你的男朋友。"他说着,另一只手已经放在了她的腰上。

季星朗慢慢弯腰凑近明晴,眼看就要贴上她的唇,明晴却突然偏过头。

她强忍着想要和他接吻的冲动,故意躲开他,歪头在他耳边轻喃道:"也不能这么贪心,就先给你抱一下,剩下的看你以后表现再说。"

说完,明晴抬手推开季星朗,转身潇洒地提着裙摆回到更衣室。

这话在季星朗听来,就是快答应他的意思。

他站在镜子前,开心又激动地握了握拳。

明晴今晚没有回酒店住,而是陪宋榅一起住在宋榅家中。

宋榅明天会从这个她从小长大的家中出嫁。

这些年,这套房子没人居住,但宋榅一直让人隔段时间过来打扫一次,家中很干净,而且因为她要结婚,现在家里被装扮得格外喜庆,到处都是喜字和五颜六色的气球。

除了明晴,宋榅家中还有她的经纪人和助理在,大家都热络地忙活着,帮宋榅打点好一切。

宋榅家只有两个卧室,晚上睡觉只能两人一间,于是,明晴就和宋榅躺在同一张床上。

不知道是太久没跟人在同一张床上睡觉,还是认床的缘故,明晴有些失眠。

等宋榅的呼吸声逐渐变得规律后,她侧过身拿起手机,把亮度调到最低,这才看到季星朗在半个小时前给她发的微信消息。

他说:"姐姐,明早见,晚安。"

明晴嘴角轻扬起来,回了他一句"晚安"。

季星朗没有回复,应该是已经睡着了。

明晴按灭屏幕,把手机放下,刚翻身将身体平躺,就听到宋楹突然轻声开口道:"睡不着吗?"

明晴没想到宋楹也还没睡,有些意外地道:"我以为你睡了。"

宋楹温柔地笑说:"睡不着。"

"为什么?"明晴打趣道,"因为天亮以后就要当新娘,紧张吗?"

宋楹沉默了几秒,语调依然轻柔而平静:"脑子里一直在回想之前的事。"

"之前的事?"明晴问道。

"嗯,"宋楹告诉她,"就是我和承舟之前在这座城市经历过的点点滴滴,甚至会想起我爸妈,我们一家三口曾经在一起过的生活。"

"很多很多回忆……像走马灯一样,一直在我脑海中浮现、盘旋。"

明晴能理解宋楹,毕竟天亮她就要结婚了,而她的婚礼,只有一些朋友来参加,没有父母见证,也没办法听到父母亲口对她说祝福,总归是有遗憾的。

"还想起我们分开后,我一个人闯荡的那些年,我独自等他的那些时光。"宋楹轻轻笑了,"现在才觉得,等一个人好难啊,太煎熬了,每天睁开眼就会想,今天他会不会来找我,但每天都等不到。"

"我就一直等啊等,等了整整十年,等到我们都从孩子变成了大人,才终于再见到他。"

明晴侧过身,面朝着宋楹,她轻声问宋楹:"中间你就没想过放弃吗?"

宋楹平躺在床上,摇了摇头:"他是支撑着我继续生活下去的动力,如果不是为了让他能看到我,我不会去做演员,也不想去争什么奖。我只是想让自己站得高一点儿,好让他知道我在哪儿,这样他就能找到我。"

"不怕他不会再回来找你了吗?"明晴问。

如果是她,应该会无数次怀疑,对方是不是已经忘记她了,已经放弃她了,再也不会回来找她了。她很怕自己像个傻子一样等对方回来找她，而对方早就已经开启了新生活，到头来只有她一个人停留在原地。

宋楹根本没有犹豫，回答明晴："不怕啊，我知道他一定会回来找我。"

明晴说："我从来没有这种信心。"

宋楹缓慢地侧过身，在黑暗中和明晴面对面，像在说闺密之间的悄悄话。

她笑着对明晴说："你可以有这种信心，晴晴。你信不信，季星朗就一直在等你，等你明确回应他。"

明晴"嗯"了一声，也笑起来。不知道为什么，一提到季星朗，她的嘴角就不受控制地往上扬。

"我之前问他喜欢我什么，他说喜欢我是我。"明晴主动向宋楹讲起她和季星朗之间的事，"那时我觉得，怎么会有这种答案，他说等我喜欢上他就会明白他的意思。"

"那你现在明白了吗？"宋楹浅笑问。

"明白了。"明晴嘴角弯弯道，"我原来一直认为，喜欢必须有理由，就像我喜欢我初恋傲气的性格，喜欢我第二任男友对我百依百顺，总是宠着我，对我好。

"最近我才懂，有的喜欢，仅仅只是喜欢，甚至算不上是真正的喜欢。但有的喜欢，不逊于爱，甚至可以超越爱。"

"晏承舟喜欢你，是因为你是宋楹，而不是因为你是国际影星宋楹。"明晴莞尔道，"世人爱戏中的你，闪光灯下的你，充满光环的你，而晏承舟爱的是——生活中最真实的你。你跟剧组同事讨论剧本，跟粉丝说感谢，跟大众客气礼貌，点到为止，但跟晏承舟聊的是柴米油盐酱醋茶，说的是生活中每天都会发生的琐碎小事。

"季星朗是众人眼中的世界街舞冠军，在学校里大家仰慕他，在街舞圈里舞者崇拜他，喜欢街舞的网友把他当作偶像，追捧他，但在我眼中，我喜欢季星朗，只是因为他是季星朗，就算他没有任何荣誉光环，我依然会喜欢他。

"他喜欢的是最真实的我。我也一样，我喜欢季星朗是因为他是季星朗。"

宋楹轻笑着问："那你现在还觉得喜欢需要有理由吗？"

"喜欢需要。"明晴不假思索地说,"但爱不需要。"

"既然你已经想通了,为什么还没跟他在一起啊?"宋楹问。

明晴沉吟了片刻,笑着回答:"还没有人这样真诚,这样毫无保留地追过我,我舍不得这么快就打破,所以贪心地想多感受一段时间。"

宋楹不再担心明晴会退缩,她嘴角噙着笑说:"晴晴,好好享受这段感情,不要提前忧虑未知的结果。既然结果未知,那就安心享受现在,把结果交给以后,未来会告诉你答案。"

明晴轻轻地"嗯"了一声。

这场夜聊结束后,明晴很快就来了困意,迷迷糊糊间听到宋楹说:"其实我很担心我离开后,承舟要怎么过接下来的几十年。"

明晴一下子就清醒了,她睁开眼睛,茫茫然地望着黑暗,不知道要怎么说才能让宋楹安心,想了半天措辞,直到宋楹睡着了,明晴也没说出一个字。

第二天一早,天还没亮,新郎晏承舟就带着迎亲车队来到宋楹家楼下。

他手拿着捧花和季星朗一起进了宋楹家。

顾及宋楹的身体,明晴她们没有给新郎和伴郎设置任何关卡,晏承舟一路顺利来到卧室。

明晴拿着相机,不断给晏承舟和宋楹拍照。

他们结婚的每一个环节都进行得十分顺畅。

穿着婚纱,打扮得格外漂亮的宋楹被晏承舟一路公主抱上了婚车。

早上的迎亲环节结束后,宋楹被晏承舟接到南城的家里休息了几个小时,临近中午才到婚礼宴会厅。

这场婚礼没有双方的父母,宋楹挽着晏承舟一步步走完红毯。

现在的宋楹已经过于清瘦了,好像来阵风轻轻一吹就能将她吹倒,好在晏承舟一直在支撑着她的身体。

两个人在到场的朋友的见证下说着肺腑之言。

宋楹眼中带泪地笑望着晏承舟:"承舟,我觉得我应该让你知道,我人生中所有幸福的时刻,都是你给的。"

晏承舟只回了宋楹一句话:"我觉得远远不够。"

我给你的爱还不够,我们在一起的时光也不够。我想把你留住,不让死神带你走，可我无能为力。

宋楹笑着轻声说："够了，已经足够了，承舟。"

晏承舟什么话都没说，眼睛变得通红。

随即，他们交换戒指，晏承舟拥着宋楹，温柔地亲吻怀中的她。

明晴在台侧抱着相机连拍了好几张照片，然后放下相机，望着他们。她的眼睛里像是进了沙子，总是有眼泪控制不住地往下落。

季星朗就站在她身旁，默默地抬手给她擦眼泪。

过了一会儿，明晴稳住情绪，转头看向季星朗，眼睛泛红地对他笑了笑，示意她没事。

注意到他的领带有些不正，她转过身，伸手帮他整理领带。

季星朗弯腰凑近她，任她给他抚平领口的皱褶。他垂眸看着明晴，嘴角挂着笑意。

明晴没在午宴上喝醉，但在晚宴上喝得酩酊大醉。

季星朗也喝了不少，不过神志还算清醒。

婚礼场地就在他们住的酒店内，晚宴也在酒店内举办，不过宋楹因为身体不适，只在晚宴上露了一下面，就被晏承舟带回去休息了。

晚宴结束后，季星朗把自己的西装外套给明晴披上，搀扶着她，送她回房间。

明晴在电梯里就开始不老实地用手玩弄他的领带，出了电梯后，她直接扯着他的领带带他往前走，季星朗哭笑不得，但也没拒绝。

回到房间门口时，明晴还不松手。

她用房卡刷开门，走进房间，手里还扯着领带。

季星朗站在门口，用手扶着门框，抬手指了指自己的领带，提醒她："姐姐，该松手了。"

明晴回头看了他一眼，嘴角扬起一抹笑容，她用力一拽，季星朗就不受控地向她扑去，踏进了她的房间。

季星朗被明晴扯进房间后，又被她往后推。他的背脊直接撞上房间的门，"咔嚓"一声，房门自动锁上了。

房间里并没有开灯，窗帘又合上了，一瞬间两个人都陷入黑暗之中。

明晴扯着他领带的手并没有松开，她不安分地往下拉领带，迫使季星朗不得不弯腰低头。

与此同时，明晴仰起脸来，主动凑过去寻找他的唇。

季星朗全程顺从，她想怎样就怎样，他都乖乖配合。

她的鼻尖轻轻蹭着他的鼻尖，两人的脸颊也贴在一起蹭来蹭去。

她像只猫儿，不断地伸爪子撩拨他。季星朗忍着想要搂住她亲吻的强烈冲动。过了一会儿，明晴轻轻地扬起下巴，贴上他的唇瓣。她缓慢地厮磨着，季星朗微微张开嘴巴。

这个吻逐渐失去控制，慢慢由季星朗主导，变得激烈。

等明晴被季星朗反压在墙壁上时，她早已经呼吸不稳。

季星朗单手抓住她双手的手腕，高举过头，按在墙上。

他微弯着一条腿，轻抵着她，一边吻她，一边用另一只手去摸灯的开关。

须臾，房间里的灯亮起来，明晴被突如其来的光亮刺到眼睛，不由自主地眯了眯眼睛。

季星朗垂眸凝视着她，吻得越来越放肆。

虽然在黑暗中的亲吻更有氛围，可他就是喜欢在光下吻她，他喜欢看她跟他接吻时动情的模样。

而明晴，她无法挣脱他的手，也逃不脱他的束缚，除非他愿意放手。

她从未被这样压制过，这种感觉很奇妙，让她兴奋，甚至渴望更多。

季星朗松开了明晴的手，明晴抬起一只手环住他的脖子，另一只手从他的肩膀移到心口，不肯停下，直到触摸到他的皮带。

明晴突然嘴角上扬，手慢慢摸索着，房间里传来轻微的吧嗒声，季星朗的身体突然僵住了。

他停下来，垂眼盯着她，只见明晴笑得像只小狐狸，狡猾又勾人，手指不断在他的腰间轻轻点着。

季星朗喉咙干涩，情不自禁地吞咽了一下。

他的喉结上下滚动，显得格外性感迷人。明晴轻笑着仰起头亲吻他的喉结。

季星朗浑身绷紧，他急忙伸手抓住她的手腕，把她的手抬起来。

明晴微醺地笑着问："不可以吗？你不喜欢吗，弟弟？"

季星朗憋着劲儿，如实回答她："我想得快发疯了，所以姐姐，你不要再挑战我的底线了，我怕我忍不住。"

明晴轻轻地笑了，声音压低道："我可没让你忍。"

215

他摇头,坚决不从:"今晚不可以。"

不等她问为什么,他就给出了理由:"我不想我们还没在一起就这样,我也不想在你喝醉酒的时候乘人之危。"

明晴靠着墙,歪头仰脸望着他,笑道:"你好认真。"

"我当然认真。"季星朗说,"我对你一直都很认真。"

明晴低垂着头,伸手拉住他的皮带,又慢慢帮他把皮带扣好。

季星朗抬手抓住她的手,低声问她:"姐姐,你喜欢我吗?"

尽管他心里已经有答案,可他就是想听她亲口说。

明晴缓缓抬脸,与他对视。

房间里安静了几秒钟,然后,季星朗听到明晴含笑地说:"喜欢。"

顿了一下,她补充道:"很喜欢。"

季星朗努力让自己冷静,强迫自己保持理智,不被欲望驱使。最后,他拥抱住了明晴。

明晴依偎在他的怀里,安安静静的,也不再故意闹他。

过了一会儿,季星朗又低声问:"那你愿意和我在一起吗,姐姐?"

明晴没有回答他。

季星朗叫她:"姐姐?"

她还是没有理他。

季星朗扶着她的肩膀,稍微仰起上半身,低头一看,她已经睡着了。他很无奈地叹了口气,只好将她横抱起来,放到床上。

又一次表白失败,但季星朗一点儿也不难过,因为她刚刚亲口承认喜欢他了。

她亲口说——她很喜欢他。

季星朗帮明晴脱掉鞋子,给她盖好被子,关掉灯,然后才离开她的房间。

季星朗回到自己的房间后冲了个澡,然后躺下没一会儿就睡着了。

睡着后,他开始做梦,梦到明晴亲吻他,还撩拨他。

她把他的衬衫从裤腰里抽出来,故意解开他的皮带,吻着他的喉结。季星朗无法拒绝她,根本无法抗拒她。于是,她就更加肆无忌惮起来。

季星朗在梦中沉沉浮浮,总觉得难以忍受,直到某一瞬间,季星朗突然惊醒,床头的灯还亮着,是他睡觉时忘了关。他感觉不对劲,慢慢地坐起来,发现身上穿的浴袍有些湿——他在做梦时出了一身的汗。

季星朗怔怔地坐在床上良久,叹了一口气,下床进浴室冲澡。

不知道她睡得好不好,也不知道她有没有做梦,如果做了梦,梦里会不会有他。季星朗洗着澡开始胡思乱想。

等洗完澡出来,季星朗换到床的另一边继续睡。

天亮后,明晴才悠悠醒来。

她昨晚睡得很累,还一直在做梦,梦里季星朗拉着她不断往前跑,却怎么都跑不到尽头。

明晴问他为什么要跑,季星朗说:"不跑他们就会逼迫我们分开。"

明晴问他:"他们是谁?"

季星朗还没回答她,她就醒了过来。

明晴躺在床上,回想起这个梦,思索着自己为什么会突然做这样的梦。

难不成……是她内心不安吗?怕他的家人阻拦?不让他们在一起?

明晴深呼吸了一口气,决定听大姐和宋楹的话,现在只管享受,不去想未知的将来。

未来的事情,就交给未来好了!

她想明白了——她应该抓住的,是现在。

至于昨晚拽着季星朗的领带,把他扯进房间接吻这件事,明晴因为喝醉了,直接想不起来了。

季星朗来找她吃早饭的时候,问她:"姐姐,你还记得昨晚发生了什么吗?"

明晴茫然地问:"发生什么了?"

季星朗直觉她不记得了,但还是很不甘心地问:"你一点儿都想不起来了吗?"

明晴摇了摇脑袋:"真的想不起来,到底怎么了?"

季星朗顿时失落又委屈,郁闷地说:"早知道你什么都不记得,我就该录下来。"

"录什么?"明晴问他。

季星朗气呼呼地,委屈巴巴地说:"录你是怎么亲我的,录你说你很喜欢我。"

明晴登时睁大眼睛,有些难以置信地说:"我喝醉酒后还挺直接啊!"

季星朗板着脸瞪她,她却乐不可支,觉得他这副憋屈的样子还挺可爱的。

明晴一边笑一边往前走去,突然被季星朗拉住手。

她回头看他,只见季星朗眼巴巴地瞅着她,低声问:"那你昨晚说的和做的都还算数吗?"

"算啊!"明晴笑道,"为什么不算?"

季星朗眼睛瞬间亮了起来,他立刻追问:"所以你是答应要跟我在一起了吗?"

明晴又逗他,说:"承认喜欢你,不等于答应和你在一起,对吧?"

季星朗顿时又耷拉着脑袋,闷闷地"哦"了一声。

小孩太容易被牵着情绪走了。她一句话,一个表情,甚至一个反应,都会控制他的喜怒哀乐。明晴转过头,偷偷笑了一下,然后故意清了清嗓子,假装若无其事地往前走去。

明晴私心里想让他再多追她一段时间,可她一见他这副可怜样儿就于心不忍了。

只要他再多问她一次,她就答应了,可他没有再问。

第九章

从南城回到沈城后没几天，季星朗就开学了。他每天除了正常上课，还要忙着练习街舞，准备比赛。

明晴也忙着工作。情人节那天，她刚好在外地，两个人只在微信上聊了几句，没能见面。

接下来将近一个月，两个人没见几次面，要不要在一起这个话题也就没有再被提起。

时间的滚轮滚过二月，转眼就踏进了三月。

三月三日是季星朗参加分区预赛的日子。早在过年的时候，他就把门票给了明晴。

比赛前一晚，季星朗还特意嘱咐明晴明天一定要到现场去看他比赛，明晴很爽快地一口答应了，到了比赛当天，明晴却没有出现。

季星朗在赛前试图联系明晴，但她的电话无人接听，微信消息也没回复。

直到他比赛完确定晋级决赛，明晴都没有赶来现场。

她连一个缺席的理由都没有给他。

她明明答应他会来的。

他们明明说好的，她却放了他鸽子。

季星朗心里的难过被无限地放大，最终，他没有忍住，失落地在微信对话框里敲下几个字发过去："姐姐你骗我。"

过了一会儿，季星朗又输入了"我晋级了"几个字，还没发出去，明晴的电话就率先打了进来。

季星朗眉头微蹙,除了她把他微信删掉的那段时间打过电话以外,他们一般都是用微信联系。

季星朗心里隐约冒出一个不太好的念头,他咬了下嘴唇,点了接听,然后把手机放到耳边。

周围很嘈杂,和季星朗一道参赛的奶糖正在跟来看他们比赛的胖子和小鹿讨论晚上去哪儿吃饭。

季星朗"喂"了一声,乖乖地叫明晴:"姐姐。"

明晴说了一句话,声音带着哭过后的鼻音,很快被他周围的喧闹声冲散,但他还是听见了。

她说:"宋楹去世了。"

心里的不安被证实,季星朗整个人僵在原地。

"你在哪儿?"他讷讷地问。

明晴回答:"南城。"

季星朗丢下朋友,突然就往外跑去:"姐姐,我现在就去机场。"

胖子追过来拉住他,问:"小朗,你这是要去哪儿?"

"有急事,晚上你们聚。"他说完就急匆匆地离开了,留下胖子他们一脸茫然,没人知道季星朗遇到了什么事要这么着急。

上午,明晴就接到晏承舟打来的电话,他告诉她宋楹今早去世了。

明晴当即动身去了南城。

她知道今天是季星朗分区预赛的日子,想要告诉季星朗她没办法去看他的比赛,但她思虑再三,还是选择保持沉默。

现在宋楹去世的消息还没有被外界知晓,明晴心里清楚是晏承舟在压制这个消息。

明晴也不想在这个关键时刻告诉季星朗宋楹去世的消息,怕他分心,影响比赛。

她又实在不愿意对他撒谎,编造虚假的理由来骗他为什么不去看比赛,于是她强忍着,不接他的电话,也不回他的消息。

直到在热搜上看到街舞比赛分赛区预赛已经结束,她才敢给他打电话,告诉他实情。

季星朗在飞机起飞前点开微博看了一眼,没有看到关于宋楹去世的消息,等他下飞机坐车赶往晏承舟家里时,这则消息已经成为微博热搜的首位。

季星朗点开"宋楹去世"的词条,界面是一片空白,什么都加载不出来——微博已经瘫痪了。

明晴在微信上问季星朗到哪里了,季星朗说他正坐出租车在去往晏承舟家的路上。

明晴回复他:"我在门口等你。"

当季星朗到达晏承舟家门前时,他一眼就看到了明晴站在门旁边。她穿着黑色的长袖连衣长裙,没有化妆,整个人看起来很朴素。她的眼睛很红,像是哭了很久。

季星朗从车里下来,明晴迎上前去,季星朗快步走到她面前,一把将她抱进了怀里。

明晴顿时有些失控,抽噎了两下,很快又调整好情绪。

两个人只短暂地相拥了几秒,然后明晴拉住季星朗的手,带他走了进去。

这天,微博瘫痪了整整三个小时才恢复正常。和宋楹有关的实时微博消息铺天盖地,所有人都不相信上个月初才结婚的宋楹就这样去世了。

她好几个月没有登录微博,也没有发微博,连一句话都没留给大家,就这样走了。

直到宋楹的经纪人发微博,告诉大众宋楹被胃癌折磨了两年,已于今天早上离开人世,宋楹的粉丝才不得不接受残酷的事实。

之前脱粉甚至回踩的粉丝也是在这时才明白,宋楹不是没有事业心,而是这两年身体出了问题。

她结婚也不是想当豪门阔太,只是想在离开之前,与自己爱的人举办一场属于他们的婚礼。

这两年来她遭受诸多误解、造谣,甚至谩骂,却从未为自己解释一分一毫,到此时此刻,所有一切,化为浮云。

当天晚上,明晴和季星朗回到酒店,在房间门口要分开的时候,明晴拉住季星朗,轻声对他说:"抱歉,我没能遵守约定去看你比赛,也没有提前告诉你我不去。"

"姐姐，"季星朗伸手把明晴抱进怀里，低声道，"不用道歉，我不怪你。"

明晴的情绪很失控，她今天一天都哭哭停停的，眼泪总是会不由自主地涌出来。

季星朗也难受，但一直在忍着。

明晴带着哭腔说："我上午接到晏承舟的电话，当时心里很乱，就想立刻找你，但是怕影响你的比赛。"

"我不愿意跟你撒谎，所以不敢接你的电话，也不敢回你的微信消息，对不起，弟弟……"她一边说一边哭，眼泪吧嗒吧嗒地往下掉，惹得季星朗眼睛发热，鼻尖发酸，跟她一起掉眼泪。

"我知道了。"他用手抚着她的后背，声音低而温柔，带着哽咽，"姐姐，我知道了，你别愧疚了好吗？"

季星朗没想过明晴会亲口向他解释。

"要我再陪你一会儿吗？"他轻声问。

明晴"嗯"了一声。

季星朗跟着她走进房间。

明晴心里装着事，根本没有睡意，但季星朗今天一天又是比赛，又是赶飞机过来参加宋楹的葬礼，已经累到了极限。明明说是要陪她，但很快他就脑袋一歪，枕着她的肩膀睡了过去。

明晴用手托起他的脑袋，想起身走开，把沙发留给他躺，结果她刚往另一边挪了挪，手没托稳，他直接偏身倒了过来，脑袋枕在了她的腿上。

明晴僵坐在沙发上，低头垂眸看着沉沉睡着的季星朗，又不忍心叫醒他。

她抬起手，用手指轻轻地沿着他的侧脸轮廓描摹，目光里染上了温柔和爱意。

他在门口抱着她，跟她一起哭，这不是第一次了。

元旦前一晚，她和明克利吵了一架回家，在家门口看到他的那一刻，她就失控地开始掉眼泪，当时他也是这样抱着她，一边问她怎么了，一边吧嗒吧嗒掉眼泪。

明晴用指腹在他的眼角轻轻摩挲着。

"季星朗，"她声音很小地对他说，"我们……在一起吧。"

明晴说完，弯身凑近他，在他的嘴角轻轻碰了下。

隔天一早，季星朗迷迷糊糊地睁开眼，就看到明晴靠在沙发里，偏头睡着。

他蓦地睁大眼睛，意识到自己正枕着她的腿，人一下子坐了起来。

明晴被他的动静吵醒，睡眼惺忪地望着季星朗。

季星朗很愧疚地说："对不起啊，姐姐，我昨晚……我昨晚枕着你的腿睡了……"

"你的腿还好吗？有没有麻？"他很关切地问着，抬手想要去帮她捏捏，又很无措地缩了回来。

明晴揉了揉眼睛，意识清醒了点儿，嗓音微哑地回答他："麻了。"

季星朗顿时耷拉着脑袋，像只做错事的狗狗。

明晴伸手揉了揉他的头，像在安抚他。

季星朗受宠若惊地掀起眼皮看向明晴："姐姐……"

明晴说："回房间洗漱去吧，一会儿吃了饭我们就去晏承舟那儿。"

"好。"季星朗应着，乖乖起身离开了明晴的房间。

明晴和季星朗一直在南城待到宋楹的葬礼结束才回沈城。

季星朗请了三天的假，也积攒了不少作业。回到学校后，他一直在补作业，与胖子他们的聚餐也被推迟到了周日。

商琅难得见到季星朗周六在学校，而且还是周六写作业，他躺在床上兴奋地说："你也有今天啊兄弟。"

季星朗回答道："你笑个屁啊！你每个周末都是我的今天。"

商琅嘿嘿笑了起来："我今天可不是，琳琳跟她室友出去逛街，陪她室友过生日去了。我今天非常自由，所以决定要和我的床一起度过。"

话音刚落，原琳琳的视频电话就来了。

商琅瞬间一个鲤鱼打挺爬起来，抓了一件外套急忙穿上，把拉链拉到最上面，然后坐到书桌前，翻开一本书，假装自己正在学习。

一切准备就绪，他才接通视频。

"琳琳，你怎么突然给我打视频啦？"商琅嘿嘿地笑着问，"我正在学习呢！我听不听话？"一副求夸奖的语气。

原琳琳毫不留情地揭穿了他:"一看你就是装的,谁在宿舍里还穿外套啊?而且还把拉链拉这么严实?你里面穿的是睡衣吧?"

"我……这……"

他还没说出个所以然来,原琳琳又说:"赶紧洗漱换衣服下楼,我只给你五分钟。"

商琅不明所以地"啊"了一声:"你在我宿舍楼下?你不是去给你室友过生日了吗?"

"她男朋友来了,他们过二人世界去了,我也回来陪你过过二人世界啊!"原琳琳笑着说。

挂了视频后,商琅苦哈哈地开始脱外套,准备去洗漱。

季星朗毫不掩饰地嘲笑出声:"你今天跟谁一起过?"

商琅气哼哼地道:"跟我老婆!你有吗?!"

季星朗:"你赶紧滚吧。"

就在这时,季星朗收到一条微信消息,点开一看,是明晴给他发的语音。

她说:"弟弟,我来你们学校了,见个面吗?"

季星朗立刻问她:"你现在在哪儿?"

明晴又给他发了一条语音消息:"已经走到图书馆附近啦!"

季星朗直接拿起钥匙跑出宿舍。

他一路小跑,直到看到迎面走来的明晴。

季星朗兴奋地扬起声音:"姐姐!"

明晴抬眼看过来,嘴角露出笑意。

季星朗跑到她跟前才停下来。他很开心地问:"你怎么突然来我们学校了?"

明晴坦然地笑道:"找你啊!"

他一愣,然后笑得小虎牙和小酒窝都露了出来。

明晴知道季星朗这两天一直都在赶作业,她问:"作业补完了吗?"

季星朗摇头:"还没有。"

"那你先学习。"明晴说。

"你呢?"季星朗下意识地问。

明晴嘴角噙笑道:"我陪你啊!"

他眨了眨眼睛,也笑起来:"姐姐,你跟我去图书馆吧!"

"好啊。"明晴欣然应允。

季星朗先回宿舍拿电脑和课本，顺便到旁边宿舍借了张校园卡，然后就去了车棚。没多久，他推着一辆自行车来到明晴面前。

季星朗抬起一条腿，跨坐到自行车的车座上，扭头对明晴笑道："姐姐，上来。"

明晴以为他们会走路去图书馆，没想到他还有自行车。

她侧身坐到后座上，脸上露出笑容。

季星朗踩上脚踏板，带着她沿着路往前骑行而去。

道路两旁的树长出了新的叶子，今天天气很好，明媚的阳光穿过缝隙照射下来，形成一块块光斑，落在他们身上，影影绰绰，时明时暗。

明晴望向身前的季星朗，男孩的肩背宽阔，她笑了笑，歪头靠近，本来抓着支架的手也抬起来，从后面环住了他劲瘦的腰身。

自行车突然晃动了一下，季星朗心跳剧烈地低头看了一眼腰间的手，脸颊开始发烫，耳根也泛红，嘴角不自觉地扬起来，翘得高高的。

到了图书馆门口，季星朗把车子停放在自行车区域，用锁锁住，然后从车筐里拿出背包，带着明晴进了图书馆。

津海大学的图书馆实行一人一卡制，想要进图书馆，就需要刷校园卡。

季星朗拿出两张校园卡，把自己的那张递给明晴，他则使用从同学那里借来的那张。

明晴刷完卡，一边跟着季星朗往前走，一边低头看着他的校园卡，上面还有他的照片，看起来很青涩。

季星朗找到位置，放下书包后，一转脸就发现明晴正在盯着他校园卡上的照片看，他很不好意思地从她手中抢了回来。

明晴抬眼看看他，他有些脸红，却故作镇定地说："姐姐，你可以去找本书看，不想看书就玩手机，我带了充电宝和数据线，手机没电了你可以充电。"

季星朗又从包里摸出几根棒棒糖来，放到她面前。

明晴讶异地看着他，他继续压低声音说："给你吃。"

明晴随手拿了一根糖，撕开包装后放进嘴里。

接下来，季星朗打开电脑开始学习，明晴就在旁边戴着无线耳机随意地玩手机。

后来歌曲播放到她最喜欢的那首歌，明晴摘掉一只耳机，给正在敲键盘的季星朗戴到了耳朵上。

季星朗愣愣地扭头看向明晴，明晴嘴角带着笑意，小声地对他说："这是我最喜欢的歌。"

季星朗没有听清，低头凑近她，明晴也向他靠近了些，她的唇若有若无地蹭着他没有戴耳机的那只耳朵，她又很小声地跟他说了一遍："这是我最喜欢的歌。"

季星朗听着这首歌的旋律，刚要告诉明晴很好听，她突然偏头在他的脸颊上亲了一口。季星朗一下子呆住了。

趁他还没反应过来，明晴又在他的另一边脸颊上亲了一下。

他难以置信地盯着她，明晴却直接起身，快步离开座位，走向书架那边，季星朗立刻跟了过去。

明晴心不在焉地浏览着书架上的书，很意外地发现自己居然会做这种事，像个十几岁的小姑娘。感觉跟他待久了，她都变得幼稚了。

明晴随便拿了本书，下一秒，就被人拉着转过了身。

她还没来得及反应，嘴巴就被人堵住了。

明晴下意识地往后退，脊背直接靠在书架上。

季星朗不容分说地吻着她，他一只手抬高，抓着书架的边缘，另一只手揽着她的腰，把她搂得很紧。

他们一人戴着一只耳机，耳机里还放着刚刚那首粤语歌，歌里唱着："怀抱的手，我不想再放开。"

明晴被季星朗吻得悸动不已，开始热切地回应他。

两个人躲在书架间的角落里，亲吻了良久。

明晴眼中水光潋滟，唇也被他吻得又红又润，笑起来的时候格外诱人。

她手中的书不知道什么时候被随手放在了书架上，这时她两只手都缠着他的脖子，与他姿态亲昵。

季星朗其实很想问她，都这样了还不肯给他一个名分吗？但现在他们在图书馆里，说话都要压着嗓子小声地说，实在不适合谈论这么重要的话题。

他抬手帮她拨弄了下发丝，上瘾一般轻轻地亲了她的唇。

226

明晴感觉他很像一只冲着她摇尾巴,眼巴巴等着她抚摸的狗狗。

她轻笑着抱住他,提醒他:"不学习了吗?"

季星朗委屈巴巴地耍赖:"不想学了。"

明晴哄他:"再学一会儿,中午姐姐带你去吃好吃的。"

季星朗这才听话地拉着她回到座位,继续敲键盘写程序。

明晴在旁边继续玩手机,至于那本书,已经被她遗忘在了书架上。

后来闲得无聊,明晴就点开了微博,没想到,刷到了宋楹的微博账号在前天晚上发布的一条动态。

文字内容只有一句话:"给蓝花楹们的一封信。"

"蓝花楹"是宋楹粉丝的名字。

后面附了一张图片,明晴点开图片,看到了宋楹亲笔写的信。

她把这封宋楹给粉丝们写的信认真地看完,眼泪已经无意识地掉落。

明晴正想抬手将眼泪擦掉,季星朗的手就率先伸了过来。他帮她轻轻拭去眼泪,动作温柔。

明晴抬眸看向他,嘴角微翘,随即她又低下头,继续刷微博,刷到了宋楹经纪人发的微博。

宋楹的经纪人说,那封手写信是宋楹留给大家的最后一条微博,宋楹的微博从此不再更新任何动态,但账号仍然永久保留。

中午,明晴开车带季星朗去吃了秘制烧鱼。

下午季星朗没有回学校,而是跟着明晴去了摄影工作室。

明晴下午有个拍摄,一直在摄影棚里忙,季星朗就占用了她的办公室。

中途,明晴的助理金玥敲门拿着一杯咖啡走到办公桌前,把咖啡递给季星朗,说:"晴姐让我给你的。"

季星朗回答道:"谢谢。她还在忙吗?"他问完,喝了一口咖啡,很香醇。

金玥笑着说:"对啊,她还在忙,给她买的咖啡一口都没喝,倒是不忘嘱咐我给你拿一杯过来。"

季星朗听了,嘴角轻轻翘起。

"那你忙吧!我去摄影棚干活了。"金玥对季星朗说。

季星朗点点头。等金玥离开，季星朗拿着这杯咖啡，以办公桌上的电脑为背景，将背景虚化，拍了一张照片。

他打开微信，选中这张照片，配上了一个太阳的表情发了一条朋友圈。

季星朗完成工作后，关掉电脑，把它装进包里，开始无聊地在明晴的办公室等她回来。

明晴拍摄结束回到办公室时，季星朗正坐在她的椅子上，用她的电脑看电影。见她进来，他立刻起身迎上去，笑着问："姐姐，你忙完了吗？"

明晴挑起眉毛，嘴角轻轻翘起，问道："作业写完了吗？"

"啊，"季星朗说，"早就写完了。"

"那你为什么没来找我？"明晴故意生气地问道。

季星朗眨了眨眼睛，笨拙地解释道："我以为摄影棚不能随便进，所以才没有去找你。"

明晴被他小心翼翼的语气逗乐了，抬手在他脸上捏了一把："逗你玩的，看你吓得。"

季星朗闷闷地嘟囔道："我怕你生气。"

"我哪有那么容易生气？"明晴说着，拿起之前放在桌上的车钥匙，对季星朗说，"走吧，去吃晚饭。"

季星朗连忙关掉她的电脑，拎起背包跟着她走了。

第二天是周日，季星朗晚上和一群跳街舞的朋友约好了聚餐。本来分区预赛结束那天就应该聚餐的，但当时因为季星朗缺席了，大家就一直等他有空，结果一拖再拖，拖到了现在。

明晴晚上也有安排，她收到季遇的微信消息，说是调了新品，想让明晴过去帮忙试试新调出来的酒怎么样，于是，明晴就开车去了际遇酒吧。

季遇今晚又在吧台当调酒师，明晴在吧台前坐下，季遇先给了她一盒糖果，明晴笑着打开盖子，拿了一块黄色的芒果味的糖果，吃进嘴里，然后将盒子盖上，把糖还给了季遇。

过了一会儿，季遇把调好的酒端到明晴面前，明晴拿起酒杯，慢慢地品尝了一口，有些惊喜地抬了抬眉梢。

"怎么样？"季遇笑着问她。

明晴说:"很清冽,带着一丝丝甜,感觉心情不好的人喝了这杯酒,心情就会变好,心情好的人喝了这杯酒心情会更好。"

季遇歪头笑着问:"那你现在心情是不是更好?"

明晴眉眼弯弯地说:"对啊。"

就在这时,明晴接到一个客户的电话,对方让她现在把照片发到收件邮箱。

明晴没脾气地应下来,等电话挂断后,叹了一口气:"要回去给客户发照片,心情突然就不那么好了。"

季遇笑了笑,说:"我让小李帮你叫个代驾。"

明晴说了句谢谢,临走前把这杯酒喝完,然后问季遇:"这杯酒的名字起好了吗?叫什么?"

季遇嘴角微弯道:"晴天。"

明晴说:"我喜欢。"

际遇酒吧离明晴的工作室很近,明晴直接去工作室给客户发照片。

她进了办公室,打开灯后坐到椅子上,按了电脑的电源键。

等电脑开机的时候,明晴就靠在椅子上放空大脑,下一秒,屏幕变黑,随后有闪闪发光的星星不断掉落,像是被人从夜空中摘下来的。

明晴晃了晃鼠标,界面开始变化,出现了一行字——姐姐,这是我给你摘的星星,你愿意要吗?

下面有两个选项,第一个是"Yes",第二个是"I do"。

明晴这才意识到,刚才那满屏幕的星星是季星朗给她的惊喜。

她看着这两个选择,在哭笑不得的同时,又觉得这小孩还挺厉害的。

明晴选了"I do",满屏的星星效果重新出现,随即,界面恢复正常。

明晴打开邮箱,先把正事干了。

等给客户发完邮件,她将电脑关机,重新打开,但这次没有刚才的特效了,开机后界面直接就跳到了桌面。

他设计的程序是一次性的。

明晴有点儿遗憾。

她拿起手机,给季星朗打了一个电话。

季星朗正在和朋友们聚餐,突然接到明晴的电话,很意外地接起来。

他走到旁边,疑惑地唤她:"姐姐?"

明晴一上来就问他："你这段时间怎么不问我愿意不愿意跟你在一起了？"

季星朗被这句话搞蒙："姐姐，你怎么突然……"

明晴命令他："你问我啊，季星朗！"

季星朗迟疑地问道："你愿意和我在一起吗？"

明晴回答："好。"

季星朗愣住了，他没想到她会这么轻易地答应他。这一切发生得太快，让他猝不及防。季星朗甚至觉得自己在做梦，因为一切都不真实。

他不知道明晴现在已经发现了他在她电脑上设置的那个小惊喜，他原以为她要等到周一去工作室才会发现。

季星朗觉得明晴的行为有些异常，他低声问道："姐姐，你怎么了？"

明晴坐在椅子上，明明神志清醒，却故意对他说："我喝醉了，季星朗。"

季星朗非常担心地问："你现在在哪儿？"

"我在家。"明晴回答完他的问题后，又说，"我想喝蜂蜜水。"

季星朗从椅子上拿起外套，一边往包厢外走，一边哄她："等我！我马上就来。"

挂了电话后，明晴离开了工作室。

叫代驾送自己回家之前，她去工作室旁边的超市买了几根棒棒糖。

回家路上，她拆开了一根吃了。糖很甜，特别甜，一直甜到了她的心坎上。

明晴到家后回了趟卧室，把衣服换成在家时穿的睡裙，然后就坐在客厅里等季星朗。

季星朗知道今天聚餐要喝酒，出门时就没开车。

他从出租车上下来，一路跑到她住的单元楼里，乘坐电梯来到她家门前。

季星朗深呼吸两下，稍微稳了稳气息，这才按响门铃。

明晴打开门让他进来。

季星朗刚踏进来，明晴就关好门，把他按在墙边，问他："我的蜂蜜水呢？"

季星朗垂眸盯着她看，她的目光很清明，完全不像喝醉酒的模样。

他缓缓眨了下眼睛,终于明白她是故意让他来的。

季星朗搂住明晴的腰,直接单手把她抱了起来。

她身后就是玄关柜,季星朗把她放到柜子上,站在她面前,低头就吻了下来。

"你的蜂蜜水在这儿,姐姐。"他一边吻她,一边含含糊糊地咕哝着,"我当你的蜂蜜水。"

她被他吻得嗓音都变得娇软,他问她:"能解渴吗?"

季星朗一本正经地回答:"解渴。"

明晴小声说:"完了弟弟,你不单纯了,开始变坏了。"

季星朗却很自豪,亲着她说:"那也是姐姐教得好。"

明晴仰起脸,任由他灼热的吻沿着她的脸颊落到她的颈侧。

这一次不用明晴多说什么,多做什么,她只对他钩了钩手,他就自己扑过来了。

他们的关系变了,现在已经是男女朋友了。

今晚,他们都没有喝醉,完全清醒。

姐姐想要他,他也非常想要姐姐。

两个人从玄关亲吻到客厅,又从客厅闹到卧室,倒在床上时,季星朗像是亲不够,一直抓着明晴不断地亲吻。

这时,季星朗突然想起,他们的准备工作没做到位,他刚想郁闷地退开,明晴就伸手拉开床头柜的抽屉,从里面拿了东西递给他,笑着问:"应该会用吧?还要我教你吗?"

季星朗很惊讶她家里备着这个,他一边拆盒一边问她:"姐姐,你家怎么会有这个?"

明晴莞尔道:"当然是我买的。"

"啊?什么时候?"季星朗又问。

明晴坦言:"就是今晚。"

她从工作室出来去超市买糖的时候,一起买的。

季星朗撕开包装,从扁平的小盒子里拿出东西,有点不知道怎么办,最终还是明晴拿走东西,教他如何使用。

他们的第一次,全程都是明晴主导。

季星朗躺在床上,望向明晴的目光痴迷,每次明晴搂住他时,他都会逮住她狠狠地亲吻，让她喘不过气。

之后，两个人相拥着躺在床上，没过多久，季星朗就像只没吃饱的狼崽子，开始不老实。

明晴还有余力，就任他胡闹。

刚才季星朗有点没反应过来，全程被她牵着走，现在有了点儿经验，就不甘于被姐姐控场了。他开始摸索怎样才能让她满意，甚至偶尔强势，抓着她的手腕钳制她。

明晴隐约感觉到季星朗在这方面有点儿强硬，但她喜欢。她笑着去吻他，心里已经盘算好该怎么教他了。

这一次明晴耗尽力气，对季星朗又求又哄，他才不情不愿地结束。但他在身后仍不断地低声叫着"姐姐"，语气听起来又乖巧又可怜，可他做的事……根本就不是乖弟弟能干出来的。

明晴终于见识到季星朗这方面和平日里的反差有多大。

因为晚上没睡好，明晴早上没起来。

但季星朗不仅和往常一样准时起床，还精心准备了早餐。

在回学校上课之前，季星朗回到她的卧室，单膝跪在床上，俯身亲了亲她的唇。

明晴被扰醒，睡眼惺忪地看着他。

季星朗温柔地对她说："姐姐，我做了早饭，你起来后记得吃。"

明晴困倦又疲惫地闭上眼，轻轻点了点头，然后又被他亲了一口。

季星朗低声道："那我去学校了。"

"嗯。"她应了一声。

等季星朗离开，明晴又睡熟过去。

她再次醒来时，已经是上午十点多。

明晴动了动身体，这才感觉身上很酸累。

她慢吞吞地坐起来，随便找了件衣服穿上，没穿拖鞋就走出了卧室。

餐桌上摆放的早餐早就凉透了。

季星朗给她做了煎蛋和三明治，还有一杯牛奶放在旁边。

明晴懒洋洋地拉开椅子坐下，就这么凉着把早餐吃下肚。

明晴一边吃早餐，一边看季星朗发给她的消息，然后慢慢地一条一条回复。

回完消息后,她又给他改了个备注,把"弟弟"改成了"Augenstern"(心爱的人)。

因为早饭吃得晚,明晴就没吃午饭。下午她不紧不慢地打开电脑修照片,但不知道是不是昨晚闹得太厉害的缘故,她今天没什么精神,只想躺在床上休息。

明晴处理完要紧的工作后,就回卧室躺下了。没几分钟,她就睡着了。

这一觉睡到傍晚,家里门铃不断地响,明晴才醒过来,起身皱着眉去开门。

季星朗拎着买的肉和菜站在门外,看她一副刚睡醒的样子,一边进来一边问:"你在睡觉啊?"

明晴"嗯"了一声:"你买的什么?"

他笑着说:"做饭要用的食材。今晚我下厨,给你做好吃的。"

明晴嘴角弯弯地调侃道:"又要给我当厨子了吗?"

季星朗也笑了:"对啊,我终于如愿以偿能给你当厨子了。"他说完,凑过来歪头在明晴的脸上亲了一口。

明晴脸上洋溢着笑意,她伸出手指戳了戳他的脸。然后洗了手,准备给季星朗打下手。

两个人一边做饭一边聊天,说起昨晚的事情,明晴问他:"你在我电脑上弄的摘星星的效果,怎么是一次性的啊?"

季星朗很意外地看了她一眼:"你已经看到了?你今天去工作室了?"

明晴说:"我是昨晚看到的。"

"啊?"

"昨晚要给客户发邮件,就去了一趟工作室。"她简单地解释。

"哦……"季星朗恍然大悟。

"你是因为看到了那个,才突然决定要跟我在一起的?"他问。

明晴浅笑道:"我怎么感觉你突然傻了?"我要是不喜欢你,你给我看一百遍摘星星,我也不可能跟你在一起啊,笨蛋。"她顿了一下又说,"也不是突然决定,其实我心里早就已经答应你了。"

季星朗被明晴的话取悦到,很开心地笑起来。

明晴正在洗菜,她用沾了水的手指戳了戳他左脸上的小酒窝。

季星朗就偏身往她这边凑，把脸都送到她面前。

明晴也不故作矜持，大大方方地在他的小酒窝上吻了一下。

"你喜欢那个摘星星的界面啊？"季星朗问她。

"嗯，"明晴说，"很喜欢，本来还想让它一直留着呢，结果再开机就没了。"

季星朗笑出声来，回她："那我一会儿帮你把家里的笔记本加上那个界面效果，永久的。工作室那个等我有时间，我再去给你改一下程序。"

明晴心满意足，笑着应下："好。"

"哎，对啦，"她好奇地问，"如果我选 Yes，会是什么效果？"

"啊……"季星朗很开心地说，"所以姐姐你选的 I do？"

"问你话呢，"明晴故作要生气，语气严肃地说，"别打岔。"

季星朗嘴角轻翘着，满心欢喜地回答她："两个选项通向一个答案，都是摘星星。"随即又听到他语调上扬地说道，"你选的是 I do。"

明晴好笑地看了他一眼，怎么这么容易满足呢？

小狗真的太好哄了。

季星朗今晚做了四菜一汤，把明晴喂得饱饱的。

饭后，明晴抱着她的笔记本过来，季星朗把笔记本放到腿上，开始编写程序。

明晴在旁边看着他敲键盘，可他写的都是一堆代码，她根本看不懂。过了一会儿，她靠着他的肩膀，开始昏昏欲睡。

等季星朗编完程序开始测试时，明晴已经睡着了。

他关掉电脑，起身弯腰把她抱起来。

明晴在身体腾空的这一刻惶然睁开了眼，看到是季星朗抱着她的时候，她紧绷起来的身体又放松了下来。

季星朗注意到她眼中一闪而过的不安，低声温柔地说："姐姐，是我，你别怕。"

明晴轻笑了一下，问他："今晚还走吗？"

季星朗一边抱着她往卧室走，一边反问道："姐姐希望我走还是希望我留？"

明晴被他放到床上，手却搂着他的脖子没松开。她用力把他往自己怀里带,季星朗配合地俯身凑近。

明晴没有说话,而是直接吻了他。

这个吻结束后,她呢喃道:"留下来吧,陪我。"

季星朗听了她的话,留在她家过夜。

明晴靠在季星朗怀里,懒洋洋地玩着空盒子,笑着和他聊天。无论明晴说什么,季星朗都乖乖地回话。

"困了。"明晴说着,把盒子随意丢到一旁,手搭在他的腰上,闭上眼睡觉。

没过一会儿,她睁开眼睛,仰头望着季星朗,轻声说:"我们俩的事,先别让家里人知道。"

季星朗其实根本不怕家里人知道,他甚至巴不得告诉所有人他和明晴恋爱了,但既然她有顾虑……

他听话地点了点头,答应她:"听你的。"

季星朗很听明晴的话,只告诉宋祺声和商琅他跟明晴谈恋爱了。至于大学里其他同学知不知道他和明晴的事,他根本不在乎,只要他们双方家里人不知道就行。

在一起之后,季星朗几乎天天都要往明晴的住处跑,每天晚上都想留下来跟她一起睡。

为了方便,明晴把门密码告诉了他。

在过了几晚毫无节制的生活后,明晴觉得他们实在不应该这么放纵,于是开始给季星朗立规矩,以后他只能周五和周六晚上过来睡,这样不仅能让她在工作日有心力和精神好好工作,也能让他们的感情长久。

两个人在一起,起初总是有新鲜感的,但这个新鲜感能维持多久,就因人而异了。

对于明晴的要求,季星朗心里千百个不情愿,但只能乖乖答应。

周五的时候,季星朗去了明晴的摄影工作室。

他要帮她改写一下之前的程序,让那个摘星星的效果永久保留,以后只要她开机,摘星星的画面就会出现。

季星朗坐在她办公室里敲键盘时,明晴正在摄影棚里给人拍摄。

没过多久,他就把程序改好了。为了确保效果,季星朗特意关机三次，开机三次，亲眼看到每次都会有摘星星的画面，才把电脑关机。

设置完程序，季星朗从背包里拿出一个盒子，放到明晴的办公桌上，然后起身离开她的办公室，往摄影棚的方向走去。

今天明晴在B棚拍摄，季星朗来到B棚门口，轻手轻脚地推开门，看到明晴正在给男模特拍照。

"保持这个姿势，下巴稍微抬高一点儿，好。"明晴背对着门口，根本没有发现季星朗走了进来。

季星朗站在不起眼的角落，望着举着相机拍摄的明晴。

她今天穿了一件白衬衫和一条牛仔裤，外搭着一件长款薄风衣，长发被她用皮筋扎成了低马尾，整个人看起来知性又干练。

过了一会儿，明晴说："化妆师！补妆。"

化妆师急忙跑过去给男模特补妆，各组工作人员也趁机稍微休息一下。

明晴把相机放到桌上，转过身要将风衣脱掉，结果一眼就看到了站在门口附近的季星朗。

她露出笑容，朝他快步走来。

明晴在季星朗面前把风衣脱了，季星朗顺手帮她拿过来，搭在自己的手臂上。

"很热？"季星朗低声问。

明晴"嗯"了一声："忙起来就热，快要出汗了。"

她一边说一边解衬衫的袖扣，想要把袖子往上挽。

季星朗拉过她的手，开始给她挽袖子，弄好这一只，明晴主动抬起另一只手，他帮忙解开袖扣，又挽好袖子。

明晴笑盈盈地抬脸看着他，语调轻扬，像在哄他："再等我一个小时，忙完就带你去吃晚饭。"

季星朗笑着说："好。"

但接下来的拍摄不太顺利，男模特似乎情绪不太好，总是找不准状态。

季星朗敏锐地察觉到了不对劲，这男人怎么动不动就看着明晴？！

这会儿天都已经黑了。明晴预计一个小时就能结束，最后用了将近两个小时才拍完。

拍摄一结束，明晴就麻利地收拾东西，打算带季星朗去吃晚饭。

季星朗拿着外套走过来,展开她的外套,语气温柔地对她说:"姐姐,一会儿出去会冷,你先把外套穿上。"

明晴听话地伸手,让季星朗帮自己穿上外套。

男模特临走之前来到明晴旁边,笑着问:"这是你弟弟吗?"

季星朗的脸色瞬间沉了下去,他还没说话,明晴就得体地笑着回男模特:"是我男朋友。"

男模特脸色微僵,随后撇了撇嘴角:"我听他叫你姐姐,还以为他是你弟弟……"

季星朗得到明晴给他的身份认证,也变得很有底气,抬手揽住明晴的肩膀,跟对方说:"抱歉,让你误会了,互称姐姐和弟弟其实是我和晴晴之间的情趣。"

明晴轻抿住唇,强压住要上翘的嘴角。

"今天辛苦了。"她对男模特说,"等出了片,我这边再联系您的团队。"

男模特点了下头,对明晴说了句"再见",然后就带着助理走了。

季星朗也跟着明晴往棚外走去。

他心里打翻了醋缸,不由得低低哼了声,结果下一秒就被明晴拍了一下屁股。

季星朗还是第一次被人打屁股,而且是在外面,他们身后还有工作室里的工作人员。

他有些羞窘地看向明晴,耳根都红了。

明晴说他:"你哼什么哼?"

季星朗回道:"哼你总是这么招人喜欢。"

她笑了一声,说:"你不招人喜欢?我看微博上都有人要给你生猴子了。"

明晴也不是瞎说,她是真的看到微博上有人把季星朗当偶像,嚷嚷着要当他老婆,给他生孩子,甚至连微博名都挂着季星朗的大名。

季星朗嘟囔:"我才不要呢!我只想跟你生孩子。"

明晴没说什么,只是脸上的笑逐渐收敛,暗自叹了口气。

两个人回到办公室,明晴一眼就看到了办公桌上的盒子。

她拿起来,扭脸看向季星朗,然后慢慢打开了盒子。

里面是一对情侣手表，女款是粉色的，男款是黑色的，表盘上的腰果花可以自由旋转，表盘外围和腰果花上都嵌着水晶，就连小小的表冠上也刻着腰果花图案。

明晴知道季星朗喜欢腰果花元素。她之前还送过他一条腰果花方巾。

季星朗如实说道："这对情侣手表是我上个月买的，本来想在情人节那天把粉色的手表送给你，但是当时你在出差，而且那段时间我们都很忙，再加上那时你还没答应做我女朋友，我怕送给你你会拒绝，所以就一直没拿出来送给你。"

"今天来之前我回家取了这对手表，"季星朗从盒子里拿出粉色的手表，低声忐忑地问，"姐姐，你愿意戴上它吗？"

明晴直接把手腕上的腕表摘下来，笑着把手伸到他面前。

季星朗立刻帮她戴上手表。

明晴浅笑着说："我这款手表已经戴了好几年，正好想换掉。"她的语气中充满了愉悦，"弟弟，你很会挑礼物，很合我心意。"

"你喜欢就好，我还担心你不喜欢。"季星朗说着，给自己戴上了那块黑色的腕表。

"我很喜欢。"明晴摸着粉色的手表，认真回答他。

她没有安慰他，而是真的很喜欢这个礼物。

季星朗让明晴打开电脑试试，明晴打开后看到了摘星星的画面，笑着问他："不会又是一次性的吧？"

"怎么可能？"季星朗语气笃定地说，"这次是永久的，我特意试了三次。"

明晴关掉电脑，重新开机，摘星星的画面依然在。

她靠在椅背上，眉眼弯弯地笑了起来。

季星朗伸手拉了拉她坐的转椅，直接把她拉到面前，他双手撑着椅子的扶手，将明晴圈了起来。

明晴猝不及防地坐在椅子上滑动了一段距离，本能地抬起手想抓住什么，结果握住了他的手腕。

季星朗低头凑近明晴，盯着她，很认真地问："姐姐，你为什么喜欢摘星星这个画面？"

明晴歪头笑了起来，不答反问："你觉得呢？"

季星朗说:"因为是我给你设计的?"

"也对。"她眉眼弯弯地道。

"还有其他原因吗?"季星朗问道。

明晴的手沿着他的手腕往上挪,最终捧住他的脸。

她扬起脸,在他的唇边轻轻地吻了一下,含笑着告诉他:"因为,我摘到了星星!你就是我摘到的那颗星星。"

季星朗一瞬不瞬地望着她,像是高兴傻了,明明她只是说了一句他是她的星星而已。

明晴吻上他的唇,吻一下,离开一下,继续吻上去,很轻柔,也很缠绵。

他胸腔里的心脏不由自主地剧烈跳动着。季星朗突然抬起一只手,扣住她的后脑勺。

明晴的唇瓣刚从他的唇上离开,因为他用力紧扣,又突然和他的唇瓣紧紧相贴。

明晴笑弯了眼眸,双手缠住他的脖子,与他热切地亲吻着。

明晴知道他此刻正难受,她摸摸他的脑袋,轻声道:"回家随你,好吗?"

季星朗低哼了一声:"这是你说的。"

明晴亲了他一口,浅笑着说:"是我说的。"

回到家后,明晴就被季星朗按在了玄关处。

季星朗像是在报复一样,故意折磨明晴,又不满足她。

明晴并不是那种嘴硬傲娇的性格,她在他耳边说尽甜言蜜语,把他哄得开心起来。

小奶狗最好哄。她两三句话就能让他高兴得不得了,满足她的要求,她说怎么来就怎么来。

舒服之后,季星朗先去洗了澡,随后又给明晴放好洗澡水,把懒洋洋躺在床上的她抱进浴缸里。

季星朗俯身亲了亲明晴的唇,笑着对她说:"姐姐,这只是前菜,吃完晚饭我们继续。"

明晴笑着调侃:"你这样说会让我觉得这顿晚饭是我的断头饭。"

季星朗蹲在浴缸旁边,一边给她按摩放松肩膀,一边低笑道:"我怎么舍得？"

明晴瞥了他一眼，故意严肃地吓他："我看你挺舍得。"

季星朗很认真地问："刚才让你不舒服了吗？"

明晴清了清嗓子，镇定回答："那倒也没有。"

没有不舒服，那就是舒服。季星朗瞬间松了一口气，一下子就开心了。

明晴看着他那一脸开心的样儿，摸了摸他的脑袋，叹息道："季星朗，你可真好哄啊！"

他歪头笑着说："那你平常多哄哄我呗。"

明晴好笑地问："怎么多哄？"

"你时不时告诉我你喜欢我，见不到的时候多说你想我，让我知道你很在意我，我就很开心啦！"

明晴翻了个白眼，抗拒地往浴缸里一躺，闭上眼睛享受着温热的泡澡水，吐槽了一句："肉麻又幼稚。"

季星朗撇了撇嘴，正要起身离开，突然被她伸手钩住脖子。

明晴偏头看着他，目光里带着温柔的笑意，语气认真，一字一顿地道："小笨蛋，为什么你会觉得我只有在见不到你的时候才会想你呢？我现在就在想你啊！"

季星朗没想到她会说这样的情话，登时愣住，胸腔里的心脏扑通扑通地跳着，剧烈又快速，几乎要将他的呼吸掠夺。

"姐姐……"

他刚叫了她一声，明晴继续说："我在意的人很少很少，你是其中一个。我喜欢的人，只有你一个。这样够吗？"

季星朗单膝跪地，半跪在浴缸旁，上半身往前倾着，脖子还被明晴单手钩着。

他一动不动地盯着明晴，听明晴说完话，沉默不语。

明晴歪头笑他："怎么？傻了啊你？"

话音刚落，季星朗就突然堵住了她的唇。

他一只手撑在浴缸边缘，然后长腿一迈，人直接进了浴缸，他趴下来，拥住躺在浴缸里的明晴，衣衫尽湿。

明晴伸手搂住他劲瘦的腰，掌心隔着湿透的衣服，贴着他的脊背。

"不去做饭了？"明晴轻声问他，"我饿了。"

季星朗紧紧地拥着她，蹭着她的脸颊，像只黏人的狗狗，不肯松手。

"等会儿再去做。"他低声说着，呼吸越来越重，急不可耐地重新吻住她的唇。

热切的吻一路蔓延至她的心口。明晴感觉心脏跳动了一下，随即整个身体都变得酥麻。

不知道过了多久，在明晴的意识变得混沌时，她听到季星朗贴近耳边，对她低声说道："姐姐，我也只喜欢你一个。从前没有过别人，以后也不会有其他人。"

浴缸里水花轻溅，滴滴答答地落到地上。

明晴起身，垂眸望着躺在浴缸里的季星朗，用湿润的手去摸他英俊的脸颊。这时男孩的脸颊泛起一抹浅红，目光带着些许迷离。

明晴没有回答他。

她之前有过不止一个男朋友，不敢向他保证之后就一定能与他走到最后。

她没有他那样勇敢无畏，也没有他那样的信心和决心。

她相信爱的存在，但也对爱的保质期存疑。

明晴俯身，温柔地吻上季星朗的唇，最终，她说："弟弟，我不奢求太多，只想跟你过好现在。"

只要现在的我们是开心的、快乐的，就足够了。

季星朗抱紧她，呢喃道："是我贪心，想让你余生都和我绑在一起。"

他抱着她坐起来，跟她额头相抵，轻声说："晴晴，你想要的，我都会努力给你。"

虽然季星朗年纪小，但他懂她。

他能看透她坚强背后的脆弱，也知道她洒脱之下的谨慎。

他知道她的试探，她的忐忑，她的小心翼翼和不安。

他想更了解她，想知道她为什么会是这样的性格，想办法让她变得真正晴朗起来。

他知道她想要什么。

她渴望被爱，希望被她在意的人同样关心，希望有人永远无条件地支持她，无论发生什么事情，都坚定地选择她，而不是站在她的对立面。

季星朗一边爱着她,一边告诉她:"姐姐,你知道吗?你对我来说,就像是一道考题,但你不是选择题,而是填空题。"

明晴反应了一会儿,才明白季星朗话里的意思。

他是说,她不是被他选择的选项之一,而是他的唯一答案,且绝对是正确的答案。

明晴感觉自己在这段感情里又沉浸了几分。

只有少年才能如此勇敢地喜欢和爱。

也只有这个总是勇敢地对她表达爱和喜欢的少年,一次又一次地让她心动。

明晴闭上眼,紧紧地拥抱着他。

她忍不住想,她好像……摘到了最亮最美的那颗星星。

这个澡泡了一个多小时才结束,季星朗率先走出去,抱着明晴进了淋浴室。

两个人简单地冲了个澡,明晴被季星朗抱回床上休息。

季星朗因为衣服湿了,这时只在腰间围了条浴巾。

明晴看着他裸露在空气中的肌肤,肌肉线条流畅,肩宽腰窄腿长。

明晴侧身躺在床上欣赏着他的身体,然后不紧不慢地对他说:"弟弟,打开衣橱。"

季星朗以为明晴要让他帮她拿衣服,于是打开了衣橱。

下一秒,他就愣住了,衣橱里三分之一的空间都挂满了男性的衣服,大多是运动装和T恤。

季星朗回头看明晴,只见明晴眉眼弯弯地说:"给你准备的,喜欢哪件穿哪件吧!"顿了一下,她又说,"内裤和袜子在下方的两个抽屉里,你自己拿。"

他低声问:"你什么时候准备的?"

明晴笑着说:"工作日,趁你在学校的时候给你准备好的。"

"快找衣服穿上去做饭吧!我好饿。"她说。

季星朗俯身拉开抽屉,分格的抽屉左边放着他的内裤,右边是她的。袜子肯定在最底下的抽屉里了。

他拿了一条黑色的内裤穿上,随后取下浴巾,又从衣橱里拿了一条黑色的运动裤和一件白色T恤套上。

在去厨房做晚饭之前,季星朗折回床边,弯腰吻了明晴一下,语气温和地对她说:"谢谢姐姐。"

乖巧的模样完全不像他刚刚的霸道。

季星朗去厨房后没多久,躺在卧室床上休息的明晴就睡着了,随即她开始做梦。

梦里的画面很混乱,她像个被嫌弃的垃圾一样,被母亲和父亲推来推去,然后画面又跳转到她年少的时候,她被校外的男生纠缠。

紧接着,画面继续变化,浮现出她和何文劭还有第二任男友分手时的双重画面。

而后梦里有道声音讥笑着:"明晴,你真觉得季星朗会一直陪着你吗?你早晚也会被他抛弃,没有人会永远选择你,你总会被丢下来。"

季星朗做好晚饭回到卧室叫明晴时,才发现她不知道什么时候睡着了,而且似乎正在做噩梦,因为睡梦中的她看起来很不安。

季星朗走过去,坐到床边轻声唤她:"姐姐?姐姐醒醒……"

"晴晴,晴晴。"明晴突然听到季星朗的声音从很遥远的地方传来,带着虚无缥缈的不真实感,她的梦境开始破碎,身体也跟着下坠。

明晴瞬间被惊醒,迷蒙的目光中充满了慌乱和不安。

季星朗神情担忧地望着她,语气很温柔地问:"做噩梦了?"

明晴看到季星朗,立刻坐起来,抬手抱住他。

季星朗回搂着明晴,嗓音很轻,话里带着宠溺和心疼,问道:"怎么了?"

明晴稍微缓了缓情绪,语调如常道:"没事,我做了个噩梦,吓到了。"

季星朗笑着调侃:"下次把我带进你的梦里,让我保护你。"

明晴被他逗乐:"你怎么才能进入我的梦里呢,季星朗?"她的话里,仿佛有一股无力和无奈。

季星朗开玩笑说:"你多想我,日有所思,夜有所梦,想得多了,我就去你梦里了。"

明晴收紧环在他脖子上的手臂:"好。我天天想你,你也要天天来我梦里。"

跟他相处久了,她似乎也被他带得幼稚了,居然会说这种话。虽然有些幼稚,但是很快乐。

他总会让她心情变好,总能带给她积极的、正面的情绪。

243

季星朗厨艺很好,明晴非常有口福地饱餐了一顿。

晚饭过后,两个人依偎在沙发上看综艺节目。

明晴回想起吃饭前她做的那个梦,又想到季星朗跟她说,她对他来说,不是选择题,而是填空题。

她转脸看了一眼正认真看综艺节目的季星朗。

男孩的侧脸很好看,他正被综艺节目里的情节逗笑,左脸颊上的小酒窝都显露了出来。

明晴望着他,突然很想跟他说说她的过往。她想告诉他,她遭遇过的那些事。但最终,明晴什么都没说。

她收回目光,继续看综艺节目。

季星朗在她转回头的那一刻,偏头看了她一眼。他抬起手,在她的头顶上轻轻揉了揉,莫名地带着安抚的意味。

明晴已经很久没有被人摸脑袋了。她很意外,甚至可以说受宠若惊。

明晴失笑着问季星朗:"干吗突然摸我头?"

季星朗笑着说:"不干吗啊,就是想摸摸头。"

"男朋友摸女朋友的头,很正常吧?"他歪头笑着问。

明晴说:"你不要笑。"

季星朗不解,一脸茫然地问:"为什么?"

"你一笑就会露出酒窝和虎牙,可爱过分了。"明晴将视线落回投影幕布上,不再看他。

季星朗却笑得更开心了,他故意凑过来,挡在她面前,笑着问:"那姐姐看我笑,会不会也觉得开心?"

明晴推开他的头,无奈地笑道:"不要挡住我的视线,我在看综艺节目呢!"

"会不会?"季星朗不死心地问道。

明晴被他缠得没脾气,只好回答:"会啊,你的笑容很有感染力,会让人跟着开心。"

季星朗立刻说:"那我多对你笑,每天都对你笑,你是不是就会每天都很开心?"

"嗯,"明晴放弃看综艺,捧住他的脸揉了揉,又故意用力挤压他的脸颊,让他不得不把嘴嘟起来,她嘴角噙笑说,"跟你在一起的每时每刻我都很开心,弟弟。"

季星朗伸手抱住她,呢喃道:"我也是的。"

"我好喜欢你啊,姐姐。真的好喜欢好喜欢。"他说着话的时候,已经把脸埋在她侧颈,不断地在她颈边蹭着,吻她脖子。

明晴被他闹得笑出声,两个人叠着倒在沙发上。

过了一会儿,季星朗眼巴巴地瞅着她,模样又乖又可怜,他眨了眨眼睛,大胆地说:"姐姐,今晚我们可以不睡觉吗?"

"这就太贪心了吧?"明晴摸了摸他的脑袋,"可是弟弟,你可以吗?"

明晴还没试出他的极限,自己就已经熬不住了。她终于认清了一个事实,不要试探弟弟的体力,尤其对方还是个已经坚持跳舞十几年的弟弟。

第十章

季星朗和明晴在浴室里洗澡。

明晴被他伺候着,懒洋洋地贴着他,嘟囔道:"有点儿累了。"

季星朗知道自己这一晚上闹得太厉害了,他语气愧疚地说:"对不起,我以后不这样了。"

明晴轻笑着回答他:"你也就刚开始这样,等以后两个人在一起久了,热恋期一过,新鲜感没了,就不会有这么大的热情了。"

季星朗单手拥着她,拿着花洒给她冲洗,低头在她耳边咕哝道:"不管怎样,我都爱你。"

他当然知道两个人在一起不可能永远处于热恋期,但他也清楚,他对她的感情不会随着时间的流逝而改变或消失。

明晴仰起头看了看他,季星朗低头轻轻地吻了她的唇。

明晴被他逗得笑出声,偏开头躲避,提醒他:"不能再来了,真的疼。"

季星朗"嗯"了一声,认真地说:"我只是想亲亲你。"

明晴非常确定,季星朗喜欢从后面抱着她,把她完全搂在怀里,或者单手抓着她的手腕。

洗完澡后,明晴回到床上躺着休息,一晚上没睡好,她打算白天要好好休息了。

季星朗打开衣橱拿出衣服穿上,明晴不解地问他:"你不睡觉吗?"

他回头对她笑着说:"我去准备早饭,我们吃了再睡,好不好?"

明晴确实也有些饿,毕竟陪着他胡闹了那么久,耗尽了她的精力。

她点了点头,答应:"行。"

季星朗离开卧室,去厨房熬粥。

厨房里煮着粥,季星朗走进卧室,轻手轻脚地走到床边坐下,发现明晴已经睡着了。

季星朗心想,明晴这段时间工作辛苦,自己还总缠着她撒娇,太不懂事了。

明晴被季星朗的脚步声吵醒,见他一脸愧疚,嘴角轻翘着安抚他:"又没多大事,不要感到抱歉。"

"饭快好了吗?"她说,"我又饿又困。"

季星朗回道:"粥还在熬,我去弄点儿菜,你想吃什么?"

明晴沉思了一会儿,开始提要求:"就简单弄点儿凉菜吧,我想吃点儿爽口的凉菜,搭配着粥会很好吃。"

"好的,"季星朗的大手掌在她的发顶上摸了摸,像是把她当小孩子宠,"那我去做,姐姐你再休息会儿,饭好了我过来叫你。"

"嗯。"明晴眉眼弯弯地点了点头。

饭菜做好后,明晴被季星朗伺候着穿了一件宽松版型的衬衣,然后被他从卧室抱到了餐桌旁边。

季星朗坐到椅子上,明晴被他抱着坐在他的腿上。

他端过一碗粥来,用筷子夹了一点儿凉菜喂她,再用勺子喂她喝粥。

明晴哭笑不得地想接过碗勺自己吃,却被季星朗躲开。

"让我喂你。"他说。

明晴不理解季星朗为什么要这样做:"我可以自己吃。"

季星朗回答她:"我想喂你吃。"

明晴不再跟他犟,由着他喂自己吃饭。

她想,好像还没有人这样抱着她喂她吃东西。

也许在她很小的时候,母亲或者当时家里请的保姆抱着她,喂她吃过饭,但她已经不记得了。

从她记事起,没有一个人这样喂她吃过东西,季星朗是第一个。

明晴望着认真喂她吃饭的男孩子,忽然想到,他也是个大少爷,被众人宠爱着长大的。然而,他愿意为她做饭煲汤,无微不至地照顾她。

明晴抬手钩住他的脖子,歪头笑着调侃道:"季星朗,你是不是忘了你的身份？"

"啊？"季星朗被她问糊涂了，努力反思自己作为男朋友还有哪里做得不够好。

但是他想不出来，只好乖乖说："姐姐，我哪里做得不好？你直接告诉我，我会改进的。我第一次当男朋友，没有经验，全凭本能，肯定会有让你不满意的地方，你……"

"不是，"明晴打断他，失笑道，"我不是在谴责你身为男朋友做得不好。"

"你已经做得很好了，季星朗。我的意思是，你是不是忘了你是个少爷。"她摸了摸他的脸，嘴角轻扬着，用开玩笑的语气说，"姜家未来唯一的继承人，私下居然要给人喂饭，帮人上药。"

季星朗终于明白她的意思。他笑着回答她："那没办法，谁让姜家这位少爷是个老婆奴。"

明晴："就你嘴甜。"

季星朗把粥喂到她嘴边，说："粥也挺甜的。"

明晴张嘴吃下去，然后逗他："没你的嘴甜。"

季星朗问："那你亲一下？"说着，他就嘟嘴凑过来给她亲。

明晴笑着在他的唇上轻轻啄了一下。

两个人腻腻歪歪地吃完饭，然后一起回卧室睡觉了。

季星朗精力旺盛是真的，能吃能睡也是真的。他的睡眠质量很好，容易进入深度睡眠，不像明晴，大多数时候都是浅眠，而且还容易做梦，容易醒来。

明晴上午十点钟醒来时，季星朗还睡得很沉。

她被他搂在怀里，像个人形抱枕，根本动不了。

明晴勉强摸到手机，拿起手机看了一眼时间，又闭上眼睛和他一起睡了。

再次醒来的时候，已经是中午十二点多了，明晴已经有些饿了，可是季星朗依然睡得很熟。

她不想吵他睡觉，就悄悄下床离开了卧室。

明晴不太会做饭，也懒得点外卖，就拿了一桶泡面泡着吃了。

明晴吃完午饭回到卧室，脱了拖鞋上床，主动钻进季星朗的怀里。

睡梦中的他特别自然地搂住她，明晴闭上眼睛，闻着他身上熟悉的味道，很快就安心地睡着了。

不知道过了多久，明晴隐隐约约听到手机来电的铃声。

她迷迷蒙蒙地睁开眼睛，拿过手机直接接了起来。

"喂。"明晴的嗓音带着还没睡醒的慵懒和沙哑。

对面没出声，明晴又"喂"了一声，这次对方说话了，小心翼翼地问了一句："这是季星朗的手机吧？"

明晴疑问地"啊"了一声，对方又说："我找季星朗。"

明晴把手机从耳边拿开，看了一眼手机，这才发现这手机不是她的，是季星朗的。

给他打电话的是胖子，明晴见过的。

明晴瞬间清醒不少，立刻对胖子说："你等一下，我叫他。"

"弟弟。"明晴晃着季星朗的身体，轻声唤他，"弟弟，醒醒，有你的电话。"

季星朗迷迷糊糊地应着声，闭着眼睛伸手，明晴把手机递给他，只听他嗓音困倦地道："喂。"

胖子已经震惊得语无伦次了："季星朗你什么情况啊？你交女朋友了？什么时候？跟谁？你们现在居然睡在一起啊？！"

季星朗烦躁地皱眉，只问："找我干什么？"

"还找你干什么？"胖子说，"你今天怎么没来训练啊？国内赛区的决赛不比了吗？你最近很懈怠啊！"

季星朗困得嘴巴都张不开，嘟囔着说："明天……明天去训练，挂了。"然后直接挂断通话，把手机随手丢到旁边又睡着了。

明晴把他的手机拿起来，特意放在他那侧的床头柜上。

季星朗像是感觉到了她靠近，将人抱进怀里，还重新盖好了被子。

就这样，明晴又跟季星朗睡了一觉。

再醒来时，窗外天色已经黑了，卧室里没开灯，漆黑一片。

明晴独自躺在床上，房间里很黑，也很安静，能听到她的呼吸声。

季星朗不知道什么时候走了，明晴心里有些说不出的憋闷和低落。

就像小时候由母亲陪着午睡，醒来后却发现母亲不在了，房间里只剩她一个人，那种突然涌上头的被遗忘和被抛弃的感觉，让她情绪很不好。

但明晴现在不是小女孩了，不会像小时候委屈地哭。

她只是心情很差，躺在床上放空大脑，同时也缓解着情绪。突然，她隐约听到一阵声音。

明晴瞬间坐起来，下床光着脚快步走出卧室。

客厅的灯亮着，明晴循着声音一路来到厨房门口。

她推开门的那一瞬间，看到正在厨房里忙碌的季星朗，男孩只穿着一条黑色长裤，光着上身，正在熟练地切菜。

听到开门声，他转脸看过来，对明晴笑了笑，问："你醒了？"

明晴忽然眼眶发热。

她走进去，从身后一把搂住季星朗的腰，侧脸紧贴着他的背脊。

她以为他一声不响地走了。

原来，他还在。

他一直都在。

季星朗登时有些诧异，他敏锐地感觉到明晴的反常，放下菜刀，往旁边挪了挪，打开洗菜池的水阀冲了下手，然后转过身，掐着她的腰把她托了起来。

明晴顺势挂在他身上，用双手环住他的脖子。

季星朗靠着料理台，轻轻松松地抱着她，问："怎么了？怎么睡醒了不高兴啊？"

明晴若无其事地浅笑道："没有啊。"

季星朗瞅着她，目光里带着探究，明晴和他对视着，眉眼弯弯地笑着，看起来真的没什么事。

但季星朗感觉到明晴心里有事，她刚才过来抱住他的那一刻，他清晰地感受到了她传递过来的不安和委屈。

"姐姐，"他一眨不眨地盯着她，猜测道，"你是不是以为我走了，所以不高兴啊？"

明晴嘴唇微微抿了一下。

季星朗注意到了，他猜对了。

季星朗安慰明晴，语气认真而缓慢地说："姐姐，我不会在你没睡醒的时候一声不吭就走掉的，离开之前我肯定会告诉你。"

他凑过去轻轻吻了吻她的唇瓣，又低声说："你不要不安，我不

250

会丢下你,永远不会。"

明晴紧紧地抱住季星朗,下巴搁在他的肩上。

他微微偏头,亲吻她的秀发。

明晴很快就调整好了情绪,含笑道:"你这是要做什么啊?"

季星朗回答她:"番茄牛腩,想吃吗?"

"想。"明晴又说,"还想吃尖椒炒鸡蛋。"

"好,给你做。"季星朗抱着明晴来到客厅,把她放到沙发上。

她身上只穿了一件衬衫,衬衫的下摆长到大腿。季星朗怕她着凉,拿过毯子给她盖到腿上。

他手背和手臂上的青筋纹路格外明显,看起来特别性感。

季星朗拿过遥控器,让投影幕布缓缓落下,对她说:"姐姐,你先看会儿电视,我做好了叫你吃饭。"

明晴目光带笑地点了点头:"嗯。"

季星朗的厨艺很好,不管做什么菜,总能让明晴喜欢。

吃饭的时候,明晴对季星朗说:"你明明是个富家小少爷,我却总感觉你并没有被富养,家务做得井井有条,厨艺也很棒。"

季星朗笑着说:"我家里人就没把我当宝贝,而且我是个男孩子,到了年纪该做什么就做什么,家务和厨艺都要学。我爸妈才不惯我,他们更宠我姐,我爷爷也是,最疼爱我姐。"

姜眠六七岁的时候父母离婚,她跟母亲生活。十三岁的时候母亲去世,姜眠自此无父无母,后来就一直跟外公和舅舅一家生活。

家里有姜眠和季星朗两个孩子,三个大人都更宠爱姜眠一些。至于季星朗,他们不偏爱,也不溺爱,而且还会教他,作为一个男子汉,要照顾表姐,保护表姐。

明晴有些好奇地问他:"他们都更宠阿眠,你心里不会不平衡吗?"

季星朗眨巴眨巴眼睛,摇了摇头:"不会啊。"

他说:"我跟我姐不一样,我有父母疼爱,但是我姐没有父母爱她了,她只有我们,不止我爸妈和我爷爷疼爱她,我也很爱她。"

"而且我知道我爸妈和我爷爷也都很爱我。"他说着便笑了起来,露出小虎牙和小酒窝,"所以不会因为他们更偏爱我姐一点而就跟他们怄气,更不会因此讨厌我姐。"

"她应该被我们爱,因为我们是她仅剩的家人。"

一个才十九岁的少年,说出这样的话来,让明晴有一点儿意外。

但她转念一想,他是被爱包围着长大的孩子,能说出这番话也很正常。

明晴心里羡慕季星朗,因为他的家人爱他的表姐,也同样爱他。

可她不一样,她确实生长在有爱的环境里,但爱不属于她。

她是一个从未享受过父母疼爱的孩子,这是她和季星朗最本质的区别。

吃完晚饭,两个人依偎着窝在沙发上看了一部电影。

白天睡了一天,这会儿他们都不困,看完电影又点开了一档综艺节目。

综艺节目里有吃泡面的环节,看到综艺嘉宾吃泡面,季星朗突然想起来什么,问明晴:"你中午自己泡了一桶泡面吃?"

他今晚做饭的时候,在厨房的垃圾桶里看到了泡面桶。

"啊,对,"明晴语气很坦然地说,"不知道要吃什么,也不想点外卖,但是又很饿,就泡了一桶方便面。"

"怎么不叫我?"他说,"我起来给你做午饭。"

"怕吵醒你。"她端起水杯来喝了一口水,"看你睡得很香,舍不得叫你起床去给我做午饭。"

"姐姐,"季星朗搂着她的腰,低声认真地说,"再有下次,你就把我叫起来,好吗?我愿意起床给你做饭吃,不想你吃泡面,伤胃又没营养。"

明晴笑了笑,没把他的话放在心上,随口应下:"好,我知道了。"

"我跟你说过的,我不怕麻烦,喜欢你麻烦我。"他微偏着脑袋,低头吻着她的前额,呢喃道,"我希望你需要我。"

明晴仰起脸来,在他的下颌处亲了一口,笑道:"好啦好啦,下次肯定叫醒你,让你去给我做饭吃。"

季星朗这才开心,停止了唠叨。

睡觉前,季星朗抱着明晴,明晴在他温暖的怀抱里安然入睡。

明晴被他拥抱了一夜,在他怀里安安稳稳地睡了八个小时,中途没有醒来,也没有做梦。

第二天清早,休息好的明晴感觉全身舒坦。

季星朗和之前一样准备早饭，明晴赖在床上不起来。

等他做好早饭，她才懒洋洋地拖着步子挪到餐桌旁坐下。

季星朗对明晴说："姐姐，吃过早饭我就得去舞蹈室练舞了，五月份还要参加国内赛区的决赛。"

"嗯，去吧。"明晴知道他有很多事要忙，也非常理解他没办法每天都陪着她，而且她也不是小姑娘了，不会要求男朋友时时刻刻陪在身旁，她也有自己的事情要做。

季星朗早饭过后就离开了明晴家。他刚到舞蹈室，就被几个人团团围住。

胖子他们几个七嘴八舌地问季星朗，季星朗被他们问得头大："你们到底想让我回答哪个问题啊？"

"都回答！"几个人异口同声道。

季星朗一时无语。

"那我们一问一答，我先问。"胖子凭借他敏锐的直觉问了一个他最想知道的问题，"昨天接电话的那个女人，是不是明晴姐？"

"是。"季星朗如实回答。

"你还真跟明晴姐……"唐乃迅问，"你们在一起多久了？"

季星朗不假思索地道："一个星期。"

鹿晓对季星朗竖了个大拇指："不愧是季星朗，还是你牛。"

几个人拽着季星朗聊了会儿八卦，随后就开始练舞了。

季星朗训练的时候很专注，不看手机，也不管时间。

到了中午该去吃午饭的时候，舞蹈室的门被人从外面敲了敲。

季星朗转头看过去，发现居然是明晴，她两只手拎着外卖袋，站在门口隔着玻璃笑望着他。

季星朗立刻跑过去给她开门，从她手中接过好几份外卖。

明晴跟着季星朗走进来，笑着和舞蹈室里的其他男孩子打招呼。

大家都特别有礼貌地叫她："明晴姐。"

明晴笑盈盈地说："不知道你们爱吃什么，就随便买了点儿，别嫌弃。"

胖子一看外卖袋子上的LOGO（标志）就知道这是最近很火的那家网红餐馆，他们一直想去尝尝的，但由于训练很忙，时间有限，这家店顾客又太多,每次都需要排队,所以一直没吃成。

没想到明晴居然给他们买了这家店的菜。

胖子立刻说:"明晴姐,你太客气了,我们一直都很想尝尝这家店的菜,只是没时间排队等,一直没吃成,你这是圆了我们一个心愿啊,我们真的要感谢你。"

"你们喜欢就好。"明晴说,"我给你们订了喝的,怕你们不喜欢喝奶茶,就都订的果茶,一会儿会送过来。"

大家纷纷对明晴表示谢谢。

舞蹈室内热闹非凡,明晴坐在季星朗旁边,陪着他和他的朋友们一起吃完这顿午饭。

午饭过后,明晴不想多打扰,准备要走的时候,季星朗拉着她的手走出舞蹈室,憋了一中午的话也终于有机会问出口。

他很在意地问她:"姐姐,你是不是排了很长时间才买到这顿午饭?"

明晴笑着说:"我去得早,人不多,没有排很久的队。"

她撒了谎,其实她为了买这顿午饭,排了整整一个小时。

季星朗才不信她的话。他心疼地抱着她,舍不得松手,低声在她耳边说:"以后不吃这家了,你不要去为我们排队买饭。"

明晴感受到他对她的心疼,好笑地说:"买顿饭而已,不用心疼我。"

"我不心疼你,谁心疼你啊?"他闷闷地嘟囔道,"你自己又不知道要心疼自己。"

明晴仰脸,踮起脚轻轻亲了一下他的嘴角。

"好好练舞。"她抬手摸摸他的脑袋,"注意劳逸结合,不要太累。"

"嗯。"季星朗点头应下。

"那我回去了,你也进去吧!"明晴说完,正要退开,突然被季星朗揽住腰,被他一把带进怀里,下一秒,他低头吻住她的唇。

明晴恍惚了一瞬,抬手圈住他的脖子,动情地与他亲吻了良久。

接下来几天,明晴按部就班地工作,季星朗每天奔波在学校和舞蹈室之间,两个人大多数时候通过微信联系。

周五下午没有课,季星朗就去了明晴的工作室,她这会儿还在忙。

傍晚时分,明晴终于结束了这周的工作,回到办公室找还在等她的季星朗。

季星朗把她圈在办公桌旁吻了好久,结束的时候,她已经被他抱到了办公桌上。

明晴坐在办公桌上,手指在季星朗的后颈打着圈摩挲着,她歪头笑着问他:"今晚想吃什么?"

季星朗还没回答,明晴的手机突然响了一声,是有新的微信消息。

她拿起手机,看到姜眠给她发的消息:"晴晴,今晚来我家吃饭,封哥的几个朋友也都来,有家属的还会带家属一起过来。"

季星朗也看到了表姐发的这条微信消息。

他期待地问明晴:"姐姐,我能跟你一起过去吗?我绝对不告诉他们我们在一起了,到时候也跟你保持距离,不让他们发现端倪,我们就说是偶遇,然后你就把我带过去了,行吗?"

明晴还是有些犹豫,如果是他们没有在一起的时候,根本不用他提,她肯定已经主动提出来带他一起过去。

偏偏他们在一起了,她现在做不到那么自然洒脱地带他一起出席,因为会在面对姜眠时心虚。

她真的怕被姜眠知道,她和季星朗谈恋爱了。她还没想好要怎么跟姜眠坦白这件事。

而明晴最怕的是,一旦两家人知道了他们的事,他们这段感情就要面临是选对方还是选家人的艰难抉择了。

她无所谓,她肯定是选他。

可他到时候一定会很为难,她怕他不选她,又怕他选她,所以明晴希望,那一天晚一点儿来。

在她回答之前,季星朗主动说:"对不起,我答应了你要听你的,但还是让你为难了。"

他低声道:"你去吧,我不跟你过去。"

明晴心生愧疚:"是我该说对不起,我让你受委屈了。"

季星朗没有否认他的委屈,只说:"那你要补偿我。"

明晴在他的脸上轻吻了一下,轻声哄他:"你先回家等我,我吃完饭就立刻回家找你,到时候你想让我怎么补偿都行。"

"嗯。"季星朗乖乖应道。

明晴把车钥匙给季星朗,对他说:"你开我的车回家,我打个车去你姐那儿。"

如果他打车回去的话,得在小区门口下车,步行到家,但开她的车回去,就可以顺畅地开进小区里,把车停到车库,直接坐电梯上楼回家。

她心里觉得亏欠他,又怕他生气,临走前还抱了抱季星朗,话语柔软地哄他:"在家等我啊,我吃完饭就立刻回家找你。"

季星朗点点头:"好。"

明晴离开后,季星朗没有开着她的车去她家里。

他把车钥匙放在她的办公桌上,一个人打车离开了。

季星朗回到家后还是惦记着这件事,最终给姐夫秦封发了微信消息:"姐夫,你和我姐今晚在家吗?我想去你们那儿蹭饭吃。"

秦封很快回复他:"在家,你直接过来就行,正好今晚有几个朋友来,明晴也在。"

最后这四个字,不得不让季星朗怀疑,他姐夫是不是早就看出来什么了。

季星朗发了一句:"好,那我现在就开车过去。"随即他就拿了车钥匙,开车出门。

明晴到了姜眠家后才知道,今晚姜眠和秦封邀请朋友们来家里吃饭是要庆祝姜眠怀孕了。

明晴诧异又惊喜地说:"什么时候知道的?"

"就今天,"姜眠笑盈盈地说道,"医生说才半个多月,还不太稳定。"

"那你这段时间要注意着点儿,好好照顾自己和宝宝。"明晴对姜眠说。

"嗯。"姜眠笑着点头。

明晴到得不算早,她到的时候,已经来了两对夫妻,就差一个秦封的另一个发小——随遇青。

随遇青是随遇安的弟弟,因为随遇安和明晗就要结婚举办婚礼了,随遇青和明晴也算是亲戚。

"阿随应该也快到了,"秦封对朋友们说,"大家先落座吧!"

在场的三对夫妻肯定要两两挨着坐,明晴等他们都坐下,才在姜眠身侧的那个空位落座。

就在这时,门铃响起,秦封家的保姆阿姨去开门。

大家都以为是随遇青来了,随后出现在他们面前的,不是随遇青,而是季星朗。

明晴望着他,微怔了一下,没想到季星朗会突然出现在这儿。

姜眠也挺意外,因为她和秦封今晚叫的都是他俩的朋友,而季星朗和她差五岁,朋友圈子完全不一样,所以没喊他过来。姜眠想着反正明晚也要回家,到时候会跟季星朗他们一起吃饭。

姜眠很惊讶地问:"小朗,你怎么突然过来啦?"

季星朗还没说话,秦封就率先道:"是我叫小朗过来一起吃饭的。"

随即他对季星朗说:"小朗,过来坐,正好要吃饭了。"

有秦封这句话,季星朗便没多解释,直接朝着明晴走来,在她的另一侧落座了。

从他出现的那一刻起,明晴就开始心慌意乱。她点开手机的小游戏,注意到自己手腕上还戴着和他同款的情侣手表,下意识地把手藏到桌子底下,想要悄悄摘掉手表,结果发现季星朗的手腕空空——他在来之前就摘了手表。

明晴停下摘手表的动作,抿了抿唇,重新将手露出来,继续玩游戏。但因为身旁坐着季星朗,她很是心不在焉,平常格外擅长的游戏今天却频频失误,导致没能通关。

季星朗稍微往她这边凑了凑,压低声音对她说:"晴晴,我帮你打这一关。"

明晴没说话,抬起眼皮看了他一眼。

季星朗知道自己擅自过来让她不开心了,于是语气带着撒娇意味:"姐姐……"

明晴低垂着眼,没说话,任由他帮她打通了这一关。

随遇青到了以后,看到围绕着饭桌坐的四男四女,有些自嘲地笑了一声,合着今晚就他自己是孤家寡人。

人到齐了,晚饭也开吃了。

明晴在端起酒杯时,收到一条微信消息,她点开,是坐在她身侧的季星朗发的。

他说："姐姐，少喝酒。"

明晴回了他一个猫咪凶巴巴的表情图，上面配着文字——要你管。

季星朗发了一个可可爱爱的猫咪表情图，一副肆无忌惮地撒娇的模样。

明晴被他闹得无奈，只得故作严肃地道："好好吃饭，不准玩手机。"

季星朗这才收起手机开始吃菜。

他今晚滴酒未沾，因为开了车过来，一会儿还要开车回。

吃得差不多了，四位女性纷纷离桌，去沙发那边坐着聊天说笑，季星朗坐在座位上，听秦封和三个兄弟聊事情。

没多久，明晴率先向姜眠提出要回去了。她在离开之前，对在场的大家说了一句："我就先走啦！下次再聚，拜拜。"

她说这句话的时候，目光一直若有若无地瞟向季星朗。

明晴从姜眠家出来，站在路边等着。果然，没几分钟，季星朗就开着车过来了。

他把车停在她面前，明晴拉开副驾驶座一侧的车门坐进去。

季星朗正在戴被摘下来放在车里的手表。

明晴主动拉过他的手，拿过手表给他戴好。

她刚要收回手，季星朗就拉住了她的手。他可怜兮兮地小声叫她："姐姐……"

明晴把手抽回来，故意板着脸吓他："好好开车。"

季星朗闷闷地乖乖应道："好。"

他一路将车开到她的小区门口，因为这辆车没有录入小区的住户系统，所以没办法开进去。

季星朗把车停到路边，明晴对他说："你等我一下。"

他不明所以地看着她下车朝着门卫室走去。

过了一会儿，明晴回来，坐进车里对季星朗说："走吧，现在可以开车进去了。"

门卫大爷用遥控器帮他们打开了自动抬杆门。

季星朗一边开车，一边问明晴："姐姐，你……"

他还没说完，明晴就说："我会找小区的负责人把你的车牌号录入系统,以后你的车可以随意进出。"

季星朗瞬间开心起来。

他把车子开进车库停好,随即解开安全带,但是没有立刻下车,而是倾身搂住明晴,乖乖地道歉认错:"姐姐,对不起,我今晚没有听你的话,还是跑去找了你。"

明晴被他拥着,轻轻叹了一口气:"不用道歉,本来也不是你的错,是我提的要求有些过分。"

"你不怪我吗?"他稍稍松开她,低声问道。

明晴莞尔道:"为什么要怪你啊?你又没做错什么。"

季星朗垂眸凝视着她,慢慢地凑近,最终吻住了她的唇。

明晴环住他的腰身,主动挑逗他。

季星朗很快就给了她回应。

两个人躲在车里,毫无顾忌地闹着,后来明晴被季星朗从副驾驶座抱了过来。

他每次抱她都轻松自如,毫不费力,明晴真的惊叹于他惊人的臂力。

季星朗往后调了调座椅,又将椅背向后调整了一下。

他靠着椅背,搂着明晴,两个人吻得难舍难分。

过了好一会儿,明晴想就这样不顾一切了,但被季星朗阻止,没能得逞。

被情感驱使的明晴已经失去了理智,她动情地吻着他,轻声娇软地说:"我们这样试试,感受和以前不一样的。你不用担心,之后我会吃避孕药的。"

季星朗抿着唇瞪着她,心里有些生气,但又被她吻得没了脾气。

他挡住她,不让她胡闹,语气很冲地问:"姐姐,你刚才说什么?"季星朗不再靠着椅背,他坐起来,非常郑重地告诉她,"在没有保护措施的情况下,我不可能和你发生关系,你也别背着我吃药。"

"除非等我到了法定结婚年龄,你愿意嫁给我,并且心甘情愿想要和我生孩子。在此之前,我不会让你在我这里出任何意外。"

明晴雾眼迷蒙地看着他:"季星朗……"

季星朗把她抱进怀里,心疼又温柔地附在她耳边说:"别做伤害自己的事,我不允许。"

明晴其实无所谓,因为她以后并没有要孩子的打算,甚至连结婚这件事她都没有想过，所以根本不在乎。

但在季星朗那里，她是宝贝，是他最疼惜的人，他不允许她这样糟蹋自己。

他绝对不可能在没有采取保护措施的情况下与她发生关系。他必须确保她的绝对安全，不希望她受到任何伤害，尤其是来自他自己的伤害。

明晴不小心碰到了方向盘上的喇叭，安静的车库里突然响起一声鸣笛，把她吓了一跳。

明晴钩住季星朗的脖子，两个人紧紧相拥在一起，开心地笑个不停。

她突然变得像个小孩一样幼稚起来。

休息好的明晴被季星朗用外套裹住，两人一起乘坐电梯回到了家。

回到家后，季星朗给明晴放了热水洗澡，让她舒舒服服地躺在浴缸里泡澡。

季星朗在旁边的淋浴间冲了个澡，把他们刚才弄脏的衣服放进洗衣机，然后去了厨房。

等明晴泡好澡，裹着浴巾出来，床头柜上放着一杯温热的蜂蜜水，他正靠在床上刷手机。

见她洗好了，季星朗放下手机，拿起蜂蜜水递给她。

明晴坐到床边，捧着水杯慢慢喝下蜂蜜水，之后她被困意席卷，在他的怀里昏昏欲睡。

季星朗却根本不困，他心里装着事情，脑海中不断闪过关于明晴的各种画面。

她被何文劭在酒吧纠缠，被另一任前男友跟踪伤害。

她情绪崩溃在他面前掉泪，却从不告诉他原因。

她宁愿冒雨回酒店也不愿意让他去接她。

她总是忘记告诉他，到家了或者到酒店了，让他担心她是否出了意外。

她好像时不时就会做噩梦被惊醒。

她宁愿自己吃泡面也不把他叫醒，让他给她做饭。

明明他是她男朋友，可以为她做任何事，但她并不依赖他。

她根本不懂得要爱惜自己，也不在乎自己是否会受到伤害，好像

260

无所谓，又仿佛习以为常。

季星朗垂眸望着她，叫了一声："姐姐。"

明晴懒洋洋地应声："嗯？"

季星朗问："你为什么会想事后自己吃药？"

明晴缓缓睁开眼睛，看向他，与他的目光相撞。

她察觉到他很在意这件事，便开口坦言道："就是被情感驱使了，我没多想。"

"所以你就想着过后吃药？"季星朗问，"姐姐你应该知道，避孕药对身体不好吧？"

明晴说："一两次问题不大，只要不经常吃就行。"

季星朗抿紧唇，瞪着她不说话。

"怎么了啊你？"她抬手捏捏他的脸蛋，嘴角噙笑道，"生气啦？"

"你说呢？"季星朗气极，"你能不能关心一下你自己？"

明晴的手在他脸上轻轻摩挲着，她目光含笑地望着他，安静地听他数落她："你总是这样，上次是用你自己的身体试探我，这次又不把你自己的身体当回事，避孕药是说吃就能吃的吗？"

"你为什么要这样对自己？"季星朗说，"我珍惜你都来不及，想把最好的都给你，生怕你会难受，会不舒服，可你好像根本不在意。"

他的语气透露出一种无力感："姐姐，你能不能别这样？对你自己好一点儿可以吗？"

听到最后，明晴把手从他的脸上移开。

她慢慢地坐了起来："对不起，我不知道我的问题这么大。"明晴非常认真地向他道歉，"弟弟，我从来没有被人这样在意过。我从小到大被疏忽惯了，很多时候没有人关心我的感受，所以我性格上有缺陷，这些缺陷可能会不知不觉地映射到日常生活中。"

她的嘴角挂着浅浅的笑意，继续说道："如果有什么地方让你不舒服，你可以直接告诉我，就像今晚这样。要不是你说出来，我根本不知道你会这么在意这件事。"她对他如实说，"在我心里，吃避孕药确实算不上什么大事，现在知道你介意，以后我就不会再有这个想法了。"

季星朗直截了当地指出："我介意是因为我不想让你受到伤害，尤其是因为我。"

261

明晴抿嘴笑了，伸出手倾身拥住他："我知道了。"她轻声说道，"弟弟，你真可爱。"

季星朗撇了撇嘴，回抱着她，心里感到无比心疼。

他知道她在家里不受宠，但这只是一部分。

他不知道明晴到底经历过什么，才会形成现在这样的性格。

"姐姐，"季星朗想让明晴知道，她在他心中有多重要，她是有人在乎、心疼的，"你是我最宝贝、最珍惜的人，所以你别总是委屈自己。"

"你知道有人爱你吗？"

明晴笑着点了点头："知道。"

她真切地感受到他对她的深爱。

隔天周六，明晴和季星朗一起去逛街。

季星朗拉着明晴买了很多情侣用品，情侣水杯、拖鞋、睡衣，还有情侣的洗漱用具。

只不过这些东西还没用两天，明晴就因为工作需要出差了。

她这次出差的城市是南城，临走前一晚，明晴对正在帮她收拾行李的季星朗说："我过去后约晏承舟见个面，自从上次葬礼结束，就一直没他的消息。"

季星朗应道："嗯，去看看他吧！晏总也需要朋友陪陪他，如果他需要开导，你就劝劝他。"

明晴叹了一口气："就怕我劝了没用。"

季星朗把明晴的行李箱拉链拉好，拎起来放到一旁，随后他坐到床边，很认真地思索道："如果是我，我没办法走出来。"

明晴扭头看他："如果是你，你会怎么办？"

季星朗说："我不知道。"

"可能一下子就找不到方向了，感觉人生在失去你的那一刻，就已经结束了。就算此后几十年我依然活着，可我早已经死了。"他仰起脸来，看着明晴说，"姐姐，你不能丢下我。"

明晴抬手摸了下他的脑袋，故作轻松道："别瞎想啦！"

她从不正面回答他关于未来的约定，这次也一样。

第二天，季星朗送明晴去机场。

明晴到南城后，又一次忘记第一时间告诉季星朗她到了，最后还是季星朗问她，她才想起来报平安。

当天晚上，明晴约了晏承舟出来吃饭。

明晴到餐厅的时候，晏承舟已经坐在座位上等她了。

他除了肉眼可见地消瘦了点儿，感觉没其他变化。

明晴在他对面坐下来，晏承舟嘴角挂着淡笑："你再晚来一天，咱俩就见不到面了。"

明晴诧异地问："为什么？你打算离开这里吗？"

"暂时离开吧，以后还会回来的。"晏承舟告诉她，"榅榅走之前跟我说了她的遗愿，想让我替她去世界各地看看，拍最美的风景给她。"

"也好，"明晴说，"你确实该出去走走。"

"你跟季星朗怎么样？"晏承舟边吃边问。

"在一起了。"明晴笑着回答，然后收敛起笑容，叹了口气说，"但是我总是会感到不安。"

"为什么？"晏承舟抬眼看向明晴，猜测道，"你觉得你们的关系不会长久？"

明晴被晏承舟猜中心思，哭笑不得地问他："你会读心术吗？"

晏承舟也淡笑起来："我之前确实辅修过心理学。"

"为什么觉得不会长久？他对你很认真，我也看得出来他知道自己想要什么，你应该给他多一点儿信心。"晏承舟对明晴劝道。

明晴叹了口气："我对自己没信心。"

"我清楚地知道我没有多好。我性格很差，骨子里自私自利，很可能会伤害他，让他受委屈。时间久了，他应该就受不了我了吧！"

"你怎么知道他受不了你？也许他爱的就是这样的你呢？"晏承舟站在旁观者的角度对明晴说，"季星朗虽然年纪小，但他心思通透，什么都看得很明白，这点他胜过你。"

"你们俩之间，也许他才是更成熟的那个。"晏承舟顿了一下，端起水杯来喝了口水，然后继续道，"明晴，或许你可以跟他多聊聊，两个人在一起该时不时地谈谈心，有什么事最好及时沟通，而不是总让对方去猜你。"

"他再了解你，也不是你自己。你总是让他自己猜，他总会有猜错的时候，一旦猜错了，就有可能导致误会产生。"

明晴笑着说："我叫你来吃饭，本来是想安慰你，结果怎么成了你开导我了？"

晏承舟也笑了："我不用安慰，你倒是真的该开导开导。"

吃饭的时候，明晴一直觉得晏承舟的状态是正常的。

直到他们吃完饭从餐厅出来，明晴扭过脸，想跟他说她叫的车到了，结果就看到他整个人定在那儿，望着一个方向，仿佛把三魂七魄都弄丢了。

虽然不知道他到底在看什么，但明晴猜测，他一定是想起了宋楹。

明晴在这一刻突然想起季星朗昨晚在家跟她说的那句——就算此后几十年我依然活着，可我早已经死了。

现在的晏承舟，让明晴产生了他已经是个死人的错觉。

明晴不忍心打扰思念宋楹的晏承舟，就这样安静地站在旁边，等着他回过神来。

须臾，晏承舟缓缓动了动眼睛，慢慢地收回目光，明晴这才开口道："晏承舟，我叫的车到了，先回酒店了啊。"

晏承舟转身看向她，"嗯"了一声。

明晴又说："提前祝你旅游愉快。"

他笑着又"嗯"了一声。

明晴继续道："等你旅行结束，我们再聚一次吧！"

晏承舟说："行，到时候你带上季星朗一起。"

她浅笑着点头应下："好。"

坐进出租车里，明晴回头看了一眼还站在原地的晏承舟，注意到他又往刚刚看的那个方向望了望。明晴叹了一口气，收回视线。

在回酒店的路上，明晴想起季星朗之前说，希望她在见不到他的时候多想想他。

她掏出手机，打开微信，点开了和季星朗的聊天界面，手指在屏幕键盘上点了几下，随即点了"发送"。

同一时刻，季星朗的消息突然蹦了出来。

Augenstern："姐姐，你在做什么？"

明晴："季星朗，我想你了。"

明晴没想到他们会同时给对方发消息，不由得笑了，然后继续打字回复他。

她还没输入完文字,季星朗的视频通话请求就率先发了过来。

明晴点了"接受",下一秒,季星朗的脸就出现在手机屏幕中。

他穿着她给他买的T恤,头发湿湿的,看起来是刚洗过澡。

"姐姐。"季星朗语调里莫名透着一股委屈。

"你在车上?"他问。

"嗯,"明晴说,"刚跟晏承舟吃完饭,正在回酒店的路上。"

"他怎么样?"季星朗关心道。

"看起来很正常。"明晴说到这里,不禁皱了皱眉,"但又很不正常。"

季星朗大概能理解明晴的意思,低声说了一句:"再给他一点儿时间吧。"

"他明天就要离开南城去旅行了。"明晴把晏承舟要走的事情告诉季星朗,"希望对他来说是一件好事。"

她说完,问季星朗:"今天不是周末,你怎么没在学校住?"

季星朗躺到床上,侧过身,低声回答她:"很想你,家里有属于你的气味。"

明晴好笑地说:"幼稚不幼稚?"

他没回答她,自顾自地说:"我想在家等你回来。"

明晴突然沉默了,一时说不出话来,从来没有人在她出差去外地的时候跟她说过"我在家等你回来"。

她目光柔和地望着视频另一端的季星朗,声音也柔软下来:"我尽快忙完,争取提前回去。"

季星朗怕她太累:"你别太拼,注意休息。"

"知道了。"她无奈地笑道。

明晴在酒店门口下车时,季星朗还没有挂断视频。

她乘坐电梯回到房间后,把手机随手扔到床上,开始换睡裙。

此时的镜头对准天花板,看不到她,但季星朗能听到她换衣服时的细微声音。

明晴换上吊带睡裙后再拿起手机,就看到季星朗眼巴巴地瞅着她,两只耳朵红彤彤的。

她觉察到他不对劲儿,笑着问:"怎么啦?"

季星朗撒娇似的叫她:"姐姐……"

明晴坐在床边,明知故问:"怎么了啊你?"
季星朗很委屈地撇了撇嘴,在她的床上翻滚了一下,回答她:"我想你了。"
明晴继续装傻逗他:"我也想你啊。"
"我想……"他直接说了出来。
明晴忍着笑出声的冲动,回答他:"那你先解决一下,我去洗个澡。"
说完,明晴把手机往床上一扔,悠闲地进浴室洗澡去了。
季星朗看着镜头里的天花板,直到浴室哗啦啦的水声响起,才意识到明晴在故意逗他。
他听着明晴那边传来的水声,恨不得自己有瞬移能力,下一秒就出现在她面前。
明晴慢悠悠地洗完澡,裹了一条浴巾出来,头发刚刚稍微擦了擦,但依然很潮湿。
她重新拿起手机,走到沙发那边坐下。
明晴看着视频里的男生,笑着问:"解决完了吗?"
季星朗委屈地说:"还没解决。我不想自己解决,想等你回来。"
明晴煞有介事地道:"离我回去还有四五天呢!别把你憋坏了。"
季星朗恼羞成怒地说:"姐姐!"
明晴笑出声来:"好啦!我不闹你了。"

在明晴本应该回沈城的前一晚,明晴好心提醒季星朗:"弟弟,我明天就要回去了。"
"好,那姐姐你好好休息,明天我去机场接你。"
明晴笑着回答:"嗯,晚安。"
"姐姐晚安。"季星朗躺在他们一起睡过的床上,向她挥了挥手,然后视频被明晴挂断了。
季星朗这段时间其实很忙,没有课的时候,基本上都在舞蹈室练舞,白天忙碌,晚上睡得也很沉,以至于半夜家门被打开了,他都毫无所觉。
明晴进门后把行李箱扔在玄关,换上拖鞋,把脱掉的外套随手扔在客厅的沙发上,径直走进了卧室。
她进来后将门关上,房间内拉上了窗帘,一片漆黑。
明晴凭借感觉摸索着往床边挪,然后慢慢爬上床,躺在季星朗旁边。

季星朗睡得正香，迷迷糊糊间感觉自己被人吻。他以为在做梦，双手很自然地拥住趴在他身上的明晴开始回吻。

两个人亲了好一会儿，季星朗还没清醒过来。又过了片刻，他才睁开眼睛，睡眼惺忪地叫她："姐姐？"

明晴在黑暗中轻笑着说："终于醒了。"

下一秒，她被男孩子翻身压在柔软的大床上。

季星朗彻底清醒，惊喜地问："你怎么现在就回来了？"

明晴抬手钩住他的脖子，含笑说："很想你，等不到天亮再出发了。"

季星朗俯身凑过来亲吻她，一个劲儿地叫着："姐姐……"

两人温存了一会儿，季星朗抱起明晴带她去洗澡。

两人站在花洒下，他问道："你怎么不叫我去接你啊？大半夜的，你一个女孩子从机场打车回家多不安全。"

明晴笑着说："叫你去接我就没有惊喜了啊。"

季星朗从身后拥住她，一边给她搓泡泡，一边低声道："我很喜欢你今晚给我的惊喜，但更希望确保你的安全。"

"这次的惊喜我已经收到了，下一次一定要告诉我，让我去接你。"

明晴转过身，踮起脚来，仰脸在他的鼻尖上轻啄了一下，浅笑着应道："好。"

季星朗年轻气盛，一点就着。她突然亲了他，他又燃起了心火。

他低头堵住她的唇，明晴不由自主地向后退了退，人靠在冰凉的瓷砖墙上。

与此同时，季星朗伸手搂住她的腰，用力地将她拉进怀里。

明晴抬起手想要挣脱，却被他抓住手腕，按在墙上。

眼看情势不妙，明晴及时示弱,气喘吁吁地对他说："弟弟,我累了。"

她靠在他怀里，懒洋洋地说："好想睡觉。"

季星朗知道她整晚都在奔波，非常疲惫，回来又跟他闹腾了很久，便没有继续。

他亲吻她的唇，帮她冲掉身上的泡沫，用浴巾给她擦干净，然后把她抱回床上，拥着她一起入睡。

早上七点钟，季星朗起床准备早饭，而明晴还在睡觉。

他准备好早饭后回到卧室喊她："姐姐，你要不要现在跟我一起吃早饭?"

明晴迷迷糊糊地应着:"好……"

季星朗走到衣橱那边,拉开衣橱门帮她拿睡衣。

他转身时,发现她还没有起床,便折回床边,把赖床的明晴拉起来,开始给她穿衣服。

明晴闭着眼睛,一副昏昏欲睡的样子,季星朗温声对她说:"吃了早饭继续睡吧。"

"嗯。"她应声,打了个哈欠,慢慢睁开眼睛,抬手环住季星朗的脖子,随即歪头靠过去。

季星朗帮她穿好睡裙,将她横抱起来。

他把她放到餐厅椅子上,在她身旁拉开椅子坐了下来。

这次季星朗熬的是海鲜粥,还做了点儿鸡蛋饼和爽口的凉菜。

吃完早饭,季星朗就要出门了。临走前,他把明晴抱回卧室,给她盖好被子:"姐姐,我中午不回来吃,你一个人也要好好吃饭。"

明晴点头,笑道:"跟你在一起,我都快失去自理能力了。"

季星朗也笑了,伸手摸了摸她的头发,温柔地说:"我会好好照顾你,谢谢你愿意让我照顾。"

他俯身亲了亲她的唇,然后离开了。

明晴躺在床上,心里却有些不安。她忍不住想,现在被他这样无微不至地照顾,万一以后哪天他不再陪在她身边了,不继续这样照顾她了,她该怎么适应?

晏承舟说,她该和他谈谈心。

明晴叹了一口气,觉得她和季星朗确实该谈谈。

有些事总该让他知道,但最近并不是谈心的好时机。

他在准备国内赛区的决赛,明晴不愿意在这个阶段搅乱他的心。先让他安心比赛吧,等他比赛完,她再找时间和他聊聊。

明晴胡思乱想着,又睡了一觉,再醒来的时候,感觉身体不对劲。

明晴睡眼惺忪地上了个厕所,果然是来月经了。

她拿卫生巾的时候发现家里的存货快没了,晚上要用的安睡裤也没有了。她这会儿肚子正痛,不想下楼买。

她想起季星朗不止一次地告诉过她,他希望被她需要。于是从卫生间出来后，明晴就拿起手机给季星朗发微信消息："弟弟，你晚上回家的时候帮我去超市买两包日用的卫生巾和两包 M 码的安睡裤，再买点儿暖宝宝。"

季星朗很快回复她，他关切地问："疼不疼？有哪里不舒服吗？"

明晴笑着回他："还好，就是肚子有点儿难受，每次第一天肚子都会疼，明天就好了。"

季星朗说："那你好好休息，晚上我回家给你做好吃的补一补。"说完又提醒她，"别吃凉的和辣的，记得穿好拖鞋，不要总光脚在家里走来走去，地板很凉的。"

明晴无奈地说："知道了，知道了。"

"你好啰唆。"季星朗的消息还没发过来，明晴补充道，"但我喜欢。"

季星朗开心地发了个"猫咪嘿嘿一笑"的表情图过来。

当晚，季星朗在超市推着推车买菜，随后又去货架那边帮明晴买卫生巾。

他从来没有帮女孩子买过卫生巾，看着货架上各种牌子、各种规格的卫生巾，一时间眼花缭乱，不知道要买哪一种。

季星朗举起手机对着货架拍了张照片发给明晴，然后语音问她："姐姐，你需要哪一种？"

明晴在图片上把需要的东西圈出来，重新把图发给他。

季星朗对照着她圈出来的区域拿东西。

卫生巾下方的货架上放着暖宝宝，暖宝宝旁边放着暖宫红糖，季星朗顺手拿了两包红糖放进购物推车里。

他买完东西，拎着购物袋回到家里时，明晴正在卧室里睡觉。季星朗也没吵她，他放下东西，就开始准备食材做晚饭。

明晴醒来的时候，季星朗快把晚饭做好了。

她睡眼迷蒙地光着脚走进厨房，像只慵懒又黏人的猫儿，从身后抱住他的腰，声音带着刚刚睡醒的倦哑："你什么时候回来的啊？"

季星朗往后扭头，看了她一眼，笑道："一个多小时前。"

他用勺子搅了搅热气腾腾的汤，然后转过身把她抱起来。

明晴顺势挂到他身上，季星朗用手握了握她的脚："不是告诉你要穿拖鞋吗？怎么又没穿？"

"我忘了。"明晴理直气壮地说。

她歪着头闭着眼睛，像是找到了避风港的流浪动物，看起来无比安心。

季星朗轻轻拍了一下她的屁股，本来是想教训她，但因为舍不得，力道不重，倒像调情。

明晴扭了扭身体，"嗯"了一声。

季星朗被她逗笑："姐姐你嗯什么？"

明晴轻轻地吻他的脖子，随后往上挪，开始亲他的脸，最后吻住他的唇。

季星朗被她亲吻着，含混地说："你别勾我，我又不能把你怎么样。"他的语气很委屈，把明晴乐得不行。

明晴说："吃饭吧！我饿了。"

季星朗把她抱出厨房，让她坐到椅子上，又回厨房去盛汤。

两个人吃完晚饭，季星朗去厨房洗碗、刷锅，明晴坐在客厅的沙发上找好看的综艺节目。

季星朗给她端了一杯热的红糖水过来："有点儿烫，一会儿再喝。"

明晴有些诧异地问："你还买红糖了？"

季星朗在她身边坐下来，把她拥到怀里，低声问："肚子还疼吗？"

"白天疼得厉害些，这会儿好多了。"明晴如实说，顿了一下又说，"等睡觉的时候我贴片暖宝宝。"

"嗯。"季星朗应着，手缓慢地在她的小腹上轻揉，帮她缓解着疼痛。

回房睡觉时，他贴心地帮她贴了片暖宝宝。

第十一章

接下来五天,季星朗每晚都留在明晴家里陪她睡觉。

他每晚都给她做一顿丰盛的晚饭,早上也会给她精心准备早饭。

眨眼又到了周五,明晴的月经期结束了。

中午,季星朗问她晚上想吃什么,她在微信上逗他:"生理期完了,晚上我想吃点儿不一样的。"

季星朗问:"那我看着准备?"

明晴回他:"别忘了你自己。"

季星朗发了个"哼"的表情图,又补充道:"任女王姐姐处置。"

然而,计划赶不上变化,当晚季星朗和明晴正在吃晚饭时,门铃突然响了起来。

明晴从显示屏里看到门外站着的人是明旸,立刻把季星朗往卧室的方向推,急忙说:"弟弟,你先去卧室躲一会儿。"

季星朗听话地去了卧室。

明晴急匆匆地把季星朗的碗筷收起来放进厨房的料理台上,这才跑去开门。

明旸一进门就说:"二姐,你在干什么啊?我按了半天门铃。"

明晴抬手把头发别到耳后,淡定自若地道:"能干什么?吃饭呗!"

明旸走进去,看到餐桌上丰盛的晚餐,惊讶地问:"你一个人吃这么多……"

"哎,不对,"他突然捕捉到了重点,扭头盯着明晴看,不解地道,

"谁给你做的晚饭啊？"

明晴强撑着镇定胡诌："找人上门做的。"

"看起来不错，正好我没吃饭。"明旸嘿嘿笑道，"我也尝尝味道。"

他说着，正要毫不客气地去厨房拿碗筷，明晴急忙拉住他，说："你坐着，我去给你盛饭。"

明旸没觉出不对劲儿，扬着嗓门说："谢谢二姐！"

明旸拉开椅子，从裤兜里掏出手机，结果发现手机电量不足百分之十。

他没有落座，而是四处找手机充电器。

客厅里没有数据线，那就在二姐的卧室里。明旸捏着手机，朝明晴的卧室走去。

他推开门，走进明晴的卧室，从床头柜上方的插座上拔掉充电器。在转身要出去的时候，明旸忽然停了下来。

他低头盯着床边地板上的男士拖鞋，不解地皱了皱眉。

明晴帮明旸盛好饭从厨房走出来，发现明旸不在餐厅，也不在客厅，而她的卧室门被推开了。

明晴心里一惊，立刻快步朝着卧室走去。

她以为明旸和季星朗正面撞上了，进去后发现只有明旸，想来是季星朗躲起来了。

明旸见明晴进来，目光探究地看向她，语气笃定地道："二姐，你说实话，你是不是交男朋友了？"

明晴佯装淡定地回答："是的，我交了男朋友。"

"他人呢？"明旸问道。

"走了啊！"明晴主动解释，"他有时候在家里会光着脚来回走，可能是离开的时候没把拖鞋穿回玄关鞋柜那儿。"

其实这双拖鞋是季星朗慌乱躲进衣橱时落在外面的。

明旸很在意地追问："他叫什么名字？在哪儿工作？人怎么样？对你好吗？"

明旸很在意跟她交往的男人是什么样的人，怕明晴再一次被伤害到。

明晴没告诉明旸对方的名字，只说："他是跳舞的，人很好很好，不是百分之百对我好，是比百分之百对我好还要好。"

明旸还是不太放心,总怕明晴被男人骗:"他什么时候有空?我要见一见他。"

　　明晴失笑道:"近期不行,他很忙,正在准备比赛。"

　　"你赶紧出来吃饭吧!没事跑到我卧室里干什么?"明晴说着。

　　明旸无辜地说:"我手机没电了,过来拿充电器,谁知道会发现你家里有男人存在过的痕迹。"

　　明晴一边把他往门外推,一边说:"这有什么稀奇的?交个男朋友而已。"

　　关门前,明晴回头看了一眼衣橱,然后走出去了。

　　明旸在客厅把手机充上电,随即就去餐桌那边落座吃饭。

　　明晴夹菜的时候故意松了筷子,菜掉在她的衣服上,衣服沾了油渍。

　　她用纸巾把衣服上的菜捡起来扔进垃圾桶,对明旸说:"我去换件衣服,你先吃着。"

　　明晴说完就回到卧室,顺手将门从里面反锁。

　　她看到季星朗还没从衣橱里出来。

　　她径直来到衣橱前,打开衣橱门,只见季星朗抱膝坐在里面,脑袋耷拉着,看上去很可怜。

　　明晴的心霎时抽痛了一下,愧疚如涨潮一般不断涌来。

　　她伸手去摸他的脑袋,轻声唤他:"弟弟。"

　　季星朗这才动了动身体。他松开抱着腿的手,转身将腿放下来,脚踩在地上,坐在衣橱边缘,依旧低着头。

　　"对不起。"明晴向他道歉,"又让你受委屈了。"

　　他默默伸出手,环住她的腰。

　　季星朗的脑袋贴着她的前胸,明晴一下一下地摸着他的脑袋安抚道:"对不起啊,弟弟。"

　　季星朗心里确实委屈,他们明明在谈恋爱,却搞得像偷情。

　　他知道她不想被家人知道他们之间的关系,尤其是被表姐姜眠知道。

　　在她那里,他们的感情可能不会长久。如果姜眠知道了,等到他们分开,她和姜眠之间的友情也会变得尴尬。

　　但季星朗从来没有想过要跟她分手,他曾经说过不会丢下她,所以一定不会。

明晴搂着季星朗，紧紧抱着他的腰。他闷闷不乐的，一直不说话，像是受了委屈，就像一只可怜巴巴等待主人抚摸和安慰的小狗。

她轻声哄他："等一会儿明旸走了，我再陪你好好吃晚饭，好吗？"

他轻轻点了一下头。

"对不起，弟弟。"

短短的时间里，这已经是明晴第三次向他说"对不起"这三个字了。

季星朗抬起脸看向她。明晴感到很歉疚地说："是我太坏了，总是让你受委屈……"

季星朗没有等她继续说下去，抬起手扣住她的后脑，用力迫使她低头，与此同时他高扬起下巴，吻住了她的唇……

最后，明晴坐在他的一条腿上。

她伸手在衣橱里拿了件上衣，在他面前换起衣服来。

季星朗目不转睛地盯着她。

明晴换好衣服要出去之前，又捧住他的脸吻了吻："再等一会儿。"

"嗯。"他低声应道。

明旸吃完晚饭后并没有要走的意思，甚至提出："二姐，我今晚在你这边睡。"

明晴不解地问："为什么？"

明旸靠在沙发上，人懒散散的，回答道"跟老头吵架了，不想回家。"

"那你去住酒店不行吗？"明晴还是不理解，"酒店不比我家的次卧宽敞舒适多了？"

明旸转头看向明晴，很心痛地说："我的卡被老头停了，现在身无分文，你让我怎么去住酒店？"

"我给你钱。"明晴不假思索地说。

明旸立刻回答："我就不去。"

"你这么迫不及待地赶我走，是有事瞒着我吧？一会儿你男朋友过来？正好我可以会一会他。"

他脱下拖鞋，躺到沙发上："今晚我就住这儿了，你说什么我都不走。"

明晴撒谎说："我说了他最近排练忙得很，今晚不会来我这里。"

"那我也不走。"明旸哼道，"我的身份证都被老头扣下了，二姐你再不收留我,我还能去哪儿?"

明晴心里烦躁,又拿他没辙,只能同意明旸今晚睡在次卧。

又过了两个小时,见明旸回房间睡觉去了,明晴才偷偷去厨房,用微波炉加热饭菜。

这是明晴刷碗前,趁明旸不在厨房,给季星朗留的饭菜。

明晴端着碗筷回到卧室时,季星朗正靠在床头抱着她的平板看综艺节目。

她把卧室门反锁,来到床边坐下。

明晴主动喂他,季星朗乖乖张嘴一口一口吃下去。

"明旸没走。"

明晴刚想解释,季星朗就说:"我都听到了。哥也挺难的,别赶他走了。"

听了季星朗的话,明晴便没再说什么。

等季星朗把这碗饭吃完,明晴关切地问:"吃饱了吗?我再去给你找点儿吃的?"

季星朗摇了摇头,回答她:"不用了,我已经吃饱了。"

吃完饭休息了一会儿,季星朗去洗漱,明晴拿着碗筷回到厨房,把碗筷洗干净,这才折回来,重新锁上房门。

第二天清早,季星朗很早就起床了,因为明旸还在,明晴没让他像往常那样准备早饭。季星朗洗漱完后抱着明晴亲了一会儿就去了舞蹈室。

接下来的五天,明旸都住在明晴家里,季星朗也因此没有去明晴家。

等明旸离开,季星朗就跟原来一样,周五、周六晚上过去住,其他时间回校或者回家住。

白天他忙着上课和练舞,明晴也忙着工作,两个人除了在吃饭的时候聊几句,基本不打扰对方。

四月的最后一个周六,明晴和季星朗在吃过晚饭后很早就休息了。

季星朗的睡眠一向很好,沾了枕头就秒睡。

明晴等他睡下后,一直刷着手机,时不时地注意着时间。

直到零点,她发了一条屏蔽两家人的朋友圈,内容很简单,只有

275

一张照片和一句"十九岁快乐"。

照片是几个月前她在南城给他拍的,当时他站在巷子口,整个人都沐浴在明媚的阳光里,无比晴朗。

明晴希望季星朗能永远保持这样明朗干净的样子。

她发完朋友圈后凑近季星朗,很轻很轻地吻了一下他的唇,然后很小声地对他说:"生日快乐,弟弟。"

睡梦中的季星朗仿佛感知到她的靠近,很自然地伸手把她圈进了怀里,还不忘抓起被子帮她盖好。

这些动作仿佛已经刻进他的骨子里,哪怕睡着了,都能自然流畅地凭借本能完成。

第二天一早,明晴被季星朗吻醒了。

她迷迷糊糊地睁开眼睛,笑着抬手钩住他的脖子。

季星朗像只小狗一样在她的颈间蹭来蹭去,他似乎很开心,低声问她:"姐姐,你怎么知道今天是我的生日?"

他这样问,肯定是看到昨晚她发的朋友圈了。

明晴嗓音轻哑地说:"之前买飞机票时让你在我的手机上填过个人信息。"

原来她在几个月前就知道他的生日是四月二十六日。

季星朗紧紧抱住她,撒娇似的喊道:"姐姐……"

明晴回拥着他,摸着他后脑含笑说:"生日快乐,小笨蛋。"

一大早看到明晴为他发的朋友圈,又亲口听她对他说"生日快乐",季星朗一整天心情都很好。

吃午饭的时候,胖子见他还总捧着手机看那条朋友圈,开玩笑说:"你别捧着手机傻乐了,没准明晴姐发的这条朋友圈是仅你一人可见,其他人都看不到呢!"

季星朗不在意地说:"那又怎样?姐姐是祝我生日快乐,其他人看不看得见重要吗?"

胖子打开微信,往下翻了好久,怎么都翻不到明晴的微信,最后使用搜索功能,依然没有。

胖子很奇怪地说:"我怎么搜不到明晴姐的微信了?我记得我跟她是加了好友的啊……"

旁边的季星朗轻咳一声,坦然承认:"是我帮你把她的微信删了。"

胖子大惊失色地说:"什么时候？季星朗,你好卑鄙！居然陷害我！万一哪天被明晴姐发现我把她给删了我多尴尬啊！我要怎么解释啊！"

季星朗很气定神闲地回答:"就你在朋友圈发我跳街舞的视频那次,你让我拿你手机删视频,我顺便把她也从你列表里删除了。"

胖子:"你真无耻。"

季星朗笑着说:"过奖了,兄弟。"开完玩笑,他正色道,"姐姐那边我会帮你解释清楚的。"

胖子默默翻了个白眼:"真没想到啊,你居然是这样的季星朗。"

当天傍晚,季星朗训练完要撤的时候,才看到明晴半个多小时前给他发的微信消息。

她说:"弟弟,训练结束了来商场东北门这儿。"

季星朗立刻跑出舞蹈室,乘坐电梯到一楼后,一路往东北门的方向跑去。

他刚一出门,就看到了明晴。

她靠着红色的轿车,手中抱着一束鲜花,正望着商场出入口的方向。

看到他的那一刻,明晴瞬间笑起来,抬手冲他挥了挥。

季星朗飞快地跑到她面前,很开心地问:"姐姐,你怎么来了？"

明晴眉眼弯弯道:"来接你回家呀！"她把手中的花束送给他,"给你买的。"

季星朗接过来,垂头看着她给他买的花——是用向日葵和白玫瑰组合成的花束。

在明晴心里,季星朗就像向日葵一样阳光开朗,又如白玫瑰那般纯情可爱。

她愿他永远阳光开朗,永远纯情可爱,一生安然无恙,岁岁平安。

季星朗单手拥住明晴,又低头亲了亲她的唇,语调里染着显而易见的高兴:"谢谢姐姐,我很喜欢。"

明晴笑道:"还有生日蛋糕和礼物都在家里等你呢。"

季星朗立刻兴奋地抱着花上了车,明晴也笑了笑,坐上驾驶座,开车向家的方向驶去。

他们都没发现,身后那辆黑色轿车里,坐在后座的姜骁和季蓁看到了这一切。

他们亲眼看到他们的儿子和一个女人在车旁拥抱、亲吻,最后跟着对方上了车,坐进了副驾驶座。

而这个女人,他们都认识,是明家的二女儿明晴。

季蓁和姜骁对视了一眼,都没从震惊中缓过神来。

过了一会儿,司机将车停好,季蓁和姜骁从车里下来。

往商场里走的时候,姜骁问妻子:"我没记错的话,明晴跟咱们家眠眠是同学吧?应该还是挺多年的好朋友?"

季蓁应道:"对,她和眠眠关系很要好,高中的时候还来过家里做客,你当时不在,出差去了。"

姜骁皱眉说:"那她大小朗不少啊!跟眠眠同岁的话,大五岁呢!"

季蓁倒是对年龄没什么要求,两个孩子互相喜欢比什么都重要,而且这才刚谈恋爱而已。距离小朗到法定结婚年龄还有三年时间,谁都不知道这三年会发生什么。也许两个人一直相处得很好,到时候走到结婚那一步了。也许相处后觉得不合适,过段时间就分手了。

姜骁思索道:"不行,我得叫这兔崽子回家一趟,好好跟他谈谈。"

季蓁拽了他胳膊一下,嗔骂道:"谈什么啊?有什么好谈的?你儿子就是谈个恋爱,又没做什么违法乱纪,伤天害理的事情,你管这么多干什么?"

"那是他姐姐的朋友啊!"姜骁很严肃地说,"你有没有想过万一他俩分手了,明晴和眠眠以后要怎么相处?这么多年的好姐妹,就因为季星朗以后变得尴尬?"

"而且他一个小鬼头,怎么能给人家保障未来呢?让人家姑娘这样干巴巴地等他吗?眠眠和明晴同龄,她已经结婚两年了,而且现在眠眠已经怀孕,几个月后就要当妈妈了。季星朗距离法定结婚年龄还有三年,明晴等他三年就二十七岁了。二十七岁意味着什么?意味着一个女孩子最宝贵的几年都耗费在你儿子身上了,要是到时候没个结果,分手闹得不好看,你怎么面对人家姑娘?又怎么给眠眠一个交代?"

姜骁说得有道理,季蓁一时间也无法反驳,过了一会儿她才说:"但孩子们的事情,我觉得我们不应该插手。小朗也不是那种浑不吝的孩子。他这么多年一直很懂事,做任何事情也都很有分寸。"季蓁语气笃定地说,"我的儿子我了解。他不会伤害明晴。你应该相信他。"

姜骁说:"我没说不相信他。我自然了解他是什么样子。我只是在阐述事实,毕竟他俩未来发展成什么样,谁都不知道。"

两个人你一句我一句地争论着,一边进了超市。

最后季蓁打断姜骁,说:"停!我们先别讨论这个,先说要买什么菜,看样子你儿子今晚不会回家吃饭,也不用我们陪他过生日了,我们还要按原计划准备晚餐吗?"

本来计划着今晚季蓁亲自下厨做饭,给季星朗过生日,这下看来似乎没什么必要了。

姜骁语气揶揄道:"哦,现在又成我儿子了?"

季蓁瞥了他一眼:"有完没完了你?"

姜骁立马回答她上一个问题:"还是按原计划准备吧!我也好久没吃你做的饭菜了。"

季蓁轻哼了一声:"天天跟我吵嘴,一点儿都不让着我,还想吃我做的饭?你真是想得美!"

说完,她就往前走去。

姜骁急忙推着购物推车追上去:"嘿,老婆……"

季星朗根本不知道父母意外撞见了他和明晴亲吻。

他跟着明晴去了她家,一进去就看到她准备好的一桌子菜肴,还有蜡烛、红酒和生日蛋糕。

季星朗很诧异地走到餐桌旁,猜测道:"你找人上门做的?"

明晴笑着回答他:"真了解我。"

她拿起椅子上放的礼盒,递给季星朗。

季星朗把手里的鲜花放下,满怀期待地打开了盒子,里面是一本相册。

季星朗拿出相册开始翻看。

第一张照片是他十六岁那年,穿着高中校服在街头和别人Battle的照片,也是明晴相机里记录的属于季星朗的第一张照片。

后面的照片有些是他大学军训时拍的,有些是他在飞机上睡着后她偷拍的,还有些是他们去南城时她在镜头下拍摄的……再往后,是他们在一起后的合照。

合照是她用手机拍的,不管是构图还是像素,都不如相机好,但每一张对她来说都很珍贵——他们窝在沙发里相互依偎着,他们在外面的餐厅吃饭打卡,他们在电影院影厅里坐着等电影开场,他们手牵着手在小区里散步,还有他们躺在床上相拥……每一个普通又平常的瞬间,都被她定格下来,变成独一无二的回忆。

相册的最后一页,是除夕当晚,他拍的那张照片——她拿着仙女棒开怀大笑。

季星朗抬眼问:"姐姐,你为什么把我给你拍的这张放在最后?"

明晴说:"希望你能记住我最开心的样子。"

"当然,那只是无数瞬间中的一个缩影,事实上,跟你在一起的每时每刻我都很开心。你就像个小太阳,但同时又是星星和月亮。"

季星朗笑道:"我怎么可以同时是三种意象?"

"为什么不可以?"明晴嘴角噙笑道,"你既有太阳的光芒,又有星星的闪亮,还像世人无法触摸到的月亮一样高高在上。"

"哪有?"他放下相册,伸手把她拉到怀里说,"你不仅触摸到了,还拥有了。"

"我不要当什么太阳、星星和月亮。"季星朗一字一顿道,"我要当你的季星朗。"

"在你面前我从来不高高在上,我愿意为你低头弯腰,愿意对你俯首称臣。"

明晴拥着他轻笑道:"小笨蛋。"

"那我当你的小笨蛋也行。"他撒娇般咕哝道。

"哦,对了,我也有东西送你。"他松开她,从兜里摸出一张票,递给明晴。

明晴接过,然后听到季星朗说:"这是 Love hip-hop dance 国内决赛的门票。"

明晴想起上一次不得已之下放了他鸽子没去看他比赛的事,心里感到很亏欠他。她捏着门票对季星朗认真道:"这次我一定会去看你比赛,不管有什么事我都推掉。"

季星朗不愿意逼她,让她放宽心:"去不了也没关系,等我拿到去国外参加总决赛的名额,你还能去国外看我比赛,就算这次我没能晋级总决赛,以后也一定有机会让你看我的现场比赛。"

季星朗的手机突然响了,他拿起来看了一眼,发现是父亲发的微信消息。

姜骁言简意赅，只发了一句："今晚回家。"

季星朗回复："好，我一个小时后就回，这会儿跟朋友们聚餐呢！"他小小地撒了个谎。

姜骁明知道他说了谎，也没拆穿，回了季星朗一个字："嗯。"

季星朗在跟父亲聊天时，明晴已经将插在蛋糕上的十九根蜡烛和桌面烛台上的蜡烛全都点燃了。她用遥控器将客厅里的灯关掉，对季星朗笑着说："许个愿吧，弟弟。"

季星朗隔着跳动摇曳的蜡烛，望着站在餐桌对面的明晴，问她："只能许一个愿望吗？"

明晴眉眼弯弯地说："也可以是三个。"

他露出了小虎牙和小酒窝，然后闭上眼睛，缓慢而认真地说："我的第一个愿望是，希望这次比赛能冲进总决赛拿奖。"

明晴无奈地小声提醒他："不要把愿望说出来，要在心里许。"

她不相信愿望能实现，但遇到给他过生日的时候，她反而迷信起来，希望他许下的每一个愿望都能实现。

季星朗睁开眼睛看了看她，很俏皮地对她一笑，又飞快地闭上眼睛，继续说道："第二个愿望，希望家人和朋友都健康平安，开心快乐。"

"第三个愿望——"他突然停顿了下来，没有再往下说。

第三个愿望，希望季星朗和明晴永远深爱对方，永远在一起。

须臾，季星朗睁开眼睛，弯腰一口气吹灭蜡烛。

等季星朗直起身，就发现明晴正好奇地盯着他。

"怎么了？"他笑着问道。

明晴直截了当地问："第三个愿望为什么没说出来？"

季星朗直视着她含笑的目光，认真回答："因为第三个愿望的当事人让我不要把愿望说出来，要求我在心里许愿。"

明晴突然被他撩到，心怦怦直跳，她忙移开视线，转身拉开椅子坐下，故意岔开话题："小寿星快帮我切块蛋糕。"

季星朗特意把有心形巧克力的那块蛋糕切给明晴。

明晴捏起巧克力，掰成两半，她咬住一半，伸手把另一半送到他嘴边。

季星朗正在拿着醒酒器倒红酒，非常自然地张开嘴，接受了她的

281

投喂。

吃晚饭时季星朗问明晴:"姐姐,你发现胖子把你的微信删了吗?"

明晴看向他,笑着问:"不是你删的吗?"

"是我删的。"季星朗说,"我跟你提这个事是想告诉你,不是他删了你,是我拿他的手机把你给删了,他一直不知道。"

解释完,他又问:"你怎么知道是我删的?"

明晴眨了眨眼睛,语调带着一丝漫不经心:"说起来也很巧,我有时候会通过查看微信好友的朋友圈辨别对方有没有把我删掉。那次胖子在朋友圈发你疯狂跳舞的视频,后来我给你打了通电话,胖子就把视频删了,正巧那天晚上我闲着没事挨个检查微信好友有没有单方面删我,然后就发现胖子把我给删了。当时我就猜到了,要么是你删的,要么就是你逼他删的。"

"我当时是……嫉妒他。"季星朗嘟囔道,"那会儿我被你删掉了,我不是你的微信好友,结果他却是。我都嫉妒死了。"

明晴被他逗乐,夹了一块糖醋排骨安慰他。

吃完晚饭,季星朗向明晴提起他要回家一趟,明晴"啊"了一声,问他:"那你一会儿还回来吗?"

季星朗有些意外,惊讶地问:"我还能回来睡吗?"

毕竟今天不是周五和周六,按照约定来说,他不该留下来住的。

"今天是你生日。"明晴脸上漾着笑意,走过来踮起脚亲了他一口,笑得明媚,"可以破例。"

季星朗回吻了她,抵着她的额头低声说:"那我晚点儿回来,你困了就先睡,不用特意等我。"

她嘴角噙着笑点头道:"嗯。"

季星朗从明晴家里出来,在手机上叫了一辆车回家。

他到家时,家人已经吃过晚饭了,爷爷岳鸿庭已经回房间去休息了。

母亲正在插花,父亲不在客厅。

季蓁见儿子回来了,感到意外,问他:"小朗,你怎么突然回来了?吃饭了吗?"

季星朗也感到困惑,问道:"啊?不是你们让我回来的吗?"

季蓁皱眉道："我们？"

季星朗说："我爸让我回家的啊。"

季蓁有些无奈："我不知道他让你回家。"

"啊？"季星朗眨了眨眼睛，一本正经地跟母亲开玩笑，"那要不……我走？"

季蓁还没说话，姜骁的声音就从楼梯那边传来："走什么走？你来书房，我们谈谈。"

季星朗应了一声，等姜骁转身往书房走去时，他很茫然地看向母亲，小声问："妈，你知道我爸想跟我谈什么吗？"

季蓁告诉他："我和你爸今天傍晚去商场买东西，看到你跟明晴在一起。儿子，你告诉妈妈，你们是不是在交往？"

既然父母都看到了，季星朗也就没有否认。他点了点头，坦然道："嗯，我和她在交往。"

"交往多久啦？"季蓁好奇地问。

"不到两个月。"季星朗说，"我们是三月八日正式在一起的。"

季蓁没有再问别的，只对季星朗说："去楼上跟你爸爸聊一会儿吧！"

她知道老公不会为难儿子，顶多就是嘱咐他几句。

季星朗点点头，一步跨俩台阶地上楼进了书房。

姜骁正在单人沙发上坐着，季星朗走过去，在旁边的长沙发上坐下来："爸，你找我是想问我和晴晴的事吗？"

姜骁抬眼瞅着儿子，淡淡地"嗯"了一声，问："你们在一起多久了？"

季星朗不由得笑起来："你跟我妈不愧是夫妻，问题都问的一样。"他这才回答姜骁的问题，"快两个月了。"

连两个月都没有，时间着实有点儿短。

"你是怎么想的呢？"姜骁又问。

"什么怎么想的？"季星朗被问糊涂了。

"就是你以后的打算。"姜骁说。

"毕业之前的这几年我会再参加一些街舞比赛，毕业后到咱们家公司帮忙，同时着手准备创立一个新的街舞赛事，以后在街舞这方面就转幕后，没什么特殊情况就不再以选手的身份去参加比赛了。"

姜骁问："那你打算什么时候接手公司？"

季星朗笑着说:"近几年还用不到我掌管咱家的企业吧?等你什么时候想让我管理了,我就接手,那个时候估计我创立的街舞赛事也已经步入正轨了。"

"这些你跟明晴聊过吗?"姜骁又问他。

季星朗摇了摇头:"没有。"

"怎么不聊聊?"姜骁说,"你应该和她聊一下,让她知道你有目标、有计划、有人生方向,让她明白你确切地知道自己应该做什么,又会怎样朝着目标努力,这样她会心安很多。"

季星朗挠了挠头,有点儿苦恼地说:"我还没找到很合适的机会和她说这些,而且我有点儿怕她觉得我在空想,怕她认为我定的目标不切实际。"

"那你就让她多了解你啊!"姜骁语重心长地说,"你要让她清楚你是一个有理想,但也很务实的人,不是只会单纯地幻想。"

季星朗好奇地问:"爸,你不会觉得我的目标太空太大了吗?创立新的街舞赛事不是很容易的事情。"

姜骁哼道:"创办新的街舞赛事当然不容易,但你可以。"

在街舞这方面,季星朗是佼佼者。

所有人都知道他是非常有天赋的街舞舞者,是老天爷追着他,喂他吃这口饭的宠儿。

他今天能拿下街舞世界冠军,有朝一日就一定能创办属于他的街舞赛事。

姜骁是十分信任儿子的,就算到时候季星朗遇到了非常大的困难,也还有他这个当爹的给儿子兜底。

年轻人,就该敢想,敢闯,敢干。

季星朗和姜骁聊得很愉快,他甚至把具体的计划透露给姜骁——比如他创办街舞赛事的启动资金从哪里来。

季星朗大学学的是计算机科学与技术,他打算这几年设计一些程序,找投资方投资运营,也会写一些程序直接卖钱,加上他这十多年参加街舞比赛赢得的奖金,这些钱拿来做启动资金,绝对够了。

赛事创办起来了,到时候再考虑正式比赛时需要注意的各个环节,一步步改善赛事设计。

父子俩聊了很久,季星朗从家里离开时,已经晚上十一点了。

离开之前父母还接连嘱咐他,要好好对待人家女孩,不要辜负了人家。

今晚他喝了红酒,不便开车,就让家里的司机把他送去明晴的小区。

季星朗在小区门口下了车,步行往她家里走。

季星朗输入密码进来,在玄关换好拖鞋走到客厅,就发现了窝在沙发上睡着的人。

她身上只穿了一件吊带裙,长发披散着,贴在她的肌肤上。

季星朗走过去弯腰把人横抱了起来。

明晴在被他抱起来的那一刹那,突然惊醒,同时慌乱地喊了一声:"季星朗!"

季星朗脚步蓦地顿住,他垂眸看着怀里的她,眼底闪过一抹心疼。

四目相对的瞬间,季星朗低声温柔地道:"姐姐,我在。"

明晴在本能地喊出他名字的那一刻就清醒了过来。她抬手钩住他的脖子,嗓音轻哑地道:"本来是在等你的,结果不小心睡着了。"

抱着她走进卧室的季星朗无奈地叹气:"不是跟你说不用等我了吗?"

他说着,把她放在床上,明晴却没松开圈着他脖子的手。

季星朗双手撑在她身体两侧,保持着弯腰靠近她的姿势,眼底藏着几分不解和担忧。

他目光温柔地望着她,声音也很温和:"怎么了?"

明晴说:"一起睡吧。"

季星朗笑道:"我还没洗漱。"

她便松手让他进了淋浴间。

季星朗冲了个澡。等他出来时,明晴正抱着平板看他参加分区预赛时的比赛视频。

季星朗走过去,掀开被子上床,伸手把她搂进怀里。

明晴靠在他怀里继续看他当时跳舞的 cut(视频片段)。

那天季星朗佩戴着她送的那条腰果花方巾,他把腰果花方巾固定在裤链上。

但明晴清楚地记得,在晏承舟家门口见到他的时候,他的裤子上没有裤链,也没有腰果花方巾。估计是被他提前摘下来了,毕竟是参

285

加葬礼，穿着要正式一些。他当时是直接从比赛现场赶过去的，衣服来不及换，但配饰可以摘掉。

明晴看完这个视频后，又在网上搜索关于季星朗参加街舞比赛的其他视频，结果找到了他从小到大的比赛视频合集。

她点开视频，第一个就是季星朗七岁那年第一次参加 Kids 世界街舞大赛中国赛区的视频——小小的身躯跟着音乐灵活地律动着，他的双手飞快地做着 Locking 动作"Point"，然后屈膝跪地，又瞬间弹起。

明晴看得饶有兴致，下一段是他当时在这场比赛中获奖后的感言，小小的他抱着奖杯和奖牌，非常天真地说了一句："好累，我想回家吃饭睡觉了。"

明晴忍不住笑出声，没想到他小时候居然有点儿酷。

旁边的季星朗觉得很羞耻，蒙住明晴的眼睛不让她再看。

被喜欢的人找到自己过往的视频，就像是被对方挖出黑历史一样。

明晴笑得停不下来，扒开他的手说："弟弟，你别闹，让我把这个合集看完。"

季星朗偏不应，他拿走平板，又关掉灯，紧紧地把她圈在怀里，不让她乱动。

他在黑暗中低头去寻找她的唇，缓慢又温柔地与她亲吻。

季星朗记得她上个月来月经的日期是二十八号，但是不太清楚周期是多少天，便低声问："姐姐，你的月经周期是多久啊？我感觉你的月经可能要来了。"

明晴懒洋洋地"嗯"了一声，回答他："应该就是明天。"

季星朗了然，看来三十天是一个周期。

"那我接下来几天也过来住好不好？"他说，"这样我能在你经期内更好地照顾你。"

明晴应道："好。"

第二天一早，明晴醒来上厕所就发现月经来了。

她没有拿卫生巾进去，只好喊正在洗手台前洗漱的季星朗："弟弟，去右侧衣橱下方的抽屉里帮我拿片卫生巾过来，我来月经了。"

"好，"季星朗应道，"你等一下。"

没过一会儿，她要的东西被他从门缝里递了进来。

等明晴从厕所出去洗漱完，来到餐桌旁，注意到季星朗准备的早餐是补气血的红枣银耳粥,他还特意帮她泡了一杯红糖水,就连昨天她送给他的那束鲜花,都被他一枝一枝地修剪好,插进了花瓶。花瓶就摆在餐桌的一侧,看起来十分赏心悦目。

明晴心满意足地笑了笑,她刚坐下,季星朗就拿着一片暖宝宝过来。他撕开贴纸,弯腰帮她把暖宝宝贴在小腹外的睡衣上。

接下来将近一周,季星朗每天白天出门,不是去学校上课,就是去舞蹈室练舞,傍晚回家准备晚饭,晚上陪着她睡,早上比她先醒,任劳任怨地去准备早餐。

第十二章

五月十日那天,是季星朗参加 Love hip-hop dance 街舞大赛国内赛区总决赛的日子。

总决赛的地点就在沈城,季星朗不需要提前一两天出发去比赛地点。

比赛当天,明晴和季星朗一同前往比赛场地。

因为明晴既不是选手,也不是工作人员,无法进入后台,所以只能暂时与季星朗分开。

在松开季星朗的手之前,明晴抱了抱他,语气认真地对他说:"弟弟,你什么都不要想,只管开心比赛,我就在人群中,会给你加油的。"

季星朗低头吻了一下她的前额,轻笑着回答:"如果能拿到奖,我就把奖杯送给你。"

她莞尔道:"好。"

季星朗参加的 Hip-Hop 单人组在下午一点正式比赛。

他的序号靠后,上场比较晚。当季星朗出现时,有不少观众已经疲惫了,但当他一出现,台下就响起了一阵热烈的欢呼声。

作为这几年街舞圈炙手可热的新星,季星朗是大家最关注、也最期待的选手,尽管他是第一次参加 Hip-Hop 组。

现场的 DJ 老师放起音乐,季星朗开始跟着音乐的节奏律动。

他连贯地做着一系列动作,埃及手、身体电流、弹性律动、灵魂舞步、拄拐走跳,动作灵活又活泼,非常有感染力,现场的氛围也被他带起来。

他做了个非常完美的空翻下劈，气氛瞬间达到最高点，欢呼声不绝于耳，大家纷纷抬起手来，用手势表达着"cool（酷）"。

季星朗今天参赛戴了明晴送他的那条腰果花方巾。固定在裤链上的方巾，随着他的动作也跳着舞。

明晴的目光一直都跟随着季星朗，他往哪儿走，她的视线就向哪里移动。

舞台上的十九岁少年胜过太阳耀眼，比星星还闪亮，他的高度连月亮都无法企及。

直到他的表演结束，明晴仍觉得意犹未尽。真正的比赛现场完全不同。平日里看他和别人Battle，在平板上看他的比赛视频，都没有这样的感染力和冲击力。

季星朗以出色的表演毫不意外地获得了国内决赛Hip-Hop单人组的冠军，这意味着他可以前往法国参加八月份的全球总决赛。明晴为他感到高兴。

当季星朗上台领奖时，负责比赛的主持人问他是否有获奖感言，他说："非常感谢我的几位师父悉心教导，也非常感谢这些年来我家人的支持，还要感谢在场的每一个人。"

说到这里，他举起了奖杯，对现场的所有人说："最后，永远的Love and Peace（爱与和平）。"

比赛结束后，明晴离开座位去找季星朗，半路收到季星朗的微信消息，他嘱咐她："姐姐，你先去车里等我，这边有媒体，我怕他们拍到你会让你感到困扰。"

明晴回复他："好的，我会在车里等你。"然后又发了一条消息，"弟弟，你跳街舞时真的很迷人。"

季星朗发了个"猫咪害羞"的表情图给她。

等季星朗打开车门坐进来时，已经过去了一个小时。

他把奖杯递给她，小酒窝挂在他的左脸上，小虎牙也露出来，季星朗很开心地对她说："遵守约定，奖杯归你。"

明晴从他手中接过这个沉甸甸的奖杯，眉眼弯弯地说："我要把它放在家里最显眼的位置。"

"啊？你不藏起来吗？"季星朗一边发动车子，一边说，"姐姐你不怕别人去你家看到这个奖杯吗?"

明晴稍微愣了下,轻抿了抿嘴唇,淡笑道:"也是,那我把它藏在卧室里,这样别人就看不到了。"

季星朗心里有点儿失落,看来她还是不太想让别人知道他们的关系。

他暗自叹了口气,安慰自己没关系。他会等到她愿意公开他们在一起这件事,他等得起。

自从季星朗参加完国内决赛后,明晴和季星朗都更加忙碌起来。

季星朗要准备大一结课考试,然后出发去法国集训,再参加最终的全球总决赛。

明晴除了要正常工作,还要忙姐姐明晗结婚的事。

不巧,明晗跟随遇安的婚礼时间,和季星朗全球总决赛时间撞上了,虽然不在同一天,但明晴想要两个都参加的话会很难。

明晴实在是分身乏术,她很想去现场看他比赛,为他加油喝彩,可又不能抛下姐姐的婚礼不管不顾。

毕竟姐姐结婚这一生只有一次,她错过了就是一辈子的遗憾,可季星朗参加总决赛也是独一无二的,她不去现场也会抱憾终生。

明晴快愁死了。她每天忧愁地忙碌着,事情多得好像干不完,整个人天天连轴转,只有每周五晚上和周六有季星朗陪着的时候,才觉得轻松自在些。

明晴已经想好了,等季星朗参加完总决赛回国后,她就和他谈一谈,谈得好,才有公开恋情的机会,倘若谈崩了,也就没必要公开了。

很巧的是,季星朗也是想等明晴忙过这一阵,再跟她好好聊聊。

季星朗知道他的比赛和明晴的婚礼撞了时间,很善解人意地道:"姐姐,你安心参加明晗姐的婚礼吧!我的比赛以后还会有很多次,但是明晗姐结婚是一辈子就一次的大事。"

明晴心疼这样懂事、又为她着想的他,她在他怀里仰起头,看着他轻声问:"你不想我去看你比赛吗?"

"想啊!怎么可能不想?台下的观众里,我最想看到你了!"季星朗顿了一下,浅浅笑了,"这不是没办法吗?"

明晴没再说什么,靠在他胸膛上,搂着他的腰,像在想事情。

季星朗七月上旬考完试放暑假后，就跟着中国队乘坐飞机去了法国集训。

从这天开始，明晴和季星朗就开始了短暂却漫长的异国恋。

两个人有时差，聊天回复经常不及时，但他们在看到消息的那一刻会立刻给对方回复。

他们很多时候都会在晚上视频聊天。分开半个月后，有一次视频聊天，季星朗在视频里盯着明晴看了好一会儿。

明晴不解地笑着问："怎么了？为什么一直盯着我看？"

季星朗说："你瘦了。"他担忧地皱眉问，"是不是最近都没好好吃饭啊？"

明晴最近确实没有好好吃饭，不知道是不是胃口被他养刁了，他突然离开，没人给她做饭吃，她就没什么食欲。自己做得不好吃，关键是也不会做，出去吃也觉得没什么可吃的，也就那家她最喜欢去的小餐馆的饭菜合她胃口，但她没时间天天开车过去吃。

明晴不想他担心，希望他能安心比赛，便镇定地撒谎骗他："哪有啊？我每一顿都好好吃了。我变瘦可能是想你想的。"

季星朗被她哄得可开心了，活像只疯狂摇尾巴的小狗。

他非常直接地表达："姐姐，我也好想你。我想抱抱你，亲亲你。"

明晴笑着哄他："等你比完赛回来，让你抱个够，亲个够。"

"你说的。"他笑得露出了小虎牙和小酒窝。

"我说的。"明晴肯定道。

"那好，"季星朗说，"不许反悔，到时候我要好好抱抱你，亲亲你。"

明晴轻笑道："这样就满足啦？"

季星朗回她："那肯定没有，到时候还有别的呢！"

再顺着这个话题聊下去就一发不可收了，明晴赶紧往回拉："时间不早啦，我得睡了，明天还有好多事情要做呢！"

"嗯，"季星朗对明晴温柔地呢喃道，"姐姐晚安。"

明晴笑道："午安，小笨蛋。"

挂掉电话没两分钟，季星朗的微信消息就发了过来："姐姐，客厅柜子左边第三个抽屉有我帮你备的胃药，我希望你用不到，但是如果胃痛了，可以去那儿拿药吃，缓解一下疼痛。"然后又嘱咐她，"你乖乖吃饭，等我回来。"

明晴笑着回他："好。"

这段时间没有季星朗的照顾，自己也疏忽了身体健康，当晚她的胃就疼了起来。

她按照季星朗告诉她的位置，在客厅柜子的抽屉里找到了胃药，就着水吞服下去，慢慢缓解了胃痛。

明晗的婚礼在七夕当天举办。明晴作为亲妹妹，一直忙前忙后。

中午的婚礼仪式结束后，明晴陪着明晗去酒店的房间换敬酒服。

姐妹俩走在酒店的长廊中，明晗对她说："晴晴，你一会儿换了衣服就赶紧去机场吧！别误了飞机。"

明晴应了一声："嗯，那我就不继续陪你啦！"

明晗笑道："我有什么好陪的啊？再说，这儿这么多人呢！没你也照样行，但是季星朗那边不一样，少了你就多了遗憾。"

明晴在房间里换好提前带过来的衣服，然后背上双肩包，戴好季星朗送她的那块手表，急匆匆地出发去机场了。

此时的季星朗还不知道明晴会来，他正在为即将到来的总决赛做最后的准备。

明晴在飞机上补了一觉，下飞机后直接就赶往季星朗所在的酒店。

这会儿离他们出发去比赛现场还有一点儿时间，她紧赶慢赶，终于在季星朗离开酒店之前赶到了。

明晴到了酒店大厅，在办理入住之前给季星朗打了通电话，电话还没接通，就见有一群人从酒店的电梯里走了出来，其中一人掏出手机要接电话，正是季星朗。

季星朗接通电话，"喂"的那一瞬间，明晴和他同时看到了对方。

她冲他笑着挥手，依然保持着把手机放在耳边的姿势，站在原地对他含笑道："弟弟，我来了。"

季星朗在看到明晴的一刹那，先是顿了下脚步，人有些发愣地直勾勾地盯着她，像是不敢相信，直到她的话通过听筒传到他耳朵里，他立刻穿过人群朝她奔了过来，然后一把抱住她。

明晴被他用力搂紧，笑着回拥住他。

季星朗语气欣喜又委屈："姐姐，你怎么来了啊？"

"来给你加油呀！"她抬手摸着他的后脑，话语轻柔地道，"弟弟，我好想你。"

　　这是他们在一起后异地最长的一次。已经有一个多月没有见面了，明晴真的很想他。

　　季星朗听到她的话，收紧了些手臂，把她勒得几乎要喘不过气。

　　他低声在她耳畔呢喃："我也好想你，姐姐。"

　　之后，明晴跟着季星朗一起去比赛场地。明晴这次没有门票，是以中国队带队老师的助理身份进去的。

　　季星朗今天又一次戴着明晴送给他的那条方巾，他在比赛中表现依然非常出色，但和他 Battle 的几位选手也特别厉害，最后季星朗不敌另外两名外国选手，成为 Hip-Hop 单人组季军。

　　季星朗第一次参加 Hip-Hop 组的比赛，就拿到了世界级的季军，已经是非常棒的成绩了。

　　当天晚上，大家聚餐，季星朗喝了不少酒。

　　明晴搀扶着季星朗回到酒店后，先在前台开了个房间。

　　季星朗他们集训队是两个人一间房。在乘坐电梯上楼的时候，明晴问他："你回你的房间，还是跟我回我的房间？"

　　季星朗搂着她，脑袋歪歪地靠着她的肩，语调特别乖地说："跟姐姐走。"

　　明晴带着他去刚开的房间，进了房间后他就开始不老实，非要拉着她折腾。

　　两个人一个多月没见，闹到半夜才抱着彼此安然入睡。

　　回国后，季星朗又参加了几场聚会。

　　再过几天就到九月份了，季星朗也要开学升入大二了，明晴决定在他暑假结束之前找他聊聊。

　　八月二十九日晚上，刚吃过晚饭不久，明晴的月经就来了。

　　季星朗给她泡了杯红糖水端过来，放在茶几上。

　　明晴坐在沙发上，然后拍了拍身侧，对季星朗说："弟弟，你坐，我们聊聊天。"

　　季星朗在她身旁坐下来，手很自然地绕到她颈后，把她揽进怀里。

　　明晴忽然不知道从哪里说起，她沉吟了片刻才开口，佯装随意地问季星朗:"弟弟,你再过几个月就要当舅舅了,开心吗?"

季星朗笑道:"当然开心啊。"

"你喜欢小孩子吗?"她又问。

季星朗回答:"不喜欢,也不讨厌。"

"不过如果以后有了我们自己的小孩,我会很喜欢。"他嘴角轻扬着说。

明晴的心沉了下去,她抿了抿唇,从他怀里挣脱出来,看着他说:"虽然我们现在只是谈恋爱,还没走到谈婚论嫁、结婚生子那一步,但我还是想如实告诉你,我不打算生孩子,至少目前没有以后要生孩子的想法。"

季星朗其实并不在意婚姻里有没有小孩,他笑着说:"那我们到时候就不生啊。"

明晴很冷静地提醒他:"你别忘了你是你家的独子。"

季星朗眨了眨眼睛,"啊"了一声:"那又怎样?"

"你不想生,那我们就不生。"他说得毫不犹豫,斩钉截铁。

明晴真的很心动,他从来不会逼迫她做她不愿意做的事。

可是……她咬了下唇,继续对他吐露心声:"我其实,并不确定我会跟你结婚。"

季星朗搭在她肩膀上的手缓缓挪开,他有些不安地问:"姐姐,你这话是什么意思?"

明晴尽量跟他解释:"我的意思是,我还没想那么远,我不敢想以后我们会怎么样,我无法保证几年后我就一定会跟你结婚。"

季星朗不理解地问:"为什么呢?是我哪里做得不好吗?"

明晴摇头,继续试图向他解释:"不是你做得不好,你已经做得很好很好了,是我不敢想我们的未来。"

"那你现在想一下呢?"季星朗低声诱哄着她,"姐姐,你试着想一下,等三年后我到了法定结婚年龄,你愿不愿意跟我领证?"

到底是个还没二十岁的男孩子,再成熟,再通透,也会被感情驱使,展现出他任性的一面。

明晴不说话了。她真的没有想过这件事,更不能现在就对他保证将来的事,这无异于给他开空头支票。

季星朗又说:"要不是我年龄太小,我巴不得现在就跟你结婚。"

明晴却只能干巴巴地吐出一句:"对不起。"

季星朗语气带着情绪说:"我不要你的对不起。"

他根本没有料到明晴的未来里可能会没有他。对他来说,既然他们已经在一起,就会长久地走下去。她却说不一定。这让季星朗十分恐慌不安,很害怕将来某一天她就不要他了。

"姐姐,我不要你跟我说对不起。"他又执拗地低声说道,语气卑微得像是在恳求她。

明晴忽然感到很难过,她强忍着情绪,保持平静地对他说:"弟弟,我今晚跟你说这些只是想把我的真实想法告诉你。如果你能接受,我们就继续谈;如果你接受不了我婚后不生孩子,或者三年后我不一定会嫁给你,想及时止损,那我们就停在这里吧!"

"停在这里?"季星朗嘴角突然扯了个笑,随即他红着眼睛偏开头。

"而且,我不生孩子这一点,就算你能接受,你家人的想法和态度也很重要,毕竟关系到你们家庭延续的问题……"明晴抬眼看向眼眶通红的季星朗,理智地说道,"我知道你还很年轻,现在跟你讨论这些为时过早,但我们将不可避免地面对这些问题,所以不如趁现在摊开来聊聊。"

她吸了吸鼻子,故意轻松地说:"当然,如果你只是想单纯地跟我谈场恋爱,那这些问题就都不是问题。"

季星朗沉默了几秒钟,说:"姐姐,你明知道我不只是想跟你谈恋爱。"

明晴咬了咬嘴唇:"所以我们之间有问题。"

季星朗沉默着不说话。

过了一会儿,明晴又开口说:"我不让我们两家的家人知道我们的事,一是怕你家里人不同意,到时候会让你很为难;二是怕在他们知道后,我们却分开了,会让你姐夹在中间为难,也会让两家人在之后相处中尴尬。"

"我知道这段时间让你受了不少委屈,对不起,是我的错,是我不好。"明晴越说越想哭,她拼命眨眼,勉强忍住没让眼泪掉下来,"我这个人独来独往,还自私自利,脾气也差,生起气来像只刺猬,会扎伤人。弟弟,你这么好,其实可以找一个更好的女孩——比我好千万倍的女孩——那才配得上你。"

季星朗耷拉着脑袋,一声不吭。

明晴等了好久,都没有得到他的回答。

她的心一点点地坠落着,像掉进了无底深渊,却怎么都落不到地,只能在空中不断下沉,再下沉。明晴用最后一丝理智对季星朗说:"弟弟,我想自己待会儿,你能先走吗?你说过会听我的话。"

季星朗没开口,站起来沉默地往外走去。

在他转身的那一刻,她的眼泪止不住地落了下来。

明晴听到门被他打开,又被他关上——他走了。

她失控地发出轻微的抽噎声。

没过一会儿,一阵快速又匆忙的脚步声逼近。

明晴抬起眼的那一刹那,季星朗已经来到她面前。他坐回她身旁,直接伸手抱住她。

"这次我不想听你的话了。"他嗓音哽咽地说,"姐姐,我不走,我也不要就停在这儿。"

"我说过的,我永远不会丢下你,除非……除非是你不要我。"他委屈地道。

他刚才一直不说话,不是在犹豫,只是因为她无法保证她的未来里一定会有他。一时间傻了眼,脑子仿佛也宕机了,所以她刚让他走,他才傻乎乎地往外走,走到门口忽然听到她哭,他一下子就清醒了过来。

季星朗紧紧地抱着明晴,一字一顿地告诉她:"姐姐,我对你很认真,不是只想谈个恋爱玩玩。你说你没想过未来,不确定我们会不会有未来,也不知道将来你会不会愿意嫁给我,那我们就不想未来,过好当下的每一天,我会好好照顾你,疼爱你。"

"我们一步一步来,等你哪天知道答案了再告诉我。如果你愿意嫁给我,却依然不打算要孩子,那我们就不要孩子,反正这辈子有你就足够了。"

"我不逼你,刚才是我错了,对不起,姐姐。"季星朗语气诚恳地向她承认错误,"我不该逼你现在回答三年后愿不愿意嫁给我。我当时脑子抽风了,你别生气,我保证以后不再犯同样的错误。"

明晴在他怀里已经泪流满面。她刚刚以为他走了,甚至觉得他们就只能走到这里了,可是他又回来了。这种失而复得的感觉,让她彻底失控,止不住地掉眼泪。

季星朗抬手抹掉滑落到她脸颊上的泪珠，告诉她说："姐姐，我爸妈早在我生日那天就知道我们在交往，他们没有反对，甚至特意嘱咐我，不要辜负你。"

"你担心的一切都由我来解决，你就安心跟我在一起，让我好好照顾你，好不好？"他收了收手臂，把她抱得紧紧的，委屈巴巴地低声说，"我想让你依赖我，想让你完全信任我。"

明晴抱着他的腰，脸埋在他的颈侧，哭得泣不成声，好一会儿才稳住情绪。

她带着鼻音和哭腔回答他："好。"

季星朗闷闷地说："不会有比你好的女孩，更别说比你好千万倍的。找不到的，不会有的，因为在我心里，你就是最好的女孩子。所以姐姐，你不要再贬低自己，说自己不好了，好吗？"

她回道："好。"

季星朗抱着她，一直不肯撒手，两个人相拥了好久好久。

过了一会儿，明晴在他耳边轻喃道："我们公开吧，季星朗。"

明晴说的"公开"，意思就是让各自的家人知道他们在交往。

季星朗的父母早就知道了，爷爷也由父母告知了，只剩姜眠还不知道。

而明晴家里，明晗是知情的，明晗私下把这事告诉了父亲，父亲并没有反对，只有明旸没看出端倪。

季星朗和明晴一合计，决定分别去会见对方家里那位还不知情的家人。

明晴约姜眠出来逛街，季星朗叫明旸去打台球。

在和姜眠喝咖啡休息的时候，明晴主动对姜眠说："阿眠，我谈恋爱了。"

姜眠有些惊讶，又有点儿替她高兴，好奇地问："对方是谁啊？我认识吗？"

另一边，季星朗也正在向明旸坦白："哥你认识，是你二姐。"

明旸根本不相信，笑着说："开什么玩笑？我二姐怎么可能跟你……你们在一起多久了？"

明晴如实回答姜眠："下个月八号就半年了。"

姜眠搅拌咖啡的动作停了下来，她佯装生气地说道："晴晴，你居然瞒了我这么久？"

明旸冲季星朗大喊道："季星朗！亏我把你当弟弟，你居然要做我姐夫？？"

"怪不得那次我二姐说她男朋友是个跳舞的，原来那个人就是你！"

虽然把季星朗胡乱骂了一通，但明旸并不排斥季星朗和明晴在一起，甚至告诉季星朗关于明晴的各种过往。

她的性格之所以这样，跟她的成长经历有很大关系。

小时候被父母推来推去，从来没有感受过父母的疼爱，父亲偏爱大姐和弟弟，讨厌和母亲长得相像的她。

初中时被小混混纠缠，大学时被初恋抛弃，后又遇到想吃软饭的渣男。

她元旦前一晚喝得酩酊大醉回家，在家门口一看到他就哭了，是因为她跟父亲大吵了一架，心里的委屈无处诉说。

季星朗听完，心都要疼死了。

他终于明白，明晴被何文劭在酒吧纠缠那晚，他开车把她送回家，要给她解安全带的时候，她为什么会突然惊恐地醒来，还要伸手扇他耳光；她每次睡着后被他抱起来腾空的那一瞬间，为什么会突然惊醒；她为什么总会时不时地做噩梦，在梦中流下泪水。

这天季星朗回去得很晚。

明晴在他踏进家门时就察觉到了不对劲，走过去想问他怎么了，季星朗就醉醺醺地抱住她，一个劲儿地摸着她的脑袋说："晴晴不怕，我保护你，以后谁也不能伤害你，就算是你爸爸也不行。"

明晴被他逗笑，眼睛里却微微泛起热意，问他："怎么了？明旸都跟你说什么了？"

"全都说了。"季星朗嘟囔道，"哥哥把你的事全都告诉我了。"

"姐姐，我的心好疼。"他边说边捶打左胸口，"我心疼，疼死了。"

明晴拉住他的手，安抚他说："季星朗，不要打自己。"

季星朗乖乖地抱着她，呢喃道："姐姐，姐姐，我好想长大，想跟你一样大。这样……我就能在你上学的时候陪在你身边，保护你了……"

明晴眼睛湿润了，不由得笑着对他说："下辈子吧，季星朗，下辈子你跟我同龄，你来保护我。"

"好，"他点了点头，"下辈子我也要保护你。"

虽然那场谈话明晴和季星朗差点儿谈崩，但那天之后，他们好像更加亲近了。

季星朗向明晴透露了接下来几年的计划和目标。

明晴听完他的话，非常佩服他年纪轻轻就非常明确地知道自己想要什么，而不是只有理想和抱负。她完全相信他有能力创办一场新的街舞赛事。

季星朗升入大二后就开始在不耽误课业的情况下写程序赚钱，有空也会去舞蹈室练舞。

明晴依然是老样子，经营着自己的工作室，不忙的时候就休息，忙起来的时候忙得脚不沾地，出差也是常有的事。

他们俩没有再吵过架，季星朗正在履行他说过的话。他确实把明晴照顾得很好。

明晴逐渐习惯了不管是回家、去酒店还是飞机落地，都第一时间告诉他。

她遇到了什么麻烦或者出了什么事情，都会第一时间联系他。

她睡着时被他抱起来，也不再惊醒、恐慌，而且做噩梦的次数也明显减少了，睡眠质量越来越好，有时比他睡得还沉。

她越来越依赖他，在他面前也越发恃宠而骄。

季星朗乐得她这样，心里美得不行。

关于孩子的问题，季星朗早在和明晴聊完后就找时间跟家里人坦白了，但他对父母和爷爷说的是他不要孩子，而不是明晴。

三位长辈没有多劝他，说尊重他的决定，只要他考虑清楚并且和明晴商量好就行。

时间的车轮不断向前滚动。

三年过去了，明晴和季星朗的感情越发稳固，两个人仿佛一直处在热恋期，新鲜劲儿始终没有消失。

这三年来，季星朗一直在有条不紊地朝着他当初制定的目标前进，一步一步地实现着他的理想和抱负。

　　大四这年过年,明晴跟他去了他家,见了他所有的家人,和他全家一起过了新年。

　　大四下学期,季星朗在生日当天收到明晴同城闪送给他的生日礼物。

　　他打开礼盒,里面放着一件白衬衫,一枚戒指,两本户口本,还有一张卡片。

　　卡片上写着——

　　小笨蛋,二十二岁生日快乐。

　　那个我曾经无法给你的答案,现在可以给你了。

　　季星朗,你的女王命令你,穿好白衬衫,戴上戒指,拿着户口本,再带上你的身份证,来津海区民政局门口。

　　领证有效期:仅限今天下午5:30之前。

　　季星朗睁大眼睛,站在原地反应了好几秒后,立刻把戒指戴到无名指上,开始换衣服,随即翻出身份证,再拿上她送他的两本户口本,飞快地跑出宿舍。

　　季星朗到津海区民政局时,和他穿着同款白衬衫的明晴正抱着一束红玫瑰站在门口台阶上。

　　他小跑到她面前,扬着语调笑道:"姐姐,我来了!"

　　明晴把玫瑰花送给他,眉眼弯弯地问:"季星朗,你真的要娶我吗?"

　　"嗯!"季星朗毫不犹豫地点头。

　　他拉起她的手,神情特别认真地说:"姐姐,你愿意跟我结婚吗?"

　　明晴莞尔,缓慢而郑重地说:"我愿意的,弟弟。"

　　今日天气晴朗,阳光明媚,明晴和季星朗十指相扣地走进民政局。

　　(正文完)

番外一 百喜无忧

从民政局出来,季星朗问明晴:"姐姐,你是怎么拿到我家户口本的?"

明晴眉眼弯弯地笑道:"找季阿姨要的啊。"

"啊?"他茫然地问,"什么时候?"

"就昨天。"明晴回答他。

昨天下午,明晴主动在微信上找了季星朗的妈妈季蓁。

她把季星朗的生日礼物计划告诉季蓁,季蓁把户口本带出来给明晴。

两个人在咖啡馆聊天的时候,明晴才从季蓁嘴里意外得知,季星朗对家人说的是他自己不打算要孩子。

明晴愣了一瞬,如实解释道:"阿姨,其实不是小朗不想要孩子,是我不愿意,实在抱歉……"

季蓁有些意外,而后很理解地笑道:"不用感到抱歉,晴晴,我们尊重小朗的选择,也同样会尊重你的选择,况且……女人怀孕、生孩子,确实很辛苦,抚养孩子更不易。你完全可以不用顾忌任何人,去选择你最想拥有的生活,没有人能责怪你半分。"

明晴应道:"谢谢阿姨。"

季蓁打趣说:"很快就该改口了吧?"

明晴不由得笑了。

"要不是阿姨告诉我，我都不知道你一直对家里人说的是你不想要孩子。"明晴转过身，抬手钩住季星朗的脖子，仰脸望着他，"弟弟，我跟阿姨坦白了，我说我不愿意生孩子，阿姨说他们尊重我。"

　　她笑着，眼睛却不由自主地湿润了："你家人真好。"

　　季星朗纠正她："是我们的家人。"

　　明晴莞尔应道："嗯，我们的家人。"

　　自从过年跟季星朗去他家后，明晴就喜欢上了他家的氛围。

　　那是一个健康、幸福的家庭，很令人向往。正是这样的家庭，才塑造了这样阳光明朗的他。

　　明晴知道季星朗会开车过来，所以她来的时候坐的出租车。

　　明晴跟季星朗上车后，把她送的玫瑰花暂时给她，让她帮他拿着，因为他要开车。

　　准备发动车子的时候，季星朗突然意识到什么，后知后觉地说："姐姐，你把我要做的事都做了。送玫瑰花，送戒指，主动提出领证，这些都应该是我做的。"

　　明晴嘴角轻翘起来，回答他："也没规定必须是男人为女人做吧！"

　　季星朗："那倒也是。"

　　"但是我……"他的音量小了点儿，"我还是想为你做这些。"

　　明晴说："着什么急？办婚礼那天有你表现的时候。"

　　说起婚礼，季星朗问明晴："姐姐，你想哪天办婚礼啊？"

　　明晴想拍一张照片，正在把结婚证放在玫瑰花上，闻言沉吟了片刻，然后道："你来安排吧！这次听你的。"

　　季星朗不假思索地说："那就在你生日那天好不好？我想给你的生日赋予更多意义。"

　　"现在距离我生日还有半年，半年的时间，准备婚礼也足够了。"明晴笑着说，"那就在我生日那天办婚礼吧。"

　　她说完，便按下手机相机快门。

　　季星朗急忙说："姐姐，你先别发朋友圈，等会儿我们一起发。"

　　"好！"明晴拖着长音无奈地说。

　　她本来就没想现在单独发。

回到家后,季星朗和明晴坐在一起,面对面编辑朋友圈。两个人使用了同一张照片,各自编辑好文字后,同时按下了发表键。

明晴:"祝我的星星二十二岁生日快乐。"

季星朗:"我永远爱晴天。"

发完朋友圈后,明晴把手机放到一边,抬手圈住季星朗的脖子,扬起下巴轻轻亲了亲他的唇,脸上洋溢着笑意,轻声对他说:"生日快乐。"

现在明晴和季星朗住的不是明晴家,而是季星朗父母早在他高中毕业那年就给他买好的别墅。

两个人年后就搬了进来,这几个月一直住在这里。

季星朗把明晴压进沙发里,热切地与她接吻。

过了一会儿,他跪在沙发边,明晴坐在沙发上。

她按住他的脑袋,手指穿梭在他的短发中,偶尔会突然攥紧他的短发。

微风轻轻吹来,露台上的晴天娃娃风铃发出清脆悦耳的声音,将明晴轻细的声音掩盖住。

过了许久,季星朗抬起头,看着还没缓过神的她,坐起身子凑近她,轻声地说:"姐姐,你好香。"

明晴目光迷离地望着他,抬起手抚了一下他的面颊,嘴角带着微笑。

当天晚上,两家人一起吃饭。

明晴这几年没回过明家,和明克利也没见过几次,但今晚的饭局明克利来了。

当年明克利得知明晴正在和季星朗交往时,他并不看好他们的感情。

季星朗太小了,比明晴小整整五岁,还是个刚上大学的学生,怎么看怎么不合适。

他认为他们不会有结果,也没再干涉明晴的感情。

一晃几年过去,这两个孩子非但没有分手,甚至领了证。

明克利坐在饭桌上,看着明晴和季星朗全程有说有笑,时不时歪头凑近小声地说话,感情好得不得了。

不仅如此,他还注意到季星朗一直在给明晴夹菜,明晴杯子里的果汁从未见底。

明克利看得出来,季星朗是真的很爱明晴。

有人在好好地爱她,他心里也就放心了。

接下来的半年里,明晴和季星朗除了忙于各自的工作外,基本上都在筹备婚礼。

他们的婚纱照是由明晴认识的婚纱摄影师拍摄的,季星朗的单人照都是由她亲自掌镜拍摄的。

在拍婚纱照之前,明晴收到了一件季星朗送给她的婚纱,那是几年前她在婚纱店试穿过的那件婚纱。

明晴没想到季星朗居然把这件婚纱买下来了。

他偷偷藏了好几年,就等着他们结婚拍婚纱照时拿出来送给她。

十一月十六日这一天,虽然天气很冷,但举办婚礼的宴厅里很温暖。

明晴和季星朗邀请了所有的亲朋好友来参加他们的婚礼,其中也包括晏承舟。

晏承舟来后不仅随了份子钱,还送了明晴一份礼物。

明晴接过他递来的礼盒,听到晏承舟对她说:"是榴榴离开之前嘱托我,等你结婚时要我替她送给你的礼物。"

明晴愣了一下,眼睛瞬间红了,她笑着对晏承舟说:"谢谢。"

因为商琅几个月前就和原琳琳领证了,没办法给季星朗当伴郎,季星朗就只叫了一个伴郎,是他高中好友宋祺声。

明晴也只喊了夏天来当伴娘。

在交换信物的环节,夏天把首饰送到台上,明晴和季星朗互戴戒指,然后拥吻。

司仪问季星朗有什么话想对明晴说,他拿过话筒,垂眼笑望着明晴,只说了一句:"姐姐,你永远是我的正确答案。"

明晴忽而热泪盈眶,笑意在脸上荡漾开来。

刚走到台下的夏天不慎扭了一下脚,被旁边的明旸及时扶了一把。

两个人的手紧紧握着,夏天听到自己的心跳很乱。

她抬眼看了明旸一眼,飞快地抽回手,佯装镇定地对他说了句"谢谢"。

明旸将手插进裤兜,哼笑着说:"笨蛋,平地都能扭脚。"

刚才的感动瞬间消失了,夏天被他气得翻了个白眼。

明晴在晚上睡觉之前才打开晏承舟送的礼盒,里面放着一张照片,一对天鹅摆件,还有一封信。

照片里是明晴和季星朗,他们俩沐浴在阳光下,不知道在聊什么,笑得很开心。

照片的背景是南城的那个巷子,应该是明晴去南城给宋楹和晏承舟拍婚纱照时,宋楹拍下来的。

明晴从来不知道有这张照片的存在。原来她跟季星朗在一起的时候,一直被明亮又温暖的阳光包围着。

明晴打开信封,从里面拿出信,慢慢展开。

晴晴:

恭喜你和季星朗终于修成正果,祝你们新婚快乐!

原谅我没有机会亲自到场祝福你,但我知道你一定会幸福,因为你值得被人疼爱。

这么美好的日子,千万不要因为我哭,我希望你们想起我时是开心的,而不是难过。

愿你从此以后百喜无忧。

友:宋楹

明晴还是控制不住地哭了。

眼泪一滴一滴地落到信纸上,明晴急忙擦掉,生怕泪水把宋楹的字迹模糊掉。

季星朗一直在她旁边,看到她哭就把她搂进怀里,安静地等她平复情绪。

等明晴情绪稳定下来,季星朗陪她找相框,把这张照片放进相框里,摆在家中,又和她一起将那对天鹅摆件放进展示柜。

这封信,则被明晴收藏了起来。

季星朗从后面拥着明晴,低声问她:"去睡觉?"

明晴"嗯"了一声,随后人就直接被他打横抱了起来,往卧室里走去。

番外二 我们的未来

两年后,由季星朗一手创立的 QL 街舞大赛第一届在沈城举办。

实现创办新的街舞赛事的目标后,季星朗逐渐将重心转移到家里公司上。

明晴还是老样子,要么在工作室忙碌,要么要出差。

五月份的某天,明晴因为长期忙碌,身体出了点儿问题,住院做了个小手术。

季星朗每天都在病床前无微不至地照顾她。

明晴有好几次望着他出神,季星朗发现她自手术后似乎有心事,但她不说,他就不问。

他了解她的性格,知道她不想说的话他问不出来。

直到明晴出院,她都没有开口跟他聊起任何事。

出院后又回家休养了一段时间,明晴的身体终于恢复好了。

季星朗也终于松了口气,安心下来。

明晴身体好了,季星朗就不老实了。清心寡欲了很多天的他缠着明晴闹,之前明晴说不打算要孩子,季星朗早在他们领证后就去医院做了结扎手术,现在已经不需要采取安全措施。

过了一会儿,季星朗才抱起明晴去浴室冲澡。

洗澡的时候,明晴犹豫着跟他开口:"老公,你想不想要孩子?"

季星朗笑着问:"要不要都无所谓,我不是早就说了吗?我只要你。"

明晴伸手环住他的腰身,对他轻喃道:"这段时间我一直在思考这个问题,我很冷静、很理智地思考了很久很久。"

"嗯?"季星朗疑惑地问道,"怎么会突然想到这个?"

"因为我之前生病,让我不由得想到,"明晴说,"我比你大五岁,以后肯定是我先离开,到时候就只剩你自己了,我怕你孤单,又没有人照顾你。"

"季星朗,"她仰起脸来,神情特别认真地对他说,"我们要个孩子吧!我愿意给你生孩子。"

季星朗垂着眼看着她,没有立刻说话。

明晴继续说:"我之前是因为……自己性格有缺陷,清楚地知道我不适合当母亲。我当时想着,既然我注定不会是一个好母亲,那我宁愿不要做母亲。"

"但是,"她顿了一下,继续说道,"你的家庭氛围很好,你是在爱中长大的孩子,所以你活得阳光自在,通透明白,而且你是一个情绪很稳定的人,总是能给身边的人带来温暖。"

"不仅仅是你,你的父母、爷爷,都很有智慧,很会生活,也很会养孩子,这一点从你身上就能看到。"

"我在想……就算我不会成为一个多么好的母亲,但你一定会是一个好父亲,你的父母会是很好的爷爷、奶奶,我们的孩子应该也很幸福,对吧?"

她望着他,眼睛亮亮的,目光里含着前所未有的期待。

季星朗十分笃定地告诉她:"你会是一个好母亲,而且是很爱孩子,很负责任的好母亲。姐姐,我跟你说过,不要贬低你自己,你真的很好很好。"

明晴抿唇笑道:"那我们要孩子吗?"

季星朗回答她:"你考虑清楚了吗?怀孕很辛苦,生孩子的时候也会很痛苦,生完孩子激素水平变化,可能会导致你情绪不好,这些你都想过吗?"

明晴点了下头:"想过。"

"不怕吗?"他问。

"还是有点儿怕,"明晴咬了下嘴唇,又说,"但我更怕以后我走了,没人陪你,没人照顾你。我怕你孤孤单单的,想找个可以听你念叨的人都找不到,还怕……"

季星朗没再让她往下说,直接堵住她的嘴。

后来季星朗做了个复通手术,陪着明晴一起备孕。

过了一年,明晴怀孕,经过漫长的十月怀胎,明晴在预产期前顺利生了一个男孩。

宝宝的名字是明晴和季星朗提前就取好的,叫季钟卿,除了季星朗钟爱明晴这层寓意外,还有寄托情感的含义。

番外三 带我去你的梦里

跟季星朗交往的这几年里,明晴做噩梦的次数越来越少。

之前她总做噩梦,从梦中惊醒是常有的事,他们刚在一起那会儿,每次季星朗在她睡着后抱她,她都会惊恐地醒来。

但现在已经不会了,因为季星朗给了明晴足够的安全感。

这天午后,明晴躺在铺着绒毯的飘窗上,闭着眼睛,懒洋洋地晒太阳。

没多久,她就困倦地睡着了。

季星朗上完课回到家时,明晴正侧躺在飘窗上,被阳光包围着,睡得很香。

他轻手轻脚地走过来,蹲在飘窗旁边,低头轻轻吻了吻她的手背。

深陷梦中的明晴回到了学生时代,梦里的她是大学模样,而季星朗还在上高中。

她拿着相机在大街上随走随拍,很巧地偶遇到季星朗正在街头跟人Battle。

明晴凑到前面,对着季星朗就是一通拍。她很明显地感觉到,自己对这个弟弟有心动的感觉。

季星朗斗完舞发现人群中的她,立刻笑着朝她跑了过来。

他一笑,可爱的小虎牙瞬间显现,左半边脸上那颗小酒窝也露了出来。

"姐姐!"季星朗的声音清脆地叫着她,开心地说道,"好巧啊!"

明晴笑容满面地望着他，问道："弟弟，你吃饭了吗？"
季星朗摇了摇头："还没有。"
她挑了挑眉毛，很爽快地说道："走吧，姐姐请你吃饭。"
说完，明晴率先往前走去。
季星朗立马跟上："姐姐，你不是在港大吗？怎么有空回来啊？"
男孩身材挺拔修长，穿着蓝白色校服，背着黑色书包，走在她身边，就像她的弟弟。
明晴回答他："这几天没课，所以就回来了啊。"
她带他去了那家藏在巷子里的烧鱼店。
等待饭菜的时候，季星朗好奇地问她："姐姐，你谈恋爱了吗？"
明晴眉眼弯弯地回答："你猜。"
季星朗笑了起来，调皮地说道："你猜我猜不猜。"
明晴被他逗乐，回答道："我不猜你猜不猜，等你高考完，我再告诉你答案。"她晃了晃手中的相机，"连同刚刚给你拍的一些照片，到时候一起给你。"
季星朗没说话，只是认真地注视着她。
然后，他突然笑了，应道："好，一言为定。"

很快，梦中的场景突然变了，到了两年后季星朗高考完的那天傍晚。
她拿着一本薄薄的相册和一束向日葵，在沈城一中的校门口等他。
她把鲜花和相册递给他，然后就被他拉着跑出熙熙攘攘的人群。
男孩仍然穿着夏季的蓝白色校服，他紧紧地握着她的手，牵着她迎着缓慢西沉的夕阳一路奔跑。
明晴从来没有这么畅快过，她开心地笑出声来。
季星朗回头看她，少年脸上洋溢着笑意，犹如一个小太阳。
她突然很想吻他，于是拽着他拐进了旁边的巷子。
她把他按在墙上，踮起脚轻抬下巴，轻轻贴在他的唇上。
"季星朗，"明晴亲了他一下，想要退开，却被他反过来拥住，额头相贴，"我现在告诉你答案。"
"如果你成为我的男朋友，我就愿意谈恋爱。"
"弟弟，我喜欢你。"
他用热情的吻回应了她。

明晴被季星朗亲醒了。

她睡眼惺忪地看着他一下一下轻轻啄吻她，慵懒又娇憨地轻笑了一声。

"弟弟，"明晴抬手钩住季星朗的脖子，嗓音还带着刚刚睡醒的倦懒，"我梦到你了。"

"梦里我们很相爱。"

季星朗加深了这个吻，含糊地说："现实中我们也很相爱。"

"嗯。"明晴浅笑着回应，任由他像小狗一样埋头在她的脖颈间蹭来蹭去。

"弟弟，"她抚摸着他的头，含笑说，"我们晚上去那家烧鱼店吃吧。"

"好。"他低声回答。

当晚，明晴和季星朗开车出门吃晚饭。

他们照常把车停在巷子附近，然后手牵手走进巷子。

这时已经天黑了，整座城市被巨大的夜幕笼罩着。

巷子里的路灯昏黄暗淡，不远处那家烧鱼店门口悬挂着两盏喜庆的红灯笼，给这个巷子增添了一些光亮。

快走到店门口时，明晴突然停住脚步，把季星朗往来时方向拉。

往回走了几步，明晴把他推到旁边的墙上。

季星朗背靠着墙，面前就是她。

他垂眼笑了笑，明知故问道："姐姐，你要做什么？"

明晴微微踮起脚，亲了他一下，说："我突然想起来，中午在梦里梦到我们躲在巷子里接吻。"

"是谁亲了谁？"

"当然是我亲了你啊！"她挑眉，笑得风情万种。

季星朗搂住她纤细的腰肢，故意用力把她往自己怀里按。与此同时，他低下头，寻找她的唇，与她缱绻厮磨着。

"那这次轮到我了。"说罢，季星朗直接撬开明晴的唇齿，像攻城略地一样夺走了她的呼吸。

番外四 如果我们是青梅竹马

六岁的明晴坐在滑滑梯尾端,低着头默默地啜泣着。

漂亮的小女孩穿着白色的公主裙,梳着双马尾,精致得如同洋娃娃。

六岁的季星朗背着小书包,拿着小雨伞走过来时,就看到可爱的洋娃娃在哭。

天阴沉沉的,不见阳光,仿佛在预谋一场大雨,而他眼前的这个洋娃娃脸上正在下倾盆大雨。

他来到她身旁蹲下,神情认真地问:"晴晴,你怎么哭啦?是谁欺负你了?你告诉我,我去给你报仇!"

明晴听到他的话,顿时哭得更凶了:"没人要我,我爸爸、妈妈要离婚,他们……他们都不要我……"

随着她的话而来的,是从天空落下来的豆大的雨点。

季星朗连忙撑开雨伞,把雨伞遮在她的头顶,为她挡雨。

"我要你啊!"他特别认真地告诉她,"你不会没人要,我要你。"

"起来,"他率先站起来,冲她伸出手,"你跟我回家。"

明晴仰起头,这才发现,他只顾着用雨伞为她挡雨,自己却被雨水淋透。

她急忙把手给他,由他拉着自己起来,然后主动靠近他。这样,他就不会被淋到了。

季星朗和明晴自从记事起就认识。

从幼儿园,到小学,再到初中,他们一直都在一起上学。

初三开学后不久,明晴被校外的几个混混盯上,为首的那个混混总纠缠她,每天放学都带人在校门口堵她。

明晴为了摆脱他们,每天放学后都去等打篮球的季星朗一起回家。

起初季星朗很意外,也很高兴,以为她是特意等他回家的。

直到几天后,他发现明晴被几个染了头发的混混堵在学校操场外的路上,正要投篮的他直接把篮球冲着那个方向扔去。

篮球砸在铁网上,发出哐的一声闷响。

季星朗朝着明晴跑去。

他来到明晴面前,把她挡在身后,对盯着明晴的几个人冷冷地说:"滚!"

为首的混混不屑地笑了一声,随即一群人就将季星朗和明晴围住了。

见此情景,和季星朗一起打球的男生们顿时跑过来,站到季星朗身后。

季星朗瞪着对方,警告道:"我再说一遍,给我滚。"

"这是沈城一中,我们的地盘。"季星朗的朋友也开口提醒对方,"识趣点儿的就赶紧滚。"

对方没再跟他们对峙,离开了一中。

自那天起,那群混混再也没有围堵过明晴。

第二天,明晴看着脸上挂了彩,还在冲她憨笑的季星朗,又气又心疼。

"疼不疼?"她眼眶泛红地问他。

"不疼。"他的左半边脸上挂着一个小酒窝,可爱的小虎牙也显露出来。

"这点伤算什么啊?我跳街舞的时候……嘶,哈哈,疼疼疼……"

他捂住被明晴戳了一下的伤处,皱眉道:"干什么呀你!"

"不是不疼吗?"她揶揄道。

"以后保护好自己,季星朗。"她轻喃。

"谁让他们纠缠你?"他很护短地说道。

她被他逗笑,眼里氤氲的雾气散开,化成一滴泪落下来。

明晴小声嗔他:"傻子。"

"你说什么?"季星朗不高兴地威胁道,"明晴你有种再说一遍!"

明晴说:"季星朗是个大傻子!"

季星朗拿她没办法,气恼道:"行,你有种。我就是个大傻子怎么了?"

明晴忽然抬起手,顺毛撸了几下他的短发,笑得很明媚,说:"可可爱爱的。"

季星朗蓦地怔住，脸登时红了个透。

后来，只要有男生要给明晴递情书，全都被季星朗阻拦。

他对对方说："哥们儿，放弃吧，她不收。"

季星朗暗戳戳地替她拒绝了好几个男生的情书，直到高中毕业，班级聚会那晚，有个男生喝醉酒，主动吐露自己曾经给明晴写过情书，但被季星朗给拦截了。明晴这才知道这家伙一直在背着她替她拒绝其他男生的追求。

聚会散场后，她和他结伴回家。

夏夜的晚风夹带着热浪，吹得人也燥热不堪。

明晴故意说："季星朗，你挡了我那么多桃花，得赔我吧？"

季星朗轻哼道："那些都是烂桃花，你应该感谢我替你挡了。"

明晴无理取闹地说："我不管，反正你得赔我。"

"赔你什么？"他问。

"当然是男朋友啊！"

"行啊，"季星朗忽然把脸凑到她面前，露出小酒窝和小虎牙，一脸纯真无害地问，"我把自己赔给你，怎么样？"

他突然靠近让她心跳停了半拍，明晴下意识地微微后仰，和他拉开一点距离。

他的呼吸落在她身上，灼得她的肌肤发烫。

"那我……我就……"她飞快地眨着眼睛，努力忽视胸腔里剧烈又紊乱的心跳，佯装镇定地说道，"勉为其难接受了。"

"晴晴，"季星朗语气很认真地说道，"我没开玩笑，我是认真的。"

"我喜欢你。"

"嗯……"她红着脸，偏开头看向别处。

季星朗又说："我很喜欢你。"他强调道，"很喜欢很喜欢。"

"哎呀，知道了。"明晴故作不耐烦地说道。

"以后，让我保护你，好吗？"他问。

明晴轻轻地点了点头，嘴角微微上扬，轻声说道："好。"